KNAUR

Warum Madame le Commissaire? Und nicht Madame la Commissaire?
Das erste Buch dieser Reihe ist bereits 2014 erschienen. Damals waren im Französischen noch Berufsbezeichnungen wie Madame le Président oder Madame le Ministre gebräuchlich. Entsprechend auch Madame le Commissaire. Im Zuge der Genderdebatte wandelt sich auch in Frankreich die zuvor stark männlich geprägte Sprache. Weshalb es heute wohl Madame la Commissaire heißen würde. Der Titel der Reihe ist also seiner Zeit geschuldet. Im übrigen hat sich unsere Protagonistin schon vor Jahren in einem Dialog mit Apollinaire zu diesem Thema geäußert (im Buch: »Madame le Commissaire und der tote Liebhaber«). Dabei hat sie klargestellt, dass sie sich nicht diskriminiert fühlt. Was natürlich Ansichtssache ist. Aber es passt zu ihrer Persönlichkeit.

Von Pierre Martin sind im Knaur Taschenbuch folgende Titel erschienen:
Madame le Commissaire und der verschwundene Engländer
Madame le Commissaire und die späte Rache
Madame le Commissaire und der Tod des Polizeichefs
Madame le Commissaire und das geheimnisvolle Bild
Madame le Commissaire und die tote Nonne
Madame le Commissaire und der tote Liebhaber
Madame le Commissaire und die Frau ohne Gedächtnis
Madame le Commissaire und die panische Diva
Madame le Commissaire und die Villa der Frauen
Madame le Commissaire und die Mauer des Schweigens
Madame le Commissaire und das geheime Dossier

Über den Autor:
Pierre Martin ist das Pseudonym eines erfolgreichen Autors, der sich für seine Hauptfigur Madame le Commissaire eine neue Identität zugelegt hat. Alle seine Krimis um Isabelle Bonnet aus Fragolin landen bereits kurz nach Erscheinen unter den Top Ten der Bestsellerliste. »Madame le Commissaire und das geheime Dossier« war zuletzt Platz 1 der Spiegel-Bestsellerliste. Ebenfalls auf Platz 1 landete »Monsieur le Comte und die Kunst des Tötens« – der erfolgreiche Auftakt zu einer neuen Südfrankreich-Reihe um einen adeligen Auftragsmörder, der den festen Vorsatz hat, niemanden umzubringen.

PIERRE MARTIN

Madame le Commissaire

und die Frau ohne Gedächtnis

EIN PROVENCE-KRIMI

KNAUR

Besuchen Sie uns im Internet:
www.knaur.de

MIX
Papier | Fördert gute Waldnutzung
FSC® C014496

Originalausgabe Juni 2020
Knaur Taschenbuch

Ein Imprint der Verlagsgruppe
Droemer Knaur GmbH & Co. KG
Landsberger Straße 346, 80687 München

Redaktion: Gisela Menza
Covergestaltung: ZERO Werbeagentur, München
Coverabbildung: Collage unter der Verwendung von Motiven von ju-li / Getty Images und PixxWerk, München / shutterstock.com
Satz: Adobe InDesign im Verlag
Druck und Bindung: GGP Media GmbH, Pößneck
ISBN 978-3-426-52199-1

Kontaktadresse nach EU-Produktsicherheitsverordnung:
produktsicherheit@droemer-knaur.de

11 13 14 12 10

Prologue

Les Baux zählt zu den touristischen Attraktionen der Provence. Die meisten Besucher kommen, um die mächtige Burgruine zu besichtigen. Vom Felsplateau hat man einen fantastischen Blick über die »kleinen Alpen« der Alpilles bis zum fernen Meer. Man könnte sich von dort hinunterstürzen, aber davon soll hier nicht die Rede sein. Auch nicht vom kleinen Dorf zu Füßen der Burg, durch dessen Gassen sich zur Saison Heerscharen von Touristen ergießen. Vielmehr soll das Augenmerk auf einen nahe gelegenen unterirdischen Steinbruch gelenkt werden. Früher wurde hier Bauxit abgebaut, heute dienen die hohen Wände und Pfeiler der riesigen Höhle als Projektionsflächen für Multimediashows, die großen Malern und Künstlern gewidmet sind. Sogar der Boden wird als Bilderteppich in die Inszenierung einbezogen. Die Vorführungen sind spektakulär, weshalb es auch hier keinen Mangel an Besuchern hat – doch verlieren sie sich in der Cathédrale d'Images. Jedenfalls wirken die Menschen ganz klein, und oft sind sie nur als Schatten wahrnehmbar. Zudem schaut ohnehin jeder gebannt über die Köpfe hinweg auf die Vorführung. Man wird förmlich verschlungen von den Bildern, wird zu einem Teil von ihnen.

Am heutigen Tag steht in den Carrières de Lumières wie schon das ganze Jahr Vincent van Gogh auf dem Programm. Die Show ist betitelt: »Van Gogh, la nuit étoilée«. Eine sternenklare Nacht mitten am Tag. Die Besucher kommen und gehen, wann sie wollen. Die meisten müssen sich erst mal orientieren, wenn sie den »Steinbruch des Lichts« betreten. Denn besagtes Licht strahlt nur von den riesigen Bildern wider, sonst ist es zappenduster. Die mächtigen Wände stehen nicht in rechten Winkeln zueinander, auch geht es mal rauf, mal runter. Die Zuschauer, die langsam umherlaufen, versinken gerade noch in einem Meer von Sonnenblumen, dann werden sie plötzlich von mächtigen Porträts des großen Malers umringt. Dazu die Musik aus den Lautsprechern, mal klassisch, dann modern. Wie ein LSD-Trip – nur ohne LSD.

Während sich also alle Besucher dem Sinnesrausch hingeben, gibt es zumindest zwei unter ihnen, denen van Gogh völlig egal ist. Sie sind nicht wegen der Kunst hier, sondern führen anderes im Schilde. Was genau, lässt sich schwer sagen. Einer hat eine athletische Figur und einen Rucksack bei sich. Der andere ist kleiner und schlanker. Sie treffen sich an einer offenbar verabredeten Stelle, weit hinten, abseits vom Geschehen. In einer Art Grotte, in die man über Steinblöcke gelangt. Die Projektion reicht dort nicht hin, weshalb diesem Areal während der Vorführung alle den Rücken zuwenden. Der kräftigere Mann übergibt den Rucksack. Ein kleines Mädchen turnt über die Steinblöcke und nähert sich den beiden Männern. Im Schein der Projektionen ist ihr Gesicht nicht zu erkennen. Oder doch? Jedenfalls will der Überbringer des Rucksacks diesen plötzlich wieder zurück. Was hat das mit dem Mädchen zu tun? Es kommt zu einem kurzen, heftigen Gerangel. Im Steinbruch sieht man gerade van Goghs Selbstbildnis mit dem abgeschnittenen Ohr. Keiner achtet auf die beiden Männer. Der Athleti-

schere von beiden sinkt zu Boden. Der andere läuft weg. Aber nicht zu schnell, um nicht aufzufallen. Den Rucksack hat er dabei. Das kleine Mädchen hat von alldem nichts bemerkt, weil es schon zuvor wieder kehrtgemacht hat.

Es dauert, bis die Show vorbei ist. Nach einem fulminanten Schluss erlöschen die Projektoren. Der Steinbruch wird in helles Licht getaucht. Erst jetzt sieht man seine wahren Dimensionen und erkennt die schlichte Schönheit der geschliffenen Bauxitwände.

Manche Besucher streben dem Ausgang entgegen oder suchen den Hof mit dem Café und den Toiletten auf. Andere bleiben, um nach der Pause »Van Gogh, la nuit étoilée« noch einmal von vorne zu sehen. Nur einer bleibt – und wird definitiv nichts mehr davon sehen. Er liegt regungslos auf dem Steinboden, in einer Blutlache, mit einem Messer in der Brust.

Als er entdeckt wird, hallen Schreie durch den Steinbruch. Sie hören sich gespenstisch an. Was nun folgt, hat nichts mit der Illusion und der Macht der Bilder zu tun. Jetzt kommt es zur unbarmherzigen Konfrontation mit der Realität.

1

Le temps guérit toutes les blessures ... Die Zeit heilt alle Wunden. Wie oft hatte Isabelle das schon gehört? Viel zu oft. Das letzte Mal vor fünf Minuten. Alain hatte es zu ihr gesagt, der Kommandant der freiwilligen Feuerwehr. Er war zufällig am *Café des Arts,* wo sie gerade frühstückte, vorbeigekommen, hatte sie gesehen und offenbar geglaubt, er müsse ihr Trost spenden. Warum eigentlich? Sah sie so aus, als ob sie es nötig hätte? Ganz bestimmt nicht. Sie ließ sich ihren Seelenzustand nur selten anmerken. Im Guten wie im Schlechten.

Isabelle tunkte gedankenverloren eine Brioche in den *café au lait.* Tatsächlich fühlte sie sich heute sogar ziemlich gut. Ihre Haare waren noch nass vom Duschen. Und wenn sie ihr Gesicht im Badezimmerspiegel richtig in Erinnerung hatte, war sie sonnengebräunt – wie eine Urlauberin.

Natürlich wusste sie, worauf der Chef der *pompiers volontaires* angespielt hatte. Nämlich auf den Tod des Bürgermeisters Thierry Blès. Dessen Ermordung lag zwar schon eine Weile zurück, aber er war noch allgegenwärtig. Sie selbst dachte besonders viel an ihn, denn sie hatten sich mal sehr nahegestanden.

Le temps guérit toutes les blessures ... Isabelle überlegte, dass Alain nicht nur sie im Speziellen gemeint haben könnte, sondern auch sich selbst und mit ihm alle Bürger Fragolins. Der Tod des Bürgermeisters hatte Wunden hinterlassen – und eine große Lücke. Doch nach der anfänglichen Schockstarre war Fragolin zumindest nach außen wieder zur Normalität zurückgekehrt. Der kleine Ort im provenzalischen Hinterland der

pulsierenden Côte d'Azur hatte seinen entspannten Lebensrhythmus wiedergefunden. Es schien also zu stimmen, dass mit fortschreitender Zeit alle Wunden verheilten.
Isabelle schüttelte leise den Kopf. Sie wusste es anders. Mit Wunden kannte sie sich aus. Im Lauf ihres Lebens hatte sie schon viele erlitten. Sie »verheilten« nicht wirklich. Es blieben Narben zurück. Manche ließen sich schwer verbergen, wie jene auf ihrer Schläfe, die von einem Bombensplitter herrührte. Andere blieben unsichtbar, vor allem die Narben auf der Seele. Und doch waren sie da.
Trotzdem hatte Alain in gewisser Weise recht. Natürlich half die Zeit über vieles hinweg. Vor allem, wenn man nicht ständig zurückblickte – und beherzigte, was Thierry so oft zu ihr gesagt hatte. Sie solle den Augenblick genießen, hatte er ihr geraten. *Vivre le moment présent!* Das Leben sei kurz, und man wisse nicht, was der Morgen bringe. Gott sei Dank hat er seinen eigenen Rat, wann immer möglich, beherzigt. Jetzt wäre es dafür zu spät.
Sie stand auf und machte sich auf den Weg zum Rathaus, in dem ihr kleines Kommissariat untergebracht war. Sie tat das, obwohl es nichts zu tun gab. Thierrys Mörder hatte sie zur Strecke gebracht. Einen aktuellen Fall gab es nicht. Sie plante, später zum Baden zu ihrem Lieblingsstrand zu fahren. Auf dem Weg könnte sie stoppen und eine Jogging-Runde durch Lavendelfelder einlegen. Und danach zur Abkühlung ins Meer springen. *On verra,* man würde sehen.

Jacobert Apollinaire Eustache stand bei der *Police nationale* im Rang eines *Sous-Brigadier.* Das hörte sich nach viel an, war aber weniger als ein *Lieutenant,* doch immerhin mehr als ein *Adjoint de sécurité.* Apollinaire war das sowieso egal. Für ihn war nur wichtig, Madame le Commissaires wichtigster Mitarbeiter zu sein. Genau genommen war er auch ihr einziger. Darauf war er stolz.

Isabelle hegte keinen Zweifel, dass Apollinaire im Kommissariat die Stellung hielt. Er war ein Mann, der auf Disziplin Wert legte. Auch im Nichtstun achtete er auf Struktur und Ordnung. Als einzige Extravaganz pflegte er die Marotte, zur Uniform verschiedenfarbige Strümpfe zu tragen. Dabei kombinierte er schon mal Kniestrümpfe mit Socken. Was man zwar nicht sofort sah, aber Ausdruck besonderer Kühnheit war. Den Dienstvorschriften widersprachen seine Strümpfe so oder so.

Darüber hinaus hatte Apollinaire eine Vielzahl weiterer Spleens, die er als solche aber nicht wahrnahm und deshalb sofort in Abrede stellen würde. Zum Beispiel hasste er Computer und verteufelte alles Digitale. Gleichzeitig hatte er genialische Fähigkeiten, wenn es darum ging, Programme zu hacken oder Firewalls zu überwinden. Ein Widerspruch, den er mit der Faszination des Bösen begründete. Außerdem müsse man seine Feinde kennen, um sie mit ihren eigenen Waffen zu schlagen. Das sei eine alte Samurai-Regel.

Isabelle mochte Apollinaires Eigenarten. Meistens jedenfalls. Ab und zu strapazierten sie auch ihre Nerven. Und in Extremsituationen fürchtete sie um sein Leben. Oder um ihr eigenes. Zum Beispiel, wenn er mit entsicherter Pistole über einen Teppich stolperte.

Im Kommissariat angekommen, sah sie Apollinaire am Schreibtisch sitzen. Sie hätte sich nicht gewundert, ihn mit heruntergerutschten Hosenbeinen im Kopfstand anzutreffen. Das machte er gelegentlich, um die Durchblutung im Gehirn zu fördern. Heute aber las er ganz geordnet die regionale Tageszeitung.

»*Bonjour,* Apollinaire«, begrüßte sie ihn.

»*Je vous salue,* Madame«, antwortete er übertrieben förmlich.

»*Vous allez bien?*«, gab sie zurück.

»Ob's mir gut geht? Natürlich, aber ich mache mir gerade ernste Sorgen.«
Jetzt hatte sie zwei Möglichkeiten. Entweder ließ sie ihn mit seinen Sorgen alleine, dann würde er womöglich nicht weitersprechen. Oder sie fragte nach.
»Steht was im *Var-Matin*, das Sie beunruhigt?«
»In der Tat, so ist es. Tatsächlich verfolge ich diesen Wahnsinn schon länger, aber jetzt kommt er unaufhaltsam näher.« Er deutete zur Fensterbank, wo ein von ihm hingebungsvoll gepflegter Kaktus stand. »Ich mache mir Sorgen um seine Artgenossen«, fuhr er fort. »Nur unser *Pilosocereus chrysostele* darf sich relativ sicher wähnen. Er steht sozusagen unter Polizeischutz.«
Isabelle sah Apollinaire lächelnd an. »Wollen Sie mich bitte aufklären, oder muss ich den Artikel selber lesen?«
»Wenn Sie gestatten, möchte ich kurz ausholen. Wie Sie wissen, gehören Kakteen zur Pflanzenfamilie der Sukkulenten …«
»Bitte keinen botanischen Vortrag.«
»Der Begriff kommt aus dem Lateinischen. *Succulentus* steht für den gespeicherten Saft …«
Isabelle räusperte sich vorwurfsvoll.
»Ach so, pardon. Ermittlungstechnisch ist das natürlich ohne Belang.«
Ermittlungstechnisch? Jetzt wurde sie doch neugierig.
»Sukkulenten im Allgemeinen und Kakteen im Speziellen«, fuhr er fort, »erfreuen sich derzeit großer Beliebtheit. Vor allem in Asien. In Korea spricht man geradezu von einer Kakteen-Sucht. Dumm nur, dass dort kaum welche wachsen. Also werden die Sukkulenten zum Beispiel in Kalifornien oder Arizona illegal ausgegraben und ins Ausland geschmuggelt. Seltene Exemplare erzielen in Asien Höchstpreise. Das ist schon länger bekannt. Nun aber hat dieser Irrsinn auch die Provence und die Côte d'Azur erreicht. Das ist unglaublich.« Aufgeregt deutete

er auf die vor ihm liegende Zeitung. »Hier steht, dass schon letzte Woche im botanischen Garten von Èze wertvolle Kakteen ausgegraben und gestohlen wurden. Gestern schließlich hat es die Domaine du Rayol in Canadel-sur-Mer erwischt. Wo vorher seltene Sukkulenten standen, haben die Gärtner am Morgen nur noch hässliche Erdlöcher vorgefunden.«

Apollinaire war die Betroffenheit anzusehen.

»Ich bin entsetzt«, sagte Isabelle. Dass sie sich dabei ein Schmunzeln nicht verkneifen konnte, entging ihm.

»Meinen Sie, wir sollten den ermittelnden Kollegen Amtshilfe leisten?«, fragte er.

Jetzt tickt er völlig aus, dachte Isabelle. Normalerweise hatten sie es mit Gewaltverbrechen zu tun, mit Mord und Totschlag. Wenn sie als Sonderkommission eingesetzt wurden, waren sie im gesamten Département Var tätig und hatten Zugriff auf die Polizeikräfte in Toulon. Meist erhielten sie ihre Aufträge von oberster Stelle in Paris. Die für den Diebstahl von Kakteen zuständige Gendarmerie würde sich totlachen, wenn sich plötzlich die *Police nationale* einmischte. Erst recht, wenn es sich dabei um das ominöse Kommissariat in Fragolin handelte, das mit besonderen Befugnissen ausgestattet war – keiner wusste, warum.

»Kommt nicht infrage«, stellte sie klar. »Sparen Sie Ihre Kräfte für unseren nächsten Fall.«

Apollinaire riss die Augen auf. »Unseren nächsten Fall? Gibt es denn schon einen?«

Isabelle schüttelte den Kopf. »Nein, aber nach meiner Erfahrung kommt er schneller, als man denkt. Das war bisher immer so.«

Er machte einen enttäuschten Gesichtsausdruck, der sich aber schnell wieder aufhellte.

»Dann hätte ich ja heute Nachmittag Zeit, oder?«, schlussfolgerte er.

»Wozu?«

»Ich könnte mir einen halben Tag Urlaub nehmen und nach Canadel-sur-Mer fahren. Ist ja nicht so weit weg.«
»Natürlich, das könnten Sie. In Ihrer Freizeit können Sie tun und lassen, was Sie wollen. Aber nicht in Uniform. Sie fahren mit Ihrem privaten 2CV. Und Sie mischen sich nicht in die Ermittlungen ein. Haben Sie mich verstanden?«
»Nein, ich meine, ja«, stotterte er. »Mich leitet einzig mein botanisches Interesse. Ich will mir nur die gestohlenen Kakteen anschauen.«
»Wie wollen Sie die Kakteen anschauen, wenn sie weg sind?«
»Ich habe mich unglücklich ausgedrückt, was ich sagen will …«
»Egal. Ich will damit nichts zu tun haben. Fahren Sie vorsichtig.«
»*Merci,* Madame. Wie Sie wissen, fahre ich immer vorsichtig. Darf ich Ihnen noch ein Aperçu aus dem Artikel vorlesen? Zur Erheiterung.«
»Gerne.«
Er hüstelte verlegen. »Nein, besser nicht. Ist mir peinlich.«
»Das hätten Sie sich vorher überlegen müssen.«
»*Alors,* hier steht, dass die Koreaner in ihrer Verrücktheit nach Kakteen sogar Kondome in Form von …«
Sie winkte lachend ab. »Das will ich nun doch nicht wissen.«

2

Beim Verlassen des Kommissariats blieb Isabelle in der Eingangshalle des Rathauses stehen. Dort hingen die Porträts der früheren Bürgermeister von Fragolin. Ihr Vater befand sich darunter, der auch einmal *Maire* des Ortes gewesen war. Er blickte sie streng und würdevoll an. Sie hatte keine wirkliche Erinnerung an ihn, weil er bei einem Autounfall ums Leben kam, als sie noch ein kleines Mädchen war. Fotos aus jener Zeit gab es auch nicht viele. Weshalb es dieses Ölgemälde war, das ihr immer einfiel, wenn sie an ihn dachte. Mit dem verstorbenen Thierry Blès würde es ihr anders ergehen. Von ihm hatte sie viele Bilder im Kopf – und im Herzen. Sie würde sie sich bewahren, auch wenn sie sich in den Monaten vor seinem Tod auseinandergelebt hatten. Sie überlegte, wie wohl sein Porträt in dieser Galerie aussehen würde? Wie sie wusste, war es schon in Arbeit. Hoffentlich wirkte er darauf nicht so steif wie ihr Vater. Sie nahm sich vor, den Porträtmaler, der sein Atelier in Aix-en-Provence hatte, mal aufzusuchen. Ob er Thierry überhaupt gekannt hat? Vielleicht hatte er nur Fotos als Vorlagen? Sie wollte, dass Thierry sympathisch rüberkam. Und dass etwas zu spüren war von seinem *l'esprit provençal*, von seiner provenzalischen Lebensart.

Über die Handfläche hauchte Isabelle ihrem Vater einen Kuss zu. Sie warf noch einen melancholischen Blick auf die kahle Stelle der Wand, wo bald Thierry hängen würde. Dann verließ sie schnellen Schrittes das Rathaus – getragen von Thierrys Devise, im Heute und im Jetzt zu leben.

Ihr Weg führte an einem hübschen Laden mit blauer Holzvertäfelung vorbei. Über dem Eingang stand in verschnörkelter Schrift: Aux saveurs de Provence. Davor befanden sich Ständer mit Postkarten. Und Körbe mit verschiedenen Seifen, zum Beispiel herzförmige in Pastellfarben: verveine, vigne rouge ou lavande broyée. Clodine, die Besitzerin, war eine Freundin aus Kindertagen. Ihr musste man nicht beibringen, den Augenblick zu genießen. Clodine hatte von Natur aus ein sonniges Gemüt. Sie war fast immer fröhlich, lachte gerne und plapperte ohne jede Hemmung darauflos. Isabelle wunderte sich gelegentlich, dass ihr das nicht auf die Nerven ging. Aber sie kannte Clodine schon so lange, dass es ihr nichts ausmachte. Ehrlicherweise hörte sie nicht immer genau zu, wenn Clodine ihr den neuesten Tratsch aus Fragolin anvertraute. Aber es amüsierte sie und brachte sie auf andere Gedanken.

Damit ihr keine möglichen Kunden entgingen, hatte Clodine die Gasse vor ihrem Laden immer fest im Blick. Nur selten gelang es Isabelle, unbemerkt vorbeizuschlüpfen.

Auch heute kam sie prompt herausgestürzt. »*Bisous, ma chérie,* lass dich umarmen.«

Isabelle deutete auf ein Gestell mit bunten Strohhüten.

»Die sind neu, hast du dein Sortiment erweitert?«

»Die Hüte sind schön, nicht wahr? Sie werden in einer kleinen Werkstatt bei Gigondas von alten Frauen handgefertigt …«

Isabelle musste lachen. »Schwindel mich nicht an!«

Clodine legte den Kopf zur Seite und kniff die Augen zusammen. »*Eh bien,* dir kann ich es ja sagen. Die Hüte stammen aus Thailand, die Etiketten habe ich rausgetrennt. Aber ich finde, sie könnten genauso gut aus der Provence kommen.«

»Nun ja, wenn du meinst.«

»Damit mach ich mich doch nicht strafbar, oder?«

»Wohl nicht, jedenfalls solange du keine gefälschten Etiketten mit der Provence als Herkunftsbezeichnung einnähst. Aber du kannst beruhigt sein, Strohhüte fallen nicht in mein Ressort.«
Ebenso wenig wie gestohlene Kakteen, hätte sie fast hinzugefügt.
»Außerdem würdest du keine alte Freundin verpfeifen«, sagte Clodine.
»Da wäre ich mir an deiner Stelle nicht so sicher.« Isabelle lächelte. »Aber ich bin bestechlich. Du könntest mich bei Jacques auf ein Gläschen Rosé einladen.«
Bei *Chez Jacques* handelte es sich um ein Bistro, das auch bei Einheimischen sehr beliebt war. Sie aßen dort oft zu Mittag. Auch zwischendurch traf man sich dort, wenn man nicht gerade im *Café des Arts* saß.
»Jetzt gleich?« Clodine sah sich um. Weit und breit keine Touristen. »*D'accord.* Jasmin hält so lange die Stellung.«
Jasmin, das war eine ehemalige Novizin aus einem Kloster, die dem Glauben abgeschworen hatte und bei Clodine im Laden aushalf. Sie war dunkelhäutig und bildhübsch. Viel zu hübsch für die verheirateten Männer in Fragolin.
»Ich sag ihr nur Bescheid, dann können wir gleich zu Jacques rüberlaufen.«
»Ich geh schon mal voraus.«

Isabelle bekam auf der Terrasse ihren Lieblingstisch. Er stand in der Ecke, hatte eine runde Marmorplatte und schmiedeeiserne Beine. Sie bestellte *deux p'tits rosés.* Ihr Handy klingelte. Clodine war dran, um ihr zu sagen, dass in Fragolin gerade ein Bus mit Amerikanern eingetroffen sei. Die Reisegruppe müsse bald an ihrem Laden vorbeikommen. Isabelle verstehe doch sicher …
Isabelle unterbrach ihre Freundin und wünschte ihr viel Erfolg beim Verkauf der original provenzalischen Strohhüte.

Blieb das Problem, dass sie jetzt zwei Gläser Rosé vor sich stehen hatte. Nun gut, sie könnte beide trinken. Bei den Bewohnern Fragolins war es nicht unüblich, schon vor zwölf Uhr einen alkoholischen Grundpegel einzustellen. Weil alles fußläufig zu erreichen war, musste kaum jemand mit dem Auto fahren. Insofern war diese Angewohnheit gefahrlos – jedenfalls verkehrstechnisch. Man konnte auch alt werden damit. Das hatte ein Ehrenbürger Fragolins unter Beweis gestellt. *Le vieux Georges* pflegte schon am Vormittag mehrere Pastis zu trinken. Dazu rauchte er filterlose Gitanes. Mit über neunzig war er erst im letzten Jahr gestorben. Als Vorbild taugte er dennoch nicht. Er hatte kaum mehr Zähne im Mund gehabt und pflegte mit Leidenschaft auf den Boden zu spucken – auch im Lokal direkt vor dem Tresen. Jeder andere wäre sofort auf die Straße gesetzt worden. Ihm dagegen hatte man unaufgefordert einen weiteren Pastis hingestellt. Während sich Isabelle also an *vieux Georges* erinnerte, näherte sich schlendernd ein schlaksiger, groß gewachsener Mann der Terrasse. Er hatte die langen Haare zum Pferdeschwanz gebunden, trug eine dunkle Sonnenbrille und eine weiße, verknitterte Leinenhose mit aufgeknöpftem Hemd darüber. An den Füßen Espadrilles aus Stoff.

Isabelle blickte auf und winkte ihm zu. Das war das Schöne an Fragolin, man blieb nie lange alleine. Aber das konnte einen auch mächtig stören. Es gab Momente, da sehnte sie sich nach der Anonymität, die sie von Paris kannte. Aber nicht in diesem Augenblick. Denn Nicolas mochte sie – wie sehr, darüber war sie sich noch nicht im Klaren. Mit vollem Namen hieß er Nicolas de Sausquebord. Er lebte noch nicht lange in Fragolin, hatte am Ortsrand eine Bastide gemietet und malte dort riesige Bilder, die keiner zu sehen bekam. Allgemein galt er als gescheiterte Künstlerexistenz. Isabelle wusste es besser. Sie hatte herausbekommen, dass Nicolas ein Pseudonym hatte. Als CLAC war er in Kunstkreisen weltberühmt. Auf Auktionen in London und New York erzielten seine Werke Höchstpreise. Doch davon ahnte in Fragolin keiner was. Auch verschwieg er seine adlige Herkunft. Hier kannte man ihn nur als sympathischen Bonvivant, der es irgendwie schaffte, auch ohne geregelte Arbeit über die Runden zu kommen.

»*Bonjour,* Isabelle«, begrüßte er sie. »Schön, dich zu sehen.«

Seine Wangenküsschen waren unverfänglich. Sie schätzte seine Diskretion. Schließlich waren sie nicht unter sich.

Isabelle deutete auf den freien Korbsessel. »Komm, setz dich.«

Er blickte auf das zweite Weinglas. »Aber du bist nicht alleine, oder?«

»Doch, das bin ich. Der Rosé ist für dich.«

»Aber du konntest doch nicht wissen ...«

»*Mais oui,* natürlich konnte ich das«, sagte sie zum Spaß. »Ereignisse vorherzusehen gehört zu meinem Job.«

Er blickte sie stirnrunzelnd an.

Jacques kam vorbei und stellte ihnen unaufgefordert ein Schälchen mit Oliven hin. Außerdem geröstete Brotscheiben mit *tapenade,* einer Paste aus Oliven, Knoblauch und Sardellen. Sein Service war heute wieder mal unübertroffen. Jedenfalls für Stammgäste. Touristen würde Jacques am liebsten schon vor der Bestellung die Rechnung hinlegen. Zumindest wenn er schlechte Laune hatte, was häufig vorkam. Vor allem, wenn der Mistral blies.

Sie begannen gerade, sich zu unterhalten, da klingelte ihr Handy erneut. Spontan dachte sie, dass es Clodine sei, die ihr sagen wollte, dass die Amerikaner schon wieder weg seien und sie jetzt doch kommen könne. Dann aber sah sie auf dem Display, dass es sich bei dem Anrufer um Apollinaire handelte. Sprang sein 2CV nicht an? Oder hatte er sich auf dem Weg zu den nicht mehr vorhandenen Kakteen verfahren?

»Madame, Madame …« Seine Stimme überschlug sich. »Madame, Sie müssen mir dringend helfen. Mir ist was Schreckliches passiert. Was soll ich jetzt machen?«

Das war typisch für Apollinaire. Die wesentlichen Informationen enthielt er ihr vor.

»Jetzt beruhigen Sie sich erst mal. Und dann sagen Sie mir, was passiert ist.«

»Was passiert ist? *Naturellement,* das sollten Sie wissen. Mir ist eine Frau vors Auto gelaufen. Auf der Straße durch den Kastanienwald, kurz nach der Kapelle. Ich hätte natürlich auch anders fahren können, wäre vielleicht sogar kürzer gewesen …«

Bevor er sich in der Frage der Routenplanung verstricken konnte, hakte sie nach. »Wie geht's der Frau? Ist sie verletzt?«

»Nein, nein, ich glaube nicht. Ich konnte noch bremsen und habe sie nur ganz leicht touchiert, wenn überhaupt.«

»Was sagt sie selbst?«

»Was sie sagt? Nichts, das ist ja das Problem. Sie ist völlig verwirrt. Sie weiß nicht, wie sie heißt und wo sie hinwill. Was soll ich machen?«

Isabelle überlegte, dass es wohl am richtigsten wäre, die Gendarmerie zu verständigen. Einerseits, andererseits …

»Hat sie Ausweispapiere dabei? Eine Handtasche?«

»Keine Handtasche, *rien du tout.*«

»Wo ist die Frau im Augenblick?«

»Sie sitzt in meinem Auto und starrt vor sich hin.«

Isabelle kannte die Stelle mit der Kapelle. Weit war er nicht gekommen.

»Okay, dann schnallen Sie die Frau an, drehen um und bringen Sie sie in unser Kommissariat. Ich erwarte Sie dort.«

»Anschnallen, umdrehen …«, wiederholte er. »Sehr wohl, ich habe verstanden. Ich bin schon so gut wie unterwegs. *Merci mille fois …*«

Die Verbindung wurde unterbrochen.
Es gab Ereignisse, dachte sie, die sie nun doch nicht vorhersehen konnte. In diesem Fall war offenbar nichts Schlimmeres passiert. Gott sei Dank. Apollinaire hatte schon mal ein Wildschwein angefahren. Das war nicht so glimpflich ausgegangen.
»Hat Apollinaire Probleme mit einer Frau?«, fragte Nicolas, der aus dem, was er gehört hatte, nicht schlau wurde. »Und warum soll er sie festschnallen?«
»*An*schnallen, nicht *fest*schnallen«, korrigierte sie lachend. »Tut mir leid, aber ich muss ins Kommissariat.«
»Schade, ich wollte dich gerade ins Atelier einladen, um …« Er unterbrach sich und lächelte verlegen.
Sie mochte seine schüchterne Art. Wobei der Anschein trog. Nicolas war alles andere als unsicher. Und zurückhaltend war er auch nicht immer.
»Das müssen wir leider verschieben. Aber Zeit für unseren Rosé habe ich noch.« Sie hob ihr Glas. *»Santé!«*

3

Isabelle lief gerade über den Vorplatz des *Hôtel de ville,* da sah sie Apollinaires 2CV um die Ecke kurven. Man konnte ihm nicht vorwerfen, dass er zu schnell fuhr. Sein kippliger *deux chevaux* neigte sich kaum zur Seite. Jeder schläfrige Dorfhund hätte ihm ausweichen können.

Apollinaire hielt direkt vor dem Haupteingang des Rathauses. Er stieg aus. Seine Haare wirkten noch zerzauster als sonst. Und er war ungewöhnlich blass.

»Ich bin froh, dass Sie da sind«, sagte er. »Ich weiß mir nicht zu helfen.«

Sie verstand nicht, warum. Wie konnte ihn eine Frau, der nichts geschehen war und die nichts sagte, so aus der Fassung bringen?

Apollinaire öffnete die Beifahrertür. Isabelle trat heran und sah ins Auto. Die Frau saß regungslos da und blickte starr geradeaus. Ihre Hautfarbe sowie ihre Gesichtszüge deuteten auf eine arabische Herkunft hin. Zu Isabelles Überraschung hatte sie einen Kopfverband.

»Apollinaire, Sie haben mich angelogen. Sie haben die Frau doch verletzt.«

»Nein, ganz bestimmt nicht.«

»Warum haben Sie ihr dann den Kopf verbunden?«

»Habe ich nicht. Den Kopfverband hatte sie schon vorher.«

Es gab keinen Grund, an seinen Worten zu zweifeln. Außerdem sah der Verband sehr professionell aus.

Isabelle reichte der Frau ihre Hand.

»Würden Sie bitte aussteigen.«
Keine Antwort, keine Reaktion.
Isabelle langte über sie rüber und löste den Sicherheitsgurt.
»So, jetzt steigen Sie bitte aus«, wiederholte sie ihre Aufforderung. Weil wieder jede Reaktion ausblieb, fügte sie hinzu: »Ich will Ihnen helfen. Das kann ich aber nur, wenn Sie aussteigen.«
Langsam drehte die Frau den Kopf und sah Isabelle an. Sie hatte schöne dunkle Augen. Ihre Pupillen waren ungewöhnlich geweitet. So, als ob sie Drogen genommen hätte. Aber Isabelle wusste, dass es dafür auch andere Gründe geben konnte.
»Mein Name ist Isabelle. Und wie heißen Sie?«
»Je ne sais pas«, antwortete sie leise.
Sie konnte sich nicht an ihren Namen erinnern? Die Ratlosigkeit im Gesicht der Frau schien echt.
Von hinten kam Apollinaires Stimme. »Hab ich doch gesagt, sie weiß nicht, wie sie heißt.«
Isabelle reichte ihr erneut die Hand. »Jetzt tun Sie mir schon den Gefallen, bitte steigen Sie aus. So bequem ist es in dem Auto auch nicht.«
»Das kann man so nicht sagen«, protestierte Apollinaire leise. »Mein 2CV ist sogar ausgesprochen bequem.«
Isabelle war erleichtert, als die Frau ihre ausgestreckte Hand ergriff und sich aus dem Auto ziehen ließ.
Als sie schließlich vor ihr stand, registrierte Isabelle, dass sie eng sitzende Jeans trug und ein grünes T-Shirt, auf dem eingetrocknete Flecken zu sehen waren, die von Blut herrühren könnten. Die Frau war vielleicht Ende zwanzig, mittelgroß und schlank. Sie hatte schwarze Sneakers an den bloßen Füßen und am rechten Knöchel ein dünnes Goldkettchen. All das registrierte Isabelle mit einem Blick. Sie war geübt darin, Menschen in Sekundenschnelle zu erfassen. Ihren ersten Eindruck, dass die Frau arabische Wurzeln hatte, fand sie bestätigt. Womöglich

stammten ihre Vorfahren oder sie selbst aus dem Maghreb, also zum Beispiel aus Algerien, aus Marokko oder Tunesien. In Frankreich lebten viele Menschen aus diesen Ländern.

Isabelle fiel auf, dass sich die Frau schon zum wiederholten Male an den Brustkorb fasste. Außerdem schien sie Probleme beim Atmen zu haben.

»Tut Ihnen da was weh?«, fragte Isabelle. »Brauchen Sie einen Arzt?«

Wieder bekam sie nur ein Kopfschütteln zur Antwort.

»Jetzt gehen wir erst mal rein«, schlug sie vor. Dass die Frau einen Arzt brauchte, war sowieso klar. Aber nicht akut. Wie es aussah, war sie schon versorgt worden.

Isabelle nahm sie am Arm und führte sie die Stufen hinauf ins Rathaus. Erst jetzt schien die Frau wahrzunehmen, dass es sich um ein offizielles Gebäude handelte. Das schien ihr nicht zu gefallen. Isabelle glaubte zu spüren, dass sie sich am liebsten losgerissen hätte, um wegzulaufen. Sie verstärkte den Druck. Auf diesen dummen Gedanken sollte sie gar nicht erst kommen.

Isabelle hielt es für wahrscheinlich, dass die Frau unter einer posttraumatischen Amnesie litt. Dafür sprach die Kopfverletzung. Auch die geweiteten Pupillen passten ins Bild. Und dass ihr die Brust beim Atmen schmerzte, ließ darauf schließen, dass auch ihre Rippen einen Schlag abbekommen hatten.

All das beantwortete nicht die Frage, was sie mit ihr tun sollten. Sie war orientierungslos und hilfsbedürftig. Sie konnten sie nicht einfach wieder gehen lassen. Schon zu ihrer eigenen Sicherheit.

Sie mussten auf die Frau achtgeben – und ihre Identität herausfinden. Wurde sie irgendwo vermisst? Was war mit ihr geschehen?

Bis zum Betreten ihres Kommissariats konnte die junge Frau nicht wissen, dass sie gerade von zwei Polizisten begleitet wurde. Apollinaire trug Zivil. Und Isabelle sah man ihren Beruf sowieso nicht an. Man könnte sie eher für eine sportliche Urlauberin halten als für eine Kommissarin. Auf dem Schild neben der Eingangstür stand zwar *Police nationale* mit dem Zusatz *Commission spéciale,* aber die Frau hatte ihre Augen nur starr nach vorne gerichtet und schien von ihrer Umgebung kaum was wahrzunehmen. Das änderte sich schlagartig, als sie auf dem Kleiderbügel am Büroschrank Apollinaires ordentlich aufgehängte Polizeiuniform entdeckte. An der Wand hing ein großes, Respekt einflößendes Konterfei von Charles de Gaulle. Und in der Ecke lehnte eine Fahnenstange mit der Trikolore. Die Frau begann zu zittern. Zwar dürfte ihr immer noch nicht klar sein, wo genau sie sich befand, aber dass sie sich nicht wohlfühlte, war unübersehbar.
»Alles gut«, sagte Isabelle beruhigend. Sie deutete auf den einzigen Sessel im Raum. »Nehmen Sie Platz. Haben Sie Durst? Wollen Sie ein Glas Wasser?«
Die Frau rührte sich nicht vom Fleck. Nur ihre Augen irrlichterten herum. Isabelle zog den Sessel heran und brachte sie mit sanftem Druck dazu, sich zu setzen.
Aus dem Augenwinkel sah sie, wie Apollinaire ein Glas sorgfältig mit einem Tuch reinigte, dann Wasser eingoss und es mit spitzen Fingern herbrachte. Sie musste schmunzeln. Das war clever von ihm. Offenbar hatte er sich überlegt, dass sich die Frau nicht freiwillig ihre Fingerabdrücke würde nehmen lassen. Aber die brauchten sie, um einen Abgleich mit der Datenbank der Polizei durchzuführen. Irgendwo mussten sie ja anfangen, um ihre Identität herauszufinden. Auch wenn sie nicht davon ausgehen konnten, dass ihre Fingerabdrücke gespeichert waren.

Isabelle setzte sich auf einen Stuhl, sah sie an – und schwieg. Apollinaire hackte derweil auf der Tastatur seines Computers herum. Ihr war klar, was er machte. Er suchte nach einer Vermisstenmeldung. Wahrscheinlich auch nach irgendwelchen besonderen Vorkommnissen in der näheren Umgebung.
Nach einer Weile warf er ihr einen Blick zu. Dabei schüttelte er den Kopf.
Okay, keine Hinweise. Und jetzt?
Die Frau hatte das Wasser ausgetrunken. Isabelle nahm ihr das Glas ab. Dabei berührte sie es mit zwei Fingern nur oben am Rand und am Boden. Apollinaire grinste. Sie verstanden sich auch ohne Worte. Das klappte nicht immer, aber gerade schon.
»Ich würde Ihnen gerne helfen«, sagte Isabelle. »Können Sie sich denn an gar nichts mehr erinnern? Zum Beispiel, was mit Ihrem Kopf passiert ist?«
Die Frau sah sie verständnislos an. »Mit meinem Kopf?«
Na bitte, wenigstens eine Reaktion.
Apollinaire brachte einen Handspiegel. Wozu hatte er einen Spiegel? Bestimmt nicht, um den Sitz seiner Krawatte zu kontrollieren. Der Knoten sah jeden Tag anders aus, aber schief war er immer. Und gekämmt hatte er sich noch nie.
Als sich die Frau im Spiegel sah, riss sie verwundert die Augen auf. Vorsichtig betastete sie ihren Kopfverband.
»Wie lange habe ich den schon?«, fragte sie.
»Das wollte ich von Ihnen wissen. Was ist passiert?«
»Keine Ahnung. Offenbar habe ich eine Kopfverletzung. Aber mir tut nichts weh.«
Isabelle freute sich, dass ihre Sätze immer länger wurden.
»Könnten Sie bitte mal in Ihren Hosentaschen nachsehen. Vielleicht haben Sie ja doch irgendeine Art von Ausweis dabei?«
Allerdings saß die Jeans so eng, dass Isabelle nicht wirklich daran glaubte.

Die Frau folgte der Aufforderung. Aber außer einem verknitterten Ticket in der Gesäßtasche waren die Taschen leer.
Sie drehte das Ticket in der Hand, konnte aber nichts damit anfangen. »Habe ich noch nie gesehen.«
Isabelle stellte fest, dass es sich um eine Eintrittskarte handelte. Sie berechtigte zum Besuch des Fort de Brégançon. Isabelle war noch nie dort gewesen, aber die Festung war ihr natürlich ein Begriff. Sie lag auf einer Felseninsel südlich von Bormes-les-Mimosas. Bekannt war sie schon deshalb, weil dort traditionell die französischen Staatspräsidenten ihren Sommerurlaub verbrachten. Seit einigen Jahren durfte man das Fort de Brégançon zu manchen Terminen besichtigen. Vor allem Touristen aus Frankreich taten das gerne. Auf dem Ticket war das Datum vermerkt. Der Besuch lag zwei Wochen zurück. Das half also nicht weiter. Von dort war sie nicht gekommen.
Isabelle sah die Frau nachdenklich an. »Haben Sie was dagegen, wenn ich eine befreundete Ärztin bitte, Sie kurz anzuschauen. Die Verletzung am Kopf muss ja kontrolliert werden. Außerdem habe ich den Eindruck, dass Sie beim Atmen Probleme haben?«
Sie langte sich an die Brust und nickte. »Ja, hier sticht es ein wenig. Ist aber nicht schlimm und wird schon besser.«
Eigentlich gehörte sie in eine Klinik, dachte Isabelle. Aber irgendwas hielt sie davon ab. Vor allem die Sorge, dass die Frau dort nicht bleiben, sondern davonlaufen würde. Im schlimmsten Fall vor ein Auto, das schneller unterwegs war als Apollinaire in seinem 2CV.
»Darf ich die Ärztin anrufen?«, wiederholte Isabelle ihre Frage. »Marie-Claire ist eine alte Dame und praktiziert nicht mehr. Aber sie ist total nett und hat viel Erfahrung.«
Dass sie mittlerweile schlecht sah und nur noch gebückt gehen konnte, verschwieg sie. Aber Marie-Claire, die in ihrer Gasse

genau gegenüber wohnte und ihr in der Früh oft aus dem Fenster zuwinkte, war immer noch eine ausgezeichnete Ärztin. Vor allem aber sah sie lieb und harmlos aus und würde die junge Frau nicht erschrecken.

Wieder betastete die Frau ihren Kopfverband. »Eine Ärztin? Ja, wäre gut«, stimmte sie zu. »Ich würde gerne wissen, wie es unter meinem Verband aussieht.«

Isabelle gab Apollinaire ein Zeichen. Der griff schon zum Telefon.

Zum ersten Mal sah sich die Frau im Raum um. »Wo sind wir hier eigentlich?«, fragte sie.

Eine Frage, die Isabelle erwartet hatte. Irgendwas hielt sie davon ab, das Wort Polizei in den Mund zu nehmen.

»Das Büro gehört zum Rathaus von Fragolin.«

»Fragolin?«

»Ja, so heißt unser Ort. Noch nie gehört?«

»Nein, noch nie.«

»Es ist sehr schön hier. Ich führe Sie später gerne etwas herum.«

Isabelle überlegte kurz. »Solange Ihnen Ihr Name nicht einfällt, sollten wir uns einen ausdenken«, schlug sie vor. »Ich muss Sie ja der Ärztin irgendwie vorstellen. Einverstanden?«

Die Frau sah sie aus großen dunklen Augen an. »Wenn Sie meinen.«

»Machen Sie einen Vorschlag!«

Das war ein Experiment. Vielleicht kam sie so auf ihren richtigen Namen?

Sie dachte eine Weile nach, dann zuckte sie mit den Schultern.

»Mir fällt keiner ein.«

Experiment gescheitert!

»Wie wäre es mit Monique?«, fragte Isabelle.

»Monique? Ja, das klingt nett.«

4

Am späten Nachmittag saß Isabelle erneut auf der Terrasse von Jacques' Bistro. Diesmal aber weder mit Clodine noch mit Nicolas – sondern mit der jungen Frau, die sie fortan auch in ihren Gedanken Monique nannte. Man tat sich leichter, wenn jemand einen Namen hatte, selbst wenn es sich dabei nicht um den richtigen handelte.

Monique hatte keinen Kopfverband mehr, nur noch ein großes Pflaster auf der Stirn. Marie-Claire hatte sie sorgfältig untersucht. Auf der Stirn hatte sie eine Platzwunde, die laut Marie-Claire professionell versorgt und genäht war. Nach ihrer Schätzung stammte die Verletzung nicht von heute, aber älter als ein oder zwei Tage war sie auch nicht. Weil keine Blutungsgefahr mehr bestand, konnte man auf den Verband verzichten, ein Pflaster reichte. Marie-Claire hatte verschiedene Tests durchgeführt. So hatte sie mit einer Taschenlampe die Pupillenreaktion überprüft und war zu dem Schluss gekommen, dass Moniques Gedächtnisverlust wohl auf ein Schädel-Hirn-Trauma zurückzuführen sei. Bei einer retrograden Amnesie seien oft alle Ereignisse vor der Hirnschädigung wie ausgelöscht. Davon könne auch die eigene Biografie betroffen sein. Dass sie ihren Namen nicht wisse, sei also nicht untypisch. Es könne Tage, Wochen oder Monate dauern, bis die Erinnerung zurückkehre. Eigentlich müsse man das Gehirn mit einem bildgebenden Verfahren wie einer Computertomografie untersuchen, vor allem, um eine Hirnblutung auszuschließen. Aber möglicherweise sei das bereits erfolgt. Die Behandlung ihrer Kopfwunde spreche für die Ambulanz in einem Krankenhaus. Was die Schmerzen beim Atmen betraf, führte Marie-Claire diese auf einen heftigen Schlag auf die Brust zurück. Es seien Hämatome erkennbar, aber Rippen seien wohl keine gebrochen. Selbst wenn, müsse man da nichts machen. Gleiches gelte für eine Rippenprellung. Marie-Claire hatte Monique eine Schachtel mit Schmerzmitteln gegeben. Aber sie solle nicht alle auf einmal nehmen, hatte sie lachend gesagt.

Isabelles Vermutung, dass Monique schon lange nichts mehr gegessen und getrunken hatte, bestätigte sich im Bistro. Zwar hatte Jacques am Nachmittag nur eine kleine Speisekarte, aber es gab noch *Couscous tomates et courgettes,* Couscous mit Tomaten und Zucchini. Monique verschlang gleich zwei Portionen. Dazu eine halbe Baguette und eine große Karaffe Wasser. Zwischendurch warf sie den anderen Gästen kurze, unsichere Blicke zu. Dann wieder starrte sie wie durch einen Tunnel nur noch auf ihren Teller.

Isabelle aß einen *Salade avec des lanières de dinde,* einen kleinen Salat mit Putenstreifen. Vor allem aber beobachtete sie Monique und machte sich dabei ihre Gedanken. Ihre Verletzungen könnten auf einen Autounfall zurückzuführen sein. War der Airbag nicht aufgegangen? Oder kam es auch mit Airbag zu einer Rippenprellung? Natürlich waren hundert andere Möglichkeiten denkbar, sich in ähnlicher Weise zu verletzen. Denkbar schon, aber ein Autounfall war am wahrscheinlichsten. Denn es gab noch ein Indiz: Marie-Claire hatte an ihrer linken Schulter einen Bluterguss entdeckt – wie von einem gespannten Sicherheitsgurt auf der Fahrerseite.

Äußerlich war Monique kaum in Mitleidenschaft gezogen worden. In ihren Kopf konnte man ja nicht hineinsehen. Das Pflaster auf der Stirn verunstaltete sie nur unwesentlich. Aber ihre Bewegungen wirkten seltsam unkoordiniert. Gerade war ihr zum zweiten Mal die Gabel aus der Hand gefallen. Und auf dem Weg vom *Hôtel de ville* zum Bistro war sie mehrfach gestolpert, sodass Isabelle sie am Arm genommen hatte.

Zwar machte Monique einen gestörten und verängstigten Eindruck, aber sie verhielt sich nicht feindselig oder gar aggressiv. Das machte den Umgang mit ihr leicht. Bis jetzt jedenfalls.

Während sie hier saßen, telefonierte Apollinaire alle Krankenhäuser und Notfallambulanzen in der näheren Umgebung ab. Isabelle schmunzelte. In der *näheren* Umgebung von Fragolin gab es nur ausgedehnte Kastanienwälder und Korkeichen. Er würde seinen Kreis also größer anlegen müssen. Etwa bis Sainte-Maxime im Osten über Saint-Tropez sowie Cavalaire-sur-Mer und Le Lavandou im Süden bis hinüber nach Hyères in westlicher Richtung. Innerhalb dieser Region würde er auch nach Autounfällen suchen. Und nach anderen besonderen Ereignissen in den letzten Tagen. Fragte sich nur, wie Monique von dort, also von wo auch immer, zur Stelle an der Landstraße gelangt war, wo sie Apollinaire vors Auto gelaufen war. Aus dem Wald konnte sie kaum gekommen sein. Oder doch? Nein, ihre Sneakers würden sonst nicht so sauber aussehen.

Isabelle bestellte eine *noisette,* einen Espresso mit einem Kännchen warmer Milch. Monique winkte ab – obwohl ihr immer wieder vor Müdigkeit die Augen zufielen. Das brachte Isabelle zur nächsten Frage: Wo sollte Monique heute Nacht schlafen? Natürlich bot sich die *Auberge des Maures* an, das älteste Hotel von Fragolin. Aber Isabelle hätte kein gutes Gefühl dabei. Zwar war die Rezeption rund um die Uhr besetzt, dennoch konnte man jederzeit unbemerkt an ihr vorbeischlüpfen. Vor allem, wenn die alte Concierge Dienst hatte. Sie hörte noch schlechter, als sie sah. Isabelle wollte nicht erleben, dass Monique morgen früh spurlos verschwunden war. Irgendwie fühlte sie sich für die junge Frau verantwortlich. Wenigstens so lange, bis sie wieder wusste, wer sie war.

»Sind Sie müde?«, fragte Isabelle.

»Oui, oui, je suis fatiguée, très, très fatiguée«, bestätigte sie mit träger Stimme. »Tut mir leid.«

»Seit wann haben Sie nicht mehr geschlafen?«

Erwartungsgemäß hatte Monique darauf keine Antwort.

»Ich weiß nicht. Ich weiß nur, dass ich hundemüde bin.«

Isabelle fasste einen Entschluss. Er fiel ihr nicht leicht, denn er widersprach all ihren Prinzipien. Ihre Privatsphäre war ihr heilig. Aber sie sah keine andere Möglichkeit.

»Ich kann Ihnen anbieten, dass Sie heute Nacht bei mir schlafen«, schlug sie vor. »Meine Wohnung ist nicht weit von hier. Ich habe eine Gästecouch …«

Monique wischte mit einer fahrigen Bewegung ihr Wasserglas vom Tisch. Isabelle fing es auf, bevor es auf dem Boden zerschellen konnte.

»'tschuldigung, ich weiß auch nicht, was mit mir los ist.«

»Kein Problem. Also, was halten Sie von meiner Gästecouch? Nur für eine Nacht. Morgen sehen wir dann weiter.«

»Ich möchte Ihnen keine Unannehmlichkeiten machen.«

Isabelle fand, dass Monique ausgesprochen höflich war. Ihr Französisch war ausgezeichnet. Jedenfalls sprach sie nicht wie eine Zuwanderin aus einem arabischen Land. Aber irgendwas stimmte nicht mit ihr. Sie wusste nur nicht, was.

»Nein, das passt schon.« Isabelle lächelte. »Ich kann Sie ja nicht auf der Straße schlafen lassen.«

Monique zuckte zurück. Ganz so, als ob sie gerade etwas Falsches gesagt hätte.

5

Isabelle saß abends noch lange auf ihrer kleinen Dachterrasse. Allein mit sich und mit ihren Gedanken. Und mit einer angebrochenen Flasche Wein. Monique schlief unten auf dem Gästesofa. Tief und fest wie ein Murmeltier. Weil aber auch Murmeltiere plötzlich aufwachten und vielleicht auf dumme Gedanken kamen, hatte Isabelle die Wohnungstür abgeschlossen und den Schlüssel eingesteckt. Das war zwar nicht korrekt und grenzte an Freiheitsberaubung, schien ihr aber dennoch geboten. Wer konnte schon wissen, was Menschen mit einer posttraumatischen Amnesie so alles einfiel. Zum Beispiel könnte Monique schlafwandeln, im Treppenhaus die steilen Stufen hinunterstürzen und sich dabei das Genick brechen. Okay, das war weit hergeholt und nicht sehr wahrscheinlich, also eine faule Ausrede. Aber Monique könnte tatsächlich auf die Idee kommen, einfach wegzulaufen. Dann müssten sie sie morgen suchen. Denn allein konnte man sie ihrem Schicksal nicht überlassen. Nicht in ihrem Zustand.

Isabelle sah hinauf zu den Sternen, die hier so viel intensiver funkelten als über Paris. Das war der isolierten Lage von Fragolin zu verdanken. Umgeben von den dichten Wäldern des *Massif des Maures,* gab es keine anderen Lichtquellen, die stören konnten. Außerdem fehlte die filternde Dunstglocke einer Großstadt. Sie kannte das aus der Wüste, da war der Effekt noch stärker. Aber Fragolin kam dieser Magie schon ziemlich nahe. Vor allem, wenn der Mistral über die Dächer blies, der am Himmel die letzten Schmutzpartikel wegfegte. Doch Gott sei

Dank war es gerade windstill. Denn sie mochte den Mistral nicht. Genau genommen war der kräftige Fallwind aus dem Rhône-Tal, der meist über mehrere Tage an den Fensterläden rüttelte und die Nerven strapazierte, das Einzige, was sie an der Provence wirklich störte.

Sie trank vom Wein und lauschte den Zikaden. Dann musste sie lächeln, denn ganz so makellos war diese Postkartenidylle nun doch nicht. Irgendwo plärrte ein Radio. Ein Hund bellte. Stimmen von Nachtschwärmern schallten herauf. Über das Kopfsteinpflaster ihrer Gasse schepperte ein Karren. Sie wusste sogar, wer das war. Roger entsorgte die leeren Flaschen aus dem *Café des Arts.* Warum er das oft spät am Abend machte, wusste der Henker. Offenbar hatten sich die Nachbarn daran gewöhnt, sodass sich keiner beschwerte.

Isabelle goss sich ein letztes Glas Wein ein. Anschließend würde sie zu Bett gehen. Dazu zündete sie sich ein Zigarillo an. Eigentlich war sie Nichtraucherin, aber ab und zu gönnte sie sich diese kleine Extravaganz. Noch lieber mochte sie ausgewachsene Zigarren, zum Beispiel eine Cohiba, aber die rauchte sie nur in Gesellschaft von …

Ihr *portable* klingelte. Sie sah auf das Display. Gab es so etwas wie Gedankenübertragung? Natürlich glaubte sie nicht daran. Dennoch war es Rouven Mardrinac, der sie zu erreichen versuchte. Das war wirklich schräg, hatte sie doch gerade an ihn gedacht. Er war der Mann mit den teuren Zigarren. Dass er zu dieser nachtschlafenden Zeit anrief, überraschte sie dagegen weniger. Rouven, zu dem sie eine sehr spezielle Beziehung pflegte, die von längeren Auszeiten geprägt war, zwischendurch aber auch ausgesprochen intensiv sein konnte, war fortwährend in fernen Ländern unterwegs. Zeitzonen ignorierte er aus Prinzip. Das war eins der Privilegien, die er für sich in Anspruch nahm.

Lächelnd nahm Isabelle das Gespräch entgegen.
»Salut, Rouven, comment vas-tu?«
»Isabelle, *ma chère,* wie soll's mir schon gehen? *Excellent* wie immer. Habe ich dich geweckt?«
Na, so was, er wusste sogar, wie spät es bei ihr war.
»Nein, noch nicht. Ich sitze gerade auf meiner kleinen Terrasse, trinke einen Wein, den du freiwillig nicht bestellen würdest, und halte am Nachthimmel nach Sternschnuppen Ausschau.«
»Sternschnuppen?« Sie mochte sein sonores Lachen. Rouven war ein Hüne, er verfügte über den entsprechenden Resonanzkörper. »Was willst du dir wünschen, wenn du eine siehst?«
»Darf man nicht sagen, sonst geht der Wunsch nicht in Erfüllung.«
»Verstehe. Wenn's nicht klappt, sag mir Bescheid. Vielleicht kann ich einspringen und für dich Sternschnuppe spielen.«
Das könnte er, dachte sie. Rouven war ein milliardenschwerer Kunstmäzen, der schon als Kind einen eigenen Chauffeur hatte, heute aber rund um Saint-Tropez am liebsten mit einem alten gelben Strandwagen der Marke Citroën Méhari herumkurvte, ohne Türen und Verdeck. Diese Widersprüchlichkeit gefiel ihr an ihm. Isabelle überlegte, dass sie keine materiellen Wünsche hatte, die er erfüllen könnte. Sie brauchte nicht viel zum Leben. Welchen Wunsch hätte sie sonst? Auf Anhieb fiel ihr keiner ein. Gott sei Dank gab es heute Nacht keine Sternschnuppen.
»Und wo treibst du dich gerade herum?«, ging sie auf sein Angebot nicht weiter ein. »Nördlich oder südlich des Äquators?«
»Ich bin gleich um die Ecke, in Tel Aviv ...«
Gleich um die Ecke? Aus der Perspektive eines Globetrotters konnte man das so sehen.
»Übrigens eine faszinierende Stadt.« Wieder sein tiefes Lachen. »In Israel gibt es ein Sprichwort: In Haifa wird gearbeitet, in Jerusalem gebetet, in Tel Aviv gefeiert.«
»Du bist also zum Feiern in Tel Aviv?«

»*Mais non,* ich habe einen Termin im Museum of Art. Dort hängen zwei Leihgaben meiner Fondation.«
Bilder der Fondation Mardrinac hingen in vielen bedeutenden Museen dieser Welt. Warum also nicht auch in Tel Aviv?
»Aber du könntest das Nützliche mit dem Angenehmen verbinden«, schlug sie vor.
»Tue ich doch sowieso, du kennst mich doch. Erstens ist Kunst immer angenehm, außer sie ist hässlich, dann schau ich weg. Zweitens muss ich nicht feiern, um eine angenehme Nacht zu verbringen. Und drittens …«
»Drittens?«
»Drittens hätte ich gegen deine Gesellschaft im Moment nichts einzuwenden.«
»Das hast du schön formuliert. Etwas unromantisch, aber immerhin.«
»Was hältst du von folgendem Vorschlag? Ich lasse dich morgen früh abholen. In Nizza wartet mein Flieger auf dich. Und schon am Nachmittag stoßen wir an der Strandpromenade von Tel Aviv mit koscherem Champagner auf die Romantik an. Das ist doch eine superbe Idee, findest du nicht?«
Doch, das war eine *superbe* Idee. Gestern noch hätte sie womöglich spontan zugesagt. Oder auch nicht. Aber heute musste sie verneinen. Unten schlief auf der Gästecouch Monique. Die wollte sie nicht alleine lassen.
»Eine liebe Einladung, vielen Dank. Aber ich kann nicht, tut mir leid.«
»Warum? Arbeitest du schon wieder an einem neuen Fall? Du wolltest doch nach Thierrys Tod eine Pause einlegen.«
Stimmt, das wollte sie. Und tatsächlich hatte sie auch keinen neuen Fall. Nur eine Frau, die sich an nichts erinnern konnte.
»Nein, kein neuer Fall. Aber ich muss mich um jemanden kümmern.«

»Schade, ich hätte mich sehr gefreut.«

Das schätzte sie an Rouven. Er diskutierte nie lange herum. Er akzeptierte ihre Entscheidungen so, wie sie kamen.

»Ich mich auch. Aber Rouven …«

»Ja?«

»Vielleicht klärt sich morgen alles im Lauf des Tages. Dann hätte ich frei.«

»Das wäre schön. Ruf mich an. Ich bin noch bis Ende der Woche in Tel Aviv.«

»Du hörst von mir.«

»*Schalom,* meine Liebe. Schlaf gut.«

»*Bonne nuit.*«

6

Am nächsten Morgen traf sie Monique zwar ausgeschlafen an, aber auch verändert. Dass sie sich weiterhin an nichts erinnern konnte, hatte sie erwartet. Doch warum sie plötzlich wesentlich abweisender als gestern war und ihr immer wieder argwöhnische Blicke zuwarf, konnte sie sich nicht erklären. Immerhin war Monique in den Genuss ihrer Gastfreundschaft gekommen, indem sie bei ihr schlafen durfte. Ein kleines Frühstück gab es auch, sogar oben auf ihrer Terrasse.

Isabelle hatte feine Antennen. Sie registrierte, dass Monique immer zurückwich, wenn sie ihr zu nahe kam. Das hatte sie gestern noch nicht gemacht. Außerdem knabberte sie nervös an ihren Fingernägeln. Auch das war neu. Weil in ihrer Wohnung nichts auf ihren Beruf hindeutete, musste ihr Verhalten andere Ursachen haben. Entweder war ihr im Nachhinein klar geworden, dass sie sich gestern in einem Kommissariat der *Police nationale* befunden hatte und dass demzufolge Isabelle und Apollinaire von der Polizei waren. Oder es waren doch Bruchstücke aus der Vergangenheit in ihr Gedächtnis zurückgekehrt? In beiden Fällen gab es für Monique keinen Grund, ihr mit Misstrauen zu begegnen – außer sie hatte etwas zu verbergen. Etwas, das die Polizei nicht wissen durfte. Oder sie war durch ihr vorangegangenes Leben so geprägt worden, dass die Polizei ein Feindbild darstellte? Auch das war möglich und kaum weniger verdächtig.

Jedenfalls gingen Isabelle all diese Gedanken durch den Kopf. Und noch einige mehr. Bis hin, dass sie sich Moniques Verhal-

tensänderung nur einbildete. Oder dass sie nichts zu bedeuten hatte und auf ihre Kopfverletzung zurückzuführen war.
Immerhin machte Monique keine Anstalten, das Weite zu suchen. Aggressiv war sie auch nicht. Und sie half ihr beim Abräumen des Frühstückstischs. Na also, ging doch.
Für den heutigen Tag hatte Isabelle einen Plan. Zuerst aber wollte sie ins Kommissariat und sich mit Apollinaire austauschen. In Moniques Begleitung ging das schlecht, weshalb sie auf die Idee kam, die junge Frau bei Clodine zu »parken«. Das war ein doppelt guter Gedanke, denn erstens war sie dort unter Aufsicht, und zweitens konnte Clodine nicht nur reden wie ein Wasserfall, sie verstand es auch meisterlich, Leute auszuhorchen. Auf diesem Gebiet war sie ein Naturtalent. Hinterher wunderten sich viele, was sie im Gespräch mit ihr Persönliches preisgegeben hatten. Und hatten anschließend schlaflose Nächte, weil sie wussten, dass Clodine nichts für sich behalten konnte. Isabelle lächelte. An Monique würde sich Clodine die Zähne ausbeißen. Endlich jemand, von dem sie nichts, aber auch gar nichts erfahren würde. Das würde sie in den Wahnsinn treiben. Eine Vorstellung, die Isabelle amüsierte. Oder sie schaffte es, die geschlossene Auster zu knacken. Noch besser. Aber das war mehr als unwahrscheinlich.
Isabelle traf Clodine im Laden an, stellte die junge Frau mit Monique vor und fragte ihre Freundin, ob Monique eine halbe Stunde bei ihr bleiben dürfe. Natürlich hatte Clodine keine Einwände, denn sie war immer neugierig auf Menschen, die sie nicht kannte. Monique war ebenfalls einverstanden. Fast schien sie froh, Isabelle für eine kurze Zeit loszuwerden. Undankbares Geschöpf.
Als sich Isabelle von Clodine verabschiedete, flüsterte sie ihr noch schnell ins Ohr, gut auf Monique aufzupassen. Falls sie plötzlich wegwollte, solle sie versuchen, das auf sanfte Art zu verhindern – und sie sofort anrufen.

Im Kommissariat angekommen, stellte Isabelle fest, dass Apollinaire wieder einmal einer seiner Lieblingsbeschäftigungen nachgekommen war. Er hatte das Flipchart aufgestellt und eine Skizze angefertigt, die ausnahmsweise gut zu verstehen war. Überschrift: *La femme sans mémoire,* die Frau ohne Gedächtnis. Normalerweise pflegte er solche Charts bei Kriminalfällen zu erstellen. Nur selten waren sie hilfreich, denn mit fortschreitender Entwicklung wurden sie immer kryptischer. Bald kreuzten sich überall verschiedenfarbige Pfeile, dicke und dünne, sie verbanden beschriftete Kreise und Kästchen. Namen waren hinzugekritzelt, Akronyme und Kürzel. Isabelle bezweifelte, dass Apollinaire seine rätselhaften Darstellungen im Einzelnen selber entschlüsseln konnte.

Das heutige Chart befand sich noch im Anfangsstadium. In die Mitte hatte er mit viel Liebe zum Detail ein kleines Auto gezeichnet, das unschwer als 2CV zu erkennen war. Seine künstlerischen Fähigkeiten hatte sie bislang unterschätzt. Davor eine Figur, über deren Kopf ein rotes Fragezeichen schwebte. Die weiße Mütze sollte wohl einen Kopfverband darstellen. Um dieses Zentrum kreiste eine Vielzahl von Namen, die sie als Krankenhäuser und ambulante Notaufnahmen entschlüsselte. Fast alle waren durchgestrichen.

Apollinaire stand neben ihr und betrachtete sein Werk. Mit einem langen Lineal fuchtelte er erst in der Gegend herum, um dann auf die durchgestrichenen *Hôpitaux* zu deuten.

»Habe ich alle abtelefoniert. Eine Monique ist dort nicht verarztet worden.«

Sie sah ihn schmunzelnd an. »Sie wissen schon, dass wir uns den Namen ausgedacht haben?«

Er schüttelte entrüstet den Kopf. »Madame, aber natürlich weiß ich das …«

War er jetzt beleidigt?

»Monique«, fuhr er fort, »ist ein Pseudonym zur Verschleierung der Identität. Nein, umgekehrt, also was ich sagen will, ist, dass Moniques Identität verschleiert ist, weshalb wir Monique quasi als Arbeitshypothese … Madame, jetzt haben Sie mich völlig durcheinandergebracht.«

Isabelle lachte. »Tut mir leid. Sie wollten sagen, dass Sie nicht explizit nach einer Monique gefragt haben. Das habe ich auch nicht ernsthaft angenommen.«

»Dann bin ich beruhigt. Ich bin mit der Recherche noch nicht fertig, da wir uns aber immer weiter vom Tatort entfernen, sinkt die Wahrscheinlichkeit proportional zur Distanz.«

»Gute Arbeit«, lobte sie ihn. »Nur eine kleine Korrektur. Die Stelle, wo Sie Monique auf der Landstraße begegnet sind, ist definitiv kein *Tatort.* Außer Sie hätten versucht, die arme Frau aus purer Mordlust zu überfahren. Wovon ich nicht ausgehe.«

»Kein Tatort, ich verstehe. Natürlich nicht.«

Auf die Mordlust ging er nicht ein. Diesmal hatte er die Ironie durchschaut.

»Darüber hinaus habe ich mich bei der Gendarmerie und bei der *Police municipale* nach infrage kommenden Verkehrsunfällen erkundigt. Auf der Straße nach Cogolin ist gestern ein Hühnertransporter umgekippt. Und bei Croix-Valmer ein Ferrari mit überhöhter Geschwindigkeit in einem Weinberg gelandet. Der Fahrer und seine männliche Begleitung waren betrunken. Bei dem Ferrari handelt es sich um einen Zweisitzer. Eine dritte Person scheidet mithin aus. Kurzum: Fehlanzeige.« Er deutete mit dem Lineal auf sein Chart. »Das muss ich noch vermerken. Oder ich lasse es weg, bringt uns ja nicht weiter.«

Da hatte er recht. Dinge wegzulassen trug oft zur Klarheit bei. Apollinaire war fleißig gewesen, dachte Isabelle. Stellte sich nur die Frage, warum er sich so ins Zeug legte? Eine Frau ohne Gedächtnis fiel nicht in ihre Zuständigkeit. Es war nichts passiert, was irgendwelche Ermittlungen rechtfertigte. Sie sollten Monique der Gendarmerie übergeben. Sollten die sich doch um sie kümmern. Dann hätte Apollinaire Zeit, seinem botanischen Interesse nachzugehen. Er könnte beruhigt nach Canadel-sur-Mer fahren und in der Domaine du Rayol die Erdlöcher der gestohlenen Kakteen inspizieren. Und sie selbst könnte Rouvens Angebot annehmen und sich nach Tel Aviv entführen lassen. Oder sie entschied sich für ein weniger spektakuläres Programm – und für einen anderen Mann. Auch der Maler Nicolas de Sausquebord würde sich über ihren Besuch freuen. Zu seinem Atelier könnte sie zu Fuß laufen ...

»Ich vergaß zu erwähnen«, riss Apollinaire sie aus ihren Gedanken, »dass ich Moniques Fingerabdrücke vom Wasserglas eingescannt und mit unseren Datenbanken abgeglichen habe. Keine Übereinstimmung. Daktyloskopisch ist Monique nicht existent.«

Nicht existent? Und doch gab es sie. Gerade saß Monique bei Clodine in ihrem Laden. Hoffentlich.

»Sie ist also nie straffällig geworden«, stellte Isabelle fest. »Das ist ja eine gute Nachricht.«

»Darf ich einen Vorschlag machen?«

»Ich bitte darum.«

»Ich würde Moniques Foto gerne ins Internet stellen und gleichzeitig an die Presse geben. Ein Aufruf. Wer kennt diese Frau?«

Isabelle überlegte, dass sie das üblicherweise nur bei Fahndungen machten. Und dass damit der falsche Eindruck entstünde, nach Monique würde gesucht.

»Ich stelle mir eine Unterzeile vor«, fuhr er fort, »Frau ohne Gedächtnis sucht ihre Identität. Wer kann helfen?«

Okay, das ginge schon eher.

»Etwas reißerisch, finden Sie nicht?«, merkte sie dennoch an. »Meine Sorge wäre, dass Journalisten dahinter eine tolle Geschichte wittern und uns die Tür einrennen.«

Apollinaire runzelte die Stirn. »Ja, das könnte sein.« Er überlegte kurz. »Dann machen wir es anders. Neue Unterzeile: Die Frau meines Herzens. Wo bist du?«

Das war Schwachsinn. Sie wussten ja, wo sie war. Wer sollte sich darauf melden?

Er sah sie zweifelnd an. »Sie halten das für keine gute Idee. Habe ich recht?«

»Stimmt.«

»Jetzt habe ich noch einen Vorschlag …«

»Sie sind ganz schön hartnäckig.«

»Ich veröffentliche Moniques Foto in den sozialen Medien. Text wie gehabt: ›Frau ohne Gedächtnis sucht ihre Identität. Wer kann helfen?‹ Aber unter einer anonymen Nummer. Dann liefen etwaige Presseanfragen ins Leere. Die lasse ich einfach unbeantwortet.«

»Anonyme Nummer? Das geht?«

»Im Internet geht grundsätzlich alles, das ist ja das Problem.«

Isabelle hatte kein gutes Gefühl. Eigentlich müssten sie Monique fragen, ob sie damit einverstanden sei. Nach ihrer Einschätzung wohl eher nicht. Andererseits lag es in ihrem eigenen Interesse.

»Zunächst müssten Sie Monique fotografieren. Sie würde fragen, wofür.«

Apollinaire grinste. »Habe ich doch schon längst gemacht. Gestern, als sie von Marie-Claire untersucht wurde. Ich habe mein Smartphone ans Ohr gehalten und so getan, als ob ich telefonieren würde. Sie verstehen?«

Das hatte er geschickt angestellt. Nicht einmal sie selbst hatte es bemerkt. Dennoch zögerte Isabelle. So wirklich konnte sie sich mit Apollinaires Idee immer noch nicht anfreunden. Einiges sprach dafür. Und vieles dagegen. Dann gab sie sich einen Ruck. »Okay, probieren Sie es. Aber nicht in Ihrer Funktion als Polizist, sondern als Privatmann. Am besten bleiben Sie wirklich anonym. Und noch was …«

»Ja?«

»Ich weiß von nichts.«

Er nickte. »Natürlich nicht.«

Sie lächelte. »Aber Sie halten mich auf dem Laufenden.«

»Das versteht sich von selbst.«

Nach etwas mehr als der in Aussicht gestellten halben Stunde spazierte Isabelle wieder zu Clodines Laden *Aux saveurs de Provence.* Bewusst, ohne sich zu beeilen. Denn was sie in Bezug auf Apollinaire gedacht hatte, traf auch für sie selbst zu: Es gab keinen Grund, sich unter Druck zu setzen und in den Arbeitsmodus zu verfallen. Monique war kein Kriminalfall, nur eine verschüchterte junge Frau, die vorübergehend ihr Gedächtnis verloren hatte. Ihr zu helfen, war ein Gebot der Nächstenliebe.

Sie traf Monique vor einem großen Drehständer an, wo ihr Clodine gerade Ansichtskarten mit Fotos aus der Region zeigte. Keine schlechte Idee. Vielleicht kam es irgendwo zu einem Wiedererkennen? Ihre Freundin hatte also selbstständig herausgefunden, wo Moniques Problem lag. Und sie bemühte sich, ihr auf die Sprünge zu helfen.

»Warum hast du mir nicht gesagt, dass unsere liebe Monique einen Filmriss hat?«, fragte sie Isabelle mit einem vorwurfsvollen Unterton. Clodine nahm Monique freundschaftlich in den Arm. »Kein Wunder, dass sie so traurig schaut.«

Stimmt, Monique lächelte nie. Aber war ihr das zu verdenken?

»Ich wollte es Monique überlassen, ob sie es dir sagen will«, gab Isabelle zur Antwort.

Monique zuckte mit den Schultern. »Warum nicht? Clodine ist nett, sie versucht, mir zu helfen.«

»Das versuchen wir alle.«

Monique sah Isabelle zweifelnd an. »Obwohl Sie von der Polizei sind?«

Jetzt wusste sie es also definitiv. Von Clodine. Da war es also schon wieder, das Misstrauen, das Monique der Polizei entgegenbrachte. Allzu gerne würde sie wissen, wo dieser Argwohn herrührte.

»Was heißt *obwohl?*«, entgegnete Isabelle. »Dafür sind wir doch da. Oder haben Sie in der Vergangenheit mit der Polizei andere Erfahrungen gemacht?«

Erwartungsgemäß konnte Monique darauf keine Antwort geben.

»Ich weiß nicht«, sagte sie leise. »Vielleicht? Vielleicht auch nicht …«

Clodine gab Isabelle einen Stups. »Sag mal, hast du was dagegen, wenn Monique nächste Nacht bei mir schläft?«, fragte sie. Warum sollte sie was dagegen haben? Im Gegenteil wäre sie froh, ihre Wohnung wieder für sich zu haben. Blieb das Risiko, dass Monique das Weite suchen könnte. Und wenn? Dann war es auch nicht zu ändern. Außerdem hatte sie das Recht dazu, alles andere wäre Freiheitsberaubung. Nur täte sie sich damit keinen Gefallen.

»Das ist allein Moniques Entscheidung. Natürlich bin ich damit einverstanden.«

Clodine sah Monique fragend an. »Möchtest du?«

Sie duzten sich also schon. Typisch Clodine.

»Natürlich, sehr gerne sogar. Aber … aber bei Ihnen war es auch sehr nett«, fügte sie mit Blick auf Isabelle hinzu. »Vielen Dank dafür.«

Na immerhin, sie wusste, was sich gehörte.

»Gut, dann ist das so ausgemacht«, sagte Isabelle. »Jetzt würde ich Sie aber gerne zu einem kleinen Ausflug einladen, wenn Sie einverstanden sind.«

Monique wich unwillkürlich einen Schritt zurück. Clodine schien es nicht zu bemerken, doch Isabelle registrierte es sehr genau.

»Wohin soll es gehen?«, fragte Clodine. »Kann ich mitkommen?«

Isabelle musste lächeln. Ihre Freundin kannte keine Hemmungen. Wahrscheinlich dachte sie, es ging ans Meer zum Baden.

»Ich würde lieber mit Monique alleine fahren. Es dauert nicht lang. Wir sind bald wieder zurück.«

»*D'accord.* Ich muss eh noch die neue Seifenlieferung auspacken. Aber dann können wir uns ja bei Jacques zum Mittagessen treffen, oder?«

»Ja, das können wir.«

Isabelle sah zu Monique und machte eine auffordernde Handbewegung. »Gut, dann lassen Sie uns gehen.«

Monique verabschiedete sich von Clodine. Anschließend folgte sie Isabelle. Seltsamerweise fragte sie nicht, wo Isabelle mit ihr hinwollte. War sie es gewohnt zu tun, was man ihr sagte? War sie verheiratet? Sie trug keinen Ring am Finger, nur die schmale Goldkette am Fußgelenk. War sie Muslimin? Hatte sie die französische Staatsbürgerschaft? Fragen über Fragen. Und keine einzige Antwort.

7

Monique war bereitwillig ins Auto gestiegen. Isabelle hatte bewusst nicht den Polizeiwagen gewählt, sondern ihren privaten Renault. Langsam fuhren sie über die kleine Brücke an der alten Mühle, die von Touristen gerne fotografiert wurde. Vorbei am Korkgeschäft, vor dem Alain in einem alten Lehnstuhl saß und auf Käufer für die von ihm geschnitzten Schalen wartete. Er kannte Isabelles Auto und winkte ihr träge zu. Wahrscheinlich war er kurz davor, einzuschlafen. Weiter ging es über eine schnurgerade Straße, die auf beiden Seiten von Platanen gesäumt wurde. In der Fremdenverkehrsbroschüre des *Office du tourisme* stand, dass die Platanen auf Veranlassung Napoleons gepflanzt wurden, damit seine Soldaten nicht in der prallen Sonne in den Krieg ziehen mussten. Isabelle amüsierte sich über die Fantasie der Werbetexter. Das mochte zwar für viele Landstraßen im Süden Frankreichs gelten, aber ganz bestimmt nicht für diese hier, die von Fragolin in die dichten Wälder des *Massif des Maures* führte. Schatten hätten Napoleons Soldaten hier mehr gehabt, als ihnen lieb war. Vor allem aber gab es weit und breit kein Schlachtfeld, wo sie hätten auf feindliche Armeen treffen können. Höchstens auf Waldgeister, auf Elfen, Faune und Hexen, die hier nach alten Überlieferungen ihr Unwesen trieben. Und auf die *reine des bois,* die Waldkönigin, von der man nicht wusste, ob sie eine Blume war oder ein berauschendes Gift – oder eine verzauberte Fee.

Monique zeigte kein Interesse für die Umgebung und schaute starr geradeaus. Noch immer wusste sie nicht, was Isabelle vorhatte. Sie hatte nicht danach gefragt. Dabei hätte sie es ihr jederzeit sagen können. Denn sie wollte mit ihr nur zu der Stelle fahren, wo sie Apollinaire vors Auto gelaufen war. Isabelle hatte von ihm eine gewohnt präzise Angabe erhalten: »Auf der Landstraße etwa neunzig Meter nach der alten Kapelle, plus/minus einige Zentimeter.« Rechts befinde sich ein verwitterter Markierungsstein. Den habe er beim Wenden fast übersehen.

Als die Kapelle in Sicht kam, fuhr sie immer langsamer und blieb schließlich in einer kleinen Ausbuchtung stehen.

Monique umklammerte mit beiden Händen einen Haltegriff am Armaturenbrett.

»Was machen wir hier?«, fragte sie fast panisch.

Erinnerte sie sich? Oder fand sie es nur beängstigend, dass sie scheinbar grundlos anhielten?

»Kein Grund zur Sorge«, antwortete Isabelle. Sie deutete nach vorne. »Dort sind Sie Apollinaire in seinem alten *deux chevaux* begegnet. Können Sie sich erinnern?«

Monique kniff die Augen zusammen. »Wem soll ich hier begegnet sein?«

»Meinem Mitarbeiter Apollinaire. Sie sind ihm auf dieser Landstraße vor sein Auto gelaufen. Das wissen Sie doch, oder?«

»Ach ja, stimmt. Hier soll das also gewesen sein? Gut möglich. Aber woher soll ich das wissen?«

»Die Kapelle, an die müssen Sie sich doch erinnern?«

Sie standen mit dem Auto direkt davor.

»Kapelle, Kapelle ...«, wiederholte sie. »Nein, oder doch, ich weiß nicht.«

Isabelle musterte Moniques Gesicht. War ihre Hilflosigkeit gespielt? Dass sie sich an nichts aus ihrer Vergangenheit erinnern konnte, war plausibel. Diese Form der Amnesie kam bei traumatischen Ereignissen vor. Was aber war mit der Gegenwart?

Eigentlich sollte sie sich an alles erinnern, was danach passiert war. So jedenfalls stand es in den Beiträgen, die Isabelle im Internet gelesen hatte.

»Wie hat Ihnen eigentlich Clodine gefallen?«, fragte Isabelle unvermittelt.

»Clodine? Die mit der hübschen kleinen Boutique? Warum fragen Sie?«

Okay, Monique wusste, wer das war. Aber dann müsste sie auch wissen, wie sie gestern hierhergelangt war.

»Ach, nur so. Wollen wir aussteigen und einige Schritte gehen?«

»Warum denn das?«

»Monique, Sie waren zu Fuß unterwegs. Von irgendwo müssen Sie ja gekommen sein. Jetzt schauen wir uns mal in aller Ruhe um. Und Sie versuchen, sich zu erinnern.«

»Ich will mich nicht erinnern«, erwiderte sie störrisch.

»Sie *wollen* nicht? Das müssen Sie mir erklären.« Monique begann zu zittern. Isabelle nahm ihre Hände. »Beruhigen Sie sich. Jetzt steigen wir erst mal aus.«

Zu dieser Tageszeit waren kaum Autos unterwegs. Dabei befanden sie sich auf einer der beiden Straßen, die Fragolin mit dem Rest der Welt verbanden. Allerdings war sie die schmalere und kurvigere, weshalb sie von vielen gemieden wurde. Apollinaire hatte sie gewählt, weil sie auf dem Weg nach Canadel-sur-Mer die kürzere Verbindung darstellte.

Isabelle stand mit Monique vor der alten Kapelle. Genau genommen handelte es sich um eine *Chapelle*, die so klein war, dass man sie nicht betreten konnte. Durch das schmiedeeiserne Gitter sah man die Figur einer Madonna. Davor vertrocknete Blumen und einige Medaillons mit Heiligenbildern. Monique zeigte keine Regung.

»Sind Sie Muslimin?«, fragte Isabelle.

Langsam wendete ihr Monique den Kopf zu, so als ob sie erst nachdenken müsste.
»Ja, ich denke schon.«
»Sprechen Sie Arabisch?«
Wieder musste sie überlegen. »Ja, ich denke schon, aber meine Muttersprache ist Französisch, das weiß ich sicher.«
»Das hört man, da gibt es keinen Zweifel«, bestätigte Isabelle. »Ihr Französisch ist ausgezeichnet.«
Allerdings hatte das wenig zu besagen. Französisch wurde nicht nur in Frankreich gesprochen. Isabelle spürte, dass sie mit weiteren Fragen, etwa zu ihrer Staatsbürgerschaft, die Tür wieder zuschlagen würde, die sich gerade einen Spalt geöffnet hatte.
Sie nahm Monique am Arm und lief mit ihr am Straßenrand die von Apollinaire geschätzten neunzig Meter »plus/minus einige Zentimeter« bis zum verwitterten Markierungsstein. Hier also hatte er gewendet? Dafür war die Landstraße eigentlich viel zu schmal. Das ging nur mit mehrfachem Vor- und Zurückstoßen. Ganz schön leichtsinnig, es hätte ja ein Auto um die Kurve kommen können. Wahrscheinlich war er unter Schock gestanden, sonst hätte er nicht so kopflos gehandelt. Isabelle musste lächeln. Nun ja, das kam bei ihm auch sonst vor. Sie kannte niemanden, bei dem Genie und Wahnsinn so nahe beieinanderlagen.
Sie blieb stehen und sah sich um. Aus dem Wald war Monique jedenfalls nicht gekommen. Zu beiden Seiten verlief am Straßenrand ein tiefer Graben, gesäumt von dichtem Gebüsch. Es war kein Pfad zu sehen, erst recht kein Forstweg. Außerdem sprachen ihre sauberen Schuhe dagegen.
»Sind Sie auf der Straße gelaufen?«, fragte sie.
Monique nickte. »Ja, ja, auf der Straße.«
»In welcher Richtung?«
»Hm.« Sie blickte hin und her. »Das schaut hier alles gleich aus.«

»Nicht ganz. Bei der Kapelle waren Sie sich nicht sicher. Können Sie sich an die Madonna erinnern?«

»Nein, die habe ich gerade zum ersten Mal gesehen.«

Endlich mal eine klare Aussage.

»Gut, dann sind Sie von dort gekommen«, schlussfolgerte Isabelle und deutete in Richtung des Straßenverlaufs. »Jetzt gehen wir wieder zum Auto und fahren ganz langsam weiter. Vielleicht fällt uns was auf.«

Dass es hier keine Bushaltestelle gab, wo sie hätte aussteigen können, hatte Apollinaire bereits überprüft. Diese Möglichkeit schied schon deshalb aus, weil die Linie vor zwei Jahren eingestellt worden war. Wie überhaupt auf den nächsten Kilometern mit nichts zu rechnen war, nur mit unzähligen Kastanienbäumen. Fragolin war berühmt für sein alljährliches Kastanienfest, die *Fêtes de la châtaigne.*

Im zweiten Gang rollten sie langsam dahin. Monique hatte sich von ihrem Tunnelblick gelöst und schaute auch mal nach rechts und links. Isabelle verbuchte das als weiteren kleinen Fortschritt. Sie überlegte, dass Monique wohl nicht per Anhalter gefahren war, denn dann wäre sie kaum mitten im Wald ausgestiegen. Das machte keinen Sinn.

Nach zwei Kilometern, für die Monique zu Fuß vielleicht dreißig Minuten gebraucht hätte, kamen sie zu einem Schild und einer kleinen Abzweigung, die in eine Schotterstraße mündete. *Le vieux moulin* stand auf dem Schild. Und darunter: *Chemin privé. Passage interdit.*

Isabelle warf Monique einen fragenden Blick zu. Als Antwort bekam sie ein ratloses Schulterzucken.

Sie bogen ab und folgten der Schotterstraße in den Wald. Ganz schön einsam hier. Nach einigen Minuten wichen die Bäume zurück, und sie kamen zu einer großen Lichtung. Dort stand sie, die alte Mühle. Malerisch am Fuße eines steilen Hangs gele-

gen, von dem offenbar ein Wasserlauf ins Tal führte. Die Mühle war eingerüstet. Das Dach neu gedeckt. Fensterrahmen standen bereit, um eingebaut zu werden.
Isabelle hielt vor einem Betonmischer und schaltete den Motor aus. »Kommt Ihnen die Mühle bekannt vor?«, fragte sie.
Monique schüttelte energisch den Kopf. »Nein, da bin ich mir sogar ganz sicher.«
Die entschiedene Aussage kam überraschend. Das war einerseits erfreulich, andererseits enttäuschend, weil sie demnach keinen Fortschritt erzielt hatten. Von hier war Monique also auch nicht gekommen.
Isabelle musterte sie von der Seite. Oder sie log. Aber warum sollte sie lügen?
Hinter einem Bretterzaun tauchte ein kräftiger Mann auf. Mit einem Spaten in der Hand – und mit einem roten Kopf.
»Was suchen Sie hier?«, rief er erregt. »Machen Sie, dass Sie weiterkommen, das ist Privatbesitz.«
Isabelle sah Monique lächelnd an. »Kennen Sie diesen Zornbeutel?«
»Nein. Ich möchte ihn auch nicht kennenlernen«, antwortete sie verstört.
Das war nachvollziehbar. »Bleiben Sie sitzen!«
Isabelle löste den Gurt und stieg aus.
Der Mann drohte ihr mit dem Spaten. Unbeeindruckt ging sie auf ihn zu.
»*Bonjour,* Monsieur«, sagte sie höflich. »Ich bin Polizistin und hab nur eine kurze Frage.«
»Polizistin? Dass ich nicht lache.«
Sie musste einräumen, dass sie nicht so aussah. Sie trug Freizeitklamotten und fuhr einen verbeulten Renault.
Er hob den Spaten über den Kopf, als ob er gleich zuschlagen würde.

»Hauen Sie ab, Sie dumme Kuh!«

War er betrunken?

»Legen Sie sofort den Spaten weg«, herrschte sie ihn an. »Sonst ...«

»Sonst was?«

»Sonst nehme ich Ihnen den Spaten weg«, erklärte sie. »Und dann entschuldigen Sie sich bei mir.«

Er sah sie ungläubig an.

»Hä, ich glaube, Sie sind verrückt.«

Mit der freien Hand fuhr er sich wie mit einem Scheibenwischer übers Gesicht.

Isabelle passierte es immer wieder, dass man ihr unterstellte, verrückt zu sein. Das mochte sie nicht.

Sie machte zwei schnelle Schritte auf ihn zu, packte ihn am Handgelenk und drehte es so heftig, dass er aufschrie – und den Spaten fallen ließ.

Das war's schon. Seinen Arm drehte sie ihm vorsichtshalber auf den Rücken. Er schnappte nach Luft.

»So, und jetzt entschuldigen Sie sich.«

»Ich denke nicht daran«, japste er.

»Sie müssen nicht daran denken, es nur tun.«

Er versuchte, sich aus dem Polizeigriff zu befreien. Das hatten schon ganz andere versucht. Geschafft hatte es noch nie jemand. Isabelle war klar, dass es objektiv keinen Grund gab, ihm eine Entschuldigung abzupressen. Dafür fehlte jede Handhabe. Aber der Typ hatte sie provoziert. Das hätte er sich vorher überlegen sollen.

Sie verstärkte den Druck aufs Schultergelenk.

»Ist doch ganz einfach. Sie müssen mir nur nachsprechen: *Je suis désolée, je m'excuse.*«

»Ja, verdammt noch mal«, zischte er. »Aber jetzt lassen Sie mich los.«

Das war zwar nicht der von ihr gewünschte Wortlaut, doch sie wollte es nicht übertreiben.

»Okay, aber machen Sie keine Dummheiten.«

Isabelle gab ihn frei und stieß ihn weg.

Er rieb sich abwechselnd das Handgelenk und die Schulter.

»Sind Sie wirklich von der Polizei?«, fragte er mit zusammengekniffenen Augen.

»Ja, mein Name ist Isabelle Bonnet, ich bin von der *Police nationale* in Fragolin. Sie können mich gerne mal im Kommissariat besuchen.«

»Einen Teufel werde ich tun.«

»Wie ist Ihr Name?«

»Frédéric.«

»Haben Sie zufällig auch einen Nachnamen?«

»Frédéric Moreau.«

»Monsieur Moreau, sind Sie der Eigentümer dieser Mühle?«

Das vermutete sie deshalb, weil er für einen Handwerker eine viel zu teure Uhr trug. Und einen geschmacklosen Brillantring am kleinen Finger.

»Warum wollen Sie das wissen?«

»Nur so, aus Neugier.«

»Ich habe sie vor einem halben Jahr gekauft. War's das jetzt? Ich will weiterarbeiten.«

»Gleich. Vorher kommen Sie bitte kurz zum Auto. Ich möchte, dass Sie mir sagen, ob Sie die Frau auf dem Beifahrersitz schon mal gesehen haben.«

»Wollen Sie mir was anhängen?«

»Wie kommen Sie denn auf diese Idee?«

»Erst zeigen Sie mir Ihren Polizeiausweis.«

Blöder Vorschlag. Er lag im Büro in der Schublade ihres Schreibtischs.

»Ist im Handschuhfach.«

Sie ging voraus, öffnete die Beifahrertür und bat Monique, auszusteigen. Die folgte ihr widerstrebend.

»Monsieur Moreau, ist Ihnen die Frau schon mal begegnet, zum Beispiel gestern?«

»Noch nie gesehen«, antwortete er. »Ich steh mehr auf Blondinen.«

Hatte sie das gefragt? Dieser Moreau war ein Brechmittel. Aber seine Aussage schien glaubhaft. Monique war für ihn eine Unbekannte. Das war die schlechte Nachricht.

Monique hatte sich schon wieder ins Auto zurückgezogen und ihre Tür verriegelt.

»So, das war schon alles«, sagte Isabelle. »Hätten wir einfacher haben können.« Sie deutete auf die alte Mühle. »Sie können gerne weiterarbeiten. *Au revoir,* Monsieur Moreau.«

Den Polizeiausweis hatte er vergessen. Er hob die Schaufel auf. Isabelle drohte ihm mit dem Finger. Dann stieg sie in ihren Renault, wendete und fuhr vom Hof. Im Rückspiegel sah sie, wie sich Moreau auf seine Schaufel stützte und ihr fassungslos hinterhersah. Hatte sie gerade sein Weltbild erschüttert? Eine unbewaffnete Frau hatte seinen Wutanfall gestoppt und ihn außer Gefecht gesetzt. Das war ihm wohl noch nie passiert. Dann war es dafür höchste Zeit.

Zurück auf der Landstraße, bog sie nach links und fuhr langsam einige Kilometer weiter. Monique sah sie von der Seite an. Sie habe das gut gemacht, stellte sie anerkennend fest. Sie hasse solche Männer. Und sie fürchte sich vor ihnen. Weshalb sie ihnen, wo immer möglich, aus dem Weg gehe.

Das sei ein guter Vorsatz, bestätigte Isabelle. Sie selbst hatte eine andere Devise, aber die behielt sie für sich. Selbstherrliche Macho-Idioten wie dieser Moreau, der Frauen auf ihre Haarfarbe reduzierte, verdienten eine Lektion. Dass sie dabei gelegentlich über das Ziel hinausschoss, war ihr klar. Aber danach hatte sie regelmäßig ein gutes Gefühl. Das war es also wert. Bei einem abgehenden Forstweg hielten sie kurz an. Er wurde von einem umgefallenen Baum versperrt. Monique schüttelte verneinend den Kopf. Nach einer Viertelstunde drehten sie um. Die Strecke war zu weit, um sie zu Fuß zu laufen. Erst recht in Moniques angeschlagenem Gesundheitszustand. Ihren Ausflug hätten sie sich also sparen können. Aber so hatte sie wenigstens diesen sympathischen Frédéric Moreau kennengelernt. Auch dieser Tag hatte also seine kleinen Freuden.

8

Die weiteren Stunden verliefen für Isabelle ereignislos, geradezu langweilig. Dagegen war nichts einzuwenden. Freilich kam sie auch keinen Schritt weiter, was Monique und ihre Identität betraf. Beim gemeinsamen Mittagessen mit Clodine gewann sie zwar die Erkenntnis, dass Monique einem Glas Rosé nicht abgeneigt war. Auch schmeckten ihr die *moules à la provencale,* überbackene Miesmuscheln aus dem Ofen. Aber das war's auch schon. Isabelle hatte mal gelesen, dass Gerüche in der Lage seien, verborgene Erinnerungen zu wecken. Wenn das stimmte, wusste sie jetzt, dass der Duft von Knoblauch, Rosmarin und Thymian bei Monique nichts bewirkte.

Am Nachmittag ließ sie sich von Apollinaire auf den neuesten Stand seiner Recherchen bringen. Seine weit gefassten Ausführungen standen im umgekehrten Verhältnis zum Ergebnis. Denn dafür hätte ein einziges Wort gereicht: *Rien!* Er hatte definitiv nichts herausbekommen, nirgends war er auf eine Spur von Monique gestoßen. Allenfalls konnte er sagen, wo sie überall *nicht* war. Und er legte Wert darauf, genau das zu tun. Bis ins letzte Detail ließ er Isabelle an seinen verschlungenen Ermittlungen teilhaben. Sie ertrug es mit stoischem Gleichmut. Nur weigerte sie sich, sein Chart verstehen zu wollen. Er hatte es mit unzähligen Kürzeln ergänzt sowie mit Pfeilen und Kreisen versehen. Schon in dieser frühen Phase hatte es einen Grad der Verwirrung erreicht, die nur noch er entschlüsseln konnte. Ihr kam der Gedanke, dass man die Charts, die Apollinaire bei seiner Arbeit anzulegen pflegte, in ihrer kryptischen Endfassung sammeln sollte. Das waren Dokumente von hoher Rätselhaftigkeit, denen gleichwohl eine seltsame Ästhetik innewohnte. Man könnte sie zu Kunstwerken erklären und eine Ausstellung arrangieren …

»Madame, haben Sie überhaupt zugehört?«, fragte er, sie aus ihren Gedanken reißend.

»Natürlich, Apollinaire. Ich hänge förmlich an Ihren Lippen.«

Diese Lüge entlockte ihm ein Schmunzeln.

»Madame, Sie übertreiben. Ich wollte Ihnen soeben mitteilen, dass ich die besprochene Suchmeldung in den sozialen Medien platziert habe. Selbstredend gibt es noch keine Reaktion. Aber ich bin zuversichtlich.«

Sie verkniff sich die Frage, worauf sich seine Zuversicht gründete. Apollinaires Antwort würde in einen längeren Vortrag münden. Den wollte sie sich ersparen.

»Suchmeldung? Ich weiß nicht, wovon Sie sprechen«, erwiderte sie stattdessen.

Apollinaire grinste. »Ist mir klar. Ich wollte Sie nur pflichtschuldigst über etwas informieren, von dem Sie offiziell keine Kenntnis haben.«

»Das haben Sie schön formuliert.« Sie wollte schon gehen, da fiel ihr noch was ein. »Ist zwar nicht wichtig«, sagte sie, »aber Sie könnten sich mal über einen gewissen Frédéric Moreau schlaumachen. Er hat vor einem halben Jahr eine alte Mühle gekauft. Unweit der Stelle, wo Sie Monique aufgegabelt haben.«

Apollinaire sah sie neugierig an.

»Hat er was mit Monique zu tun? Kam sie etwa von ihm?«

»Nein, das können wir wohl ausschließen.«

»Schade. Aber warum wollen Sie dann, dass ich ihn überprüfe?«

»Weil er ein Idiot ist.«

»Ein Idiot?« Er nickte. »Ich verstehe, das ist ein Argument.«

Der ereignislose Nachmittag mündete in einen nicht minder entspannten Abend. Monique war bei Clodine untergekommen. Isabelle hatte ihre Wohnung wieder für sich alleine. Hätte sie Gesellschaft gewünscht, wäre das ein Leichtes gewesen. Nicolas de Sausquebord hatte bei ihr angerufen und sie zu einem »Atelierfest« eingeladen. Weil sie wusste, dass er in seiner Künstlerwerkstatt nie Besucher empfing, war klar, dass sie zu zweit sein würden. Sie hatte keine prinzipiellen Einwände, aber dennoch abgelehnt. Manchmal war sie sich selbst ein Rätsel. Und Rouven Mardrinac? Er hatte vor einer Stunde nachgefragt, ob sie noch beschäftigt sei. Anderenfalls würde sein Privatjet in Nizza auf sie warten, um sie nach Tel Aviv zu bringen. Keine schlechte Alternative. Obwohl ihr die Gepflogenheiten des Jetsets ein Gräuel waren. Nur Rouven lastete sie es nicht an. Er war so aufgewachsen, er kannte es nicht anders. Was nicht bedeutete, dass sie seinen Lifestyle mochte. Aber sie mochte Rouven, das war das Problem. Problem? Isabelle lächelte versonnen vor sich hin. Nein, ein Problem war ihre Beziehung nicht, nur etwas speziell. Es gab lange Phasen, in denen sie sich nicht sahen. Einfach deshalb, weil sie in Fragolin lebte und er an ständig wechselnden Plätzen auf der Welt. Das passte nicht zusammen – und funktionierte vielleicht gerade deshalb. Kam hinzu, dass es sie nicht interessierte, ob er auf seinen Reisen Damenbekanntschaften hatte. Ganz sicher hatte er welche. Umgekehrt akzeptierte er, dass sie in Fragolin ihr eigenes Leben führte. Von ihrer Liaison mit Thierry hatte er gewusst. Und Nicolas de Sausquebord kannte er auch. Dabei hatte sie mit dem Maler noch gar nichts angefangen. Das war witzig, denn Rouven ging wie selbstverständlich davon aus, dass Nicolas ihr Liebhaber war. Wieder musste sie lächeln. Dann wurde es eigentlich höchste Zeit – aber nicht heute Abend.

Es war zwei Uhr in der Nacht, als sie von ihrem Handy aus dem Schlaf gerissen wurde. Sie zog sich das Kissen über den Kopf. Warum hatte sie ihr *portable* auch neben dem Bett liegen? Und nicht zumindest auf Lautlos geschaltet? Das konnte nur Rouven sein, der wieder mal jedes Zeitgefühl verloren hatte. Diesmal würde sie ihm nicht den Gefallen tun und das Gespräch entgegennehmen. Diesmal nicht. In Tel Aviv sollte er wissen, wie spät es bei ihr gerade war. Nur weil ihm langweilig war, musste er sie nicht zu dieser Unzeit anrufen. Bei aller Liebe. Das Handy klingelte weiter. Dann, endlich ... Ruhe. Sekunden später gab ihr Handy ein Bling von sich. Wohl eine Sprachnachricht. Isabelle beschloss, sie zu ignorieren und weiterzuschlafen.

Jetzt klingelte im Wohnzimmer ihr Festnetztelefon. Schon wieder Rouven? Nein, wohl nicht, er rief nie auf dem Festnetz an. Mit einem Stöhnen schlug Isabelle die Bettdecke zur Seite. So, jetzt war es vorbei mit der Nachtruhe. Sie würde den Anrufer umbringen.

Mit dem Handy in der Hand lief sie ins Wohnzimmer. Dabei sah sie auf dem Display, dass die hinterlassene Sprachnachricht von Clodine stammte. Spätestens jetzt war sie hellwach. Ihr schwante nichts Gutes. Sie hob das Festnetz ab.

»Hallo, Isabelle«, meldete sich Clodine. »Gott sei Dank gehst du ran. Entschuldige, dass ich störe ...«

»Nein, entschuldige ich nicht ...«

»... aber Monique ist weg.«

Merde, nun war genau eingetreten, was sie befürchtet hatte.

»Seit wann?«

»Weiß ich nicht. Ich wollte mir aus der Küche ein Glas Wasser holen, da habe ich gesehen, dass ihr Bett leer ist. Auf dem Klo ist sie auch nicht.«

»Hast du vor dem Haus geschaut? Vielleicht schnappt sie nur frische Luft?«

»Habe ich schon gecheckt, da ist sie nicht. Außerdem hat sie die Tür hinter sich zugezogen, sie könnte also gar nicht mehr zurück in die Wohnung, selbst wenn sie wollte.«
Isabelle ging durch den Kopf, was sie so schon mal überlegt hatte. Nämlich, dass Monique ein freier Mensch war. Sie konnte tun und lassen, was sie wollte. Also durfte sie sich auch mitten in der Nacht vom Acker machen. Aber war das normal? In ihrem Zustand? Und gefährdete sie sich dabei selbst?
»Ist eine ungewöhnliche Zeit zum Spazierengehen«, sagte Isabelle.
»Immerhin kann ihr in Fragolin nicht viel passieren.«
Das stimmte. In Fragolin passierte zu später Nacht grundsätzlich gar nichts. Dennoch missfiel ihr die Vorstellung, dass Monique draußen umherirrte.
»Meinst du, wir sollen die Gendarmerie verständigen?«, fragte Clodine.
Das war ein ebenso naheliegender wie idiotischer Gedanke. Den Bereitschaftsdienst der Gendarmerie aus dem Tiefschlaf reißen, um nach einer Nachtwandlerin zu fahnden? Das Gespött wollte sie sich ersparen.
»Nein, ganz bestimmt nicht. Aber ich zieh mir was an und gehe sie suchen.«
»Ich begleite dich.«
»Einverstanden. Wir treffen uns in zehn Minuten vor dem alten Brunnen.«
»*D'accord,* bis gleich.«

Die Gassen waren menschenleer. Einige Katzen streunten umher. Isabelle und Clodine eilten kreuz und quer durch die Altstadt. Mal trennten sie sich, um sich kurz darauf wieder zu begegnen. Fragolin hatte man schnell abgesucht. Verfehlen konnte man sich auch nicht. Zudem gab es nur wenige Hinterhöfe, in denen sich jemand verstecken könnte. Verstecken? Dafür hatte Monique keinen Anlass. Sie wurde ja von niemandem verfolgt.

Da sie nicht wussten, wann genau Monique aufgebrochen war, konnten sie auch nicht abschätzen, wie weit sie in der Zwischenzeit gelangt sein könnte. Sie kamen zum alten Wasserrad, das von Touristen gerne fotografiert wurde. Die Gäste wussten nicht, dass es ein Nachbau war. Das ursprüngliche Rad wurde vor zwanzig Jahren bei einem Hochwasser zerstört. Derzeit hatte der kleine Fluss, der mitten durch Fragolin führte, Niedrigwasser. Das konnte sich bei Regen rasch ändern. Entsprechend hoch und solide waren die beiden bogenförmigen Brücken aus gemauerten Steinen. Auch sie ein beliebtes Fotomotiv.

Clodine fasste Isabelle an der Schulter und deutete nach vorne. Gerade hatte auch sie selbst die Gestalt entdeckt, etwa fünfzig Meter weiter. Mit dem Rücken zu ihnen. Regungslos. Ein gespenstisches Bild. Denn Monique – um niemand anderen konnte es sich handeln – stand auf der schmalen Mauer der Brücke. Genau in der Mitte. Dort, wo sie am höchsten war. Sie schien nach unten ins Flussbett zu sehen. Isabelle fühlte sich an einen Draculafilm erinnert. Fehlte nur noch der ferne Ruf einer Eule. Und dass die Silhouette auf der Brücke die Arme ausbreitete und wie eine Fledermaus davonflog. Aber Monique war kein Vampir. Und sie konnte nicht fliegen.

»Nicht rufen«, flüsterte Isabelle. »Wir dürfen sie nicht erschrecken.«

Geduckt schlichen sie am Fluss entlang. Monique konnte sie nicht sehen, weil sie ihnen unverändert den Rücken zuwandte. Warum stand sie auf dem Sims der Brücke? Was war ihre Absicht? Wollte sie sich hinunterstürzen? Oder war sie eine Schlafwandlerin, die nicht wusste, was sie tat? Vielleicht eine Auswirkung ihrer Kopfverletzung? Gab es so was? Isabelle hatte keine Ahnung – aber sie wollte nicht erleben, dass die Mauer vor ihr plötzlich leer war.

Beim Näherkommen bemerkte Isabelle, dass Monique leicht hin und her schwankte. Das trug nicht zur Beruhigung bei. Isabelle gab Clodine ein Zeichen. Sie solle stehen bleiben und warten.

Trotz des niedrigen Wasserstandes verursachte der kleine Fluss ein strömendes Rauschen. Nicht laut, aber laut genug, um Fremdgeräusche zu übertönen. Schon hatte sie die Brücke erreicht. Kam es ihr nur so vor, oder schwankte Monique immer stärker? Isabelle duckte sich tief hinter die Mauer und pirschte sich eilig heran. Erst als sie unmittelbar hinter ihr war, richtete sie sich auf – und umklammerte sie an den Hüften. Monique fühlte sich steif und hart an wie ein Stück Holz.

»Ich bin's«, sagte Isabelle. »Alles gut.«

Monique drehte langsam den Kopf und sah sie an.

»Was machen Sie hier?«, fragte sie mit träger Stimme.

»Ihnen helfen.«

»Wobei?«

»Jetzt kommen Sie erst mal runter!«

Isabelle hob Monique hoch, sie war nicht schwer, und brachte sie auf dieser Seite der Mauer in Sicherheit.

Vorsichtig ließ Isabelle sie los, jederzeit bereit, sie aufzuhalten, falls sie plötzlich über die Mauer springen oder davonrennen wollte. Doch Monique machte keine Anstalten. Sie wirkte apathisch, gleichgültig, wie unbeteiligt.

Clodine tauchte neben ihnen auf.

»Du hast uns vielleicht einen Schrecken eingejagt«, sagte sie. »Was bin ich froh, dass du nicht gesprungen bist.«

Monique sah sie verständnislos an. »Gesprungen? Von wo?«

Isabelle hakte Monique unter. Weniger um sie zu stützen, als sie fest im Griff zu haben.
»Kommen Sie, wir gehen!«
Clodine nahm sie von der anderen Seite am Arm. So machten sie sich auf den Rückweg – wie drei Freundinnen, die schon längst im Bett sein sollten.

9

Als Isabelle am nächsten Morgen aufwachte, musste sie sich erst an die Geschehnisse der Nacht erinnern. Hatte sie das nur geträumt? Sie stellte fest, dass sie auf der Decke lag und noch ihre Jeans anhatte. So ging sie normalerweise nicht ins Bett. Immerhin hatte sie ihre Sportschuhe ausgezogen. Also stimmte alles, was ihr gerade ins Gedächtnis kam. Monique hatte sich nach ihrem Ausflug widerspruchslos zu Clodines Wohnung führen lassen. Erklärungen hatte sie keine abgegeben. Todmüde war sie ins Bett gegangen und gleich eingeschlafen. Isabelle hatte noch etwas mit Clodine geflüstert. Dann war sie gegangen, und Clodine hatte hinter ihr abgesperrt. Den Schlüssel legte sie sich unters Kopfkissen.
Isabelle stand auf und kontrollierte ihr Handy. Vor zehn Minuten hatte ihr Clodine eine Nachricht geschickt. Alles sei gut und Monique wohlauf. Sie hätten schon gefrühstückt und gingen jetzt gemeinsam in den Laden.
Das hörte sich gut an. Isabelle zog sich aus, ging ans Fenster und öffnete den Laden. Schon wieder ein schöner Tag. So schön wie gestern. Und wahrscheinlich auch morgen. Wenn man Glück hatte, beschenkte einen die Provence mit konstant gutem Wetter. Vor allem zu dieser Jahreszeit. Sie hatte sich daran gewöhnt. Es konnte einem Schlimmeres passieren. Von gegenüber winkte ihr Marie-Claire zu, die Ärztin, die Monique untersucht hatte. Dass Isabelle nichts anhatte, überraschte sie nicht. Isabelle lief oft nackt durch die Wohnung. Vor allem am Vormittag, das weckte ihre Lebensgeister.

»*Bonjour,* Isabelle, wie geht's unserer Patientin?«
»Es geht ihr gut. Aber sie kann sich immer noch an nichts erinnern.«
Moniques nächtlichen Ausflug behielt sie für sich. Marie-Claire würde spontan auch keine Erklärung dafür haben.
»Das kann dauern«, sagte Marie-Claire. »Hauptsache, sie hat sonst keine Beschwerden.«
Isabelle hörte aus der gegenüberliegenden Wohnung einen Pfeifton.
»Entschuldige, mein Wasserkessel. *Bonne journée.*«

Eine knappe Stunde später verließ Isabelle die Wohnung. Auf ihre morgendliche Joggingrunde hatte sie heute verzichtet. Dafür die Zahl ihrer Kniebeugen, Klimmzüge und Sit-ups verdoppelt.
Ihr Weg führte zunächst zu Clodines Laden. Tatsächlich traf sie dort Monique an, die gerade beim Dekorieren half. So als ob nichts gewesen wäre.
Jasmin sortierte Ansichtskarten. Clodine gestikulierte herum und lachte.
Isabelle widerstand der Versuchung, Monique zur Seite zu nehmen, um mit ihr über die letzte Nacht zu sprechen. Vielmehr freute sie sich über die gute Stimmung. Befragen konnte sie Monique zu einem späteren Zeitpunkt noch immer.
Sie plauderte ein wenig mit Clodine, die das Thema der letzten Nacht ebenfalls vermied, dann wünschte sie den *Demoiselles* einen schönen Tag und versprach, nachher wieder vorbeizuschauen.
Im Kommissariat angekommen, stellte sie fest, dass auch Apollinaire bester Laune war. Das war ja fast schon unheimlich.
»Madame, der Vorhang lüftet sich«, verkündete er ebenso euphorisch wie schwer zu deuten.

Apollinaire freute sich so sehr, dass er nicht weitersprach. Stattdessen ging er zur Kaffeemaschine und goss ihr eine Tasse ein. Das war sehr fürsorglich von ihm – half aber nicht wirklich weiter.

Er stellte ihr den Kaffee hin und machte mit dem Zeige- und Mittelfinger ein Victory-Zeichen.

»Ist doch wunderbar, *merveilleux, n'est-ce pas?*«

»Kann ich nicht beurteilen«, erwiderte sie. »Ich weiß ja nicht, wovon Sie sprechen.«

Er runzelte die Stirn. »Natürlich, nein, das können Sie nicht wissen. Bitte verzeihen Sie. Ich darf Sie an meine anonymisierte Suchmeldung in den sozialen Medien erinnern …«

»Sagen Sie bloß, es hat sich jemand gemeldet?«

»*Mais oui,* vor einer halben Stunde. Ein Mann hat getwittert, dass er mit unserer unbekannten Schönen verwandt sei. Er kommt heute Nachmittag um sechzehn Uhr nach Fragolin, um sie abzuholen.«

Isabelle war überrascht. Dass sich das Rätsel um Monique so einfach lösen würde, hätte sie nicht gedacht.

»Gratuliere.«

Apollinaire nestelte verlegen an seinem Hemdkragen.

»War meine Idee also doch nicht so schlecht«, stellte er stolz fest.

»Sieht ganz so aus«, bestätigte sie. »Hat er Moniques echten Namen genannt?«

»Nein, auch seinen eigenen nicht. Der Tweet ist ganz kurz. Aber um sechzehn Uhr werden wir alles erfahren.«

Isabelle nippte am Kaffee. Er war zu heiß. Warum hatte sie ein komisches Gefühl? Weil sie von Natur aus skeptisch war?

»Lassen wir uns überraschen. Wo haben Sie ihn hinbestellt? Ins Kommissariat?«

»Ja, das heißt nein, also doch …«

Isabelle nickte ihm aufmunternd zu.
»Ich habe ihm das Rathaus genannt und unsere Zimmernummer. Von Polizei habe ich nichts gesagt.«
»Gut so. Muss er nicht wissen.«
»Merkt er noch früh genug.«
»Schrauben Sie halt das Polizeischild neben dem Eingang ab«, schlug sie vor.
»Warum?«
Sie zuckte mit den Schultern. »Ist nur so eine Idee. Wir wissen ja nicht, wer kommt. Könnte ja auch ein neugieriger Journalist sein oder ein Stalker, was weiß ich. Bis wir das wissen, sollten wir als Polizei in Deckung bleiben.«
»In Deckung bleiben, ich verstehe. Dann ziehe ich besser Freizeitklamotten an und hänge die Uniform in den Schrank. Korrekt?«
»Korrekt, und dann schauen wir uns den Typen erst mal in Ruhe an.«
»Was machen wir mit Monique?«
»Soll vorläufig bei Clodine bleiben. Können wir dann immer noch hinzuholen.«
»Sie sind sehr vorsichtig«, stellte er fest.
Das war sie nicht immer, dachte sie, ganz im Gegenteil liebte sie das Risiko. Aber alles zu seiner Zeit. Einem Unbekannten, der sich aufgrund einer Nachricht im Internet meldete und nichts von sich preisgab, nur erklärte, dass er mit Monique verwandt sei, musste man nicht sofort Vertrauen schenken. Am Ende handelte es sich wirklich um einen Journalisten, der auf eine gute Story aus war. Sie hatte keine Lust, einen solchen Artikel zu lesen.
»Aber ich kann Ihre Achtsamkeit nachvollziehen«, meinte Apollinaire. »Schon Konfuzius hat gesagt, dass die Vorsicht die Mutter der Weisheit sei.«

Konfuzius? Blödsinn, das war eine alte Volksweisheit. Deshalb nicht weniger falsch.

Apollinaire kratzte sich nachdenklich am Kinn.

»Ich glaube, ich habe mich getäuscht. Das Zitat stammt nicht von Konfuzius.«

Sie lachte. »Das denke ich auch. Jedenfalls bin ich zum Mittagessen bei Jacques. Und spätestens um vier wieder im Büro.«

»Sehr gut. Ich halte die Stellung.«

Er rieb sich die Nase und zog eine Grimasse. »Mutter der Weisheit«, murmelte er. »Oder hat das Albert Einstein gesagt? Oder de Gaulle? Nein, der auch nicht …«

10

Mittags ins Bistro zu gehen hatte sich Isabelle erst in Fragolin angewöhnt. In Paris hatte sie dafür nur selten Zeit gefunden. Sie erinnerte sich an Gordon Gekko im Film *Wall Street.* Der hatte behauptet, dass nur Flaschen zu Mittag essen. Nun ja, ganz so schlimm war es in Paris nicht gewesen. Die französische Lebensart war eben doch eine andere als die amerikanische. *Grâce à Dieu.* Aber in ihrem alten Job als Leiterin einer Antiterroreinheit war sie so eingespannt gewesen, dass sie oft erst abends bemerkte, nichts gegessen zu haben. Ihr fiel Maurice Balancourt ein. Das war keine Filmfigur, sondern ganz real die graue Eminenz der *Police nationale* in Paris – außerdem ihr väterlicher Freund und ihr einziger und direkter Vorgesetzter. Ihre Aufträge erhielt sie meist direkt von ihm, also von ganz oben. Isabelle musste schmunzeln. Sie zu bitten, die Identität einer x-beliebigen jungen Frau mit Gedächtnisverlust herauszufinden, wäre ihm nicht in den Sinn gekommen. Das war entschieden unter seinem Niveau. Und nach seiner Meinung auch unter ihrem. Sie aber sah das anders. Monique brauchte ihre Hilfe.

Wieso hatte sie gerade an Maurice gedacht? Weil sie schon länger nichts von ihm gehört hatte? Hoffentlich ging es ihm gut. Er rauchte zu viele Zigarren und bewegte sich zu wenig. Ach so, jetzt wusste sie es wieder: Maurice Balancourt ging regelmäßig Mittag essen. Meist mit wichtigen Leuten, einmal die Woche sogar mit dem Innenminister. Für ihn war ein gepflegtes *déjeuner* ritueller Höhepunkt des Arbeitstages. Als

Weinbegleitung bevorzugte er einen Pomerol oder Saint-Émilion. Den leichten Rosé, den sie üblicherweise im Bistro *Chez Jacques* trank, hätte er wahrscheinlich nicht angerührt. Ihr jedoch schmeckte er. Erst recht in netter Gesellschaft. So wie heute.

Isabelle saß mit dem Maler Nicolas am Tisch. Er blätterte gerade in der Speisekarte, weshalb sie Zeit gefunden hatte, mit ihren Gedanken auf Wanderschaft zu gehen.

Nicolas schlug die Speisekarte zu. »Ich glaube, ich nehme *un plat du jour* von der Schiefertafel«, entschied er.

Den Rat hätte sie ihm gleich geben können. Kein Einheimischer käme auf die Idee, bei Jacques ein Gericht von der Speisekarte zu bestellen. Das taten nur Touristen.

»Das Ratatouille ist gut«, schlug sie vor.

Nicolas grinste. »Schau ich aus wie ein Vegetarier? Ich nehme die Lammkoteletts.«

Auch Thierry hätte die *côtelettes d'agneau* bestellt, dachte Isabelle. Und wahrscheinlich auch Rouven. *À l'ail et au romarin.* Mit Knoblauch und Rosmarin.

»Schau *ich* aus wie eine Vegetarierin?«, fragte sie schmunzelnd.

»Warum?«

»Ich nehme das Ratatouille.«

Nachdem mit der Bestellung der schwierigste Teil des Mittagessens bewältigt war, taten sie das, was sie ziemlich gut miteinander konnten: sich nämlich ganz entspannt über die wichtigen und unwichtigen Dinge des Lebens zu unterhalten. Ohne allzu viel Privates preiszugeben, da waren sie sich ähnlich. Was sie sonst noch alles gut miteinander konnten, hatten sie noch nicht ausgelotet. Nun, das stimmte nicht ganz. Beispielsweise konnten sie abends zu zweit im Garten seiner verwilderten Bastide Musik hören und Wein trinken. Aber das war nicht schwer. Vor Mitternacht heimzugehen dagegen schon. Bislang hatte sie es

noch immer geschafft. Weil sie es so wollte. Und er war geduldig genug, abzuwarten. Auch das schätzte sie an ihm.
Kurz nach drei trank sie noch eine *noisette.* Dann standen sie auf und verabschiedeten sich mit Wangenküsschen. Wie gute Freunde. Dass man hinter ihrem Rücken dennoch über sie tuschelte, war ihr klar. Und es war ihr egal. Aber man musste den tratschsüchtigen Bewohnern Fragolins nicht zu viel Futter geben.

Für sechzehn Uhr hatte Moniques »Verwandter« aus dem Internet seinen Besuch angekündigt. Isabelle sah auf die Uhr. Noch eine gute halbe Stunde. Sie wollte ihn keinesfalls verpassen. Auf dem Weg zum Kommissariat schaute sie bei Clodine im Laden vorbei. Zu ihrer Überraschung fand sie ihre Freundin alleine vor. Jasmin hatte sich für den Nachmittag freigenommen. Aber wo war Monique? Doch hoffentlich nicht schon wieder getürmt.
»*Tout est bien*«, sagte Clodine. »Apollinaire war hier. Er kam von zu Hause, wo er sich umgezogen hat. Ich liebe seine bunten Hawaiihemden. Die stehen ihm. Schade, dass er sonst immer Uniform trägt. Apollinaire hat uns freudestrahlend erzählt, dass später jemand ins Kommissariat kommt, der mit Monique womöglich verwandt sei und das Rätsel ihrer Identität lüften könne …«
Apollinaire, dachte Isabelle, hat seinen »Konfuzius« wohl nicht verstanden. Zur Vorsicht gehörte, nicht alles auszuplaudern.
»Monique war völlig aus dem Häuschen«, fuhr Clodine fort. »Sie hat ihn gleich begleitet.«
Genau das hatte Isabelle zu vermeiden versucht. Sie wollte Monique zunächst fernhalten und sich ein Bild von der Glaubwürdigkeit des Besuchers machen. So war das besprochen. Mit seiner Uniform hatte Apollinaire wohl auch seinen Verstand abge-

legt. Seine Hawaiihemden sahen zwar lustig aus, doch sie taten ihm nicht gut.
Aber es machte keinen Sinn, sich aufzuregen. Dann war Monique halt beim Treffen dabei. Es würde interessant sein, ihre Reaktion zu beobachten, so oder so. Und wenn der Typ unseriös war, würde sie ihn hochkant rausschmeißen.

11

Isabelle sah auf die Uhr, als sie das Rathaus betrat. Exakt drei Uhr sechsunddreißig. Sie lief durch das Foyer mit der »Ahnengalerie« der früheren Bürgermeister. Vor ihrem Büro angekommen, fiel ihr auf, dass Apollinaire das Schild der *Police nationale* tatsächlich abgeschraubt hatte. So ernst hatte sie ihren Vorschlag gar nicht gemeint. Beim Öffnen der Tür stellte sie fest, dass diese nur angelehnt war. Das war ungewöhnlich. Apollinaire zog sie immer ins Schloss, selbst wenn er nur schnell auf Toilette ging. Aber sie dachte nicht weiter darüber nach und betrat mit einem munteren *»Bonjour à tous«* das Kommissariat.

Eine Reaktion blieb aus. Es war still, totenstill. Waren die beiden rausgegangen?

Isabelle hatte feine Antennen. Sie spürte, wenn etwas nicht stimmte. Oft verschaffte ihr das einen entscheidenden Vorsprung. Manchmal aber kam sie dennoch zu spät. Genau dieses Gefühl beschlich sie gerade.

Langsam setzte sie einen Fuß vor den anderen. Ein umgefallener Bürostuhl kam in ihr Blickfeld. Nicht gut, gar nicht gut.

»Apollinaire, sind Sie da? Monique?«

Keine Antwort.

Sie sah Apollinaires schweren Aktenlocher auf dem Boden liegen. Vor dem gekippten Bürofenster blähte sich der Vorhang.

Sie hörte ein Geräusch. Ein leises Stöhnen. Es kam aus der Besucherecke. Als Nächstes entdeckte sie unter dem Tisch ein gekrümmtes Bein. Gelber Leinenschuh, rot-grün gestreifte Socke … Das konnte nur Apollinaire sein. Das war die schlechte Nachricht. Die gute: Das Bein bewegte sich.

Isabelle eilte zu ihm hin. Sie kniete sich nieder und hielt ihm den Kopf. Wie es schien, erwachte Apollinaire gerade aus einer Ohnmacht. Er öffnete seine Augen und stöhnte.

Isabelle tätschelte ihm seine Wangen.

»Apollinaire, ich bin's. Geht's Ihnen gut?«

Dumme Frage, natürlich ging es ihm *nicht* gut. Aber er war am Leben. Mit glasigem Blick versuchte er zu antworten.

»Ex… ex… Je vais …«

»Ganz ruhig. Strengen Sie sich nicht an.«

»Ex… excellent. Je vais … je vais excellement bien …«, stotterte er.

Fast musste sie lachen, aber dafür war die Situation zu ernst.

»Na ja, dass es Ihnen ausgezeichnet geht, halte ich für übertrieben. Aber ich freue mich, dass Sie wieder zur Besinnung kommen.«

»Zur Besinn… zur Besinnung? Warum? War ich weg?«

Mit Isabelles Hilfe kroch er unter dem Tisch hervor und versuchte aufzustehen. Sie schob ihm einen Stuhl hin, auf dem er gefährlich schwankend Platz nahm. Mit der einen Hand hielt er sich an der Armlehne fest, mit der anderen betastete er seinen Hinterkopf. »Da habe ich eine Beule«, stellte er fest.

»Fallen Sie nicht runter!«, wies sie ihn an. Normalerweise hielt er sich an ihre Vorgaben.

Isabelle lief zum Kühlschrank, wickelte Eiswürfel in ein Geschirrtuch und brachte es ihm.

»*Merci*, Madame, das ist sehr zuvor… zuvorkommend.«

»Was ist passiert?«, fragte sie.

Hoffentlich hatte er keine posttraumatische Amnesie wie Monique. Apropos Monique. Sie war nicht mehr da. Das war ebenso offensichtlich wie beunruhigend.

»Madame, *je suis désolé …*«

Er war untröstlich? Immerhin hatte er schon wieder zu seiner gewohnt gestelzten Ausdrucksweise zurückgefunden.
»Wo soll ich anfangen?«, fragte er.
»Wo Sie wollen. Am besten am Anfang.«
»*Mais oui*, das ist ein guter Vorschlag …«
Sein wirrer Blick erinnerte an Monique.
»Sie waren bei Clodine im Laden«, half sie ihm auf die Sprünge, »dort haben Sie von dem angekündigten Besucher erzählt, daraufhin hat Sie Monique ins Kommissariat begleitet.«
»Madame, Sie wissen ja schon alles …«
»Das ist wohl nicht die ganze Geschichte. Oder haben Sie sich selbst auf den Hinterkopf geschlagen?«
»*Mais non,* natürlich nicht. Das war dieser *crétin* aus dem Internet. Er ist zu früh gekommen, so war das nicht ausgemacht.«
»Korrekt, ich wollte ja dabei sein. Können Sie ihn beschreiben?«
»Mittelgroß, schlank und arabischer Herkunft wie Monique. Anfangs war er ganz nett. Er hat mich freundlich begrüßt und sich gefreut, Monique zu sehen, und sie in den Arm genommen …«
»War er also wirklich ein Verwandter von ihr?«
»Offenbar war er ihr älterer Bruder.«
»Offenbar?«
»Ja, aber er hat's mir nicht direkt gesagt.«
Sie sah ihn fragend an. »Wie kommen Sie dann auf die Idee, dass er ihr Bruder sein könnte?«
»Er hat mit ihr Arabisch gesprochen. Samira, hat er gesagt, erkennst du mich nicht? Ich bin Youssef, dein Bruder. Daraufhin hat sie gelächelt. Doch, doch, natürlich, hat sie geantwortet. Youssef, schön, dass du hier bist.«
Apollinaire konnte etwas Arabisch, das wusste sie. Mit Shayana hatte er eine tunesische Freundin. Außerdem hatte er ein Faible für Fremdsprachen.

»Er hat nicht damit gerechnet, dass Sie Arabisch verstehen«, stellte Isabelle fest.

Apollinaire rang sich ein gequältes Grinsen ab. »Nein, hat er nicht. Wie Sie wissen, werde ich gerne unterschätzt.«

»Was ist dann passiert?«

»Wie gesagt, anfänglich war er sehr freundlich. Er hat sich bei mir bedankt, dass wir auf seine Verwandte aufgepasst haben. Dann hat er gesagt, dass er sie jetzt mitnehmen werde.«

»Monique ...«, sie korrigierte sich, schließlich wusste sie jetzt ihren richtigen Namen, »Samira war damit einverstanden?«

»Ja, das war sie. Sie hat sich von ihm bereitwillig am Arm nehmen lassen. Sie wollten gehen, da habe ich mein Veto eingelegt. Ich müsse erst die Personalien aufnehmen, habe ich gesagt. Und zwar von beiden. Außerdem müssten wir auf meine Chefin warten ... Weiter bin ich nicht gekommen. Dann hat der Verrückte zugeschlagen. Ohne Vorwarnung hat er mir einen Magenschwinger versetzt, ich bin rückwärts über einen Stuhl gefallen. Als ich mich wieder aufgerappelt habe, hat er mir mit dem Aktenlocher einen Schlag auf den Kopf versetzt ...« Apollinaire sah zum Besuchertisch, unter dem ihn Isabelle vorgefunden hatte. »Wie ich dahin gekommen bin, weiß ich nicht.«

»Wie lange ist das her?«, fragte Isabelle.

Apollinaire sah ratlos um sich. »Keine Ahnung, vielleicht zwei oder drei Stunden?«

»Das kann nicht sein, jetzt ist es Viertel vor vier.«

»Wirklich? Dann war ich ja nur wenige Minuten absent. Seltsam, dass man in der Bewusstlosigkeit jedes Zeitgefühl verliert. Gekommen ist der rabiate Unhold Viertel nach drei. Das weiß ich sicher, weil ich auf die Uhr geschaut habe, um ihm zu sagen, dass er viel zu früh dran ist.«

»Dann können die beiden ja erst wenige Minuten weg sein«, stellte Isabelle fest.

Beim Betreten des Rathauses war ihr niemand entgegengekommen. Wahrscheinlich hatten sie sich nur knapp verfehlt. Weit konnten sie noch nicht sein.

»Apollinaire, kann ich Sie kurz alleine lassen?«, fragte sie.

Ohne seine Antwort abzuwarten, stürzte sie davon, aus dem Kommissariat, durch die Eingangshalle hinaus auf den Platz vor dem Rathaus. Angélie Racasse, die Sekretärin aus dem Bürgermeisterbüro, kam ihr entgegen.

»Ist Ihnen zufällig ein junges Paar begegnet?«, fragte Isabelle gehetzt. »Mittelgroß, arabisches Aussehen?«

»Nein, nur die alte Coraline mit ihrem Pfleger. Warum?«

Isabelle winkte ab. Sie hatte keine Zeit für Erklärungen. Der Mann, der sich Youssef nannte, musste mit dem Auto gekommen sein. In der Nähe gab es kaum legale Parkmöglichkeiten. Aber am Ortsrand existierten zwei große Besucherparkplätze. Sie entschied sich spontan für einen von beiden und rannte los.

Am alten Brunnen rangierte gerade ein Lieferwagen aus einer Lücke. Fehlanzeige, das war Roland, der Installateur. Sie wählte eine Abkürzung, sprang über eine niedrige Mauer und spurtete weiter. Im Kopf ließ sie die Uhr rückwärtslaufen. Youssef hatte mit seiner mutmaßlichen Schwester Samira nach der Attacke auf Apollinaire fluchtartig das Rathaus verlassen. Vermutlich waren sie nicht gerannt, um nicht aufzufallen, aber doch in großer Eile zu seinem Auto gelaufen. Fragolin war klein. Selbst bei dem weiter entfernt gelegenen Besucherparkplatz am alten *Monument de guerre* hätten sie für den Weg keine zehn Minuten gebraucht. Folglich waren sie mit großer Wahrscheinlichkeit bereits über alle Berge. Außer sie hatten sich verlaufen. Das passierte Ortsfremden mit schöner Regelmäßigkeit. Denn Fragolin war zwar klein, aber auch verwinkelt – und ziemlich schlecht ausgeschildert.

Isabelle erreichte den Parkplatz. Er war gratis, hatte also weder eine Schranke noch einen Ticketautomaten. Das hatte Thierry so entschieden, um Fragolin möglichst besucherfreundlich zu präsentieren. Auf jeden Fall sparte es bei der Abfahrt Zeit. Sie blieb stehen und sah sich um. Nichts und niemand bewegte sich. Auch kein Auto. Entweder war sie zu spät gekommen, oder dieser Youssef hatte woanders geparkt.

Weil Isabelle ungern aufgab, selbst wenn etwas aussichtslos schien, rannte sie zum zweiten Besucherparkplatz, der kleiner war – und an der anderen Zufahrtsstraße von Fragolin. Auch hier gab es eine Abkürzung – durch den Hinterhof von Alains Korkgeschäft. Der saß Pfeife schmauchend in seinem Lehnstuhl und sah ihr kopfschüttelnd hinterher.

Am Ziel angelangt, stellte sie fest, dass sie auch hier entweder zu spät kam oder am falschen Ort war. *Merde, merde ...*

Sie blieb vornübergebeugt stehen, stützte die Arme in die Hüften und atmete durch. Welche Optionen gab es noch? Dass die beiden gemütlich durch Fragolin spazierten, war auszuschließen. Blieb der Linienbus, aber der ging heute nicht, weil die Fahrer streikten.

Isabelle beschloss, ihre Aktion abzubrechen und zu Apollinaire ins Kommissariat zurückzukehren. Rennen musste sie jetzt nicht mehr.

Apollinaire erwartete sie hinter seinem Schreibtisch. Noch immer hielt er sich das Geschirrtuch an den Hinterkopf. Das eingewickelte Eis musste längst geschmolzen sein. Wahrscheinlich tropfte es ihm hinten in sein Hawaiihemd. Was ihn aber nicht zu stören schien. Vielleicht tat es ihm in seinem Zustand sogar gut.

»Wie fühlen Sie sich?«, fragte sie. »Brauchen Sie einen Arzt?«

»Nein, wird schon werden. Mein Kopf hält was aus.«

Das stimmte. Den Beweis hatte er schon einige Male erbracht. Apollinaire hatte den fatalen Hang, mit dem Kopf irgendwo gegen zu rennen, was sowohl auf seine Unaufmerksamkeit als auch auf seine Körpergröße zurückzuführen war. Normalerweise erholte er sich schnell davon.

»Ich hab eine Schmerztablette eingeworfen«, sagte er. Und aus dem Fenster deutend: »Sie haben die beiden nicht erwischt, oder?«

»Nein, ihr Vorsprung war wohl doch zu groß.«

Er nickte. »Das habe ich befürchtet. Leider konnte ich an der Verfolgung nicht teilnehmen. Ich bin noch etwas wacklig auf den Beinen.«

Auf dem Schreibtisch vor ihm befand sich in einem durchsichtigen Plastikbeutel der Aktenlocher, mit dem er niedergeschlagen wurde.

»Aber immerhin haben wir seine Fingerabdrücke«, stellte er zufrieden fest.

»Das ist gut. Vielleicht haben wir bei ihm mehr Glück als bei Monique ...«

»Samira!«

»Samira, richtig. Sind Sie sich eigentlich sicher, dass Sie alles richtig verstanden haben?«

»Die beiden haben nur kurze Sätze ausgetauscht. Das war nicht schwer zu verstehen. Die Namen waren sowieso einfach: Youssef und Samira.«

»Und dass er ihr Bruder ist?«

»Doch, doch, das war eindeutig. Außerdem hat es Samira mit ihrer Reaktion bestätigt.«

»Schade, dass er nicht mehr gesagt hat.«

Apollinaire räusperte sich. »Er nicht, aber Samira.«

Sie zog fragend die Augenbrauen nach oben. »Jetzt machen Sie es nicht so spannend. Was hat sie gesagt?«

»Sie hat auf Arabisch gefragt, ob er das Lösegeld habe …«
Isabelle glaubte, sich verhört zu haben.
»Wie bitte? Ob er das *Lösegeld* habe? Wirklich?«
»Ja, das arabische Wort *fidjah* ist zwar vieldeutig, wird aber meistens in diesem Sinne gebraucht«, bestätigte Apollinaire.
»Was hat er geantwortet?«
»Der Rucksack sei in Sicherheit, hat er gesagt. Mehr nicht.«
Lösegeld, Rucksack … Was lief denn hier ab?
»Und wie hat Samira darauf reagiert?«, fragte Isabelle.
»*Alhamdulillah* hat Samira gesagt. Das lässt sich mit *Gott sei Dank* übersetzen.«
Monique alias Samira hatte ganz offenbar zumindest einen Teil ihrer Erinnerung zurückerlangt, dachte Isabelle. Oder hatte sie ihnen die ganze Zeit was vorgespielt? Nein, anfangs ganz bestimmt nicht. *Lösegeld, Rucksack* … Wenn sich Apollinaire nicht völlig verhört hatte, erschien plötzlich alles in einem neuen Licht. Was so harmlos mit einer verwirrten jungen Frau begonnen hatte, bekam unversehens die Dimensionen eines veritablen Kriminalfalls. Inklusive eines tätlichen Angriffs auf einen Beamten der *Police nationale*.
Apollinaire fuhr sich mit dem nassen Geschirrtuch von hinten über die Haare in die Stirn. Jetzt tropfte es ihm ins Gesicht.
»Wir werden uns diesen Youssef kaufen«, stellte sie klar. »Und herausbekommen, was hier gespielt wird.«
»Kaufen? Warum sollte er käuflich sein?«
»Apollinaire, das war nicht wörtlich gemeint.«
»Nicht wörtlich? Ach so.«

12

Als Isabelle eine halbe Stunde später das Kommissariat verließ, wusste sie Apollinaire in guten Händen. Seine tunesische Freundin Shayana hatte ihn abgeholt und versprochen, auf ihn aufzupassen. Zuvor hatte sie bestätigt, dass *fidjah* mit *Lösegeld* übersetzt werden konnte. Als Erstes ging Isabelle zu Clodine, die prompt fragte, wo ihre neue Freundin Monique sei. Isabelle beließ es bei der vagen Auskunft, dass Monique im Kommissariat von ihrem Bruder abgeholt worden sei und Fragolin verlassen habe. Ob sie die beiden zufällig gesehen habe, fragte sie, denn Clodine hatte ihre Augen überall. Und wenn sie etwas Ungewöhnliches nicht selber beobachtet hatte, wurde es ihr in kürzester Zeit zugetragen.

»Natürlich habe ich sie nicht gesehen«, antwortete sie schnippisch. »Sonst hätte ich doch nicht nach ihr gefragt.«

Wo sie recht hatte, hatte sie recht.

»Aber gerade ist Apollinaire vorbeigekommen«, fuhr Clodine fort. »Die kleine Shayana hat ihn stützen müssen. Geht's ihm nicht gut?«

Das war der Beweis, ihr entging fast nichts.

»Er hat nur etwas Kopfweh«, antwortete Isabelle. »Das wird schon wieder.«

Aus dem Laden winkte ihr Jasmin zu. Isabelle verabschiedete sich und ging weiter – scheinbar in Richtung ihrer Wohnung, um dann aber an der nächsten Gasse links abzubiegen und zum Gendarmerieposten zu laufen. Clodine musste nicht alles wissen.

Dort angekommen, traf sie auf Capitaine Briand. Auch er musste nicht alles wissen. Ganz im Gegenteil verschwieg sie ihm aus Prinzip, was nur ging. Das lag schon mal darin begründet, dass die *Police nationale* der Gendarmerie ganz grundsätzlich und landesweit in freundlicher Ablehnung zugetan war. Was auf Gegenseitigkeit beruhte. Sie persönlich hatte sich allerdings mit der Gendarmerie arrangiert. Sie pfuschte den »Kollegen« nicht ins Handwerk. Man ließ sich gegenseitig in Ruhe.

Sie fragte Briand, ob sie den Videoüberwachungsraum nutzen dürfe. Sie wolle etwas überprüfen, das sie zwar interessiere, aber eigentlich belanglos sei und keine polizeiliche Relevanz habe.

Briand sah sie augenzwinkernd an. »Also etwas Privates«, schlussfolgerte er.

Wie üblich lag er falsch. Aber in diesem Fall kam ihr seine schlichte Denkweise gelegen.

»Könnte man so sagen«, bestätigte sie, ein Lächeln vortäuschend.

»Da will ich Ihnen nicht im Wege stehen. Sie wissen ja, wo sich der Videoraum befindet. Mit der Technik kennen Sie sich ja aus.« Er lachte. »Wahrscheinlich sogar besser als ich.«

Das war ein unerwartetes Kompliment. Tatsächlich hatte sie schon viele Stunden im Videoraum verbracht. Dass es in Fragolin überhaupt eine Videoüberwachung gab, war Thierry zu verdanken. Der hatte sie gegen einige Bürgerproteste durchgesetzt. Weshalb es zum Schutz der Privatsphäre nur an neuralgischen Punkten Kameras gab. Zum Beispiel an den drei Geldautomaten des Ortes, am Marktplatz, am Eingang des kleinen Matisse-Museums – und vor dem *Hôtel de ville* mit dem Kommissariat. Und an den beiden Besucherparkplätzen.

Capitaine Briand wünschte ihr einen schönen Abend und machte sich auf den Heimweg. In Fragolin passierte so wenig, dass die Gendarmerie das Gegenteil von Überstunden machte: Sie hörte mit der Arbeit einfach früher auf.

Isabelle begrüßte kurz Sergeant Albertin, der einsam die Stellung hielt und im Fernsehen ein Fußballspiel ansah. Dann suchte sie den Videoraum auf. Die Kameras waren rund um die Uhr in Betrieb. Die Aufzeichnungen überspielten sich nach vierundzwanzig Stunden. Das also war kein Problem. Sie konnte sich Zeit lassen.

Isabelle fing mit der Kamera vor dem *Hôtel de ville* an. Sie spulte im Schnellgang bis drei Uhr zurück. Dann startete sie die Wiedergabe. Angélie Racasse aus dem Bürgermeisterbüro war zu sehen, wie sie das Rathaus verließ. Ein schwarzer Hund tauchte auf und pinkelte ans Geländer am Eingang. Isabelle musste schmunzeln. Das war eine Ordnungswidrigkeit. Der vierbeinige »Täter« verschwand. Drei Uhr dreizehn. Von links kam eine offenbar männliche Gestalt ins Bild. Leicht hinkend. Er hatte eine Joggingjacke an und die Kapuze über den Kopf gezogen. Diese Hoodies gehörten verboten. Wie es schien, hatte der Mann die Überwachungskamera entdeckt. Er versuchte, ihr den Rücken zuzukehren, hielt den Kopf gebeugt und eine Hand vors Gesicht. Isabelle war überzeugt, dass es sich um Youssef handelte. Die Zeitangabe deckte sich mit Apollinaires Aussage. Verhielt sich so ein unbescholtener Bürger, der sich auf ein Wiedersehen mit seiner verschwundenen Schwester freute? Nein, ganz sicher nicht.
Warum zog er ein Bein nach? Weil er verletzt war?
Youssef verschwand im Rathaus. Die nächsten Minuten passierte nichts. Der Platz vor dem Rathaus war menschenleer. Kein Wunder, denn die Büros hatten um diese Zeit für Parteiverkehr geschlossen. Drei Uhr neunundzwanzig. Die Rathaustür öffnete sich. Youssef tauchte wieder auf, diesmal in Begleitung seiner Schwester. Er hielt sie am Arm und zog sie mit sich. Die Kapuze hatte er wieder tief ins Gesicht gezogen. Er ver-

mied es, in Richtung der Kamera zu sehen. Isabelle stoppte die Wiedergabe, spulte langsam zurück und wieder vor. Es wirkte nicht so, als ob er Samira gegen ihren Willen aus dem Rathaus führen würde. Er wollte nur, dass sie sich beeilte. Samira stolperte. Er fing sie auf und streichelte ihr kurz die Wange. Ganz der fürsorgliche Bruder. Noch einige Schritte, dann verschwanden sie aus dem Blickfeld. In jene Richtung, aus der er vor einer Viertelstunde gekommen war. Das war's.

Drei Uhr sechsunddreißig. Jetzt kam sie selbst ins Bild. Auf dem Weg ins Rathaus. Warum lief sie so langsam? Hätte sie sich beeilt und zuvor darauf verzichtet, Clodine zu besuchen, wäre sie den beiden begegnet. Aber das hatte sie nicht wissen können.

Sechs Minuten später. Drei Uhr zweiundvierzig. Angélie Racasse kehrte zurück, mit einer Einkaufstüte. Und aus dem Rathaus kommend wieder sie selbst. Die Begegnung dauerte zwanzig Sekunden. Dann der Moment der Unentschiedenheit. »Renn nach links!«, flüsterte Isabelle. Als ob sie ihre Entscheidung im Nachhinein ändern könnte. Dann sah sie sich nach rechts wegsprinten. Die falsche Richtung, der falsche Parkplatz. Isabelle druckte von dem Video vor dem Rathaus noch einige Standbilder aus, auf denen Samira und ihr Bruder zu sehen waren. Auch wenn sie nicht weiterhalfen, weil selbst bei Vergrößerung Youssefs Gesicht nicht zu erkennen war. Dann wechselte sie zur Aufzeichnung des Parkplatzes, den sie als zweiten erreicht hatte. Sie spulte zurück, dann wieder vor. In der fraglichen Zeit war niemand zu sehen. Außer einer Familie mit drei Kindern, die aus einem gerade angekommenen Wohnmobil kletterten. Also doch der Parkplatz am alten Kriegerdenkmal, am *Monument de guerre?* Aber auch hier tauchten die beiden nicht auf.

Isabelle gestand sich ein, dass sie von den Videoaufzeichnungen mehr Aufschluss erwartet hatte. Wenigstens irgendeinen kleinen Fingerzeig, der ihr bei der Suche weiterhelfen würde. Aber wie es aussah, hatte sie nur den Beweis erhalten, dass sich alles so zugetragen hatte wie von Apollinaire geschildert: Youssef kommt – und haut wenig später mit Schwester Samira wieder ab. Okay, etwas mehr wusste sie jetzt schon. Nämlich, dass Youssef hinkte. Und dass er darauf bedacht war, nicht erkannt zu werden. Tat das jemand mit reinem Gewissen? Nein, natürlich nicht. Folglich hatte Youssef Dreck am Stecken. Na klar hatte er das. *Lösegeld* war per se illegal. Auch passte dazu seine Weigerung, ihre Personalien registrieren zu lassen. Und er scheute nicht davor zurück, Apollinaire niederzuschlagen.

Ohne große Hoffnung kontrollierte Isabelle die Videoaufzeichnungen der anderen Kameras. Natürlich tat Youssef ihr nicht den Gefallen, bei einem der drei Bankautomaten Geld abzuheben. Auch hatte er alle anderen neuralgischen Plätze vermieden. Entweder per Zufall, was leicht möglich war, denn allzu dicht war das Netz der Kameras in Fragolin nicht geknüpft. Oder weil er vorsichtig war und darin geübt, sich der Überwachung zu entziehen. Isabelle tippte auf Zweiteres.

Sergeant Albertin kam ins Bild, der seiner großen Leidenschaft nachging und einem falsch geparkten Auto einen Strafzettel unter den Scheibenwischer klemmte. Das Auto kannte sie, es gehörte dem *boucher*. Der Metzger parkte notorisch im Verbot – und hatte noch nie bezahlt. Gegen einige Gratiswürste beim nächsten Einkauf pflegte Albertin den Strafzettel zu vernichten. Das hatte sich so eingespielt. Wie so vieles in Fragolin.

Einige Minuten später beendete Isabelle die Kontrolle der Aufzeichnungen. Sie schaltete die Monitore aus und ging zum Bereitschaftszimmer, um sich von Albertin zu verabschieden. Der sah immer noch Fußball und trank dazu ein Bier aus der Flasche. Die Füße auf den Tisch gelegt und mit einer Tüte Chips. Als Gendarm litt man in Fragolin nicht wirklich unter Überarbeitung.

»*Salut,* Albertin, ich geh jetzt. Viel Spaß bei der zweiten Halbzeit.«
»*Merci*, Madame, aber Marseille liegt zwei Tore zurück.«
Beim Rausgehen kam ihr ein Einfall. Sie blieb stehen und drehte sich um.
»Albertin, Sie sind heute doch gegen halb vier Streife gegangen und haben falsch geparkte Autos aufgeschrieben, richtig?«
Er schlug mit einem Schreckensschrei die Hände über dem Kopf zusammen. »Lattenschuss, das war knapp.«
»Haben Sie außer unserem Metzger noch jemanden beim unerlaubten Parken erwischt?«, fragte sie ungerührt.
»Madame, das ist der falsche Augenblick, mir solche Fragen zu stellen. Marseille bekommt einen Freistoß.«
»Den schauen wir zusammen an, aber danach möchte ich von Ihnen eine Antwort.«
»*Bien sûr*, natürlich, aber erst der Freistoß …« Albertin hielt den Atem an. Dann sprang er auf und brüllte: »Kopfball, Tooor!«
»Gratuliere, und jetzt die Antwort auf meine Frage.«
»Ob ich einen weiteren Strafzettel ausgestellt habe? Da muss ich nachdenken.«
Sie machte eine auffordernde Handbewegung. »Je schneller, desto besser, dann können Sie weiterschauen.«
»Ach ja, ein grüner Citroën, gleich hinter dem Rathaus. In der Feuerwehrzufahrt. Das war dreist, eigentlich hätte er abgeschleppt gehört. Aber ich habe es bei einer satten Strafe belassen.«
Weil das Abschleppen zu viel Arbeit bedeutet hätte, dachte Isabelle.
»Kennen Sie den Fahrzeughalter?«
»Nein, war wohl ein Tourist.«
»Haben Sie das Kennzeichen?«
Er sah sie empört an. »Selbstverständlich. Wie Sie wissen, bin ich in meiner Arbeit sehr gewissenhaft.«

Sie unterdrückte ein Lächeln. Tatsächlich war ihr eher das Gegenteil bekannt. Aber im Ausfüllen von Strafzetteln hatte er Routine.

»Kann ich das Mandat sehen?«

»Was interessiert Sie daran?«

»Albertin, denken Sie ans Fußballspiel. Wir können jetzt entweder diskutieren, oder Sie zeigen mir kurz den Strafzettel, und ich lasse Sie in Ruhe weiterschauen.«

»Okay, okay, okay …«

Stöhnend stand er auf und holte aus einer Ablage den Strafzettel. Isabelle machte ein Foto und gab ihn zurück.

»*Merci,* Albertin. Viel Spaß beim Spiel. *Bonne chance.*«

13

Nach einem netten Abendessen mit dem Maler Nicolas hatte Isabelle ihm vor dem Restaurant eine gute Nacht gewünscht – und ihn alleine nach Hause gehen lassen. Diesmal hatte sie eine Ausrede, für ihn und für sich selbst. Sie müsse nachdenken. Beruflich. Er hatte ihre Begründung mit einem leisen Lächeln zur Kenntnis genommen. Und von ihr das Versprechen bekommen, ihn morgen Abend in seiner Bastide zu besuchen. Er würde für sie beide kochen. Da konnte sie nicht Nein sagen. Nicht schon wieder. Sie spürte, dass sie den Bogen nicht überspannen sollte.

Jetzt lag sie auf dem Bett und konnte nicht schlafen. Das war die gerechte Strafe. Denn mit dem Nachdenken, das sie als Begründung angegeben hatte, wollte es nicht so recht klappen. Eine neue Erkenntnis hatte sie, die ihr aber kein Kopfzerbrechen bereitete. Denn sie war eindeutig und passte ins Bild. Die Gendarmerie würde im Falle des grünen Citroën Schwierigkeiten haben, die Strafe fürs Falschparken einzutreiben. Schlicht deshalb, weil das Kennzeichen zu einem silbernen Mazda gehörte, der in Orléans zugelassen und als gestohlen gemeldet war. Das hatte sie sehr schnell herausgefunden. Youssef fuhr also mit einem Auto herum, das es so nicht gab. Natürlich war es *sein* Auto, daran zweifelte sie keine Sekunde. Auch nicht daran, dass Youssef ein Krimineller war. Einer, der sich traute, seine Schwester unter Anwendung von Gewalt aus einem Rathaus zu entführen. Das war eine Aktion, die ein gehöriges Maß an Kaltschnäuzigkeit voraussetzte.

Was hatte Apollinaire vor zwei Tagen gefragt? Ob sie etwa einen neuen Kriminalfall hätten? Sie erinnerte sich noch an ihre Antwort. Nein, hatte sie erwidert, aber nach ihrer Erfahrung komme der schneller als gedacht. Das sei bisher immer so gewesen. Im Rückblick war das fast schon prophetisch gewesen. Denn jetzt hatten sie ihn: einen neuen Kriminalfall.

Isabelle wälzte sich im Bett hin und her. Auf der Suche nach Schlaf – und nach einer zündenden Idee, wie man Youssef und seiner Schwester auf die Spur kommen könnte. Das widersprach sich. Man konnte nicht Gedanken wälzen und gleichzeitig selige Entspannung finden. Das schloss sich aus. Wenn sie schlafen wollte, musste sie ihr Hirn abschalten. Sie versuchte es mit Schäfchen zählen. Vergeblich, das hatte noch nie funktioniert. Das Gedankenkarussell drehte sich munter weiter. Sie konzentrierte sich auf ihre Atmung. Auch das klappte nicht. Youssef, Samira …

Isabelle schlug die dünne Decke zur Seite, stand auf und ging in die Küche. Kindern gab man heiße Milch mit Honig. Sie war kein Kind, also kam als Ersatz Cognac infrage.

Sie hatte eine exquisite Flasche im Regal, die hatte mal Rouven mitgebracht. Er war bestimmt damit einverstanden, dass sie sich ein Glas gönnte. Sie setzte sich auf den Küchentisch, ließ den Cognac im Schwenker kreisen, ließ den Duft in die Nase steigen, glaubte zu spüren, wie er die Sinne betörte – und trank das Glas in einem Zug aus. Rouven würde missbilligend den Kopf schütteln, aber sie war alleine und musste auf keine Etikette achten. Außerdem handelte es sich im konkreten Fall um Medizin. Die ließ man sich auch nicht mit Genuss auf der Zunge zergehen.

Isabelle lief noch etwas in der Wohnung herum, ohne Licht anzumachen. Ihre Bewegungen wurden langsamer. Sie gähnte. Der Cognac schien zu wirken. Sie verwarf den Gedanken an ein zweites Glas und tapste schlaftrunken zu ihrem Bett. In Zeitlupentempo kroch sie unter die Decke. Nur keine Hektik, nur nicht wieder wach werden. Aber auch nicht vergessen, was ihr gerade durch den Kopf gegangen war … Sie wollte sich morgen früh noch daran erinnern … Aber woran? Ach so, jetzt wusste sie es wieder … Ein Einfall, eine Idee, keine besonders geniale, aber immerhin … Doch das hatte Zeit. *Bonne nuit …* Gute Nacht, meine liebe Isabelle.

14

Als Isabelle am späten Vormittag des nächsten Tages ins Kommissariat kam, freute sie sich, Apollinaire bei guter Gesundheit anzutreffen. Er stand mit einem Reagenzglas am Fensterbrett und goss mit ruhiger Hand ihren kleinen Kaktus. Er tat das nur an bestimmten Tagen in genau berechneten zeitlichen Abständen und in exakt dosierter Menge. Von »Gießen« konnte man streng genommen nicht sprechen, es handelte sich eher um einen minimalinvasiven Eingriff. Fehlte nur, dass er dabei einen Mundschutz trug.

»*Ça va bien*, alles gut?«, begrüßte sie ihn.

»Es geht unserem *Pilosocereus chrysostele* ausgezeichnet«, antwortete er.

Dass er ihre Frage auf den Kaktus und nicht auf sich bezogen hatte, war ein gutes Zeichen. Also schien der gestrige Schlag auf seinen Kopf schon vergessen. In medizinischer Hinsicht.

Apollinaire schenkte dem Kaktus noch ein liebevolles Lächeln, dann wandte er sich von ihm ab und drehte sich Isabelle zu. Der Ausdruck seines Gesichts änderte sich in wenigen Sekunden. Jetzt sah er aus wie ein begossener Pudel.

»Madame, ich konnte die ganze Nacht nicht schlafen …«

Da hatten sie ja was gemeinsam.

»Ich mache mir solche Vorwürfe. Wie konnte ich mich über Ihre klaren Anweisungen hinwegsetzen? Das war ebenso ignorant wie dumm.«

Sie wusste, was er meinte. Und sie konnte ihm nicht wirklich widersprechen. Aber seine Zerknirschung war nicht gespielt, sie kam aus tiefstem Herzen. Weshalb sie ihm bereits vergeben hatte.

»Besonders klug war es nicht«, sagte sie. »Wir hatten besprochen, dass wir den Besucher alleine empfangen. Wie Sie richtig festgestellt haben, eine Vorsichtsmaßnahme. Übertrieben war sie nicht, das wissen wir jetzt. Monique hätte nicht dabei sein dürfen.«

»Ich weiß, ich weiß ...«

»Aber wir können es nicht mehr ändern. Was macht Ihr Kopf?«

»Mein Kopf?« Er sah sie verständnislos an. »Was soll er machen?«

Isabelle schmunzelte. »Ich will wissen, ob er noch wehtut?«

»Nein, alles gut. Mir fehlt nichts. Danke der Nachfrage.«

»Das freut mich, dann können wir also anfangen.«

»Womit?«

»Mit der Arbeit, womit sonst?«

Er nickte. »Mit der Arbeit, natürlich. Ich muss nur noch das Reagenzglas wegstellen.«

Reagenzglas, Kaktus ... Isabelle überlegte, ob sie ihn nach den Kakteenräubern von der Domaine du Rayol fragen sollte. Und ob man sie bereits gefasst hatte. Für den Vorfall hatte er sich doch so brennend interessiert. Aber sie wollte seine Konzentration nicht ablenken.

»Wir kennen das mutmaßliche Fluchtfahrzeug«, sagte sie stattdessen. »Ein grüner Citroën. Albertin hat ihm wegen Falschparkens einen Strafzettel verpasst. Aber leider stammt das Kennzeichen von einem anderen Auto. Das bringt uns also nicht weiter. Was machen die Fingerabdrücke vom Aktenlocher?«

»Habe ich heute Morgen im Schnellgang mit unseren Datenbanken abgeglichen. Bislang keine Übereinstimmung. Aber ich bleibe dran.«

»Ganz andere Frage: Haben Sie was über diesen Frédéric Moreau in Erfahrung gebracht? Sie erinnern sich, das war …«

Apollinaire grinste. »Der Idiot mit der Mühle, ich weiß. Moreau ist ein *nouveau riche* aus Paris, ein Neureicher, der sein Geld mit Immobilien gemacht hat. Mit seiner Mühle scheint alles in Ordnung.«

»Was ist mit dem Umbau?«

»Genehmigt. Mit Unterschrift von unserem verstorbenen Bürgermeister.«

Isabelle schluckte. Ausgerechnet von Thierry. Andererseits fiel so was in seine Zuständigkeit. Sie würde in Zukunft immer wieder auf ihn stoßen.

»Schade«, sagte sie. »Ich hätte ihn gerne drangekriegt …«

»Weil er ein Idiot ist …«

»Korrekt. Aber genau genommen ist er die Mühe nicht wert.« Sie machte eine kurze Pause. »Trotzdem werden wir jetzt zu ihm hinfahren.«

Apollinaire runzelte die Stirn. »Äh, verstehe ich nicht.«

»Ziehen Sie sich Ihre Uniformjacke an …«

»Handschellen?«

»Nein, die brauchen wir nicht. Leider.«

Keine fünfzehn Minuten später fuhren sie mit vermindertem Tempo an der kleinen Kapelle vorbei, an die sich Monique nicht hatte erinnern können.

Monique? Isabelle stellte fest, dass sie unwillkürlich an dem Namen festhielt, den sie ihr gegeben hatten. Dabei war Samira mindestens genauso schön, wenn nicht sogar schöner. Sie nahm sich vor, in Zukunft auch in Gedanken ihren richtigen Namen zu verwenden.

Weitere neunzig Meter. Plus/minus einige Zentimeter. Der verwitterte Markierungsstein.

»*Eh voilà,* hier ist es passiert«, bestätigte Apollinaire. »Hier ist sie wie ein Phantom aus dem Nichts aufgetaucht, direkt vor meiner Kühlerhaube. Gott sei Dank verfügt mein *deux chevaux* über ausgezeichnete Bremsen.«
Das war witzig. Apollinaires alter 2CV hatte einen Bremsweg wie ein verrosteter Schubkarren. Allerdings kam er auch kaum schneller voran.

Langsam fuhren sie weiter. Nach zwei Kilometern kam die Abzweigung mit dem Schild *Le vieux moulin. Chemin privé. Passage interdit.*
»Geht's hier zur Mühle von diesem Frédéric Moreau?«, fragte Apollinaire.
Isabelle nickte und bog in die Schotterstraße ab. »Hoffentlich ist er da.«
»Was wollen Sie von ihm?«
»Eine Antwort auf eine Frage.«
Sie kamen zur Lichtung mit der eingerüsteten Mühle. Einige Autos und ein Kleinlaster standen herum. Offensichtlich arbeiteten heute mehr Leute auf der Baustelle als beim letzten Mal.
Sie parkten und stiegen aus. Apollinaire richtete seine Krawatte. Dass er bei seiner Jacke die Knopflöcher vertauscht hatte, fiel ihm nicht auf. Isabelle hielt es für nicht wichtig, ihn darauf aufmerksam zu machen. Sie hörten eine kreischende Säge. Der Betonmischer war in Betrieb. Zwei Männer kamen mit Brettern vorbei. Isabelle hielt sie auf.
»Ist Monsieur Moreau anwesend?«
Eine rhetorische Frage, denn am Waldrand stand ein schwarzer Range Rover, den sie schon das letzte Mal gesehen hatte.
»Ja, er ist dahinten und streitet gerade mit dem Fliesenleger.«
»Soll herkommen«, sagte sie knapp.

Der Polizeiwagen und Apollinaire in seiner Uniform verliehen ihrer Anweisung den nötigen Nachdruck.
Während die beiden Arbeiter auf die Baustelle gingen, um Moreau zu informieren, strich Isabelle über die gelagerten Fensterrahmen, die hier schon bei ihrem ersten Besuch gestanden hatten. An sie hatte sie in der letzten Nacht gedacht. Mittlerweile hatte sich auf ihnen eine dünne Staubschicht angesammelt.
Apollinaire bemerkte, dass was mit seiner Jacke nicht stimmte, und knöpfte sie neu.
»Da kommt er«, sagte Isabelle. »Der nette Monsieur Moreau.«
Wie beim letzten Mal hatte er einen roten Kopf. Dafür aber keinen Spaten in der Hand.
Sein Schritt verlangsamte sich. Irritiert sah er zwischen Isabelle, Apollinaire und ihrem Polizeiwagen hin und her.
Als er vor ihnen stehen blieb, registrierte sie schmunzelnd, dass er einen Sicherheitsabstand einhielt. Auch Idioten waren lernfähig.
Sie zeigte ihm ihren Dienstausweis.
»Den wollten Sie doch unbedingt sehen. Hier ist er. Zufrieden?«
»Deshalb hätten Sie nicht vorbeikommen müssen«, schnaufte er.
»Doch, doch, ich möchte, dass alles seine Ordnung hat.« Sie sah ihn süffisant lächelnd an. »So wie auf Ihrer Baustelle.«
Das war ein Schuss ins Blaue. Aber ganz sicher traf sie damit ins Schwarze. Denn wo gab es in der Provence eine Baustelle, auf der alles in Ordnung war?
Man konnte ihm ansehen, dass der Druck in seinem Kopf anstieg. Wie bei einem Dampfkessel.
Er kniff die Augen zusammen. »Wollen Sie mir was anhängen? Oder geht es um die schwarzhaarige Schlampe, die Sie das letz-

te Mal im Auto hatten. Wie ich schon sagte, stehe ich auf Blondinen. Der *putain* habe ich bestimmt nichts angetan …«
»Vorsicht, mein lieber Moreau«, unterbrach sie ihn mit gefährlich leiser Stimme. »Mäßigen Sie sich in Ihrer Wortwahl, oder ich lasse Sie wegen übler Nachrede verhaften.«
Das war natürlich Quatsch. Deshalb konnte man niemanden verhaften. Aber er zuckte trotzdem zusammen.
»Die würde ich nicht mal mit der Beißzange anlangen«, rutschte ihm noch heraus.
Isabelle überlegte, dass eine weitere Eskalation nichts brachte.
»Ich brauche Ihre Unterstützung bei einer Ermittlung«, lenkte sie ein. »Sie können also Dampf ablassen und mir einige einfache Fragen beantworten.«
»Das werden wir noch sehen«, grummelte er.
»Ich will wissen, ob vor drei Tagen einer Ihrer Mitarbeiter auf dem Weg zur Arbeit zufällig die junge Frau auf der Straße gesehen oder vielleicht sogar als Anhalterin mitgenommen hat.«
»Woher soll ich das wissen?«
Punkt für ihn. Sie hätte die Frage anders stellen sollen.
»Können Sie bitte die Arbeiter, die vor drei Tagen auf der Baustelle waren, herbeirufen, damit ich sie befragen kann.«
Er kratzte sich an der Backe. So sah er also aus, wenn er nachdachte.
»Vor drei Tagen? Also am Tag bevor Sie bei mir aufgetaucht sind? Da war niemand auf der Baustelle, nur ich. Das faule Pack hatte frei, weil der Beton austrocknen musste.«
Das war sowohl eine schlechte als auch eine gute Nachricht. Sie musste niemanden befragen. Aber sie würde von den Arbeitern auch nichts erfahren.
»Hatten Sie Besuch? Vielleicht der Architekt oder Ihr Bauleiter?«
»Haben Sie was an den Ohren? Ich sagte doch gerade, dass ich alleine auf der Baustelle war.«

Apollinaire räusperte sich. Laut und vernehmlich. »Monsieur Moreau, ich bin Sous-Brigadier der *Police nationale.* Mir missfällt Ihr Benehmen. Bitte behandeln Sie Madame le Commissaire mit Respekt. Anderenfalls bekommen Sie Ärger, richtig Ärger.«

Sie unterdrückte ein Lächeln. Apollinaire war wieder mal echt lieb. Und naiv.

Moreau deutete empört auf Apollinaire. »*Sie* wollen mir Ärger machen? Sie, Sie …« Offenbar unterdrückte er eine Beleidigung, die ihm auf der Zunge lag. »Das möchte ich sehen«, fiel ihm nur noch dazu ein.

»Wurde Ihnen am betreffenden Tag Baumaterial angeliefert?«, fragte Isabelle.

»Sie lassen nicht locker …«

»Nein, niemals. Das können Sie sich merken.«

Wieder kratzte er sich an der Backe.

»Baumaterial? Nun ja, die Fliesen wurden geliefert. Natürlich die falschen.«

»Wo kamen die her?«

»Aus Fragolin. Von *carreau et céramique.* Diese Pfeifen können sich ihre Schrottfliesen wieder abholen.«

Fragolin? Falsche Richtung.

Isabelle deutete auf die Fensterrahmen, die ihr schon beim ersten Besuch aufgefallen waren.

»Und wann haben Sie die bekommen?«

»Da muss ich nachdenken. Ja, Sie haben recht. Das war am selben Tag.«

»Um wie viel Uhr?«

»Weiß ich doch nicht. Aber ich glaube, kurz vor Mittag.«

Das passte schon mal. Zu dieser Zeit war Apollinaire unterwegs gewesen.

»Wo sitzt die Firma, von der Sie die Fensterrahmen beziehen?«

»In Toulon. *Lambert et fils.* Hat einen guten Ruf. Bin gespannt, ob die Rahmen passen.«
Er hatte ganz bestimmt was zu meckern. Das lag Moreau im Blut. Aber Isabelle hatte allen Grund zur Freude. Denn ein Lastwagen aus Toulon passte ins Bild. Er könnte Samira als Anhalterin mitgenommen haben. Als er dann von der Landstraße zur alten Mühle abbog, könnte sie ihn gebeten haben, auszusteigen. Anschließend war sie zu Fuß weitergegangen, Richtung Fragolin. Zwei Kilometer später war ihr dann Apollinaire entgegengekommen. So könnte es gewesen sein. Oder ganz anders. Aber das ließ sich leicht herausfinden.
Apollinaire stand vor einem Fensterrahmen und fotografierte den Firmenaufkleber.
»Vielen Dank. War doch nicht so schwierig«, verabschiedete sich Isabelle von Moreau. »Ich wünsche Ihnen noch einen schönen Tag.«
Wünschte sie ihm das ehrlich? Nein, natürlich nicht. Eher, dass ihm ein Brett auf den Kopf fiel – oder zumindest auf seine protzige Armbanduhr.

15

Sie hatten recht, dieser Moreau ist wirklich ein Idiot«, konstatierte Apollinaire, »echt schade, dass er für seine Mühle eine Baugenehmigung hat.«

Isabelle bog von der Schotterpiste auf die Landstraße, nicht nach rechts zurück nach Fragolin, sondern in die entgegengesetzte Richtung.

»Stimmt, andererseits wäre es unprofessionell, ihm nur deshalb am Zeug zu flicken, weil er uns unsympathisch ist.«

Apollinaire zog eine Grimasse. »Ich finde, dass das ein hinreichender Grund wäre.«

Ein nachvollziehbarer Gedanke. Nur hätten sie dann viel zu tun. Außerdem hatte ihnen Moreau weitergeholfen. Widerstrebend zwar, aber dennoch. Was es brachte, würde sich zeigen. Der Anfang jedenfalls war vielversprechend. Kaum im Auto, hatte Isabelle nämlich bei *Lambert et fils* angerufen, wo man bestätigte, dass ihr Fahrer am besagten Tag eine Anhalterin mitgenommen habe. Die Sekretärin des Geschäftsführers wusste das auf Anhieb, weil der Fahrer von dieser *femme mystérieuse,* von dieser geheimnisvollen Frau mit Kopfverband erzählt hatte. Allerdings könne sie am Telefon keine weiteren Auskünfte erteilen. Der Fahrer heiße Alain, er sei gerade in der Firma, und sie könnten ihn innerhalb der nächsten Stunde dort antreffen. Das war leicht zu schaffen, sogar ohne Blaulicht.

Der Betrieb lag etwas außerhalb von Toulon in einem tristen Gewerbegebiet. Sie parkten direkt vor dem Eingang. Apollinaire meinte, dass es nie schaden könne, Präsenz zu zeigen. Ein Polizeiauto auf einem Besucherparkplatz abzustellen, wäre viel zu unterwürfig und der Autorität abträglich. Isabelle war es egal.
Sie wurden in einen Aufenthaltsraum geführt, wo ein sichtlich übel gelaunter Mann gerade einen Getränkeautomaten traktierte. Er haute fluchend mit der Faust dagegen. Was den Getränkeautomaten wenig beeindruckte.
»Sind Sie Alain?«, fragte Isabelle.
Er wandte sich um und sah sie misstrauisch an.
»*Mais oui,* das bin ich«, antwortete er mit zusammengekniffenen Augen. »Und Sie sind diese Kommissarin, die vorhin angerufen hat?«
»Richtig, mein Name ist Bonnet, Isabelle Bonnet. Sie haben vor drei Tagen in Ihrem Lastwagen eine Anhalterin mitgenommen«, kam sie gleich auf den Punkt.
»Das ist nicht verboten, oder?«, nahm er sofort eine Verteidigungshaltung ein.
»Nein, natürlich nicht.«
Er hob seine schwieligen Hände. »Ich hab die Kleine nicht angelangt, das schwöre ich Ihnen.«
Warum reagierten die Männer immer gleich? Erst Moreau, jetzt Alain. Weil sie ein latent schlechtes Gewissen hatten?
»Das behauptet auch keiner«, beruhigte sie ihn. »Wir sind vielmehr auf Ihre Mithilfe angewiesen. Wir brauchen Sie als Zeugen, nicht um Ihnen etwas anzuhängen.«
»Als Zeugen?« Sein gerade noch verkniffenes Gesicht entspannte sich. »Nun gut, was wollen Sie wissen?«
Isabelle zeigte ihm Fotos von Samira. Sie hatten nicht nur das eine, das Apollinaire ins Internet gestellt hatte, sondern weitere,

die sie während ihres Aufenthalts in Fragolin mehr oder weniger heimlich aufgenommen hatten.

»Ist das die Anhalterin?«

Er nickte. »Ja, das ist sie.«

»Cola oder Sprite?«, fragte Apollinaire, der sich in der Zwischenzeit mit dem Getränkeautomaten beschäftigt hatte.

Alain sah ihn erstaunt an. »Geht er wieder? Cola, bitte.«

Schon rappelte es im Schacht.

Apollinaire überreichte ihm die Dose. »Oft hilft gutes Zureden mehr als rohe Gewalt.«

»Merci, mon Général«, bedankte sich Alain, im Scherz auf seine Uniform anspielend.

»Sous-Brigadier«, korrigierte Apollinaire gewissenhaft.

»Bitte erzählen Sie«, sagte Isabelle. »Wo ist die junge Frau bei Ihnen zugestiegen, wo wollte sie hin, und was hat sie von sich erzählt?«

Alain öffnete zischend die Coladose.

»Um von hinten anzufangen: Sie hat von sich nichts erzählt. Ich habe versucht, mit ihr ins Gespräch zu kommen, aber sie hat mich nicht einmal angeschaut. Ihr Blick war immer starr nach vorne gerichtet. Ich habe gefragt, was mit ihrem Kopf passiert ist, ob sie einen Unfall hatte. Sie hat nur geantwortet, dass sie das nicht wisse. Geglaubt habe ich das nicht.«

»Wo ist sie Ihnen begegnet?«, kam Apollinaire auf Isabelles Frage zurück.

»Alors, das war auf der Straße nach Hyères. Da ist eine *station service,* wo ich getankt habe. Plötzlich stand sie neben mir und hat mich gebeten, sie mitzunehmen. Ganz verschüchtert war sie, aber freundlich. Ich habe gefragt, wo sie hinwill. Das sei egal, hat sie gesagt, irgendwohin. Dann ist sie eingestiegen, und wir sind losgefahren. Das kam mir schon komisch vor, das können Sie mir glauben. Aber sie schien nicht in Eile zu sein, also

nicht auf der Flucht, wenn Sie verstehen. Ab und zu hat sie ein Lied gesummt. Das war's. Mehr weiß ich nicht.«

»Wo ist sie ausgestiegen?«

»An der Kreuzung, wo es rechts zur Baustelle von Moreau geht. Sie hat gesagt, sie würde zu Fuß weiterlaufen.«

»Mit welchem Ziel?«

»Ich glaube, sie hatte kein Ziel. Als ich mit den Fenstern fertig war, bin ich auf der Hauptstraße ein Stück Richtung Fragolin gefahren, um nach ihr zu sehen. Aber sie war weg. Also bin ich zurück nach Toulon. Das ist die ganze Geschichte, mehr kann ich nicht berichten.«

»Ich danke Ihnen«, sagte Isabelle. »Sie haben uns sehr geholfen.«

»Wirklich? War das alles?«

»Ja, das war alles. Wenn Ihnen noch was einfällt, rufen Sie mich an.«

Isabelle gab ihm ihre Visitenkarte.

»Darf ich was fragen?«, sagte er. »Ist der jungen Frau was passiert?«

»Das wissen wir nicht«, antwortete sie wahrheitsgemäß. »Sie war bei uns auf dem Kommissariat in Fragolin. Da ging es ihr relativ gut. Dann ist sie verschwunden.«

»Merkwürdig, sehr merkwürdig.«

»So ist es.« Und an Apollinaire gerichtet: »Bitte lassen Sie sich die Adresse der Tankstelle geben. Da fahren wir als Nächstes hin.«

16

Apollinaire hatte einen Einfall, der nicht ernst gemeint war. »Wenn wir schon in Toulon sind«, sagte er, »könnten wir doch im Zentralkommissariat vorbeischauen und Commandant Richeloin besuchen.«

Richeloin war als Chef der *Police nationale* für das gesamte Département Var zuständig und ihr in freundlicher Abneigung zugetan. Freundlich deshalb, weil er immer wieder die Lorbeeren ernten durfte, wenn Isabelle einen Fall abgeschlossen hatte und ihm bereitwillig die Bühne überließ. Sie hatte keine Lust auf Publicity. Viel ausgeprägter war jedoch seine Abneigung. Denn Isabelle war ihm aus Gründen, die er bis heute nicht verstand, disziplinarisch nicht untergeordnet. Er hatte ihr nichts zu sagen. Sie bekam ihre Anweisungen direkt aus Paris, von keinem Geringeren als Maurice Balancourt, also von oberster Stelle. Das trieb Richeloin regelmäßig in den Wahnsinn. Kam erschwerend hinzu, dass sie eine Frau war. In seiner vernagelten Machowelt holten Frauen den Kaffee oder führten bestenfalls untergeordnete Ermittlungen durch. Richeloin war nicht von gestern, sondern von vorgestern. Und ein Seelenverwandter von diesem Moreau.

»Eine hervorragende Idee«, antwortete sie im Spaß. »Das machen wir.«

Apollinaire, der am Steuer saß, wäre vor Schreck fast an den Randstein gefahren.

»Madame, das wollen Sie doch hoffentlich nicht wirklich?«

Sein Gesicht drückte pures Entsetzen aus.

Während sie persönlich Richeloin zwar nicht mochte, er ihr im Grunde aber ziemlich egal war, hegte Apollinaire echten Groll. Er hatte früher in Toulon unter Richeloin gearbeitet, genauer gesagt unter seinem Vorgänger, der nicht besser war. Der hatte ihn in den Keller ins Archiv abkommandiert – und ihn dort versauern lassen. Umso dankbarer war er Isabelle, die ihn aus diesem Loch befreit hatte.
Isabelle warf Apollinaire einen amüsierten Blick zu.
»Na ja, dann lassen wir es. Fahren wir zur Tankstelle.«

Dort angekommen, gingen sie erst mal an die Theke und bestellten *baguette au jambon*, Baguette mit Schinken. Apollinaire fand, dass es hier sehr viel gemütlicher war als in der Kantine der Polizeizentrale. Das erlaubte einige Rückschlüsse. Wie sich herausstellte, war der Mann hinter der Theke auch der Pächter der Tankstelle. Erwartungsgemäß konnte er sich an keine junge Frau mit Kopfverband erinnern. Vor drei Tagen? Im Tankstellengeschäft war das eine Ewigkeit. Dafür kannte er Alain. Der kam mit seinem Laster häufig zum Tanken.
Isabelle deutete auf eine der vielen Überwachungskameras. Ob sie sich die Aufzeichnungen mal anschauen dürften, fragte sie. Das war eine rhetorische Frage, denn natürlich durften sie.
Fünf Minuten später saßen sie vor einem Monitor in einem schmuddeligen Hinterzimmer zwischen Ölkanistern und Putzmaterial. Ob Apollinaire immer noch meinte, dass es hier gemütlicher war als in Toulon? Sie musterte ihn von der Seite. Er zeigte ein zufriedenes Lächeln. Tatsächlich empfand er es wohl so.
Er lockerte seinen Krawattenknoten und spulte die Aufzeichnung zurück. Datum und Uhrzeit liefen rückwärts. Bis zur Stelle vor drei Tagen, am späten Vormittag. Dann hielt er an. Er klickte zwischen den verschiedenen Kameras hin und her. Im Innenraum der Eingang, die Kasse und der Imbissbereich. Außen die

einzelnen Zapfsäulen. Die Bilder vermittelten einen guten Überblick. Apollinaire pfiff durch die Zähne. Der Lastwagen von *Lambert et fils* fuhr an eine Zapfsäule. Alain stieg aus. Später holte er sich eine Flasche Wasser aus dem Kühlregal.
Zurück zum Außenbereich. Apollinaire suchte nach Samira. Isabelle sah ihm über die Schulter und mischte sich nicht ein. Es dauerte nicht lange, dann tauchte sie auf. Zu Fuß kam sie ins Bild der rechten Außenkamera. Unverkennbar mit ihrem weißen Kopfverband. Ihr Gang wirkte unsicher. Sie wusste offenbar nicht, wo sie sich hinwenden sollte. Sie blieb stehen, drehte sich um, ging in die andere Richtung, blieb wieder stehen, kehrte zurück. Alain kam aus dem Tankstellengebäude und ging auf seinen Lkw zu, die Flasche Wasser in der Hand. Samira trat zu ihm und sprach ihn an. Sie redeten kurz miteinander. Dann ging sie auf die Beifahrerseite, wo sie von der Kamera nicht erfasst wurde. Als Alain die Fahrertür öffnete, konnte man sie bereits im Lastwagen sitzen sehen. Alles trug sich so zu, wie es Alain geschildert hatte.
Apollinaire spulte zurück zur Stelle, wo Samira aufgetaucht war. Sie war zu Fuß zur Tankstelle gekommen, das war offensichtlich. Sie hatte also nicht einfach von einem Auto ins andere gewechselt. Oder vielleicht doch, aber dann außerhalb der Videoüberwachung. Sie könnte auf der Straße ausgestiegen sein, und der Wagen war weitergefahren. In diesem Fall hatte Samira gehofft, in der Tankstelle eine neue Mitfahrgelegenheit zu finden. Was ja auch geklappt hatte.
»Jetzt sind wir genauso dumm wie vorher«, stellte Apollinaire fest. Die Enttäuschung in seiner Stimme war unüberhörbar.
»Nicht ganz, jedenfalls wissen wir, dass Alain die Wahrheit gesagt hat.«
»Das ist ein schwacher Trost. Unsere Samira ist wie ein Geist. Wie schon bei mir auf der Landstraße taucht sie auch hier ein-

fach aus dem Nichts auf. Keiner weiß, von wo sie gekommen ist.«

»Sie selbst womöglich auch nicht.«

Apollinaire räusperte sich. »Jedenfalls muss ich meinen Rechercheradius signifikant vergrößern.«

Isabelle wusste, was er meinte. Bislang hatte er in einem weiteren Umkreis von Fragolin Krankenhäuser und Notfallambulanzen befragt sowie nach Verkehrsunfällen gesucht. Etwa von Sainte-Maxime bis nach Hyères. Toulon war viel weiter westlich. Dabei wussten sie nicht, von wo sie wirklich gekommen war. Vielleicht aus Toulon? Oder von noch weiter her?

»Ja, hoffentlich ist Ihr Flipchart groß genug.«

Das hatte sie im Spaß gesagt, aber er nahm ihre Anmerkung wieder mal ernst.

»Sie haben recht, das könnte ein Problem werden. Vielleicht muss ich den Maßstab verändern. Aber dann fehlt mir der Platz für meine Eintragungen.«

Oje, jetzt hatte er wirklich ein Problem. Aber er würde eine kreative Lösung finden, da war sie sich sicher.

17

Am Abend tat Isabelle, was sie versprochen hatte: Sie folgte Nicolas' Einladung in seine Bastide. Dabei hatte sie noch vor wenigen Minuten überlegt, abzusagen. Aus Gründen, die ihr selber nicht ganz klar waren. Weil sie ihn nicht sehen wollte? Nein, im Gegenteil. Doch genau deshalb hatte sie gezögert. Schwer zu verstehen? Vielleicht, aber nicht ganz so unlogisch, wie es im ersten Moment den Anschein hatte.

Isabelle hatte keine Idee für ein Geschenk. Eine Flasche Champagner? Sie fand Einladungen schrecklich, wo man Champagner mitbrachte. Nun gut, das hier war keine Einladung im üblichen Sinne. Blumen? Kein Mensch brachte in Fragolin Blumen mit – nur bei Beerdigungen. Wer Blumen mochte, hatte sie selber im Überfluss. Entweder im Garten oder in Tontöpfen auf der Terrasse. Blumen waren etwas für zubetonierte Steinwüsten wie Paris. Aber auch dort würde man sie keinem Mann mitbringen. Ein Malerpinsel wäre originell. Schon deshalb, weil er anscheinend keinen verwendete. Dafür hatte sie in seinem Atelier Spachtel wie auf einer Baustelle gesehen. Und einen Betonmischer, in dem er die Farbe anrührte. Alles sehr speziell. Nicolas bezeichnete sich auch nicht als Maler. Aber als Künstler, das schon. Sogar vehement.

Sie lief durch ihre offene Küche und entdeckte eine Dose *Fleur de Sel* aus der Camargue. Zugegebenermaßen war das kein besonderes Geschenk. Aber sie liebte dieses aromatische Meersalz. Insofern war es doch etwas Besonderes. Vor allem hatte sie es mal in Aigues-Mortes bei den Salins du Midi selber gekauft.

Es war ihre letzte Dose. Wer es nicht zu würdigen wusste, war selber schuld.

Jetzt stand sie vor ihrem Kleiderschrank und überlegte, was sie anziehen sollte. Noch war sie nackt. Aber so konnte sie nicht bleiben. Ohne lange nachzudenken, griff sie zu einem roten Etuikleid. Das musste sie sich nur über den Kopf streifen. Fertig. Hauteng, und ein bisschen kurz. Aber das machte nichts. Sie durfte nur nicht vergessen, es immer wieder mal nach unten zu ziehen. Oder sollte sie sicherheitshalber doch einen Slip anziehen?

Zehn Minuten später machte sie sich auf den Weg. Zu Fuß, es war nicht weit. Sie hatte eine dunkelgrüne Pilotenbrille auf. Und die Haare nach hinten gegelt. Das machte sie gelegentlich. Vor allem, wenn sie gut drauf war. Normalerweise trug sie in solchen Momenten auch ihren schweren Totenkopfring. Heute ließ sie ihn weg, denn sie wollte Nicolas nicht erschrecken.

An der Bastide angekommen, entdeckte sie in der Scheune Nicolas' alten Jaguar. Ihr fiel ein, dass er ihr noch einen Ausflug schuldete. Sie könnte ihn ja morgen einfordern. Falls sie nichts Besseres zu tun hatte. Im Klartext: Sofern Apollinaire keine heiße Spur gefunden hatte, der sie nachgehen konnte. Isabelle lächelte vor sich hin. Fast hoffte sie, dass sich Apollinaires Recherchen etwas verzögerten. Aber nicht wirklich, denn sie wollte diesem Youssef möglichst schnell auf die Spur kommen und herausfinden, was gespielt wurde. Das hatte Vorrang.

Nicolas kam ihr mit ausgebreiteten Armen entgegen. Er hatte eine zerknitterte Leinenhose an und darüber ein aufgeknöpftes weißes Hemd. Die langen Haare zum Pferdeschwanz gebunden. Mit einem breiten Lächeln ließ er seinen Blick ganz unverhohlen über ihren Körper gleiten, der von dem hautengen Etuikleid zwar verhüllt, aber kaum verborgen wurde. Peinlich war

ihm das nicht. Ihr auch nicht. Sie hätte sich ja was anderes anziehen können.
»Wie weit bist du mit dem Kochen?«, riss sie ihn aus seinen Gedanken. Dabei überreichte sie ihm das mitgebrachte *Fleur de Sel.*
»*Merci beaucoup.* Ich liebe grobes Meersalz. Zum Beispiel auf frisch aufgeschnittenen Tomaten. Aber was das Kochen betrifft, da habe ich dich angelogen. Ich kann überhaupt nicht kochen.«
Sie erinnerte sich, dass sie bei ihm schon ausgezeichnet gegessen hatte. Aber das waren Delikatessen gewesen, wo es nicht viel vorzubereiten gab. Bei der *pâté de canard* musste er nur ein Glas öffnen, die *fougasse* kam aus der Boulangerie und die *velouté de tomates* eisgekühlt von Jacques' Bistro. Entenpastete, provenzalisches Hefebrot, kalte Tomatencremesuppe ... Gab es das heute wieder? Sie hätte keine Einwände.
»Das war nur ein Köder, um dich herzulocken«, sagte er.
Sie dachte, dass er gerade was durcheinanderbrachte. Oder er kannte sie noch nicht gut genug.
Als Reaktion zog sie eine Augenbraue nach oben. »Ich bin kein Fisch, den man so einfach ködern kann«, stellte sie klar.
Isabelle hatte ihre eigenen Spielregeln. Sie war grundsätzlich nicht das passive Opfer, das sich anlocken und fangen ließ. Wenn überhaupt, war sie der aktive Jäger.
Nicolas ahnte nicht, was in ihrem Kopf vorging. Er machte eine einladende Handbewegung. »Wenn du mir bitte in die Küche folgen würdest.«
Bei ihrem letzten Besuch hatten sie die ganze Zeit im Garten verbracht. Wie es im Haus aussah, wusste sie nicht. Die Küche war schon mal ein Anfang. Sie erwies sich als riesiger Raum, der nur zum Teil renoviert war und gerade deshalb großen Charme ausstrahlte. Mit alten Dachbalken, unverputztem Mauerwerk, einem offenen Kamin, abgenutztem Terrakotta-Boden, einem

langen provenzalischen Holztisch – und einem hypermodernen Gasherd aus Edelstahl. Wie aus einer Profiküche in der Gastronomie. Für einen erklärten Nicht-Koch ganz schön aufwendig. Wie sich zeigte, hatte Nicolas doch einiges vorbereitet. Zum Auftakt sollte es *pain paysan* mit gratiniertem Ziegenkäse und Trüffelhonig geben. Das Bauernbrot hatte er gerade in dünne Scheiben geschnitten. Danach *coquilles Saint-Jacques,* überbackene Jakobsmuscheln mit Zucchininudeln und Safransoße. Ein Dessert sollte es dann auch noch geben. *À la surprise.* Isabelle war beeindruckt. Der Mann neigte zum Understatement. Wie würde das Menü aussehen, wenn er kochen könnte?
Er öffnete eine Champagnerflasche. Sie stießen auf einen schönen Abend an. Dass er sie dabei umarmte und etwas fester an sich drückte als nötig, gefiel ihr. Irgendwie war sie heute besonders anlehnungsbedürftig. Anlehnungsbedürftig? Isabelle musste lächeln. Das war eine nette Umschreibung.
Ob er ihr vor dem Essen kurz das Haus zeigen dürfe, fragte Nicolas. Konnte er Gedanken lesen? Mit den Champagnergläsern in der Hand gingen sie durch jene Erdgeschossräume der alten Bastide, die schon so weit hergerichtet waren, dass man sie nutzen konnte. Ein Kaminzimmer, eine Bibliothek … Ein Raum, in dem in der Mitte nur ein einsamer Corbusiersessel stand – vor einem die Wand füllenden Gemälde, das in dramatischen Farben und irgendwie dreidimensional eine wilde Wolkenformation darstellte. Oder handelte es sich um im Sturm aufgepeitschte Wellen? Sie sah Nicolas fragend an. Das sei ein echter CLAC, sagte er schmunzelnd, er wisse auch nicht, was sich der Künstler dabei gedacht habe. Dann ging es die Treppe hinauf in den ersten Stock. Sie ließ ihn vorangehen. Das musste sein, auch wenn sie ihr enges Kleid immer wieder nach unten zog. Das Bad war so groß wie ihre ganze Wohnung, nur viel niedriger. In der Schräge konnte man sich an den Balken den Kopf anhauen. Die Fliesen

mit marokkanischem Muster hatten offenbar schon Generationen überdauert. Ähnliches galt für die alte Badewanne, die auf silbernen Löwenfüßen wie ein Objekt mitten im Raum stand. Im Kontrast dazu eine moderne Glasdusche und Waschbecken wie aus einem Designkatalog. Ihr gefiel der Mix aus alt und neu. Aus dem Fenster konnte man auf den verwilderten Garten sehen. Dort stand eine riesige bunt bemalte Skulptur mit Flügeln. Wie ein Totempfahl. Auch ein CLAC? Oder ein Sausquebord? Das könnte sie später immer noch in Erfahrung bringen.

Über einen Flur gelangten sie zu seinem Schlafzimmer.

»Willst du es sehen?«, fragte er.

»Unbedingt!«

Vor den Fenstern hingen schwere weiße Vorhänge. Möbel gab es keine. Nur ein großes rundes Bett. Rund? Das gefiel ihr. Sie hatte es schon immer als spießig empfunden, sich im Bett rechtwinklig auszurichten. Alleine oder zu zweit. Das widersprach ihrem Freiheitsdrang.

Nicolas stand direkt vor ihr, mit dem Rücken zum Bett. Das Champagnerglas in der Hand. Isabelle nahm es ihm wortlos ab und stellte es auf den Boden. Zusammen mit ihrem. Sie fand, dass der Ziegenkäse mit Trüffelhonig warten konnte. Auch die Jakobsmuscheln.

Isabelle schenkte Nicolas ein vieldeutiges Lächeln. Dann stupste sie mit dem ausgestreckten Zeigefinger gegen seine Brust.

Jetzt hatte er die Wahl. Nein, er hatte keine. Nicolas fiel um – rückwärts aufs Bett.

Isabelle schmunzelte. Na bitte, wer war jetzt das Opfer? Wer hatte gerade wen am Haken? Jetzt kannte er wenigstens die Spielregeln.

18

Sie frühstückten im Garten an einem schmiedeeisernen Tischchen im Angesicht des geflügelten Totempfahls, der einen Kopf hatte wie ein Habicht. Nicolas hatte aus dem Dorf frische Baguettes und Brioches geholt. Aus einer Glaskanne duftete der Kaffee. Isabelle lächelte. Es hatte schon Tage in ihrem Leben gegeben, die hatten weniger schön begonnen. Und es hatte auch Nächte gegeben, an die sie sich weniger gerne erinnerte als an die vorangegangene.

Nicolas war entspannt und verlor keine überflüssigen Worte. Nur dass die Jakobsmuscheln gestern zu viel Wasser gezogen hätten, stellte er mit Bedauern fest. Er hätte sich für eine größere Pfanne entscheiden sollen. Aber das sei der Beweis gewesen, dass er einfach nicht kochen könne.

Sie fand, es hatte alles köstlich geschmeckt. Sogar die Nachspeise *à la surprise:* eine klassische *Crème brûlée à la lavande,* mit Lavendel.

Vor wenigen Minuten hatte sie mit Apollinaire telefoniert, der bereits mitten in der Arbeit steckte. Sukzessive vergrößerte er den Kreis, innerhalb dessen er Krankenhäuser und Ambulanzen abfragte sowie nach Unfällen jeglicher Art suchte, bei denen eine Frau wie Samira zu Schaden gekommen sein könnte. Um danach zu verschwinden. Bislang aber konnte Apollinaire keine Erfolge vermelden. Das war klar, sonst hätte er sich schon längst von selbst gemeldet.

Isabelle überlegte, dass sie ihn bei seinen Recherchen am besten in Ruhe ließ. Sich einzumischen machte keinen Sinn. Allerdings wollte sie nicht untätig herumsitzen. Nur hatte sie keine Idee, was sie selber in Angriff nehmen könnte. Dass aktuell nirgendwo in Südfrankreich ein Fall bekannt war, bei dem es hätte zu Lösegeldzahlungen kommen können, hatten sie schon gestern überprüft. Somit konnte sie auch mit dem einzigen Hinweis, den Samira leichtfertigerweise gegeben hatte, nichts anfangen. Sie stocherten also mit der Stange im Nebel herum. Das war frustrierend.

Nicolas reichte ihr den Korb mit den Brioches. Isabelle trank vom frisch ausgepressten Orangensaft. Ihr fiel Nicolas' alter Jaguar in der Scheune ein. Ein XK 150 Cabrio, Baujahr 1959. Das hatte sie sich gemerkt. Sie hatte ein Faible für klassische Autos, auch wenn sie selber einen kleinen Renault fuhr. Gestern war ihr der Gedanke gekommen, die versprochene Landpartie mit dem Jaguar einzufordern. Eine *partie de campagne* in einem offenen Oldtimer? Zumindest wäre das eine nette Ablenkung. Sie hätte auch schon ein Ziel im Auge. Isabelle dachte an das Besucherticket, das Monique alias Samira in ihrer Hosentasche hatte. Ohne sich zu erinnern, wie es dorthin gekommen war.

»Hast du heute Zeit?«, fragte sie.

Nicolas lächelte. »Ich habe grundsätzlich immer Zeit, ganz im Gegensatz zu dir.«

»Na ja, deine Bilder malen sich nicht von selbst.«

»Das nicht, aber ich habe keine Termine. Und zu welcher Tages- und Nachtzeit ich an ihnen arbeite, steht mir frei. Warum fragst du?«

»Ist dein alter Jaguar fahrbereit?«

»Natürlich, vorausgesetzt, er springt an.«

»Dann könnten wir doch zusammen ans Meer fahren.«

»Zum Baden?«

»Das auch. Aber erst möchte ich mir das Fort de Brégançon anschauen.«

Er runzelte die Stirn. »Den alten Kasten, wo unsere Präsidenten Urlaub machen? Wie kommst du denn auf diese Schnapsidee?«
Schnapsidee? Da hatte er wohl recht.
Isabelle zuckte mit den Schultern. »Einfach so. Ich wollte immer schon einmal hin.«
Das war gelogen. Das Fort hatte sie noch nie interessiert.
Nicolas zwinkerte ihr zu. »Ich glaube, du verschweigst mir was. Aber egal. Wann willst du losfahren?«
»In einer Stunde? Ich sag nur kurz Apollinaire Bescheid und hole meine Badesachen.«
»Hast du die im Kommissariat?«
Sie lachte. »Nein, aber im Kofferraum unseres Polizeiwagens. Neben den schusssicheren Westen.«
»Ist nicht dein Ernst?«
»Doch. Aber erzähl es nicht weiter.«

Das Fort de Brégançon ist seit Charles de Gaulle die offizielle Sommerresidenz der französischen Präsidenten. Die mittelalterliche Festung liegt auf einer vorgelagerten Insel bei Bormes-les-Mimosas und ist nur über einen schmalen Deich mit dem Festland verbunden. Viele Geschichten und Anekdoten ranken sich um das Fort de Brégançon. So hatte sich Jacques Chirac mal auf dem Balkon seines Schlafzimmers von Paparazzi fotografieren lassen – splitterfasernackt. Er hatte nur sein Fernglas dabei. François Hollande hatte zwar eine Badehose an, als er am angrenzenden öffentlichen Strand mit seiner Lebensgefährtin Valérie Trierweiler fotografiert wurde. Dabei sah er aber so unvorteilhaft »normal« aus, dass er daraufhin bei den Franzosen dramatisch an Ansehen verlor. Hollande ließ sich fortan in Brégançon nicht mehr blicken und öffnete das Fort für Besucher. Sein Amtsvorgänger Nicolas Sarkozy hatte für seinen Lifestyle Brégançon sowieso nicht nötig: Er wurde dort zwar beim Was-

serskifahren gesichtet, zog es ansonsten aber vor, in der feudalen Villa von Carla Bruni am nahe gelegenen Cap Nègre seine Ferien zu verbringen. Emmanuel Macron löste das Problem mit der Privatsphäre auf seine Art: Er ließ im Fort einen Swimmingpool bauen. Obwohl er die billigste Ausführung gewählt hatte, kam das in der Öffentlichkeit nicht gut an. Übrigens war auch de Gaulle nur einmal in Brégançon – ihn störten die Mücken, und sein Bett war zu kurz.

Einige dieser Geschichten erfuhren Isabelle und Nicolas auf ihrer Führung durch das Fort. Zuvor waren sie in Nicolas' altem Jaguar von Fragolin über kurvige Straßen hinunter ans Meer gefahren. Der Fahrtwind, der Geruch von Benzin und altem Leder, das Röhren des Sechszylinders – nicht zeitgemäß und gerade deshalb ein großartiger Genuss. Für Nicolas dagegen war es Schwerstarbeit, denn das Cabrio hatte weder Servolenkung noch einen Bremskraftverstärker. Bei Bormes-les-Mimosas waren sie von der Uferstraße zum Cap de Brégançon abgebogen. Es ging vorbei an Weinreben. Rechter Hand das Château de Brégançon. Sie kannte die Weine, Thierry hatte sie gerne getrunken. Aber an ihn wollte sie heute nicht denken. Noch ein Weingut: das Château Malherbe. Die Pointe du diable, die Plage de Brégançon, wo Hollande beim Baden fotografiert wurde. Von hier konnten sie schon das mächtige Fort sehen.
Vom Parkplatz waren sie in einem Elektrobus über einen Damm auf die Felseninsel gefahren. Von dort zu Fuß über eine schmale Straße hinauf zur Festung. Am Fuß der Klippen entdeckten sie einen kleinen Privatstrand. Und über ihren Köpfen an einem runden Turm den Balkon, von wo Chirac nackt aufs Meer geschaut hatte. Was nachzuvollziehen war, denn der Blick war sicher überwältigend: über das blaue Meer zu den vorgelagerten Inseln Porquerolles und Port-Cros.

Jetzt folgten sie ihrer *guide touristique* durch die Privaträume. Angesichts der biederen Einrichtung meinte Nicolas, dass er an Sarkozys Stelle auch zu Carla Bruni aufs Cap Nègre gezogen wäre. Isabelle lächelte. Wohl nicht nur wegen des Mobiliars.

Während ihres Rundgangs beschäftigte Isabelle die Frage, warum Samira das Fort de Brégançon besucht haben könnte. Und mit wem? Mit ihrem Bruder Youssef? Oder hatte sie einen Freund, der sich für französische Zeitgeschichte interessierte? Samira selbst hatte jedenfalls nicht den Eindruck gemacht, als ob sie an jahrhundertealtem Gemäuer interessiert wäre. Weil der Besuch laut der Eintrittskarte in ihren Jeans schon zwei Wochen zurücklag, gab es auch keinen Bezug zu den aktuellen Ereignissen.

Nicolas schien froh, als die Führung zu Ende war. Ihr ging es nicht anders. Aber man durfte nicht alleine herumlaufen und das Programm abkürzen. Das Fort war militärisches Sperrgebiet und wurde von einer Spezialeinheit bewacht, die sich auch um die Sicherheit des Präsidenten kümmerte, wenn er anwesend war. Diese Sommeraufenthalte hatte Isabelle in ihrem früheren Job immer als angenehm empfunden. Vom Personenschutz des Präsidenten war ihr Sonderkommando während seiner Urlaubstage befreit.

Auf dem Weg zurück zum Auto wurde Isabelle von Nicolas an ihr Vorhaben erinnert, zum Baden zu gehen. Als ob sie das vergessen hätte. Im Unterschied zu den französischen Präsidenten und ihren Gemahlinnen interessierten sich keine Paparazzi für sie. Wie wohltuend lebte es sich in der Anonymität. Von Rouven kannte sie es anders, der musste sich auf seine Jacht zurückziehen, wenn er ganz sicher seine Ruhe haben wollte. Mit Nicolas war alles easy, ihn kannte kein Mensch – auch wenn erst gestern wieder in der *Paris-Match* ein Artikel über den mysteriösen Künstler CLAC erschienen war.

»Ich habe zwischen hier und Cap Nègre einen versteckten Lieblingsstrand«, sagte sie. »Dorthin nehme ich nie jemanden mit.«
Das stimmte zwar nicht ganz, meistens aber schon.
Er grinste. »Dann haben wir ein Problem.«
»Aber bei dir mache ich eine Ausnahme. Vorausgesetzt, du lädst mich vorher zum Mittagessen ein.«
»Klingt gut. Hast du eine Idee?«
»Aber klar. Könnte allerdings teuer werden.«
»Ich habe meine Kreditkarte vergessen.«
»Faule Ausrede. Ich strecke dir die Summe vor.«

Eine halbe Stunde später parkten sie unter einer Pinie am Straßenrand. Von dort gingen Stufen hinunter ans Meer. Die geflochtene Umhängetasche mit den Badesachen nahmen sie gleich mit. Wie Nicolas verwundert feststellte, gab es kein Schild, das auf ein Feinschmeckerrestaurant hinwies. Konnte es auch nicht geben, denn Isabelle hatte ihn angeschwindelt. Ziel war eine einfache *Crêperie* mit wackligen Holztischen und Plastikstühlen. Besonders gut waren dort die *galettes,* herzhafte Buchweizenpfannkuchen – zum Beispiel mit Spiegelei, Käse und Schinken. Oder die *galettes aux crevettes.* Dazu ein schlichter *vin de pays du Var.* Mit den nackten Füßen im Sand. Den Strand und das Meer in Sichtweite. Konnte es einen schöneren Platz geben? Ach so, Kreditkarten wurden als Zahlungsmittel in der *Crêperie* nicht akzeptiert. Aber wenn sie kein Geld dabeihatte, was schon mal vorkam, ließ sie einfach anschreiben und zahlte das nächste Mal. Isabelle konnte Nicolas ansehen, dass es ihm hier gefiel. Jedenfalls besser als im Fort de Brégançon. Sie lächelte ihn an – und suchte mit den Zehen unter dem Tisch nach seinen Füßen.

19

Nicolas lag am Strand bäuchlings auf einer Bastmatte. Er war wohl eingeschlafen. Weil sie sich nach dem Schwimmen nicht eingecremt hatten, sollte sie ihn bald wecken. Sonst hatte er morgen einen Rücken wie eine gegrillte Languste. Isabelle saß im Schneidersitz mit salzverkrusteten Haaren im Sand. Sie blickte hinaus aufs Meer und hing ihren Gedanken nach. Immer wieder ging ihr das Wort *fidjah* durch den Kopf. Wenn sich Apollinaire nicht verhört und es richtig übersetzt hatte, waren Samira und ihr Bruder Youssef also in eine Geschichte verstrickt, bei der es um Lösegeld ging. Was hatte Youssef auf Samiras Frage nach dem Verbleib geantwortet? Dass der Rucksack in Sicherheit sei. Weil Lösegeld nur bei illegalen Handlungen ins Spiel kam, war das definitiv ein Fall für die Polizei. Isabelle dachte einen Schritt weiter. In der Mehrzahl der Fälle wurde Lösegeld bei Entführungen gefordert. Nach der Zahlung wurden die Geiseln freigelassen – wenn alles glattging. Jetzt waren zwei Szenarien denkbar: Entweder hatten Youssef und Samira Lösegeld in einem Rucksack bereitgestellt, weil sie ein entführtes Opfer auslösen wollten. Dabei war irgendwas schiefgelaufen, zur Zahlung war es nicht gekommen, und Samira hatte sich um den Verbleib des Geldes gesorgt. Wie wahrscheinlich war das? Sehr unwahrscheinlich! Im Gegenteil sprach Youssefs Verhalten dafür, dass er nicht Opfer, sondern Täter war. Demnach hätten die beiden das Lösegeld bereits erhalten, es befand sich in einem Rucksack – aber es hatte einen Zwischenfall gegeben, bei dem sich Samira so schwer am Kopf verletzt hatte, dass

sie zumindest vorübergehend ihr Gedächtnis verloren hatte. Und Youssef? Er hatte gehinkt, was zwar nicht zwingend, aber durchaus auch auf eine aktuelle Verletzung zurückzuführen sein könnte. Noch einen Schritt weitergedacht: Wenn bei einer Entführung etwas nicht nach Plan lief, war das in höchstem Maße beunruhigend. Sehr oft und vor allem für die Geisel.
Isabelle folgte mit den Augen einer vorbeiziehenden Segeljacht. Vor ihr spielten Kinder Beachball. Nicolas schlief noch immer.
Okay, das alles war sehr weit hergeholt und ausgesprochen spekulativ. Lösegeld wurde nicht nur bei Entführungen bezahlt. Und wen sollten Youssef und Samira entführen? Waren terroristische Motive denkbar? Nur weil sie arabischer Abstammung waren? Nein, so einfach sollte man es sich nicht machen. Außerdem brachten Terroristen ihre Opfer um, sie entführten sie nicht. Im selben Atemzug dachte Isabelle, dass diese Annahme nicht ganz korrekt war. Natürlich entführten Terrororganisationen Menschen, um Gelder zu erpressen. Aber vor allem im weiter entfernten Ausland, in Afrika oder auf den Philippinen. Allerdings wirkten Youssef und Samira nicht wie Terroristen. Schon wieder korrigierte Isabelle im selben Atemzug ihren Gedanken. Natürlich konnte man Terroristen nicht ansehen, dass sie welche waren. Diese Erfahrung hatte sie oft genug selber gemacht. Ganz anders bei Kriminellen: Isabelle fand, dass sie sich durch ihr Verhalten oft verdächtig machten. Erst recht, wenn man sich wie Youssef an Überwachungskameras vorbeidrückte und einen Polizeibeamten niederschlug. Wenn also …
Isabelles Gedankenspiele wurden durch den Klingelton ihres Handys unterbrochen. Sie fischte das *portable* aus der Badetasche, sah auf dem Display, dass es sich beim Anrufer um Apollinaire handelte, und nahm das Gespräch entgegen.
»Madame, ich hoffe, ich störe Sie bei nichts Wichtigem …«

Wie wichtig war es, im Sand zu sitzen und aufs Meer zu schauen?
»Sie stören mich nie. Was gibt's?«
»Ich habe bei meinen Nachforschungen einen Treffer gelandet. Jedenfalls mutmaßlich, wenn Sie verstehen, was ich meine.«
Sie verstand ihn so, dass er keine hundertprozentige Gewissheit hatte.
»Jetzt sagen Sie schon!«
»Ich habe gerade mit der Notaufnahme eines Krankenhauses gesprochen, in dem zur fraglichen Zeit eine verwirrte junge Frau mit einer Kopfverletzung eingeliefert wurde, die zu unserer Samira passt. Also nicht die Kopfverletzung, na ja, die auch, ich meine selbstverständlich die Personenbeschreibung. Die junge Frau wurde dort notärztlich versorgt und hätte über Nacht bleiben sollen. Aber plötzlich war sie weg. Personalien hatte man zuvor keine aufnehmen können, weil sie keine Ausweispapiere dabeihatte und unter einem Gedächtnisverlust litt.«
Apollinaires Bericht kam einer hundertprozentigen Gewissheit schon ziemlich nahe, dachte Isabelle.
»Wo ist das Krankenhaus?«, fragte sie.
Apollinaire hüstelte. »Erstaunlich, wirklich sehr erstaunlich ...«
Nicolas war aufgewacht und richtete sich auf. Er sah sie fragend an. »Ist was passiert? Welches Krankenhaus?«
Das wollte sie gerade auch gerne wissen.
»Alles in Ordnung«, beruhigte sie ihn.
»Wir haben Samiras Spur in Toulon verloren«, rekapitulierte Apollinaire. »Das Krankenhaus befindet sich in Arles. Die Distanz beträgt rund hundertfünfzig Kilometer. Ein bisschen weit, finden Sie nicht?«
Arles? Das war wirklich nicht um die Ecke.
»Weit schon, aber nicht zu weit«, sagte sie. »Was haben Sie sonst noch in Erfahrung gebracht? Wer hat die junge Frau in die Notaufnahme eingeliefert?«

»Tut mir leid, aber ich erhalte am Telefon keine weiteren Auskünfte. Die nehmen es mit dem Datenschutz ganz genau. Immerhin habe ich herausbekommen, dass der diensthabende Arzt von damals heute Nachtschicht hat.«

Isabelle nickte. »Okay, dann fahre ich hin«, entschied sie spontan.

»Nach Arles?«

»Natürlich, wohin sonst? Aber vorher komme ich im Kommissariat vorbei. Schreiben Sie mir alles auf, den Namen und die Adresse des Krankenhauses, mit wem Sie am Telefon gesprochen haben, den Namen des Arztes …«

»Wird prompt erledigt.«

»Und, Apollinaire …«

»Ja?«

Sie fand, er hatte sich ein Lob verdient.

»Das haben Sie gut gemacht. Gratuliere.«

20

Zwei Stunden später saß Isabelle am Steuer ihres Polizeiwagens. Die Umstellung war radikal. Von einem top gepflegten Jaguar Baujahr 1959 zu einem Citroën, der zwar um einiges jünger war, doch über zweihunderttausend Kilometer auf dem Buckel hatte, eine ausgeschlagene Hinterachse und eine Schaltung, die oft hakte. Aber das Blaulicht und die Sirene funktionierten einwandfrei. Apollinaire kontrollierte die Sondersignale regelmäßig, weil er sie gerne benutzte. Reifendruck und Ölstand dagegen überprüfte er nie.

Sie fuhr auf der A8 Richtung Aix-en-Provence, dann weiter über Salon-de-Provence nach Saint-Martin-de-Crau. Apollinaire hatte ausgerechnet, dass sie bis nach Arles »ungefähr« hundertsechsunddreißig Minuten brauchen würde. Offenbar hatte er vergessen, das Verkehrsaufkommen dieser Tageszeit zu berücksichtigen. Aber Isabelle hatte keine Eile. Auf dem letzten Wegstück ging ihre Fahrt entlang der Plaine de la Crau, einer riesigen, auf den ersten Blick trostlos wirkenden Trockenebene, die aber ein wertvolles Biotop darstellte, wo viele seltene Vogelarten heimisch waren – aber leider auch Mülldeponien und Industrieanlagen. Isabelle hatte in der Zeitung von Umweltorganisationen gelesen, die sich um den Erhalt dieser in Europa einzigartigen Landschaft bemühten. Was offenbar nicht leicht war, denn die öffentliche Aufmerksamkeit konzentrierte sich viel eher auf die im Süden angrenzende weltberühmte Camargue.

Das *Centre hospitalier d'Arles* lag im Quartier Fourchon am

Ortsrand von Arles. Das Krankenhaus war gut ausgeschildert und leicht zu finden. Auch ohne Navi.
Sie parkte gegenüber der zentralen Notaufnahme. Einige Minuten später sprach sie an der Rezeption mit einer älteren Frau, die sie streng über ihre Lesebrille anblickte. Laut Namensschild hieß sie Justine. Mit ihr hatte Apollinaire telefoniert. Von ihr hatte er seine Informationen. Auch jene, dass sie am Telefon keine weiteren Auskünfte geben dürfe. Isabelle zeigte ihren Polizeiausweis. Justine schaltete schnell.
»Sie sind wegen des Schädel-Hirn-Traumas hier, richtig?«
Isabelle hatte es schon immer befremdlich gefunden, dass die Patienten in einem Krankenhaus oft auf ihre Krankheiten reduziert werden. Der Blinddarm auf Zimmer sieben. Die Herzklappe auf der Intensiv. Bei Samira war das noch eher verständlich. Bei ihr kannte man tatsächlich ihren Namen nicht. Also Schädel-Hirn-Trauma. Isabelle zeigte Justine auf dem Handy Fotos von Samira.
»Ist sie das?«
Justine nickte. »Ja, das ist sie. War eigentlich ganz nett, das junge Ding, nur total verstört. Sie hätte auf jeden Fall über Nacht bleiben sollen, aber dann war sie plötzlich weg. Na ja, da kann man nichts machen. Es kommt immer wieder vor, dass sich Menschen selbst entlassen. Ist ihr gutes Recht.«
»Sie haben meinem Mitarbeiter gesagt, dass die Frau hier in der Notaufnahme eingeliefert wurde. Von wem?«
»Stimmt. Sie wurde von einem Rettungswagen gebracht. Offenbar hat sie sich ihre Verletzungen bei einem Verkehrsunfall zugezogen. Aber an mehr kann ich mich nun wirklich nicht mehr erinnern. Haben Sie eine Vorstellung, wie viele Akutfälle hier jeden Tag durchgeschleust werden?«
»Nein, aber sicher zu viele.«
Justine nahm ihre Brille ab und rieb sich die müden Augen.

»Viel zu viele, und gleichzeitig soll das Personal reduziert werden. Das ist doch widersinnig. Wie soll das gehen?«
Isabelle dachte, dass sie Verständnis erkennen lassen sollte.
»Das ist überall so, sogar bei der Polizei«, stimmte sie Justine teilnahmsvoll zu.
»Wirklich? Aber ich hätte es mir denken können, nichts funktioniert mehr so wie früher. Nächstes Jahr werde ich pensioniert. Dann gehe ich auf die Straße und schließe mich den Protesten an.«
»Tun Sie das. Wir Bürger müssen uns engagieren.« So, jetzt hatte sie aber wirklich genug emotionale Nähe gezeigt. Sie sollte es nicht übertreiben. »Darf ich noch mal kurz auf die junge Frau mit dem Schädel-Hirn-Trauma zurückkommen?«, sagte sie. »Mein Mitarbeiter hat mich informiert, dass der behandelnde Arzt heute Abend Dienst hat.«
»Docteur Legrand? Ja, er war eigentlich für heute Nacht eingeteilt. Aber er hat seine Schicht kurzfristig mit einem Kollegen getauscht. Er kommt erst morgen früh um acht Uhr.«
Dann würde sie wohl übernachten müssen. Damit hatte sie aber sowieso gerechnet, insofern war es egal.
»Gut, dann schaue ich morgen Vormittag erneut vorbei. Noch eine letzte Frage: Es muss doch irgendwo vermerkt sein, von welchem Rettungsdienst die Frau eingeliefert wurde.«
»Natürlich, aber warum wollen Sie das wissen? Was ist an dieser Person so interessant? Hat sie was angestellt?«
Gute Frage. Hatte Samira was angestellt? Oder nur ihr Bruder Youssef? Zumindest war sie eine Mitwisserin, sonst hätte sie nicht nach dem Lösegeld fragen können.
»Wir brauchen sie als Zeugin«, gab sie zur Antwort. Mit dieser Erklärung hatte sich schon der Lastwagenfahrer Alain zufriedengegeben.
»Als Zeugin? Da müsste sie sich erst mal erinnern. Viel Glück dabei. Welcher Rettungsdienst? Moment, das haben wir gleich.«

Sie drehte sich zum Bildschirm ihres Computers und hackte kurz auf der Tastatur herum. »*Eh bien,* hier steht's ja. Wenn in diesem Laden was funktioniert, dann ist das meine Patientenaufnahme. Eingeliefert wurde sie von den *Sapeurs-Pompiers des Bouches-du-Rhône.* Deren Zentrale ist ganz in der Nähe, in der Chemin de Fourchon.«
Auf einer Trage wurde von Sanitätern ein Patient hereingeschoben, mit Beatmung und Infusionsbeutel. Sah dringend aus.
»So, meine Liebe, jetzt muss ich mich aber wieder um meine Arbeit kümmern. Vielleicht sehen wir uns morgen Vormittag? *Au revoir.*«
Damit war das Gespräch beendet. Isabelle bedankte sich noch kurz für die Hilfe und verließ die Notaufnahme, wo plötzlich große Hektik herrschte. Offenbar hatte der eingelieferte Patient einen Herzstillstand.

Isabelle war froh, als sie draußen war. Sie hasste Krankenhäuser – vielleicht, weil sie selber zu oft mit Verletzungen eingeliefert wurde. Daran wollte sie nicht erinnert werden.
Sie setzte sich in ihr Auto und fuhr vom Klinikgelände. In einer Parkbucht blieb sie stehen und rief Apollinaire an. Der hielt immer noch im Kommissariat die Stellung.
»Apollinaire, machen Sie Feierabend!«, sagte sie zur Begrüßung.
»Ist das eine Dienstanweisung?«
»Meinetwegen, aber Sie brauchen es hoffentlich nicht schriftlich.«
»Deshalb haben Sie angerufen?«
Sie lachte. »Nicht nur. Ich wollte Sie informieren, dass es sich bei der verletzten Frau tatsächlich um Samira handelt. Justine hat sie eindeutig identifiziert. Auch sonst passt alles. Wir sind also auf der richtigen Spur.«

Sie glaubte zu hören, wie er tief durchatmete. »Ich habe es gehofft.«

»Ich werde in Arles übernachten«, fuhr sie fort. »Samiras Arzt hat die Schicht gewechselt, ich kann ihn erst morgen früh erreichen. Eingeliefert wurde sie übrigens von einem Ambulanzfahrzeug der Feuerwehr. Ich halte Sie auf dem Laufenden.«

»Von den *Pompiers?* Alles klar. Ich habe nach Verkehrsunfällen in der Nähe geforscht, bin aber nicht weitergekommen. Im Polizeicomputer sind keine infrage kommenden Unfälle gespeichert. Das hat aber nichts zu besagen. Die Protokolle sind so löchrig wie ein *fromage emmental.* Entweder sind die Kollegen einfach schlampig, oder sie sind hoffnungslos überlastet.«

Unwillkürlich dachte Isabelle an Justine und die von ihr beklagten Umstände. Bei der Polizei sei es ähnlich, hatte sie gesagt. Eigentlich nur, um Mitgefühl zu signalisieren. Aber natürlich stimmte es auch. Wobei sie sich im konkreten Fall eher Apollinaires These von der Schlamperei anschließen würde. Egal, darum ging es nicht. Sie würde herausfinden, wo und bei welcher Gelegenheit Samira verletzt wurde. Jetzt aber brauchte sie erst mal eine Übernachtungsmöglichkeit. Zuvor wollte sie noch ein Gespräch führen.

21

Isabelle fuhr zum *Centre de Secours* in der Chemin de Fourchon. Bei der Feuerwehr hatte man rund um die Uhr Bereitschaft, weshalb sie auch sofort einen Ansprechpartner fand. Wenn nur immer alles so schnell gehen würde, denn bereits nach wenigen Minuten wusste sie, wann und wo der Unfall stattgefunden hatte. Alles war genauestens dokumentiert. Ein Pkw war in den Alpilles kurz vor Mouriès von der Landstraße abgekommen. Die hinter dem Lenkrad eingeklemmte Fahrerin war von Rennradfahrern befreit worden, die zufällig am Unfallort vorbeikamen und den Rettungsdienst sowie die Gendarmerie verständigt hatten. Die Stichworte im Protokoll der *Pompiers:* Erstversorgung am Unfallort. Ansprechbar, stark blutende Platzwunde am Kopf, Commotio cerebri mit Verdacht auf SHT, also Gehirnerschütterung mit möglichem Schädel-Hirn-Trauma, Prellungen im Thoraxbereich, abklingende Atembeschwerden, Kontusion an der linken Schulter. Einlieferung *Centre hospitalier d'Arles* um sechzehn Uhr fünfundzwanzig. Stabiler Zustand.

Das war's. Kurz und knapp. Darüber hinaus war noch der Gendarmerieposten in Saint-Martin-de-Crau vermerkt, der den Unfall aufgenommen hatte.

Isabelle war zufrieden. Mehr hätte sie nicht in Erfahrung bringen können. Allenfalls noch die Adresse eines netten Hotels für die Übernachtung.

Sie bekam tatsächlich eines empfohlen, in der Altstadt von Arles, in unmittelbarer Nähe der Arena. Es habe zwar nur zwei Sterne, sei aber *très charmant.*

Touristen interessierten sich in Arles vor allem für die römische Arena *Les Arènes,* für die romanische *Église St-Trophime* und die *Thermes de Constantin.* In Reiseführern lasen sie von Vincent van Gogh, der im *Maison jaune,* einem gelben Haus an der Place Lamartine, gelebt habe, der von den Arlésiens aber nicht gern gesehen und wegen seiner offensichtlichen Verrücktheit nach St-Rémy in eine Nervenheilanstalt abgeschoben wurde.
Doch Isabelle war keine Touristin. Sie war froh, dass sie ihr Hotel fand und dass dort ein Zimmer frei war. Dass es keine Parkplätze gab, kümmerte sie nicht. Sie stellte ihr Auto um die Ecke im Halteverbot ab. Einen Vorteil musste es ja haben, dass sie in einem Polizeiauto unterwegs war.
Im Zimmer ließ sie sich zunächst aufs Bett fallen, streckte alle viere von sich und schloss die Augen. Irgendwie fühlte sie sich ermattet. Leise begann sie zu lächeln. Denn sie erinnerte sich, dass sie einen intensiven Tag hinter sich hatte, dem eine nicht minder »intensive« Nacht vorangegangen war. Sie dachte an das romantische Frühstück im verwilderten Garten von Nicolas, an die Fahrt im offenen Jaguar durch die Wälder des *Massif des Maures* hinunter ans Meer, an den Besuch vom Fort de Brégançon, den sie sich hätten sparen können. Das Mittagessen in der *Crêperie* am Strand, Schwimmen und Sonnenbaden … Der Anruf von Apollinaire, zurück nach Fragolin. Klamotten in eine Reisetasche gestopft. Dann nach Arles gefahren. Stau. *Centre hospitalier,* Informationen bekommen, *Pompiers,* weitere Informationen erhalten.
Isabelle gähnte. Alles Weitere morgen …
Mit Apollinaires Hilfe, dachte sie, verfolgte sie wie ein schnüffelnder Suchhund Samiras Spur zurück. Mit etwas Glück führte diese zu Youssef. Auf ihn hatte sie es abgesehen. Ihn wollte sie stellen, sich in seiner Hose verbeißen – und rausbekommen, was es mit dem Lösegeld auf sich hat.

Und jetzt? Auf dem Bett einschlafen? Isabelle gab sich einen Ruck und sprang auf. Etwas zu schnell, fast wäre sie über ihre Reisetasche gestrauchelt. Sie ging kurz ins Bad. Dann machte sie sich zu Fuß auf den Weg, um Arles am Abend zu erkunden. Viel Abwechslung versprach sie sich nicht. Was natürlich eine Frage der Perspektive war, denn im Vergleich zu Paris war Arles mit seinen fünfzigtausend Einwohnern ein Provinznest, gemessen am verschlafenen Fragolin dagegen eine pulsierende »Metropole«. Genau genommen spielte es keine Rolle, sie wollte nur ein wenig spazieren gehen und hoffte, ein nettes Restaurant zu finden.

Zunächst bummelte sie rund um das Amphitheater. Auf dem Kiesboden vor den Arkaden wurde Boule gespielt. Aus dem Inneren hörte sie Proben für ein Konzert, das morgen Abend hier stattfinden sollte. Plakate warben für bevorstehende Stierkämpfe. Vor der großen Treppe am Haupteingang ließ sich gerade ein Brautpaar fotografieren. Isabelle schlenderte ans Ufer der Rhône. Sie hatte eine besondere Beziehung zu diesem Fluss, denn ihre Kindheit hatte sie nach dem Tod ihrer Eltern bei ihrer *grand-mère* in Lyon verbracht. Dort prägte die Rhône zusammen mit der Saône das Stadtbild. In Arles war es ähnlich. Nur war der Strom hier noch mächtiger. Sie lief ein Stück auf dem Quai am Fluss entlang, dann bog sie links in die Altstadt ab. Eigentlich wollte sie zum berühmten Boulevard des Lices, dann aber passierte ihr das Beste, was einem passieren kann: Sie verlief sich in den Gassen – und fand prompt eine Brasserie, die ihr gefiel. Auf dem *Menu du Soir* entdeckte sie einen *Salade aux Crevettes, coriandre, mangue et avocat*. Und unter den Desserts eine *Tarte au citron meringuée*. Mehr erwartete sie sich nicht vom Abend.

22

Sie war ausgeruht und voller Tatendrang, als sie am nächsten Morgen im *Centre hospitalier* nach Docteur Legrand fragte.

Sie musste nicht lange warten. Der Doktor war hoch aufgeschossen und zudem gut aussehend. Letzteres war eigentlich ohne Belang, aber ihr Gespräch begann unerwartet mit einer privaten Note. Er meinte lachend, dass sie sich ja gestern Abend schon hätten unterhalten können. Gestern Abend? Isabelle brauchte einen Moment, dann erinnerte sie sich. Legrand war Gast in der Brasserie gewesen, wo sie gegessen hatte. Da war er ihr aufgefallen. Und sie ihm wohl auch. Obwohl er in Begleitung einer hübschen Frau gewesen war. Isabelle hatte mal gelesen, dass es in Arles die schönsten Frauen Südfrankreichs gab. Offenbar existierten dort auch Männer, die sich sehen lassen konnten.

»Ich hätte nie gedacht, dass Sie eine Polizistin sind«, sagte er. »Tatsächlich habe ich mich gefragt, warum eine so außergewöhnliche Frau alleine am Tisch sitzt.«

Außergewöhnlich? Das konnte man so oder so interpretieren. Oder besser gar nicht. Sie war nicht hier, um mit dem Doktor freundliche Belanglosigkeiten auszutauschen.

»Weil alleine oft besser ist als in langweiliger Begleitung«, gab sie zur Antwort. Etwas ruppiger als beabsichtigt. Sie hatte gerade wirklich nicht ihn gemeint.

Er lächelte. »Ich darf Ihnen versichern, dass ich nicht langweilig wäre.«

Isabelle ging durch den Kopf, dass es aus unerfindlichen Gründen immer wieder Ärzte waren, die ihr Avancen machten. Docteur Legrand befand sich in bester Gesellschaft.

Sie zog eine Augenbraue nach oben und sah ihn spöttisch an. »Ich langweile mich sehr schnell«, sagte sie, »aber leider werden wir nicht herausfinden, wie das mit Ihnen ist …«

»Leider? Das klingt doch vielversprechend. Darf ich Sie mal zum Essen einladen?«

Jetzt musste sie doch lachen. »Da wird nichts draus, mein lieber Docteur. Ich bin gewissermaßen nur auf Durchreise. Und ich habe ein ausschließlich dienstliches Anliegen.«

»Wie bedauerlich.«

Sie begleitete den Doktor in sein Arztzimmer. Dabei legte er ihr überflüssigerweise die Hand an den Rücken. Er schloss die Tür. Das machte Sinn, sofern er nicht wollte, dass jemand mithörte. Sollte er jedoch eine ganz besondere »Privatsphäre« herstellen wollen, würde sie ihm mit Freuden die Schulter auskugeln. Dann könnte er sich später sein eigenes Röntgenbild anschauen.

Das Risiko ging er nicht ein. Offenbar war ihre Körpersprache zu eindeutig. Und er war intelligent genug, sie richtig zu interpretieren. Er wusste, dass sie wegen Samira hier war. Allerdings hatte sie bei ihm keinen Namen. Docteur Legrand beantwortete bereitwillig all ihre Fragen. Er konnte sich noch sehr präzise an seine Patientin erinnern. Die Wunde am Kopf habe er persönlich versorgt und genäht. Auch habe er ihren neurologischen Status erfasst, die motorischen Funktionen überprüft und den Schädel sowohl röntgenologisch untersucht als auch sicherheitshalber ein Computertomogramm erstellt. Es hätten sich keine Hinweise für Blutungen ergeben. Insofern sei ihr Unfall wohl ziemlich glimpflich verlaufen. Trotzdem hätte die Patientin noch mindestens vierundzwanzig Stunden zur Beob-

achtung im Hospital bleiben müssen, um Folgekomplikationen auszuschließen. Stattdessen habe sie sich abgesetzt.
Sie fragte ihn, wie er ihre retrograde Amnesie einschätze. Ob es sein könne, dass der Gedächtnisverlust nur gespielt sei?
Gespielt? Nein, das glaube er nicht, antwortete er. Dazu seien die Symptome zu stimmig gewesen. Allerdings lasse sich der Verlauf nur schwer vorhersagen. Meist halte der Gedächtnisverlust nur wenige Stunden an. Gelegentlich dauere es auch deutlich länger, bis die Erinnerung zurückkehre.
Isabelle hatte keine weiteren Fragen mehr. Neue Erkenntnisse hatte sie zwar keine gewonnen, aber immerhin die Bestätigung, dass sich alles so zugetragen hatte wie angenommen.
Zum Abschied erneuerte Docteur Legrand seine Einladung. Es müsse ja kein Abendessen sein, er würde ihr auch gerne die Stadt zeigen. Bei Tag und bei Nacht. Sie schmunzelte. Anscheinend war er doch schwer von Begriff. Oder ein unverbesserlicher Optimist.
Einen kleinen Fehler machte er noch. Er reichte ihr die Hand. Nicht ahnend, dass sie gerne fest zudrückte. Bis an die Schmerzgrenze. Dabei konnte sie ganz unschuldig lächeln.

Beim Verlassen der Klinik kam sie an der Notaufnahme vorbei. Hinter der Rezeption stand Justine und winkte ihr zu. Sie solle einen Moment warten, rief sie, sie habe noch eine Information. Die Frau war wirklich fleißig und hätte ihre Pensionierung verdient, dachte Isabelle. Gestern Abend hatte sie noch Dienst gehabt und jetzt schon wieder.
»*Bonjour*, meine Liebe, nur ganz kurz. Ich hatte ein Gespräch mit einer Schwester aus der Notaufnahme. Wir haben uns über die Patientin unterhalten, wegen der Sie hier sind. Apropos, haben Sie Docteur Legrand erreicht? Konnte er Ihnen weiterhelfen?«

»Ja, wir haben uns gerade unterhalten, vielen Dank. Was ist mit der Schwester?«

»Sie heißt Sibylle. Eine nette Person. Wir treffen uns ab und zu vor der Tür, um eine …« Sie machte eine paffende Handbewegung. »… um eine Zigarette zu rauchen. Da hat sie mir erzählt, dass sie am Tag, an dem unsere Patientin getürmt ist, sie noch einmal gesehen hat. Auf dem Nachhauseweg ist Sibylle ganz in der Nähe der Klinik an einem Reisebus vorbeigekommen, wo gerade Touristen nach einer Pause zugestiegen sind. Unter ihnen das junge Ding. War ja an ihrem Kopfverband leicht zu erkennen. Sibylle hat sich gewundert, denn die Reisegruppe bestand aus Senioren.«

Samira in einem Touristenbus voller Senioren? Das war tatsächlich merkwürdig. Aber erklärte zumindest, wie sie von hier weggekommen war.

»Das ist wirklich interessant«, bestätigte Isabelle. »Kann sich die Schwester noch an Einzelheiten erinnern? Ich meine, was das für ein Reisebus war?«

Justine lächelte. »Dachte ich mir doch, dass Sie das wissen wollen. Deshalb habe ich Sibylle danach gefragt. Das war ein blau-gelber Bus von *Transfrance.* Das weiß sie deshalb, weil sie diese Busse an ihrem Heimweg oft auf einem Parkplatz sieht. Die machen da wohl regelmäßig Stopp.«

Transfrance? Damit ließ sich was anfangen. »Justine, ich danke Ihnen für diese Info …«

»Halt, ich habe noch was, was Sie vielleicht interessieren könnte.«

»Tatsächlich? Sie sind ja unbezahlbar.«

»Meine Rede, aber die Klinikleitung sieht das anders und will an den Gehältern sparen. Was wollte ich gerade sagen? Ach so, eine Kollegin der Nachtschicht hat mir von einem merkwürdigen Vorfall erzählt. Gegen Mitternacht, unsere Patientin hatte sich schon längst aus dem Staub gemacht, sind zwei Männer in

der Klinik aufgetaucht und haben sich nach ihr erkundigt. Sie haben darauf bestanden, die Krankenakte einzusehen. Aber Sie wissen ja selber, dass da fast nichts drinsteht. Dann sind die beiden frustriert wieder abgezogen.«
»Waren die beiden Männer von der Polizei?«
»Meine Kollegin dachte das zunächst, aber die Typen haben verweigert, sich auszuweisen. Merkwürdige Männer seien das gewesen. Sie war froh, als sie wieder weg waren.«
»Liebe Justine, bitte richten Sie Sibylle und Ihrer Kollegin von der Nachtschicht meine besten Grüße aus. Sie haben mir sehr weitergeholfen.«

Sehr weitergeholfen? Nun ja, nicht wirklich. Aber irgendwie doch. Immerhin wusste sie jetzt von dem Reisebus. Und auch, dass es zwei unbekannte Männer gab, die sich für Samira interessierten – aus welchen Gründen auch immer. Noch konnte sie sich darauf keinen Reim machen. Noch … Isabelle kam wieder das Bild eines Suchhundes in den Sinn, der mit schnüffelnder Nase die Spur einer Person zurückverfolgte. Der Suchhund, das war sie. Sie hatte es schon von Fragolin über Toulon bis nach Arles geschafft, obwohl dazwischen ein großes Stück Wegstrecke fehlte. Sie hatte die Lücke einfach übersprungen. Jetzt also wusste sie, warum sie die Fährte zunächst verloren hatte. An einen Reisebus hatte sie nicht gedacht. Das war so, als ob eine Zielperson durch einen Fluss waten würde. Aber gute *Mantrailer*, wie diese Hunde bei der Polizei genannt wurden, nahmen auf der anderen Seite die Spur wieder auf. So wie sie.
Vom Auto aus rief sie Apollinaire an, um ihn auf den neuesten Stand zu bringen. Sie berichtete ihm von ihrem Besuch bei den *Pompiers* in Arles, dann von ihrem Gespräch mit Docteur Legrand – und dass sie jetzt wisse, welche Gendarmeriestelle Samiras Unfall aufgenommen habe. Dorthin fahre sie als Nächstes.

»Madame, demnach sind Sie viel erfolgreicher als ich. Meine Recherchen gleichen in ihrer Hoffnungslosigkeit der Suche nach einem Heuhaufen.« Apollinaire räusperte sich. »Also, ich meine, der sprichwörtlichen Suche einer Nadel in einem Heuhaufen. Kommt erschwerend hinzu, dass wir nicht wissen, wie besagte Nadel aussieht …«

»Wie wäre es mit einem Rucksack voller Lösegeld?«, schlug sie vor. »Der sollte doch im Heuhaufen zu finden sein.«

»Da haben Sie recht, Madame. Ein provenzalisches Sprichwort besagt …«

»Bitte kein provenzalisches Sprichwort«, unterbrach sie ihn. »Aber ich hätte einen kleinen Auftrag. Laut einer Zeugin ist Samira nach dem Verlassen der Klinik an einem nahe gelegenen Parkplatz in einen Reisebus des Unternehmens *Transfrance* gestiegen. Farbe Blau-Gelb. Lauter Senioren. Können Sie bitte versuchen, den Fahrer ausfindig zu machen? Wie ist Samira in diese Reisegruppe gelangt, wo ist der Bus hingefahren, und wo ist sie wieder ausgestiegen?«

»Blau-gelb, *Transfrance,* Senioren …«, wiederholte Apollinaire, »aber Samira ist doch keine Seniorin?«

Sie ließ ihm einen Moment Zeit, diese Widersprüchlichkeit zu verarbeiten.

»Apollinaire, ich bin ganz sicher, Sie werden herausfinden, wie es zu dieser Konstellation gekommen ist. So, und ich bin derweil unterwegs zur Gendarmerie. Ich melde mich wieder. Noch viel Spaß bei der Suche nach dem Heuhaufen.«

Diesen kleinen Scherz konnte sie sich nicht verkneifen.

Isabelle fuhr unangemeldet zum zuständigen Gendarmerieposten in Saint-Martin-de-Crau, der auf dem Protokoll der *Pompiers* vermerkt war. Natürlich hätte sie auch telefonieren können, aber sie zog ein persönliches Gespräch vor. Unter an-

derem interessierte sie, warum Apollinaire nichts im Polizeicomputer gefunden hatte. Schweizer Käse? Schlampig oder überlastet? Oder gab es einen anderen Grund?
Unwillkürlich rechnete sie damit, auf unfreundliche Beamte zu stoßen. Aber manche Vorurteile waren dazu da, widerlegt zu werden. Der leitende Gendarm im Rang eines *Maréchal* begrüßte sie ausgesprochen entgegenkommend und stellte sich gleich mit seinem Vornamen vor: Étienne. Er ging mit ihr zum Kaffeeautomaten und lud sie zu einem *café crème* ein. Dann nahmen sie an seinem Schreibtisch Platz. Er wusste, worum es ging. Sie hatte ihn gleich zur Begrüßung auf Samiras Verkehrsunfall angesprochen – natürlich ohne ihren Namen zu nennen.
»Wie kann ich helfen?«, fragte er mit einem zuvorkommenden Lächeln.
»Wir sind an den näheren Umständen des angesprochenen Unfalls interessiert. Wir haben im Polizeicomputer keinen Bericht gefunden, deshalb dachte ich, ich schau mal vorbei.«
Er rührte im Kaffee und sah sie zweifelnd an.
»Sie kommen von Fragolin den weiten Weg hierher, um einfach mal vorbeizuschauen? Das soll ich Ihnen glauben?«
Sie zuckte mit den Schultern. »Ich habe sonst nichts Besseres zu tun. Bei uns ist nicht viel los.«
»Und da interessieren Sie sich für einen harmlosen Unfall, der in fast zweihundert Kilometern Entfernung stattgefunden hat?«
Jetzt fing er doch an zu nerven. Warum beantwortete er nicht einfach ihre Frage?
»Hätten wir ein Protokoll gefunden, wäre ich nicht hier.«
Er grinste. »Na egal. So lernen wir uns wenigstens kennen. Warum es im Computer kein Protokoll gibt? Das ist leicht zu erklären: Ein Fahrzeug ist mutmaßlich wegen überhöhter Geschwindigkeit ohne Fremdeinwirkung von der Straße abgekommen. Das kommt bei uns jede Woche mindestens einmal

vor. Es sind keine unbeteiligten Menschen zu Schaden gekommen. Die Fahrzeuglenkerin war nur leicht verletzt und ist von den *Pompiers* ins Krankenhaus gebracht worden. Von unserer Zentrale gibt es eine Dienstanweisung, dass wir den Polizeicomputer nicht mit Bagatellunfällen überfrachten sollen. Entsprechend haben wir gehandelt.«

Was würde wohl Apollinaire von dieser Erklärung halten? Dass die Löcher im Schweizer Käse sozusagen von oben verordnet waren?

»An der Korrektheit des Vorgehens hatte ich keinen Zweifel«, sagte sie heuchlerisch. »Können Sie mir dennoch freundlicherweise den Unfallhergang etwas genauer beschreiben? Und was ist mit der Fahrerin? Sie hat doch sicher mit einer Strafanzeige zu rechnen.«

Étienne stand auf und holte eine Mappe. Sie war nicht allzu dick.

»Hier steht alles drin. Können Sie sich in Ruhe anschauen. Was die Fahrerin betrifft, deren Identität konnte noch nicht ermittelt werden. Aber wir sind dran.« Er schlug die Mappe auf. »Schauen Sie, da haben wir sogar Fotos vom Unfallfahrzeug. Ein Peugeot. Ist in einer Linkskurve rausgetragen worden, über die Böschung gerauscht, durch einige Büsche gepflügt und gegen einen Baum geknallt. Allerdings schon mit verminderter Geschwindigkeit. Deshalb ist nicht so viel passiert. Die Fahrerin hat Glück gehabt.«

Aus einem Nebenzimmer wurde nach dem *Maréchal* gerufen.

»Bin gleich wieder da. Wie gesagt, schauen Sie sich alles an.«

Étienne eilte davon. Wie auf Bestellung, denn sie wollte sich ungestört einen Überblick verschaffen. Mit ihrem Handy fotografierte sie schnell alles durch. Dann sah sie sich konzentriert die Fotos an. Anschließend las sie das Protokoll. Dick war es nicht. Obwohl sogar Belanglosigkeiten notiert waren wie etwa,

dass sich auf dem Rücksitz eine zerfledderte Zeitschrift befunden hatte. Auch von ihr gab es ein Foto. In allen wesentlichen Punkten deckte sich das Protokoll mit dem, was sie schon in Arles von der Rettung erfahren hatte. Auch die Radfahrer waren erwähnt, die Samira aus dem Auto befreit hatten. Einer von ihnen war als Zeuge namentlich aufgeführt, mit Telefonnummer. Ihr fiel wieder das Bild vom Spürhund ein, der mit der Nase am Boden der Fährte Samiras folgte.
Étienne kam zurück. »Na, stimmen Sie mir zu, dass es sich hier um einen ziemlich läppischen Unfall handelt, bei dem nur eine Person beteiligt war, nämlich die Fahrerin?«
»Ja und nein. Woraus schließen Sie eigentlich, dass es keinen Beifahrer gab?«
Er lachte. »Schlicht und einfach, weil keiner da war. Sonst hätte er oder sie wohl versucht, die Fahrerin aus ihrer unglücklichen Situation zu befreien. Habe ich recht?«
Eine ausgesprochen simple Logik. Sollte sie ihm das so unverblümt sagen? Auch dass diese Art Logik gerade wegen ihrer Schlichtheit oft verkehrt war?
»Auf dem Foto des Unfallfahrzeugs ist die Beifahrertür geöffnet«, stellte sie stattdessen fest.
»Wirklich?« Er nahm das Foto zur Hand. »Stimmt, aber vermutlich haben die Helfer sie aufgemacht, um besser an die Frau ranzukommen.«
»Ja, das kann sein. Aber warum wurde der Beifahrerairbag ausgelöst?«
»Weil das bei einem Crash automatisch so erfolgt?«
»Nicht bei einem fast neuen Peugeot dieses Modells. Da gibt es eine Sitzbelegungserkennung. Der Airbag geht nur auf, wenn der Sitz belastet ist. Deshalb piepst es auch, wenn man drauf sitzt und nicht angegurtet ist.«
»Wirklich? So etwas wissen Sie?«

Sie zuckte mit den Schultern. »Ein Beweis ist das trotzdem nicht.«

»Außerdem spielt es keine Rolle. Wenn es einem etwaigen Beifahrer männlichen oder weiblichen Geschlechts so gut ging, alleine aussteigen zu können, ist ja alles gut.«

»Kann man so sehen. Andere Frage: Konnten Sie den Fahrzeughalter feststellen?«

»Natürlich. Das Fahrzeug ist auf einen Rechtsanwalt in Avignon zugelassen. Avocat Jean-Louis Dupont. Wir konnten ihn noch nicht erreichen. Er macht gerade Urlaub auf den Malediven. Vielleicht war es seine Tochter, die das Auto gefahren hat?«

Isabelle musste lächeln. Dupont war ein urfranzösischer Name. Sehr unwahrscheinlich, dass Samira und Youssef seine Kinder waren.

»Wurde das Auto als gestohlen gemeldet?«

»Ich sagte doch, Dupont ist im Urlaub, seine Kanzlei ist geschlossen. Auf die Malediven kann man nicht mit dem Auto fahren.« Er kratzte sich am Kopf. »Na ja, vielleicht wurde es auch gestohlen, aber wie sollen wir das feststellen? Jetzt ist der Peugeot auf jeden Fall schrottreif. Sobald dieser Dupont wieder da ist, wird er die freudige Botschaft in seinem Briefkasten vorfinden. Ich bin mir sicher, darauf wird er sich rasch melden. Dann wissen wir auch, wer das Auto gefahren hat.«

Da täuschte er sich, der liebe Étienne. Aber was brachte es, ihm das zu sagen. Er würde seinen Irrtum noch früh genug erfahren. Und es würde ihm egal sein. Wie gesagt, ein Bagatellunfall. Die Akte würde im Regal verstauben. Und nach der vorgeschriebenen Aufbewahrungsfrist vernichtet werden.

»*Maréchal*, Sie waren mir eine große Hilfe«, sagte Isabelle.

»Wirklich?« Er grinste. »Das kann ich mir nicht vorstellen. Aber ich weiß ja nicht, wonach Sie suchen.«

»Ich auch nicht, das ist ja das Problem.«

»Es muss Ihnen in Fragolin wirklich sehr langweilig sein«, schlussfolgerte er.
Ihr kam kurz der Gedanke, dass er recht haben könnte. Anders war es vielleicht nicht zu erklären, dass sie eine Spur zurückverfolgte, die völlig bedeutungslos sein konnte. Und doch wäre sie bereit, sofort eine Wette einzugehen, dass dem nicht so war. Aber mit wem sollte sie wetten? Mit dem *Maréchal* bestimmt nicht. Und Apollinaire kam auch nicht infrage, der war ja ihrer Meinung. Schade, denn sie hätte gerade richtig Lust, etwas zu riskieren – in der festen Überzeugung, dass sie nicht verlieren würde.
Sie war schon dabei, sich zu verabschieden, da fiel ihr noch was ein.
»Étienne, könnten Sie mir bitte noch einen Gefallen tun?«
»Aber natürlich. Wollen Sie noch einen Kaffee?«
»Wäre es Ihnen möglich, im Fahrzeug die Fingerabdrücke zu nehmen? Vor allem interessieren mich jene auf der Beifahrerseite.«
Er sah sie seltsam an. Isabelle ahnte, was er jetzt dachte. Dass diese Kommissarin aus Fragolin jetzt völlig den Bezug zur Realität verloren hatte. Oder dass eben doch mehr dahintersteckte, als sie zugab.
»Natürlich kann ich das veranlassen. Aber jetzt möchte ich schon gerne wissen, was los ist.«
»Das weiß ich doch selber nicht«, spielte sie weiter die Ahnungslose. »Gerade deshalb interessieren mich die Fingerabdrücke.«
»Um sie mit der zentralen Datenbank der Polizei abzugleichen? Die Arbeit kann ich Ihnen gerne abnehmen.«
Sie verkniff sich ein Lächeln. Denn dass dabei nichts rauskommen würde, wusste sie schon jetzt. Die Fingerabdrücke von Youssef waren nirgends gespeichert. Aber sie hatte sie. Und sie wollte Gewissheit haben, dass er mit Samira im Auto war.

»Keine Einwände«, sagte sie. »Aber anschließend schicken Sie mir die Fingerabdrücke ins Kommissariat. Würden Sie das für mich tun?«

»Nur weil Sie mich so nett darum bitten.« Er fuhr sich nachdenklich übers Kinn. »Es ist Ihnen aber schon klar, dass wir da viele Fingerabdrücke von verschiedenen Personen finden werden. Wahrscheinlich auch von den Radlern, die die Fahrerin aus ihrer misslichen Lage befreit haben.«

Sie lächelte. »Aber Étienne, jetzt wollen Sie mich aufs Glatteis führen. Natürlich haben Sie längst erkannt, dass speziell die Fingerabdrücke auf dem Gurtschloss, am Haltegriff über dem Seitenfenster und am inneren Hebel zum Öffnen der Tür von Interesse sind.«

Erst runzelte er die Stirn, dann machte sich in seinem Gesicht ein Grinsen breit. So lange dauerte es also, bis er diesem einfachen Gedankengang folgen konnte.

»Ganz genau, ich wollte Sie nur testen«, sagte er.

Das war dreist. In früheren Zeiten war bei Duellen ein Begriff gebräuchlich, den sie liebte. Es gab Menschen, die waren *nicht satisfaktionsfähig.* Es lohnte nicht, auf ihre Frechheiten zu reagieren. Alles andere wäre Zeitverschwendung.

23

Isabelle juckte es an der Nase. War das ihre Spürnase, die wieder Witterung aufgenommen hatte? Sie kratzte sich und dachte, dass sie gleich den nächsten Termin hatte. Und zwar mit dem Rennradfahrer, der im Protokoll der Gendarmerie als Zeuge vermerkt war. Er hatte in einem nahe gelegenen Ort eine Bäckerei, die *Boulangerie & Pâtisserie Bernard.* Isabelle hatte mit Louis Bernard telefoniert. Er hatte Zeit für sie. Und hoffentlich einige Antworten auf ihre Fragen.

Beim Betreten der *Boulangerie* wurde sie vom unvergleichlichen Duft einer provenzalischen Bäckerei empfangen: *baguettes, croissants, brioches …* Dazu in einer Vitrine die verführerischen Köstlichkeiten aus der Konditorei: *tartes, tartelettes, navettes, millefeuilles, éclairs, pralinés, petit fours …* Darüber ein Schild: *Non, je ne regrette rien!* Isabelle musste schmunzeln. Édith Piaf hatte in ihrem berühmten Chanson zwar eher verflossene Liebschaften gemeint als Süßgebäck, zutreffend war das Bekenntnis dennoch. Denn man sollte im Leben nichts bedauern, was mal Freude bereitet hat.

Dass Louis Bernard ein leidenschaftlicher Rennradfahrer war, sah man ihm auf den ersten Blick nicht an. Gäbe es bei diesem Sport verschiedene Gewichtsklassen, könnte er in der höchsten starten. Kein Wunder bei seinem Beruf. Aber fit war er trotzdem, auch das war ihm anzusehen.

Isabelle schüttelte Bernard die Hand und erklärte ihm kurz ihr Anliegen. Er nickte und ging mit ihr vor die Tür. Im Schatten der Markise lasse sich besser sprechen als im Laden, wo die

Kunden Schlange standen und jedes Wort mitgehört hätten. Er habe genug Verkaufspersonal und könne sich die Pause gönnen.

»Wie geht es der jungen Frau?«, fragte er als Erstes.

Sie fand, dass das eine naheliegende Frage war. Immerhin war er mit seinen Freunden Samira zu Hilfe geeilt. Sympathisch war die Frage obendrein, denn sie drückte menschliche Anteilnahme aus.

»Aktuell weiß ich es nicht, aber den Unfall hat sie gut überstanden, so viel kann ich sagen. Vorgestern waren wir noch zusammen, da war alles gut. Mit der Einschränkung, dass sie sich an nichts mehr erinnern kann.«

»Wirklich? Na ja, ist vielleicht besser so.«

Offenbar bezog er die Erinnerungslücke auf den Unfall selbst. Dass sie wesentlich weiter reichend war, musste er nicht wissen.

»Ich war vor einer Stunde bei der Gendarmerie in Saint-Martin-de-Crau. Dort hat man mir gesagt, dass Sie und Ihre Freunde die Frau aus ihrem Auto befreit sowie die Rettung und die Polizei verständigt haben.«

Er nickte. »*Oui, c'est vrai,* und zwar in dieser Reihenfolge.«

»Ich hoffe, Sie können mir etwas mehr über den Unfall erzählen. Die Gendarmerie weiß nur, dass das Auto vermutlich mit überhöhter Geschwindigkeit von der Straße abgekommen ist.«

»Tja, so war es auch. Sie ist gefahren wie eine Verrückte. Gott sei Dank hat sie keinen von uns erwischt, als sie uns überholt hat.«

»Sie hat Sie überholt?«

»Richtig, und zwar kurz bevor es passiert ist.« Er schüttelte missbilligend den Kopf. »Wie ich schon sagte, wie eine Verrückte.«

»Wie ging es weiter?«

»Wir sind als Gruppe hintereinandergeradelt. Bei der Führung wechseln wir uns ab, zu diesem Zeitpunkt war ich vorne.« Er lachte. »Zur Freude meiner Mitradler, denn ich produziere den größten Windschatten. Jedenfalls ist sie mit ihrem Peugeot so schnell und knapp an uns vorbeigeschossen, dass es uns fast von den Rädern gehauen hätte. Wir haben ihr einige üble Flüche und Schimpfwörter nachgerufen. Wobei wir in diesem Moment nicht wussten, dass eine Frau am Steuer saß. Anschließend sind wir auf gerader Strecke einen Hügel hochgeradelt, dann kommt eine Kuppe, danach geht es wieder bergab. Es folgt eine Linkskurve, die ist gefährlich, das wissen wir, denn wir kennen die Strecke. Ich immer noch vorne. Da habe ich den Peugeot entdeckt, rechts neben der Straße, etwas unterhalb der Böschung, hinter platt gewalzten Büschen, mit der Front gegen einen Baum. Wir haben sofort gebremst und sind von den Rädern gestiegen. Der Peugeot hat gequalmt, wir haben befürchtet, er könnte gleich explodieren. Ist er aber nicht, war wohl nur heißer Wasserdampf aus dem zerstörten Kühler. Aber das konnten wir nicht wissen.«

Er machte eine Pause, so als ob er die Ereignisse noch einmal Revue passieren ließe. Tatsächlich war seine Schilderung sehr präzise. Das berechtigte zu einigen Hoffnungen, was den weiteren Hergang betraf – und die Fragen, auf die sie sich Antworten erhoffte.

»Trotzdem sind Sie ihr zu Hilfe geeilt …«

»*Bien sûr*, ist ja selbstverständlich. Wir sind die Böschung runter und zum Auto gerannt. Erst jetzt haben wir entdeckt, dass der Fahrer eine Frau war. Eingeklemmt hinter dem Lenkrad, vor sich der zusammengefallene Airbag. Sie war bewusstlos und ihr Gesicht blutüberströmt. Wir haben die Tür aufgemacht, ihren Sitz zurückgeschoben, sie herausgezogen und in sicherem Abstand zum immer noch qualmenden Auto in die Wiese gelegt. Einer von uns hat die *Pompiers* verständigt. Und danach die Polizei.« Er atmete tief durch. »So, das war's. Mehr weiß ich nicht.«

Hoffentlich doch, dachte Isabelle.

»Haben Sie bei der Rettung die Beifahrertür geöffnet?«, fragte sie.
»Jean-Luc ist von rechts ins Auto gekrochen, um ihren Sicherheitsgurt zu lösen. Aber die Tür war schon vorher offen, glaube ich jedenfalls.« Bernard dachte nach. »Doch, ganz sicher sogar, die Tür war offen, ist wohl beim Aufprall aufgesprungen.«
»Sollte bei einem modernen Auto nicht passieren«, stellte sie fest. »Könnte es sein, dass noch jemand im Auto war, der sich davongemacht hat?«, kam sie auf den Punkt.
Bernard ließ sich mit der Antwort Zeit. Aber solche Zeugen waren ihr lieber als jene, die unüberlegt drauflosplapperten.
»Theoretisch wäre es möglich, ja. Wenige Meter weiter ist ein kleiner Wald. Dahin könnte ein möglicher Beifahrer verschwunden sein.« Er zog eine Grimasse und zupfte sich am Ohrläppchen. »Dann hätte Roger doch recht. Er war in unserer Kolonne der Letzte und glaubt, jemanden auf dem Beifahrersitz gesehen zu haben. Aber ehrlich gesagt kann ich mir das nicht vorstellen. Warum sollte ein Beifahrer nach dem Unfall davonlaufen, statt der Fahrerin zu helfen?«
Das war eine gute Frage, dachte Isabelle, sogar eine sehr gute. Ja, warum sollte er das tun? Wenn es sich um Youssef handelte, und davon ging sie aus, war das noch weniger zu verstehen, immerhin war er ihr Bruder. Blieb als Erklärung, dass er in Panik geraten war. Zum Beispiel, weil sie sich auf der Flucht befanden und er einen Rucksack mit Lösegeld dabeihatte? Sie stellte sich vor, wie Youssef seine Tür öffnete und aus dem Auto kletterte. Mit einem verletzten Bein, deshalb das Hinken, das ihr auf dem Video aufgefallen war. Im Normalfall hätte er Samira sicher geholfen, aber dann tauchten oben an der Böschung Menschen auf. Youssef hat sich den Rucksack geschnappt, ist zu den Bäumen gerobbt und hat sich dort versteckt. So könnte es gewesen sein. Fehlten noch seine Finger-

abdrücke, dann hätte sie Gewissheit. Zumindest was Youssef betraf. Die Existenz des Rucksacks dagegen war Spekulation. Aber eine wohlbegründete.

»Haben Sie im Auto einen Rucksack gesehen?«, fragte sie.

»Einen Rucksack? Nein, haben wir nicht. Auch nicht im Kofferraum, den haben wir nämlich wegen dem Verbandskasten und dem Warndreieck geöffnet.«

Nun, das bewies nichts. Schließlich konnte der Rucksack nicht im Auto sein, wenn ihn Youssef mitgenommen hatte. Leider konnte er umgekehrt auch nicht im Auto sein, wenn es ihn gar nicht gab.

Bernard warf einen Blick in seinen Laden. Er kratzte sich am Kopf und sah Isabelle nachdenklich an.

»Ich muss mich wieder um meine Arbeit kümmern. Doch zuvor können Sie mir bitte verraten, warum Sie mich das alles fragen? Haben wir was falsch gemacht?«

Sie legte ihm beruhigend die Hand auf die Schulter.

»Nein, Ihr Verhalten war geradezu vorbildlich. Die junge Frau kann sich glücklich schätzen, dass Sie zufällig vorbeigekommen sind.« Lachend fügte sie hinzu: »Und dass die Frau Sie nicht vorher auf der Landstraße überfahren hat.«

Er erwiderte ihr Lachen. »Das stimmt. So wie dieser andere Idiot, bei dem war es genauso knapp.«

»Der andere Idiot?«

»Ja, da war noch so ein Verrückter. Der war fast noch schneller unterwegs. Der Peugeot war kaum hinter der Kuppe verschwunden, da kam er von hinten angesaust. So als ob sich die beiden ein Wettrennen liefern würden. Völlig irre. Aber die gefährliche Stelle hat er offenbar besser gemeistert als die junge Frau, jedenfalls ist er nicht aus der Kurve getragen worden. Er war schon außer Sichtweite, als wir mit den Rädern dort angekommen sind.«

Isabelle fand die alte Lebenserfahrung bestätigt, dass die wichtigsten Informationen oft am Schluss eines Gesprächs kamen, wenn man schon nicht mehr damit rechnete.

»Könnte es sein, dass der zweite Wagen den Peugeot verfolgt hat?«, fragte sie. »Und um welchen Fahrzeugtyp handelte es sich?«

»Verfolgt? Kann sein. Das wäre ja auch eine Art von Wettrennen. Allerdings hätte unsere Frau dabei schlechte Karten gehabt, denn das zweite Fahrzeug war eine schwarze Luxuslimousine, ein Mercedes.«

»Ist Ihnen sonst noch was am Fahrzeug aufgefallen?«

»Nein, nur dass der Wagen dunkel getönte Scheiben hatte.«

Isabelle sah die Szene fast vor sich. Ein schwarzer Mercedes mit getönten Scheiben jagt einen Peugeot, an dessen Steuer Samira sitzt, die, nach ihrem Wesen zu urteilen, bestimmt keine Erfahrung als Schnellfahrerin besaß. Stellte sich die Frage, warum nicht Youssef am Steuer saß? Dann die verhängnisvolle Kurve. Samira verliert die Kontrolle über den Peugeot, kommt von der Straße ab, rauscht über die Böschung, durch die Büsche. Ein Glück, dass sich das Fahrzeug dabei nicht überschlagen hat. Dann der Baum. Die Airbags. Youssef weiß, dass sie verfolgt werden. Er muss damit rechnen, dass die Verfolger jeden Moment auftauchen. Er hat keine Zeit, Samira aus dem Auto zu befreien. Er schnappt sich den Rucksack und flieht in den nahe gelegenen Wald. Dass der Mercedes in Wahrheit weitergefahren ist, weil er vom Unfall nichts mitbekommen und den Peugeot unterhalb der Böschung übersehen hat, kann er nicht ahnen. Die Rennradfahrer hat er gar nicht auf der Rechnung. Aber mit ihrem Erscheinen weiß er wenigstens, dass seiner Schwester geholfen wird …

Bernard begrüßte eine Kundin, die mit einer Tüte aus seiner *Boulangerie & Pâtisserie* kam. Isabelle ergriff die Gelegenheit, sich zu verabschieden.

Eine Stunde später saß sie in Maussane-les-Alpilles auf der Terrasse des *Café de la Fontaine*. Auf das bestellte *tartare de bœuf classique* wartete sie noch, den leichten Rosé hatte sie bereits im Glas. Sie hatte keine Eile, im Gegenteil, sie brauchte Zeit, um all die erhaltenen Informationen zu verarbeiten. Sie spürte, dass sie einen großen Schritt vorangekommen war – ohne zu wissen, wohin er führen würde. Das war das Besondere an diesem Fall: Üblicherweise begann die polizeiliche Ermittlungsarbeit mit einem Verbrechen, das man aufzuklären versuchte. Verbrechen? Fehlanzeige! Abgesehen vom tätlichen Angriff auf Apollinaire gab es keines. Jedenfalls keines, von dem sie wusste. Alternativ ging es in ihrer Arbeit darum, Verbrechen im Vorfeld zu verhindern. Wenn es tatsächlich einen Rucksack mit Lösegeld gab, kam sie aber zu spät. Dann war das Verbrechen schon im Gange – oder bereits vorbei.

Isabelle beschloss, nicht länger nach dem Warum und Wieso zu fragen. Ein Spürhund tat das auch nicht, er folgte einfach unbeirrt seiner Fährte.

Nach ihrem Gespräch mit Bernard hatte sie auf dem Weg nach Maussane noch den Unfallort in Augenschein genommen. Ohne weitere Erkenntnisse, denn alles passte zum Bild, das sie sich aufgrund der Schilderungen gemacht hatte. Sie war in den angrenzenden Wald gegangen, durch den sich Youssef mutmaßlich abgesetzt hatte. Spuren gab es hier keine. Hatte sie auch nicht erwartet. Sie nahm einen Schluck vom Rosé und rekapitulierte ihr Szenario, nach dem sich Samira am Steuer eines Peugeot auf der Flucht vor einem schwarzen Mercedes befunden hatte. Polizisten fuhren in Frankreich keine deutschen Luxuslimousinen. Aber womöglich zwei Männer, die kurz vor Mitternacht im Krankenhaus in Arles aufgetaucht waren und nach Samira gefragt hatten. Doch sie hatten zu viel Zeit verloren, sie war schon weg. Vielleicht zu Samiras Glück.

Das bereits angemachte *tartare* wurde serviert, mit *cornichons, câpres, oignons, échalotes, tabasco, jaune d'œuf et Worcestershire sauce* – genauso wie es auf der Speisekarte stand. Und wie sie es mochte.

Beim Essen spulte Isabelle ihre Geschichte weiter zurück. Was war unmittelbar vor der Autofahrt passiert? Die Übergabe des Lösegelds? In diesem Fall hätte Youssef den Rucksack mit dem Lösegeld entgegengenommen. Wie und von wem auch immer. Samira hätte am Steuer des Peugeot auf ihn gewartet. Youssef wäre gehetzt zugestiegen und hätte sie aufgefordert, sofort loszufahren. Irgendwas war nicht nach Plan gelaufen. Er hatte sie aufgefordert, schnell zu fahren, immer schneller …

»Madame, schmeckt es Ihnen? Noch ein Glas Rosé?«

»Oui, oui, merci«, antwortete sie dem Ober geistesabwesend. Sie wollte sich nicht aus ihren Gedanken reißen lassen. Also, die Lösegeldübergabe … Wo hatte sie stattgefunden? Aus welcher Richtung waren sie gekommen? Nun, die grobe Richtung stand fest, aber das war zu wenig, lieferte keine konkreten Anhaltspunkte.

Isabelle klappte ihren Laptop auf, den sie ins Café mitgenommen hatte, und rief die Onlineversion einer lokalen Tageszeitung auf. Sie blätterte zurück zum Erscheinungstag nach dem Unfall. Tatsächlich gab es eine kurze Nachricht von einem Peugeot, der von der Straße abgekommen war. Nur fünf Zeilen. Was hatte Étienne von der Gendarmerie in Saint-Martin-de-Crau gesagt? Solche Unfälle kämen hier alle paar Tage vor. Ohne Schwerverletzte oder Tote seien sie nicht von besonderem Interesse. Da hatte er wohl recht. Vor allem, wenn es andere, dramatischere Ereignisse gab. Wie an diesem Tag. Denn die ersten Seiten beschäftigten sich fast ausschließlich mit einem Verbrechen, das sich in einem ehemaligen Steinbruch bei Les Baux zugetragen hatte. Dort war ein Mann tot aufgefunden worden, mit einem Messer in der Brust. Isabelle las, dass der unterirdische Steinbruch berühmt war für seine Multimediashows, die sich großen Künstlern widmeten. Momentan stand in den *Carrières de Lumières* Vincent van Gogh auf dem Programm. Offenbar wurde die Show von vielen Zuschauern besucht, die kontinuierlich ein und aus gingen. Als in der Pause die Lichter eingeschaltet wurden, hat man das Opfer entdeckt, da lebte es schon nicht mehr.

Les-Baux-de-Provence war ganz in der Nähe. Die Richtung stimmte. Auch die angegebene Uhrzeit passte … Nur war kein Zusammenhang erkennbar. Was sollten Samira und Youssef mit einem Mord in den *Carrières de Lumières* zu tun haben? Der Rucksack mit dem Lösegeld, der Mann mit dem Messer in der Brust …

Isabelle lehnte sich zurück und schloss die Augen. Mit etwas Fantasie ließen sich die Ereignisse durchaus miteinander verknüpfen. Sehr gut sogar. Dabei waren verschiedene Szenarien denkbar, zum Beispiel …

»Madame, noch ein Dessert? Oder einen Kaffee?«

Der Ober hatte ein Talent, sie zur unrechten Zeit zu stören.

»Ja, eine *noisette*«, antwortete sie.

24

Für den Mord in den *Carrières de Lumières* war die *Police nationale* zuständig. Also ihr eigener Verein. Weshalb sie online Zugriff auf die Ermittlungsakten hatte. Jedenfalls auf jenen Teil, der im Polizeicomputer hinterlegt war. Das war vermutlich nicht alles und auch nicht auf dem neuesten Stand. Aber schon mal ein Anfang. Schnell fand sie heraus, dass es ... nicht viel herauszufinden gab. Es gab keinen Verdächtigen, kein Motiv, keine Tatzeugen ... Die Kollegen tappten völlig im Dunkeln. Zwar konnten auf der Tatwaffe Fingerabdrücke sichergestellt werden, aber sie waren nirgends gespeichert, halfen also auch nicht weiter. Einzig zum Mordopfer gab es konkretere Angaben. Es handelte sich um einen gewissen Yanis Martinez, vierunddreißig Jahre, unverheiratet, Mitarbeiter eines Detektivbüros mit Sitz in Marseille. Nach Auskunft seines Arbeitgebers derzeit im Urlaub und privat in der Provence unterwegs.

Isabelle musste lächeln. Im Urlaub? Eine dümmere Ausrede war der *Agence de détectives privés ADP* wohl nicht eingefallen? Martinez war beruflich im Steinbruch gewesen, darauf würde sie wetten. Und es gab irgendeinen triftigen Grund, diesen Umstand zu verschleiern.

Isabelle griff zum Handy, um den ermittelnden Kommissar anzurufen. Doch dann zögerte sie. Er würde sie fragen, warum sie sich für den Fall interessierte. Darauf würde sie nur ungern eine Antwort geben. Von Samira und Youssef musste er nichts wissen. Zudem könnte es sein, dass er entscheidende Informatio-

nen zurückhielt. Nämlich dann, wenn ihn die ADP eingeweiht hatte, aber unter dem Siegel der Verschwiegenheit.
Sie entschied sich für einen anderen Weg. Ein Umweg zwar, der dennoch schneller zum Ziel führen könnte. Außerdem schien es an der Zeit, Maurice Balancourt in Paris einzuweihen, ihren obersten und einzigen Dienstherrn. Erwartungsgemäß war er nicht selber in der Leitung, sondern Jacqueline, sein Zerberus im Vorzimmer – und eine gute Freundin von ihr.
Sie hatten schon länger nicht mehr miteinander geredet, weshalb sie zunächst Belanglosigkeiten austauschten. So viel Zeit musste sein. Erst dann kam Isabelle auf den Grund ihres Anrufs zu sprechen. Sie brauche alle Informationen zu einem aktuellen Mordfall, sagte sie. Vor allem jene, die über das offizielle und online zugängliche Protokoll hinausgingen. Sie nannte Jacqueline den Namen des Opfers und das Aktenzeichen. Isabelle wusste, dass Jacqueline nicht nach dem Warum fragen würde. Ihre Freundin war es gewohnt, von Isabelle mit merkwürdigen Bitten konfrontiert zu werden. Sie würde die Hintergründe noch früh genug erfahren. Eines war jedenfalls sicher: Bei einer Anfrage des Büros von Balancourt würde der für den Fall zuständige Kommissar erst vor Schreck erstarren – und dann mit allem rausrücken, was er wusste. Anderenfalls musste er mit seiner fristlosen Kündigung rechnen.
»Wird erledigt«, sagte Jacqueline. »Sonst noch was?«
»Das Mordopfer war bei einem in Marseille ansässigen Detektivbüro namens *Agence de détectives privés ADP* angestellt. Über den Laden würde ich gerne mehr wissen.«
»Sollte nicht schwer sein, ich kümmere mich darum.«
»*Merci*, Jacqueline.«
»Du willst sicher noch den Alten sprechen …«
»Ja, natürlich.«

»Geht aber nicht. Er hat einen wichtigen Auswärtstermin mit einem Staatssekretär. Dabei geht es darum, einen Ball in ein viel zu kleines Loch zu befördern.«

»Also ist er auf dem Golfplatz. Hätte ich mir denken können.«

»Aber ich sag ihm Bescheid, dass du angerufen hast.«

»Bitte mach das. Ach so, fast hätte ich es vergessen, kannst du bitte die Fingerabdrücke von der Tatwaffe anfordern und diskret an Apollinaire weiterleiten.«

»Diskret? Du willst also nicht in Erscheinung treten, habe ich recht?«

»Kennst mich doch, ist mir so am liebsten. Jedenfalls solange ich nicht weiß, was gespielt wird.«

»Darf ich dich noch was Privates fragen?«, sagte Jacqueline.

»Nein«, antwortete Isabelle, denn sie ahnte, worauf ihre Freundin hinauswollte.

»Wie läuft's mit deinem Maler? Habt ihr …? Du weißt schon.«

Isabelle lachte. »Du bist ja fast so neugierig wie Clodine. Natürlich haben wir … fast täglich … uns bei Jacques zum Essen getroffen.«

»Du bist eine blöde Nuss.«

Eine Reaktion, die sich nur Jacqueline erlauben durfte. Vielleicht hatte sie ja sogar recht.

Ihr nächster Anruf galt Apollinaire, um ihm zu sagen, dass er von Jacqueline Fingerabdrücke bekomme, die er bitte umgehend mit jenen von Youssef abgleichen solle. Außerdem wurde es Zeit, ihn auf den neuesten Stand ihrer Ermittlungen zu bringen. Er war auch gleich am Telefon. Aber sie kam nicht zu Wort.

»Madame, Sie kommen mir zuvor. Woher wissen Sie, was passiert ist? Aber nein, Sie können es ja noch gar nicht wissen. Vielleicht interessiert es Sie auch nicht, weil es nichts mit unserem Fall zu tun hat. Oder was glauben Sie?«

Isabelle atmete tief durch. Es fiel ihr nicht immer leicht, sich zu beherrschen, wenn Apollinaire sie auf die Folter spannte.
»Was ist passiert?«, versuchte sie, ihre Frage so einfach wie möglich zu stellen.
»Moreau ist tot, Frédéric Moreau, der Mühlenbesitzer.«
Ups, das kam tatsächlich überraschend. An ihn hatte sie gerade als Letztes gedacht.
»Hat ihn vor Aufregung der Schlag getroffen«, fragte sie, an seinen roten Kopf denkend, »oder ist ihm ein Brett auf den Kopf gefallen?«
»Madame, ich bewundere Ihren Scharfsinn. Mit dem Brett liegen Sie fast richtig, nur ist er im Baugerüst auf einem selbigen gestanden und hat offenbar das Gleichgewicht verloren. Sein Pech, dass er gerade einen maximalen Abstand zum Boden hatte, will sagen, er ist von großer Höhe runtergestürzt und hat sich das Genick gebrochen.«
»Gibt es Zeugen?«
»Zeugen? Nein, der Unfall hat sich am Abend zugetragen, die Arbeiter waren schon heimgegangen. Moreau wollte noch die eingebauten Fensterrahmen überprüfen und dann auch aufhören. So hat er das seiner Lebensgefährtin am Telefon gesagt. Als er um zehn Uhr immer noch nicht zu Hause war, ist sie auf die Baustelle gefahren und hat ihn dort tot aufgefunden.«
»Also ein Unfall?«
»Es hat den Anschein. Jedenfalls geht die Gendarmerie davon aus.«
Meistens war das Gegenteil richtig, dachte Isabelle, wenn Capitaine Briand und die örtliche Gendarmerie von etwas ausgingen. Aber im konkreten Fall mochten sie mit ihrer Annahme sogar richtigliegen.
»Madame, für einen Unfall spricht, dass Baustellen per se unfallträchtig sind. In der Statistik werden sie nur noch übertrof-

fen vom Badezimmer. Gestern bin ich auf den nassen Fliesen vor der Dusche ausgerutscht …«

Das wollte sie nun wirklich nicht genauer wissen.

»*Gegen* einen Unfall spricht«, unterbrach sie ihn, »dass Moreau ein Zornbeutel war, der Menschen gegen sich aufbringen konnte. Das wissen wir aus eigener Erfahrung. Damit steigt die Wahrscheinlichkeit, dass ihn jemand vom Baugerüst gestoßen hat.«

»Ich war's nicht.«

»Verdächtig ist auch der Zeitpunkt des Sturzes. Auf der Baustelle wimmelt es den ganzen Tag von Arbeitern, aber er fällt ausgerechnet dann vom Gerüst, wenn es dafür keine Zeugen gibt.«

Apollinaire räusperte sich. »Was wollen Sie damit sagen?«

Ja, was wollte sie damit sagen? Gar nichts. Sie hatte nur laut gedacht.

»Dass wir uns aus dem Fall raushalten«, stellte sie klar.

»Schade.«

»Aber Sie können ja gelegentlich mit Ihrem Freund Sergeant Albertin plaudern …«

»Ist nicht mein Freund.«

»… und sich über den Fortgang der Ermittlungen informieren.«

»Mach ich gerne, aber da wird nicht viel dabei rauskommen. Ich kann mir nicht vorstellen, dass die Faulpelze bei einem mutmaßlichen Unfall viel ermitteln.«

»Schluss mit Moreau«, beendete Isabelle das Thema, »kommen wir zu Wichtigerem. Jacqueline wird Ihnen Fingerabdrücke mailen, bitte gleichen Sie diese mit jenen von Youssef ab und geben mir umgehend Bescheid.«

»Jacqueline, Fingerabdrücke, Youssef … Ich verstehe.« Wieder räusperte er sich. »Das heißt, ich verstehe zwar den Auftrag, aber nicht, Sie wissen schon, also …«

Isabelle bat ihn, einfach zuzuhören. Sie rekapitulierte im Schnellgang, was sie in den letzten Stunden in Erfahrung gebracht hatte. Sie begann mit der Gendarmerie in Saint-Martin-de-Crau. Auch von dort bekomme er Fingerabdrücke, vom Beifahrersitz des Peugeot. Nach ihrer festen Überzeugung stammten sie ebenfalls von Youssef. Dann berichtete sie von ihrem Besuch beim Bäcker Bernard, dem Rennradfahrer, der gemeinsam mit seinen Freunden Samira aus dem Unfallfahrzeug befreit hatte. Und von dem sie erfahren hatte, dass es ein zweites Fahrzeug gab, einen schwarzen Mercedes, der hinter Samira und ihrem Bruder her war. So jedenfalls hatte es ausgesehen.

»Gendarmerie in Saint-Martin-de-Crau«, wiederholte Apollinaire, »Fingerabdrücke vom Beifahrersitz, ein Bäcker namens Bernard, schwarzer Mercedes ...«

Weil sie bei Apollinaire keine Skrupel hatte, ihn auch an Vermutungen und Schlussfolgerungen teilhaben zu lassen, die sich im Nachhinein als falsch herausstellen könnten, kam sie zum vorläufigen Höhepunkt ihres Berichts, nämlich zur Leiche im Steinbruch *Carrières de Lumières.* Und zu ihrem Verdacht, dass Youssef der Täter war. Zu ihrer Theorie, dass der Mord mit der Lösegeldübergabe im Zusammenhang stand. Dass die private Detektei ADP involviert war. Und dass Youssef entkommen konnte. Mit Samira am Steuer des Fluchtfahrzeugs. Wobei sie von einem schwarzen Mercedes verfolgt wurden, der aber an der Unfallstelle vorbeigerast war, ohne den Peugeot zu entdecken.

»Uff, Madame, das ist ein bisschen viel auf einmal.«

»Zu viel?«

»*Mais non,* ich habe alles im Kopf abgespeichert, *en détail.* Auch habe ich sogleich einen Vorschlag: Soll ich überprüfen, ob auf die Firma ADP ein schwarzer Mercedes zugelassen ist?«

»Ausgezeichnet, darum wollte ich Sie bitten.«

»Wird prompt erledigt. Wie gedenken Sie weiter vorzugehen?« Das war eine gute Frage. Zunächst einmal wartete sie auf Jacquelines Bericht. Dann würde sie sehen. Vermutlich kam als Nächstes diese Detektei ADP an die Reihe. Dort musste sie in Erfahrung bringen, was wirklich passiert war. Dass Martinez Urlaub gemacht hatte, glaubte sie keine Sekunde.

»Ich werde nach Les Baux fahren«, antwortete Isabelle, »und mir in den *Carrières de Lumières* die Van-Gogh-Show anschauen.«

»Seit wann interessieren Sie sich für van Gogh?«

»Das tue ich durchaus, mein lieber Apollinaire. Aber im konkreten Fall folge ich einfach weiter Samiras Spur.«

»Ich verstehe. Apropos Spur, habe ich schon erwähnt, dass ich auftragsgemäß, nein, ich glaube nicht …«

Wieder einmal sprach er nicht weiter. Irgendwie hatte sie den Eindruck, dass sich seine Marotten seit dem Schlag auf den Hinterkopf verstärkt hatten. Hoffentlich legte sich das wieder.

»Nein, ich habe es nicht erwähnt, tut mir leid«, fuhr er fort. »Sie haben mich doch nach einem Bus von *Transfrance* gefragt und gebeten, den Fahrer ausfindig zu machen? Kennen Sie den Ausdruck *missing link?* In der Evolutionsforschung sucht man nach fossilen Formen, die die Lücken … Pardon, Madame, ich komme vom Thema ab. Ich will sagen, dass wir mit dem Reisebus das *missing link,* also das noch fehlende Bindeglied gefunden haben. Jetzt wissen wir, wie Samira von Arles nach Toulon gelangt ist. Der Fahrer hat mir erzählt, dass ihn Samira auf dem Parkplatz angesprochen und gebeten hat, sie mitzunehmen. Das habe er selbstverständlich abgelehnt. Dann aber hätten sich die Senioren, die als Reisegruppe im Bus unterwegs waren, für Samira starkgemacht. Irgendwie sei es ihr gelungen, deren Mitleid zu erwecken. Schließlich sei sie bis nach Toulon mitgefahren. Unentgeltlich. Das dürften seine Chefs nicht wissen.

Schließlich sei sie auf der Straße nach Hyères ausgestiegen. Einfach so. Kurz vor einer Tankstelle. Sehr eigenartig sei das gewesen. Aber die Senioren hätten sich herzlich von ihr verabschiedet und ihr alles Gute gewünscht.«

Isabelle stellte fest, dass tatsächlich die letzte Lücke geschlossen war. Damit hatten sie Samiras Spur ohne Unterbrechung von Fragolin zurückverfolgt – bis zum Unfall ... und womöglich bis zum Steinbruch bei Les Baux. Nicht schlecht. Sie hatte in ihrem Berufsleben schon vieles gemacht, aber eine »Schnitzeljagd« seit ihrer Kindheit nicht mehr. Sie musste zugeben, dass sie sogar Spaß daran gefunden hatte. Aber spätestens mit dem Mord an Yanis Martinez war der Spaß vorbei.

25

Auf der Fahrt zu den *Carrières de Lumières* hatte der Motor ihres betagten Polizeiwagens plötzliche Aussetzer. Vor allem, wenn es bergauf ging. Dabei machte er ein Geräusch, als ob er rülpsen würde. Anschließend lief der Citroën wieder einwandfrei – bis zum nächsten Rülpser. Obwohl sich das lustig anhörte, fürchtete Isabelle, dass der Wagen jeden Moment seinen Geist aufgeben könnte. Aber irgendwie schleppten sie sich dann doch hinauf nach Les-Baux-de-Provence. Mit einer langen Kolonne hinter sich, denn die nachfolgenden Autos trauten sich nicht, einen Polizeiwagen zu überholen. Selbst wenn er immer langsamer wurde.

Sie folgte den Schildern zu den *Carrières de Lumières.* Der Parkplatz war belegt. Aber vor dem Eingang gab es eine Zone mit Halteverbot. Der Citroën schaffte es gerade noch bis dahin. Als sie das Gas wegnahm, ging er von selbst aus. Einen Blick in den Motorraum zu werfen, kam nicht infrage. Ein Polizeiwagen mit geöffneter Kühlerhaube wäre für die zahlreichen Touristen mit ihren allzeit bereiten Smartphones ein gefundenes Fressen. Sie hatte keine Lust, das Foto auf Instagram wiederzufinden.

Isabelle beschloss, dem Citroën erst mal eine Erholungspause zu gönnen. Zunächst würde sie das tun, weshalb sie hergekommen war: sich nämlich die Show *Van Gogh, la nuit étoilée* ansehen – und die Stelle suchen, wo laut Polizeiprotokoll Yanis Martinez erstochen wurde.

Auf ihrem *portable* erschien eine Textnachricht. Von Apolli-

naire. Kurz und knapp: »Fingerabdrücke auf Tatwaffe mit Youssef identisch. Gratuliere.«
So schnell hatte sie eine Bestätigung nicht erwartet. Aber sie kam gerade zur rechten Zeit. Noch vor dem Betreten des Steinbruchs, in dem es wahrscheinlich keinen Empfang gab. Jetzt konnte sie sich sicher sein, dass sich alles so oder so ähnlich zugetragen hatte, wie von ihr angenommen. Sie war keinem Hirngespinst aufgesessen. Youssef hatte Martinez erstochen. Definitiv. Und zwar unmittelbar hinter den mächtigen Bauxitwänden, vor denen sie soeben stand.
Nachdem sie Apollinaire eine kurze Antwort geschickt hatte, zahlte sie an der Kasse regulär Eintritt. Sie hätte auch ihren Polizeiausweis vorlegen können, aber sie wollte kein Aufsehen erregen. Dann ging sie nach links durch einen dunklen Gang und betrat die *Cathédrale d'Images* … und eine andere Welt. Die Welt des Malers Vincent van Gogh. Inszeniert mit gewaltigen Projektionen und begleitet von klassischer und moderner Musik. Ihre Augen mussten sich erst an die Lichtverhältnisse gewöhnen. Auch fiel anfangs die räumliche Orientierung schwer. Sie dachte, dass van Gogh seine ausdrucksstarken Bilder oft im Absinth-Rausch geschaffen hatte: Sonnenblumen, Schwertlilien, Sternennacht, Selbstbildnis mit Pelzmütze, Stuhl mit Pfeife, Mohnblumen … alles überdimensional groß … sich abwechselnd und ineinanderfließend … ein Rausch der Sinne.
Langsam ging sie durch die Halle. Sie bemühte sich, van Gogh auszublenden, was angesichts der Bilderflut nahezu unmöglich war. Doch war sie nicht seinetwegen hier, sondern aus Anlass eines Verbrechens. Eines Mordes, um genau zu sein. Sie lief nach hinten und suchte den Bereich, wo Martinez laut Polizeiprotokoll niedergestochen wurde. Über Steinblöcke ging es einige Meter hoch in eine Art Grotte. Dort schaute keiner hin, denn von den Projektionen der Show wurde sie ausgespart. Sie

stieg hinauf, ging ein Stück und verharrte dann. Sie versuchte, sich vorzustellen, wie Martinez hier gestanden hatte. Hatte er einen Rucksack bei sich gehabt? War er der Überbringer des Lösegelds? Dann stellte sie sich Youssef vor, wie er sich unauffällig von den Zuschauern löste, die in Zeitlupe hin und her liefen und nur als Silhouetten wahrnehmbar waren. Er stieg über die Steine und näherte sich Martinez. Was war dann passiert? Hatte ihm Martinez den Rucksack übergeben? Aber warum hätte ihn Youssef dann erstechen sollen? Das machte keinen Sinn. Allerdings kam man in solchen Situationen mit der Logik nicht unbedingt weiter. Das wusste sie. Lösegeldübergaben waren für alle Beteiligten Stress pur. Das war immer so – weshalb es dabei häufig zu unvorhersehbaren Zwischenfällen kam. Weil die Nerven blank lagen und kleinste Anlässe zu falschen Reaktionen führen konnten.

Isabelle blieb stehen und wartete, bis die Show vorbei war. Die Lichter gingen an. Erst jetzt waren die wahren Dimensionen des Steinbruchs erkennbar. Auch dass die hellen Bauxitwände mit ihren quaderförmigen Strukturen selbst ohne Projektionen ihren ästhetischen Reiz hatten. Isabelle sah auf den Boden und stellte fest, dass sie fast richtig stand. Nur wenige Meter entfernt von den Spuren einer Umrisszeichnung, die zwar weggewischt, aber immer noch erkennbar waren. Hier also hatte Martinez gelegen. Tot. Und Youssef? Er hätte genug Zeit gehabt, unauffällig mit den anderen Besuchern die Halle zu verlassen und draußen zu Samira ins wartende Auto zu steigen. Aber warum dann die plötzliche Eile? Die Erklärung lag auf der Hand: Martinez war nicht alleine gewesen. Kollegen seiner Detektei hatten die Verfolgung aufgenommen. Weshalb Samira schneller gefahren war, als es ihren Fähigkeiten entsprach …

Isabelle sah sich noch einmal um, dann verließ sie den »Tatort« und ging durch einen Seitenausgang in einen Innenhof, wo sie das *Café des Carrières* entdeckte. Sie fand einen freien Tisch und setzte sich in einen Korbstuhl. Nach all den Eindrücken des bisherigen Tages, nach all den Informationen und Spekulationen tat es gut, einfach mal zu pausieren. Um Apollinaire aus dem unerschöpflichen Fundus seiner Lebensweisheiten zu zitieren: In der Ruhe lag die Kraft!

Sie ging an die Bar und holte sich eine *noisette* und ein Glas Wasser. Ihr war aufgefallen, dass es am Eingang und auch hier im Hof einige Überwachungskameras gab. Lohnte es sich, die Aufzeichnungen anzuschauen? Laut Protokoll hatten das schon die Kollegen getan. Sie hatten nichts bemerkt. Nun, Youssef konnten sie beim Betreten oder Verlassen nicht erkennen, weil sie ihn nicht kannten. Sie selbst würde Youssef vielleicht identifizieren können, Apollinaire sogar ganz sicher. Aber sie brauchte keine Bestätigung für Youssefs Anwesenheit. Die Fingerabdrücke auf der Tatwaffe waren Beweis genug. Warum hatte er überhaupt welche hinterlassen? Die Erklärung war einfach: Weil er nicht geplant hatte, Martinez zu erstechen, sonst hätte er Handschuhe getragen. Oder das Messer wieder rausgezogen und mitgenommen. Also war die Tat im Affekt erfolgt … oder in Notwehr. Aber ganz sicher nicht mit Vorsatz.

Zurück zur Aufzeichnung der Überwachungskameras. Auf ihnen könnte zu sehen sein, dass Martinez die *Carrières* mit einem Rucksack betreten hatte. Und dass Youssef später mit ihm herausgekommen war. Das wäre dann doch interessant. Im Protokoll wurde kein Rucksack erwähnt, daran würde sie sich erinnern. Hatten die Kollegen übersehen, dass Martinez beim Betreten des Steinbruchs einen dabeihatte? Nicht zwingend, denn womöglich hatte den Rucksack ein Kollege mitgebracht und erst im Steinbruch an Martinez weitergereicht. Das Ganze sah sowieso nach einer Aktion aus, bei der ein Team im Einsatz war. Ein Team der Detektei ADP.

Isabelle nahm ihr Smartphone und suchte nach der Homepage der *Agence de détectives privés ADP.* Die bestand nur aus einer Seite. Sitz des Unternehmens war Marseille. Das wusste sie bereits. Als Dienstleistungen wurden angeboten: Observationen, Personenschutz, Personensuche, private Ermittlungen, verdeckte Operationen … *Professionnel, compétent et discret.* Als Geschäftsführer war ein gewisser Alphonse Pascal angegeben. Von ihm gab es ein Foto. Mit Hornbrille, Seitenscheitel und Krawatte. Sehr seriös. Aber der Eindruck konnte täuschen. Buchhalter führten keine Detektei. Jacqueline hatte versprochen, über seine Firma Erkundigungen einzuziehen. Sie war auf ihren Bericht gespannt.

Das Leistungsprofil auf der Homepage passte schon mal. Vor allem die »verdeckten Operationen«, worunter man viel verstehen konnte, sicher auch eine Lösegeldübergabe. Aber »professionell, kompetent und diskret« war die Aktion nicht über die Bühne gegangen. Der Tod eines Mitarbeiters sprach vehement dagegen.

Eine halbe Stunde später saß Isabelle immer noch im *Café des Carrières.* Sie wartete darauf, dass die Ausstellung geschlossen wurde, um als eine der Letzten zu gehen. Denn sie wollte möglichst wenig Zuschauer haben, falls ihr Polizeiauto nicht anspringen sollte. Oder sich beim Wegfahren anhörte wie ein rülpsender Esel. Etwas Zeit hatte sie noch. Sie schickte Rouven ein Foto, das sie im Steinbruch gemacht hatte. Mit der berühmten Sternennacht *La nuit étoilée.* Dazu schrieb sie: »*Carrières de Lumières.* Bin nicht wegen van Gogh hier, sondern wegen einer Leiche. Tut mir leid, wird also nichts mit Tel Aviv.«

Die Antwort ließ nicht lange auf sich warten. Allerdings schickte er keine Textnachricht. Rouven verachtete diese Art der Kommunikation und hielt sie für einen Niedergang der Kultur. Er bevorzugte das gesprochene Wort.

»*Bonjour, ma chère*«, begrüßte er sie am Telefon. »Schön, dass du dich mal wieder meldest. Was für eine Leiche? Gauguin?«
Isabelle lachte. »Als Rache dafür, dass er van Gogh ein Ohr abgeschnitten hat? Nein, ein armer Kerl, dem ein Messer zwischen die Rippen gerammt wurde.«
»Wie unschön. Ehrlich gesagt widerspricht dein Beruf meinen Moralvorstellungen und meinem ästhetischen Empfinden. Aber immerhin führt er dich zu einem Kunstgenuss in die *Carrières.* Van Gogh habe ich dort noch nicht gesehen, aber die Aufführung zuvor über Picasso. Die war großartig.«
»Bist du noch in Tel Aviv?«
»Bis morgen, dann geht's zurück nach Frankreich. Sehen wir uns?«
»Die nächsten Tage könnte es eng werden. Bin noch beschäftigt.«
»Was ich mit Bedauern zur Kenntnis nehme.« Rouven ließ sein tiefes Lachen hören, das sie so sehr mochte. »Aber wenn der Berg nicht zum Propheten kommt, muss der Prophet zum Berg kommen. Deshalb fahre ich Ende der Woche nach Fragolin.«
Isabelle war baff. Damit hätte sie nicht gerechnet. Weil sie aber gut im Kombinieren war, realisierte sie Sekunden später, dass nicht sie der Grund für seinen Besuch war. Schon deshalb, weil sie ein stilles Agreement hatten: Sie trafen sich im Zweifel überall, nur nicht in Fragolin. Aus Respekt vor ihrer Privatsphäre und um Konflikten aus dem Weg zu gehen. Früher diente die Vereinbarung dazu, Thierry nicht in die Quere zu kommen. Heute, da er tot war, machte die Regelung immer noch Sinn. Manche Probleme im Leben ließen sich vermeiden, wenn man Grenzen respektierte.
»Aber du kommst nicht wegen mir«, stellte sie fest. »Sondern, um dich mit Nicolas zu treffen. Stimmt's?«

»Dir kann man nichts vormachen. Du hast recht, mein bestelltes Bild ist fertig. Ich will es mir ansehen. Wäre schön, wenn wir zu dritt zum Mittagessen gehen könnten.«
Eine *ménage à trois,* auch wenn es nur eine kulinarische war? Wenn sie gerade auf etwas keine Lust hatte, dann darauf.
»Ja, wäre nett«, flunkerte sie. »Ich kann aber nicht versprechen, dass ich da sein werde.«
Eher könnte sie das Gegenteil versprechen, dachte sie. Lieber fuhr sie alleine zum Baden ans Meer. Aber wahrscheinlich war sie sowieso noch mit ihrem aktuellen Fall beschäftigt. Dann bedurfte es nicht einmal einer Notlüge.
»Wenn's nicht klappt, sehen wir uns hoffentlich danach. Ich bleibe einige Tage in Saint-Tropez.«
»Das werden wir hinbekommen, ich freue mich.«
Diesmal hatte sie die Wahrheit gesprochen. Sie freute sich tatsächlich.

26

Isabelle zögerte einen Moment, dann drehte sie den Zündschlüssel. Tatsächlich sprang der Citroën sofort an, damit hatte sie nicht gerechnet. Aber der Motor lief alles andere als rund. Sie gab im Leerlauf einige Male kräftig Gas. Was sich fürchterlich anhörte, aber keine Besserung brachte. Weil sich schon die ersten Menschen umdrehten und ihr mitleidige bis spöttische Blicke zuwarfen, legte sie den Gang ein und ließ vorsichtig die Kupplung kommen. Sie schaffte es, loszufahren, ohne den röchelnden Motor abzuwürgen. Doch war ihr klar, dass sie nicht weit kommen würde. Ganz sicher nicht bis nach Marseille, wo sie als Nächstes hinwollte, um diesem geschniegelten Alphonse Pascal auf den Zahn zu fühlen. Auf der Herfahrt hatte sie eine Tankstelle mit Werkstatt gesehen. Zu dem Zeitpunkt hatte ihr Polizeiwagen noch keine Schwächen erkennen lassen. Die Probleme hatten sich erst einige Kilometer später angekündigt. Sie hoffte, dass sie es bis dorthin schaffte. Und dass noch jemand in der Werkstatt war.

Theoretisch könnte sie bei der *Police nationale* in Toulon anrufen und sich ein Ersatzfahrzeug schicken lassen. Praktisch war das keine Option, denn wie es der Teufel wollte, würde Commandant Richeloin davon erfahren und sich sofort fragen, was die aufmüpfige Kommissarin aus Fragolin im Département des Bouches-du-Rhône zu suchen hatte. Ganz abgesehen von der Schadenfreude. Nein, diese Blöße würde sie sich nicht geben.

Im Rückspiegel sah sie, dass der Citroën eine immer größer werdende Rauchwolke hinter sich herzog. Mit Mühe schaffte sie es bis zur Tankstelle. Ihre Ankunft war wohl nicht zu überhören, denn aus der Werkstatt tauchte gleich ein dicker Mann in einer verschmierten blauen Arbeitsmontur auf. Auch der Tankwart machte sich auf den Weg. Fehlte nur noch, dass er einen Feuerlöscher mitbrachte.

Isabelle stieg aus und hob hilflos die Hände.

»*Voiture cassée*«, sagte sie lachend.

Die Feststellung, dass das Auto kaputt war, hätte sie sich eigentlich sparen können. Das war mehr als offensichtlich.

Der dicke Mechaniker grinste.

»Wo haben Sie denn diese Schrottmühle geklaut?«, fragte er. »Oder ist das etwa Ihr Polizeiwagen?«

Isabelle zeigte ihm ihren Ausweis.

»Ist leider meiner. Können Sie mal schauen, was dem Wagen fehlt?«

Er deutete auf die weiße Rauchwolke, die sich nur langsam auflöste.

»Zylinderkopfdichtung«, sagte er lapidar. »Da muss ich nicht lange schauen.« Er wischte seine Hand an einem ölverschmierten Lappen ab und hielt sie ihr hin. »Ich bin der Philippe«, stellte er sich vor. »Aber sicherheitshalber gucke ich mir den Motor gerne mal an. Würde mich wundern, wenn es was anderes ist.« Er lachte. »Am Reifendruck liegt es jedenfalls nicht.«

Scherzbold. Aber ein netter und hilfsbereiter Scherzbold.

Mit vereinten Kräften schoben sie das Auto in die Werkstatt. Der Tankwart bot ihr für die Zwischenzeit einen Kaffee an. Sie lehnte dankend ab. Schließlich hatte sie gerade in einem Café die Zeit mit mehreren *noisettes* überbrückt. Außerdem hatte neben der Garage ein Cabrio ihre Aufmerksamkeit geweckt.

»Wow, ein alter Ford Mustang«, stellte sie fest. »Aus den Sechzigerjahren, richtig?«

Der Tankwart freute sich über ihre Kennerschaft. »Modelljahr 68, V8«, ergänzte er.

Isabelle mochte amerikanische Oldtimer. Den Ford Mustang ganz besonders. Es war noch nicht so lange her, da hatte sie einen gefahren. Er hatte genauso ausgesehen wie dieser hier. Er hatte einem drogensüchtigen Kotzbrocken gehört, den sie halb nackt ans Bett gefesselt hatte. Danach hatte sie die Gendarmerie verständigt und sich mit seinem Mustang aus dem Staub gemacht – und dabei mit dem Gedanken gespielt, den Wagen zu behalten. Natürlich nicht wirklich, nur in ihren Tagträumen. Der Mustang hatte rote Sitze gehabt, so wie dieser, auch die Lackierung stimmte: schwarz wie die Nacht.

»Geile Karre«, sagte der Tankwart.

Diese Worte hatte sie schon mal gehört. Nun ja, für Fans lagen sie nahe.

Erst jetzt sah sie das Schild an der Windschutzscheibe: *À vendre.* Der Mustang stand zum Verkauf.

»Wo haben Sie den Wagen her?«, fragte sie.

»Von einem Rechtsanwalt. Der verkauft das Auto im Auftrag eines Klienten. Soviel ich weiß, sitzt der Fahrzeughalter im Gefängnis.«

Isabelle schüttelte ungläubig den Kopf. Das durfte doch nicht wahr sein …

»Kann ich mal die Fahrzeugpapiere sehen?«

»Stimmt was nicht mit dem Auto?«

»Doch, doch. Ich bin nur neugierig.«

»Habe ich im Büro, ich bin gleich zurück.«

Isabelle konnte nicht widerstehen und setzte sich in den Mustang. Wieder hatte sie den Tagtraum. So wie damals, als sie offen zur Plage de Gigaro gefahren war. Im Radio Countrymusic. Den Fahrtwind in den Haaren. Die salzige Luft auf den Lippen.

Sie öffnete das Handschuhfach und fand eine angebrochene Packung mit Kaugummis.

Ausgerechnet Kaugummis. Eigentlich brauchte sie keine Fahrzeugpapiere mehr. Das war eindeutig der Mustang von Serge Blanc-Guerin, einem Drogenhändler, Gewalttäter und Vergewaltiger, der ständig Kaugummi kaute. Sie hatte ihn hinter Gitter gebracht. Nun stand sein Mustang zum Verkauf. Kein Wunder, er würde längere Zeit keine Gelegenheit mehr haben, ihn zu fahren.

Der Tankwart kam zurück.

»Der Wagen gehört …«

»… einem gewissen Serge Blanc-Guerin, stimmt's?«

Er sah sie erstaunt an. »Richtig. Woher wissen Sie …?«

Sie strich mit der Hand über das Stoffverdeck.

»Ist etwas verschlissen, finden Sie nicht?«

»Ja, aber dicht.«

»Der Lack schaut auch nicht gut aus.«

»Das ist ja das Schöne dran. Ist noch die Originallackierung.«

»Und der Motor? Wie ist der technische Zustand des Fahrzeugs?«

Isabelle wunderte sich, dass sie danach fragte. Manchmal wusste sie selber nicht, was sie tat.

Der Tankwart lachte. »Unter Garantie besser als bei Ihrem Polizeiwagen. Nein, im Ernst. Philippe hat den Mustang komplett überholt. Der technische Zustand ist eins a.«

Isabelle warf einen Blick auf das Verkaufsschild. Auf ihm war auch der Preis vermerkt. Sie hatte keine Ahnung, was ein solcher Mustang wert war. Aber übertrieben teuer schien er ihr nicht.

»Braucht sicher wahnsinnig viel Sprit …«

»Viel zu viel, völlig unzeitgemäß. Eine ökologische Katastrophe. Doch mit einem umweltfreundlichen Elektromotor würde die Karre auch keinen Spaß machen.«

Isabelle dachte an ihre Fahrt mit Nicolas in seinem alten Jaguar. Die hatte sie zwar genossen, aber ein Jaguar war nicht ihre Welt.

Viel zu schick und edel. Aber ein alter Mustang war was anderes. Ihr fiel der Film *Bullitt* ein, mit Steve McQueen in der Hauptrolle und einer legendären Verfolgungsjagd mit einem Ford Mustang. Verglichen mit einem Jaguar, war der Mustang vulgär. Ein Spielzeug für harte Jungs. Isabelle lächelte. Oder für Frauen, die noch härter waren. Meinte sie sich gerade selbst?

Philippe kam aus der Werkstatt.

»Madame, ich habe zwei schlechte Nachrichten für Sie. Welche wollen Sie zuerst hören?«

Blöde Frage. Die Entscheidung musste er selber treffen. Sie machte eine auffordernde Handbewegung.

»*Alors*, es ist die Zylinderkopfdichtung, aber nicht nur. Fragt sich, ob eine Reparatur überhaupt Sinn macht. Vielleicht wäre ein Austauschmotor die bessere Lösung.«

»Und die zweite Nachricht?«

»Egal, ob Sie sich für eine Reparatur oder einen Austauschmotor entscheiden, müssten Sie das Fahrzeug mindestens eine Woche hierlassen. Sofern ich das machen soll. Aber wahrscheinlich hat die Polizei ihre eigenen Werkstätten? Da geht's allerdings auch nicht schneller, davon können Sie ausgehen.«

Philippe hatte recht. Bestimmt hatte die *Police nationale* in Toulon eine Vertragswerkstatt. Aber das half jetzt auch nichts. Sie brauchte möglichst schnell einen fahrbaren Untersatz. Sollte sie Apollinaire bitten, mit ihrem privaten Renault herzukommen? Alternativ könnte sie eben doch in Toulon ein Ersatzfahrzeug anfordern. Richeloin würde dafür sorgen, dass sie den schlechtesten Wagen aus dem Fuhrpark bekam.

Wie von selbst wanderte ihr Blick zum Mustang.

»Was meinen Sie, wäre das ein guter Kauf?«

Philippe nickte. »Ganz sicher wäre er das. Außen hat er zwar seine Macken, aber technisch ist er top. Warum fragen Sie?«

Ja, warum fragte sie? Weil sie gerade den Verstand verlor?

»Okay, dann kaufe ich ihn«, hörte sie sich sagen. »Natürlich privat, nicht für die Polizei.«
»Wirklich?« Der Mechaniker sah zwischen dem Mustang und Isabelle hin und her. »Madame, Sie machen den Eindruck einer toughen Frau. Ich finde, der Mustang und Sie passen gut zusammen.«
Hoffentlich, dachte sie, hatte sie weniger Gebrauchsspuren. So gesehen, war das gerade kein Kompliment. Oder doch? Erstens hatte ihr persönlicher Lack auch einige Kratzer abgekriegt, und zweitens kam es auf die inneren Stärken an.
»Es gibt nur ein Problem, ich will ihn gleich mitnehmen.«
»Zugelassen ist er. Aber wie machen wir das mit der Bezahlung? Sie könnten sich ja mit dem Auto aus dem Staub ...« Der Tankwart hüstelte. »Nein, könnten Sie nicht, Sie sind ja von der Polizei.«
»Rufen Sie den Rechtsanwalt an! Ich kläre das mit ihm. In der Zwischenzeit können Sie den Mustang schon mal volltanken.«
Spätestens jetzt war Isabelle zu der Überzeugung gelangt, dass sie nicht mehr zurechnungsfähig war. Andererseits hatte sie das Geld auf dem Konto. Warum also nicht? Sie bekam immer noch ihr früheres Gehalt. Das war viel zu hoch für eine einfache Kommissarin. In Fragolin war das Leben billig. Sie hatte keine Gelegenheit, ihr Geld auszugeben. Extravaganzen gönnte sie sich keine. Sie interessierte sich weder für Schmuck noch für teure Kleider. Vielleicht war sie also doch nicht verrückt – nur etwas spontan.
»Wollen Sie eine Probefahrt machen?«
»Nein, ich bin den Wagen schon mal gefahren, ich kenne ihn.«
»Aber nicht diesen ...«
»Doch, genau diesen. Und wenn Sie sagen, dass er technisch in Ordnung ist, glaube ich Ihnen das.«
Philippe deutete auf die Werkstatt. »Und was machen wir mit dem Polizeiwagen?«

»Morgen wird Sie mein Mitarbeiter anrufen, Sous-Brigadier Eustache. Bis dahin lassen Sie den Citroën bitte in der Garage. Muss ja nicht jeder sehen, dass hier ein Polizeiwagen gestrandet ist.«

Während sie mit Philippe sprach, hatte der Tankwart den Rechtsanwalt erreicht. Er gab Isabelle den Hörer.

Ihr war klar, dass es jetzt kein Zurück mehr gab. Ab jetzt würde sie privat das Auto eines tätowierten Drogendealers fahren. Und sich dabei vorkommen wie Steve McQueen in *Bullitt.* Nur hatte sie ein Cabrio. Aus ihrer Sicht war das noch besser.

27

Erst die überwältigende Bilderflut in den *Carrières de Lumières,* jetzt die Fahrt durch eine Platanenallee, wie man sie so nur in einem Auto bei offenem Verdeck genießen konnte. Dazu das tiefe Brummen des Achtzylinders … Der heutige Tag hielt für sie ein Übermaß an Sinneseindrücken bereit. Isabelle sah auf die Hände am Holzlenkrad mit den gelochten Speichen – und konnte nicht glauben, dass es die ihren waren. Ihr Blick schweifte über das Armaturenbrett mit den verchromten runden Instrumenten. Sie hörte auf den sonoren Motor, der sich anhörte wie ein Grizzlybär nach dem Winterschlaf. Was für ein Kontrast zu ihrem Polizei-Citroën, er könnte nicht größer sein. Sie kam sich vor wie in einem Film. Fragte sich nur, ob sie in den richtigen Film geraten war. Zweifel waren angebracht. Aber spielte das eine Rolle? War sie jemandem Rechenschaft schuldig? *Vivre le moment présent!* Lebe das Leben … Wie oft hatte Thierry dies gepredigt?

Ob Yanis Martinez sein Leben gelebt hatte? Zu wünschen war es ihm, denn jetzt hatte er keine Gelegenheit mehr dazu. Mit vierunddreißig Jahren war es von einem Augenblick auf den anderen zu Ende gegangen. Mit einem Messer in der Brust. Ihr fiel der Mühlenbesitzer Frédéric Moreau ein. Der Mann hatte sein Leben gewiss gelebt, auf seine Art – die ihr wahrscheinlich nicht gefiel. Aber von seinem Auftreten auf seine Persönlichkeit zu schließen, wäre zu einfach. Wirklich? Nein, sie glaubte, dass sie mit ihrer Beurteilung nicht so falschlag. Moreau war ein überheblicher neureicher Choleriker. Was nicht bedeutete, dass er ein

schlechter Mensch war. Aber einer, dem schnell die Galle überlief. Woraus sich spezifische Risiken ergaben – vor allem in Konfliktsituationen. Was Isabelle zu seinem Sturz vom Baugerüst brachte. Natürlich war vorstellbar, dass er sich in schwindelnder Höhe über einen handwerklichen Fehler fürchterlich aufgeregt und dabei das Gleichgewicht verloren hatte. Das würde zu seinem Wesen passen. Aber mindestens ebenso wahrscheinlich war, dass es Menschen gab, die ihm nicht wohlgesinnt waren. Das war keine allzu kühne Hypothese. Auch war der Gedanke nicht weit hergeholt, dass jemand ein Motiv hatte, ihn umzubringen.
Isabelle suchte nach der Freisprechanlage – und musste schmunzeln. Die fehlte im alten Mustang natürlich genauso wie Blaulicht und Sirene. Auch könnte sie sich ab jetzt nicht mehr erlauben, im Halteverbot zu parken. Und sie würde eine Anzeige riskieren, wenn sie mit dem *portable* telefonierte. Dennoch wählte sie Apollinaires Nummer. Das ging ganz entspannt, denn der Mustang hatte Automatik, und die Servolenkung ließ sich mit einem Finger steuern. Jedenfalls im gegenwärtigen Cruising-Tempo. Bei schnelleren Fahrten bockte er wahrscheinlich wie ein wilder Mustang beim Rodeo. Noch hatte sie das nicht ausprobiert.
»Madame, ich habe Ihren Anruf sehnlichst erwartet«, begrüßte er sie.
Das war zwar nett, aber unsinnig. Wie konnte er ihren Anruf sehnlichst erwarten?
»Ich Ihren auch«, konterte sie.
»Wie bitte? Ach so, ich hätte Sie natürlich selbst anrufen können, da haben Sie recht. Warum wollten Sie mich sprechen?«
Isabelle lächelte. Der Mustang hatte eine beruhigende Wirkung auf sie. Es gelang ihr, sich zu amüsieren und entspannt zu reagieren.
»Ich wollte Sie fragen, warum Sie meinen Anruf sehnlichst erwarten?«

Diese ihre Frage war gaga. Ob Apollinaire darauf einstieg?
»Das kann doch nicht sein ...« Apollinaire räusperte sich. »Nehmen Sie mich gerade auf den Arm? Übrigens, was ist das für ein komisches Geräusch bei Ihnen? Befinden Sie sich auf einem Fischkutter?«
Ihren Mustang mit einem Fischkutter zu verwechseln, war eine bodenlose Unverschämtheit. Weder wurde sie von kreischenden Möwen umkreist, noch klang ihr V8 wie ein Schiffsdiesel. Jetzt hatte es Apollinaire wohl auch schon an den Ohren.
»Apollinaire, warum wollten Sie mich sprechen?«, beendete sie die Posse mit energischem Unterton.
»Ja, natürlich, bitte entschuldigen Sie. Erstens wollte ich Ihnen mitteilen, dass auf die Detektei ADP mit Sitz in Marseille tatsächlich gleich mehrere schwarze Mercedes-Limousinen zugelassen sind. Eine davon war jene, die Samira und Youssef verfolgt hat.«
»Woher wollen Sie das wissen?«
»Ich vergaß zu erwähnen, dass die Verfolger von einer stationären Radarfalle geblitzt wurden. Der Verdacht lag aufgrund der von Ihnen geschilderten Streckenführung nahe. Im Internet gibt es ja eine Übersicht ... Na egal, jedenfalls passt das fotografierte Kennzeichen zu einem der auf ADP zugelassenen Fahrzeuge. Die können sich schon mal auf ein gesalzenes Bußgeld freuen.«
Genie und Wahnsinn. Oft hatte Apollinaire wirklich gute Einfälle, dann wieder stand er auf dem Schlauch, ohne es überhaupt zu merken.
»Das haben Sie gut gemacht, mein lieber Apollinaire«, lobte sie ihn. »*Merci,* Madame.«
»Das war erstens, und zweitens?«
»Zweitens hat die Gendarmerie in Saint-Martin-de-Crau die Fingerabdrücke übermittelt, um die Sie gebeten haben.«
»So schnell?«

»Ja, das hat mich auch überrascht. Mein Weltbild gerät ins Wanken.«
»Mit welchem Ergebnis?«, unterbrach sie ihn, einen längeren Exkurs befürchtend.
»Ähm, natürlich. Die Fingerabdrücke aus dem Unfallauto stammen von Youssef. *Quod erat demonstrandum.* Was zu beweisen war.«
Tatsächlich passte alles zusammen und ergab ein lückenloses Bild, dachte Isabelle. Mit einem kleinen Schönheitsfehler: Auf dem imaginären Bild in ihrem Kopf war nicht zu erkennen, worum es eigentlich ging. Was hinter alldem steckte. Aber das würde sie herausfinden.
»Gibt es noch ein drittens?«, fragte sie.
»Nein, nicht, dass ich wüsste. Abgesehen davon, dass die Gendarmerie beim Todesfall Moreau keine Fortschritte macht und weiterhin von einem tragischen Unglück ausgeht.«
»Glauben Sie das?«
»Madame, was hilft mir der Glauben? Gewissheit ist es, wonach ich strebe.«
Das hörte sich an wie bei Shakespeare, dachte Isabelle.
»Wenn das so ist, dann könnten Sie ja doch mal einige diskrete Recherchen anstellen. Sie könnten herausfinden, ob Moreau im Clinch mit Zulieferern lag. Zum Beispiel hat er sich über die fehlerhaften Fliesen von *carreau et céramique* aufgeregt, das haben wir ja mitbekommen. Während die Fensterrahmen von *Lambert et fils* offenbar in Ordnung waren.«
»Im Clinch mit einem Zulieferer? Sie meinen …?«
»Ich meine nichts. Aber in Ihrem Streben nach Gewissheit …«
»Ich verstehe. Ich höre mich mal um. Und wie geht es bei Ihnen weiter? Was steht als Nächstes auf der Agenda?«
»Ich bin unterwegs nach Marseille und werde dort dieser Detektei auf den Zahn fühlen. Ich will wissen, was gespielt wird.«

»Ich wünsche Ihnen viel Erfolg. Wie kann ich dabei dienlich sein?«

»Vorläufig gar nicht. Aber Sie könnten sich um unser Polizeiauto kümmern. Der Motor hat seinen Geist aufgegeben. Der Citroën steht in einer Werkstatt. Bitte rufen Sie dort an und besprechen mit einem gewissen Philippe die weitere Vorgehensweise. Soll der Wagen dort repariert werden? Welche Kostenstelle wäre dafür zuständig? Oder muss er nach Toulon abgeschleppt werden? Bitte klären Sie das. Mit Einsatzfahrzeugen der *Police nationale* kenne ich mich nun wirklich nicht aus.«

Jedenfalls nicht mit Streifenwagen, ergänzte sie in Gedanken. Schon eher mit Hubschraubern oder mit fahrenden Robotern zur Bombenentschärfung.

»Verstehe ich Sie richtig, unser Citroën ist kaputt und steht in einer Werkstatt? Wenn dem so ist, wie kommen Sie dann nach Marseille?«

»Mit meinem Privatwagen.«

»Mit Ihrem Renault? Madame, da täuschen Sie sich. Ihr Auto steht auf dem Parkplatz vor dem Rathaus. Ich kann den Renault von hier sehen.«

»Wer sagt, dass ich nicht noch ein Auto habe?«

»Madame, davon wüsste ich doch.«

Isabelle lachte. »Na, offenbar nicht.«

»Mon Dieu, deux voitures? C'est incroyable.«

»Sie haben recht, zwei Autos sind Luxus. Den Renault werde ich verkaufen.«

»Verkaufen, den Renault, ich verstehe …«

Natürlich verstand er nichts. Konnte er auch nicht. Genau genommen verstand sie es ja selber nicht.

28

Sie hatte die Straße über Aix-en-Provence gewählt, mit der Absicht, dort zu übernachten. Das war zwar ein kleiner Umweg, aber ihr war eingefallen, dass dort der Maler sein Atelier hatte, der für das Rathaus in Fragolin Thierrys Porträt auf die Leinwand bannte. Bevor sie morgen früh weiterfuhr, wollte sie ihn besuchen und seine Arbeit in Augenschein nehmen. Es war ihr wichtig, dass das Bild Thierrys Persönlichkeit widerspiegelte. Und sie glaubte, dies besser beurteilen zu können als jeder andere. Im Stadtteil Mazarin hatte sie ein Zimmer reserviert, das zwar für eine Nacht und für sie allein viel zu luxuriös war, aber das Hotel verfügte über eigene Parkplätze. Und zum Cours Mirabeau wie auch zum Atelier des Porträtmalers waren es zu Fuß nur wenige Minuten.

Isabelle schloss beim Mustang das Verdeck und prüfte mehrfach, ob der Wagen auch wirklich verriegelt war. Dabei war es mehr als unwahrscheinlich, dass jemand das Auto klauen würde. Der schwarze Mustang war ein halbes Jahrhundert alt und viel zu auffällig, außerdem würden andere Autos in der Nähe wesentlich höhere Preise erzielen. Aber wie das so ist mit neuen »Spielzeugen«, man wollte sie nicht gleich wieder verlieren – und abgesehen davon war der Mustang noch gar nicht bezahlt.

Auf dem Hotelzimmer angekommen, ging sie erst mal unter die Dusche. Eine halbe Ewigkeit ließ sie sich das Wasser auf den Kopf prasseln. Regungslos und mit geschlossenen Augen. Dabei ging ihr vieles durch den Kopf – obwohl sie versuchte, an nichts zu denken. Beim Abtrocknen hörte sie ihr Handy klin-

geln. Auf dem Display sah sie, dass es Balancourt war. Weil keine Kamera aktiviert war, konnte sie seinen Anruf auch nackt entgegennehmen.
»*Hallo, chérie*«, begrüßte er sie. »Störe ich?«
Das fragte er sonst nie. Konnte er sie vielleicht doch sehen? Zuzutrauen wäre es ihm. Die *Police nationale* war gut darin, Smartphones zu manipulieren. Noch dazu hatte sie ihren Apparat von der Pariser Zentrale. Aber natürlich würde er es in ihrem Fall nicht tun. Und wenn doch, war es egal. Maurice Balancourt war weit jenseits der üblichen Pensionsgrenze. Nur traute sich keiner, ihn in den Ruhestand zu schicken.
»Ich komme gerade aus der Dusche«, sagte sie wahrheitsgemäß, »außerdem störst du nie, das weißt du doch.«
Balancourt lachte heiser. »Das wollte ich nur hören. Wurde außerdem Zeit, dass wir mal wieder miteinander reden. Ich habe mir schon Sorgen gemacht.«
»Sorgen? Warum denn das?«
»Dass es dir langweilig werden könnte. So ohne Leichen …«
Balancourt unterbrach sich. Wahrscheinlich war ihm eingefallen, dass ihre letzte Leiche Thierry war. Sie könnte seine Bemerkung womöglich als pietätlos empfinden. Andererseits wusste er, dass sie nicht zartbesaitet war.
»Aber mit diesem Toten im Steinbruch«, fuhr er fort, »bist du ja wieder im Geschäft. Das freut mich. Leider war Jacqueline nicht in der Lage, mir zu erklären, warum du dich mit diesem Fall beschäftigst.«
Sie musste lächeln. Balancourt spielte gerne den Allwissenden. Es wurmte ihn, dass er sich ihr Interesse nicht erklären konnte.
»Das konnte sie nicht, weil ich ihr nichts erzählt habe«, nahm sie ihre Freundin in Schutz.
»Du hast dir die Fingerabdrücke vom Messer schicken lassen. Ergo hast du eine Spur. Führt sie nach Fragolin?«

Gut kombiniert, überlegte sie. Aber nicht wirklich richtig. Denn genau genommen führte die Spur von Fragolin weg. Sollte sie ihn noch etwas auf die Folter spannen? Nein, das wäre nicht gut für seinen Blutdruck.

»Ich weiß, wer den Mann erstochen hat«, antwortete sie deshalb. »Ist aber niemand aus Fragolin.«

»*Chérie,* du überraschst mich immer wieder. Jetzt klärst du sogar schon Fälle auf, von denen ich gar nicht weiß, dass es sie überhaupt gibt.«

Na klar, dachte sie, ein Tötungsdelikt in einem abgelegenen Steinbruch schaffte es nicht bis in die oberste Etage der *Police nationale.* »Aufgeklärt habe ich den Fall noch nicht«, schränkte sie ein. »Vom Täter kenne ich nur den Vornamen, und die Hintergründe sind mir auch noch nicht klar.«

»Ich gebe dir achtundvierzig Stunden.«

»Bist du verrückt?«, rutschte ihr heraus. Sie durfte sich diese spontane Reaktion erlauben. Nur sie. Balancourt zu unterstellen, er wäre verrückt, wagte sonst niemand.

»War ein Scherz, *chérie.* Ich weiß ja gar nicht, worum es geht. Nur, dass du dich für diese *Agence de détectives privés ADP* in Marseille interessierst, bei der das Mordopfer angestellt war. Das finde ich spannend. Die Detektei wird von Alphonse Pascal geleitet, der hat mal für uns gearbeitet. Ein inkompetenter, aufgeblasener Gockel. Ich habe ihn rausgeworfen.«

Ups, das war ja nun wirklich ein Kracher. Balancourt hatte Pascal auf die Straße gesetzt?

»Soll ich dir erzählen, wie ich auf den Mord im Steinbruch gekommen bin«, fragte sie, »wie die ADP dabei ins Spiel kommt und wie der Stand meiner Ermittlungen ist?« Sie machte eine kurze Pause. »Oder willst du warten, bis ich alle Fakten beieinanderhabe?«

Das war gemein. Denn natürlich würde er nicht warten wollen. Keine Minute.

»Du weißt, wie sehr ich Fakten liebe«, spielte er lässig seine Neugier herunter, »aber an einem kurzen Zwischenbericht wäre ich interessiert.«

»Also, angefangen hat es mit einer Frau, die Apollinaire vors Auto gelaufen ist …«, begann Isabelle ihren Bericht. Dann erzählte sie ihm die ganze Geschichte. In Stichworten, so wie er es mochte, aber ohne Wesentliches auszusparen. Bis hin zu ihrer Schlussfolgerung, dass es sich in den *Carrières de Lumières* um eine Lösegeldübergabe gehandelt habe. Und dass die ADP dabei ihre Finger im Spiel gehabt habe.

Als sie fertig war, hörte sie Balancourt die Luft durch die Zähne ziehen. »Sieht ganz so aus, als ob Pascal wieder mal Mist gebaut hätte«, stellte er fest. »Und Martinez hat dafür mit seinem Leben bezahlen müssen.«

Isabelle überlegte, dass sie ganz so weit nicht gehen würde. Noch nicht. Denn ebenso war es möglich, dass Martinez selbst den entscheidenden Fehler gemacht hat. Oder Youssef hatte schlicht und einfach die Nerven verloren. Wahrscheinlich kam alles zusammen, schlechte Planung durch Pascal sowie mit Martinez und Youssef zwei Akteure, die sich nicht an die Spielregeln hielten. Eine tödliche Kombination.

»Ich fahre morgen früh nach Marseille und werde mich mit Pascal unterhalten«, sagte sie. »Laut seiner Sekretärin ist er im Büro.«

»Aber einen Termin hast du nicht gemacht, oder?«

»Nein, ich will ihn überraschen.«

»Verstehe ich, aber ich würde ihm zuvor gerne eine schlaflose Nacht bereiten.«

»Wie soll das gehen?«

»Indem ich Jacqueline bitte, deinen Besuch anzukündigen. Mit schönen Grüßen von mir. Ohne Angabe von Gründen. Das sollte genügen.«

»Ich weiß nicht, ob das eine gute Idee ist.«

Sie meinte es so, wie sie es sagte.
»Doch, doch. Das ist sogar eine hervorragende Idee.«
»Ist Jacqueline überhaupt noch da? Ist ja schon spät.«
»Ja, leider. Wir haben eine dumme Sache an der Backe. Auf dem Schwarzmarkt wird eine Panzerabwehrrakete zum Kauf angeboten. Aber wir wissen nicht, wo und von wem. Das ist sehr beunruhigend.«
Eine Panzerabwehrrakete? Das war wirklich *sehr beunruhigend* und erinnerte sie an ihren früheren Job.
»Dann lass den Anruf bei Pascal doch bitte sein, es gibt offenbar Wichtigeres.«
»O ja, das gibt es. Aber gönne mir doch den kleinen Spaß.«
»Er wird nicht mehr im Büro sein«, brachte sie einen praktischen Einwand.
»Egal, wir haben all seine Handynummern, auch die geheimen. Jacqueline wird ihn erreichen, ganz sicher. Und bitte …«
»Ja?«
»Sei nicht zu nett zu ihm.«

Eine halbe Stunde später führte Isabelle ein weiteres Gespräch. Diesmal war sie selbst die Anruferin. Fast hatte sie ein schlechtes Gewissen, dass sie sich seit gestern nicht mehr bei Nicolas gemeldet hatte. Aber nicht wirklich, denn es konnte nicht schaden, sich rarzumachen. Außerdem war Nicolas ein entspannter Typ. Das mochte sie an ihm. Witzigerweise war er in diesem Punkt Rouven ähnlich. Der nahm die Dinge auch so, wie sie kamen, ohne sich groß aufzuregen.
Nicolas nahm nicht gleich ab. Vielleicht musste er im Atelier erst von seiner Leiter klettern? Sie ließ es lange läuten …
Seine Begrüßung war herzlich. Ob sie noch in Arles sei, fragte er. Und ob sich der Ausflug gelohnt habe.
Nein, nicht mehr in Arles, antwortete sie. Gerade sei sie in Aix-

en-Provence, und morgen müsse sie nach Marseille. Und um seine zweite Frage zu beantworten: Ja, der Trip habe sich gelohnt. Sie komme voran. Aber der Fall halte sie wohl noch eine Weile auf Trab, weshalb sie sich leider nicht sehen könnten.

»Habe ich das richtig verstanden? Du fährst morgen nach Marseille? Das passt gut, mein Steuerberater sitzt in Marseille und nervt mich seit Tagen, dass er mich dringend sehen müsse. Ich kann ihn ja morgen besuchen. Danach könnten wir uns treffen. Was hältst du von dieser Idee?«

Das war ein netter Vorschlag, vor allem war er spontan. Trotzdem war er unsinnig. Sie fuhr nicht zum Vergnügen nach Marseille. Sie wollte sich voll auf ihre Arbeit konzentrieren und diesen Alphonse Pascal in die Mangel nehmen. Isabelle hatte diesen Gedanken noch nicht zu Ende geführt, da musste sie lächeln. Als ob sie nicht zwei Dinge gleichzeitig machen könnte, na ja, vielleicht nicht gleichzeitig, aber nacheinander. Multitasking war eine spezifisch weibliche Fähigkeit.

»Ich kann nicht versprechen, ob und wie lange ich Zeit habe«, antwortete sie. »Aber die Idee ist nicht schlecht, wir können es ja versuchen.«

»*Très bien,* dann versuchen wir es. Für meinen XK ist die Strecke zu weit, ich komme mit dem Zug. Vielleicht können wir über Nacht bleiben …«

Sie hätte nicht gedacht, dass er so vorausschauend war.

»… und gemeinsam abendessen«, fuhr er fort. »Ich kenne in Marseille ein exzellentes Fischlokal.«

Abendessen? Ach so, warum nicht?

»Hängt von meinem Termin ab«, antwortete sie. »Falls ich nicht gleich weitermuss, spricht wenig dagegen.«

»Ich reserviere schon mal einen Tisch.«

Ein Hotelzimmer wäre wichtiger, dachte sie. Aber darum könnte *sie* sich ja kümmern. Selbst ist die Frau.

29

Am nächsten Morgen war sie ausgeschlafen und voller Tatendrang. Sie freute sich auf die Fahrt mit ihrem offenen Mustang nach Marseille. Und sie sah gespannt dem Treffen mit Alphonse Pascal entgegen, der sie laut Textnachricht von Jacqueline um elf Uhr erwartete. Balancourt hatte also seinen Einfall in die Tat umgesetzt und ihren Besuch angekündigt. Bald würde sie wissen, ob diese Idee hilfreich war. Oder ob er ihr damit Knüppel zwischen die Beine geworfen hatte.
Sie vermutete, dass es zu früh war, den Maler aufzusuchen, der an Thierrys Porträt für das Rathaus arbeitete. Gestern Abend war es zu spät gewesen, da war er nicht ans Telefon gegangen. Dennoch wählte sie seine Nummer … und zu ihrer Überraschung ging er ran. Es sei ein Klischee, sagte er, dass Künstler grundsätzlich lange schliefen. Er persönlich sei eine Lerche, keine Eule. Außerdem sei das Licht in den Morgenstunden am besten. Das habe schon Cézanne gewusst. Sie könne gerne auf einen Sprung bei ihm vorbeischauen. Thierrys Bild sei so gut wie fertig – und da er wisse, dass sie ihn gut gekannt habe, sei er auf ihr Urteil gespannt.
Isabelle nahm ein schnelles Frühstück, dann lief sie die kurze Strecke zu seinem Atelier. Paul machte auf und ließ sie herein. Er hatte nicht nur denselben Vornamen wie Cézanne, der die meiste Zeit seines Lebens in Aix-en-Provence verbracht hatte, mit seinem Vollbart und einem Strohhut auf dem Kopf glich er auch einem seiner Selbstporträts.
Paul machte nicht lange herum und präsentierte ihr auf einer Staffelei das Bild. Fast andächtig blieb sie vor dem Porträt ste-

hen. Thierry blickte sie ernst an, eines Bürgermeisters würdig. Und doch umspielte seine Lippen ein amüsiertes Lächeln. Das hatte Paul gut getroffen. Denn Thierry war einer, der sich in fast allen Situationen die südfranzösische Leichtigkeit des Seins bewahrt hatte. Paul stand neben ihr und sah Isabelle von der Seite an. Ob sie Thierry in dem Bild wiederfinde, fragte er. Damit meine er nicht die äußere Ähnlichkeit, die sei selbstverständlich, vielmehr müsse ein Porträt immer auch die Seele eines Menschen zum Ausdruck bringen und seinen Charakter. Das sei die hohe Kunst der Malerei. Sonst könne man ja ein billiges Passfoto aus einem Automaten nehmen und einfach vergrößern.

Isabelle nickte und machte ihm ein Kompliment. Sogar den Ausdruck der Augen habe er gut hinbekommen, fast schon verstörend gut. Ob er Thierry persönlich gekannt habe, fragte sie. Natürlich, antwortete Paul, sonst hätte er den Auftrag nicht angenommen. Er sei mit Thierry zur Schule gegangen. Lange sei das her, sehr lange. Danach hätten sich ihre Wege getrennt, und sie hätten sich nur noch selten gesehen. Was er im Nachhinein sehr bedaure. Thierry sei ein besonderer Mensch gewesen. Aber das wisse sie selber wohl am besten.

Ja, das wusste sie. Auch wenn ihre Beziehung zu diesem »besonderen Menschen« am Ende irreparablen Schaden genommen hatte. Weil eben auch ein Thierry zwei Gesichter hatte. Lange hatte sie nur jenes gekannt, das auf Pauls Porträt zu sehen war. Und nur dieses wollte sie in Erinnerung behalten.

Dass der Maler ein Schulfreund gewesen war, hatte sie nicht gewusst. Am liebsten würde sie ihn später zum Mittagessen einladen und sich mit ihm über Thierry unterhalten. Aber ihr Zeitplan ließ das nicht zu. In Marseille hatte sie einen Termin mit einem »inkompetenten, aufgeblasenen Gockel«. Den durfte sie nicht verpassen. Einer spontanen Regung folgend, umarmte sie den Maler zum Abschied. Es rührte sie, dass er Thierry so gut getroffen hatte.

Auf der Fahrt nach Marseille fiel es ihr schwer, sich auf das bevorstehende Treffen mit Alphonse Pascal zu konzentrieren. Sie hatte das Verdeck geöffnet und erhoffte sich vom Fahrtwind einen kühleren Kopf. Doch es dauerte, aus ihren Erinnerungen in die Gegenwart zurückzufinden. Schließlich waren es zwei Textnachrichten, die sie wieder im Hier und Jetzt landen ließen. Zum Ersten teilte ihr Nicolas seine Ankunftszeit am Bahnhof von Marseille mit. Je nachdem, wie lange ihr Termin bei Pascal dauerte, würde sie ihn sogar abholen können. Mit diesem Auto? Er würde aus allen Wolken fallen. Zum Zweiten erhielt sie eine Nachricht von Jacqueline, in der sie ihr mitteilte, dass die ADP einen Parkplatz für sie reserviert habe. An der *Canabière*, wo die Detektei ihren Sitz habe, sei es sonst aussichtslos, ein Auto abzustellen. Die Terminvereinbarung erfüllte zumindest unter diesem Aspekt seinen Zweck, dachte Isabelle. Sie kannte die Hauptverkehrsstraße im Anschluss des *Vieux Port*. Einst galt sie als Prachtmeile von Marseille, heute war sie nur noch turbulent.

Isabelle näherte sich auf der A7 dem Zentrum und bog dann rechts ab Richtung Meer. Von Weitem schon konnte sie das spektakuläre Hochhaus der Stararchitektin Zaha Hadid sehen. Vorbei ging es an den *Terrasses du Port*, schließlich unterhalb des modernen Kulturmuseums MuCem und des Fort Saint-Jean über den Quai du Port am alten Hafen entlang. Links reihten sich Brasserien und Cafés, rechts lag ein Boot neben dem anderen. Sie mochte diese maritime Atmosphäre. Hier schlug noch immer das Herz der alten Hafenstadt – nicht nur für Touristen.

Was hatte Jacqueline geschrieben? Sie solle sich an den Galeries Lafayette orientieren und dort in eine Seitengasse fahren, wo ein Mitarbeiter der ADP sie gegen elf Uhr erwarte.

Isabelle brachte das Kunststück fertig, fast auf die Minute pünktlich am Ziel einzutreffen. Dass sie richtig war, erkannte sie schon daran, dass in einer Ausbuchtung drei schwarze

Mercedes-Limousinen mit dunkel getönten Scheiben geparkt waren. Dazwischen eine Lücke, die von einem jungen Mann frei gehalten wurde, der dort Position bezogen hatte. Na bitte, der Service schien zu funktionieren. Sie fuhr auf ihn zu, woraufhin er – ohne einen Schritt zur Seite zu weichen – heftig mit den Armen zu rudern begann. Er vermittelte den Eindruck, dass er den Parkplatz mit seinem Leben verteidigen würde. Einen knappen Meter vor ihm blieb sie stehen. Sie widerstand der Versuchung zu hupen. Was zwar verlockend gewesen wäre, denn sie hatte die Hupe des Mustangs noch nicht ausprobiert. Aber sie wollte dem armen Kerl keinen Schrecken einjagen. Er war schon so aufgeregt genug. Er stürzte zu ihr ans Auto und herrschte sie an, sofort wegzufahren. Dieser Platz sei für ein Fahrzeug der *Police nationale* reserviert. Isabelle schenkte ihm ein freundliches Lächeln und klopfte aufs Lenkrad. Dies sei das besagte Fahrzeug der *Police nationale,* eröffnete sie ihm … er riss die Augen auf … weshalb sie ihm für seine Dienste danke.

»Non, non«, protestierte er. Er lasse sich von ihr nicht für blöd verkaufen. Ein alter Ami-Schlitten sei kein französisches Polizeiauto. Er könne ihr keinesfalls gestatten …

Das Geplänkel war zwar amüsant, aber sie hatte Wichtigeres zu tun. Also hielt sie ihm wortlos ihren Polizeiausweis unter die Nase.

Ungläubig starrte er den Ausweis an, blickte dann verwirrt zwischen ihr und dem vor sich hin bollernden Mustang hin und her, um schließlich zu salutieren, was denn doch übertrieben war, eine Entschuldigung zu haspeln und sie gestenreich in die zugegeben recht enge Lücke einzuweisen. Isabelle schaltete den Motor ab – und stieg der Einfachheit halber aus dem Auto, ohne die Tür zu öffnen. Ein Vorzug des Cabrios, den sie bislang noch nicht in Betracht gezogen hatte.

Beflissen eilte der ADP-Mitarbeiter, als solcher hatte er sich mittlerweile vorgestellt, vorneweg, um ihr den Weg zu den Büros zu zeigen. Der Chef erwarte sie bereits. Nun gut, dann konnte es ja losgehen.

Im zweiten Stock wurde sie von einer Rezeptionistin begrüßt, die zwar freundlich war, sich aber dennoch ihren Polizeiausweis zeigen ließ, diesen genau in Augenschein nahm und schließlich auf einen Scanner legte. Isabelle war damit nicht wirklich einverstanden, aber sie wollte nicht gleich einen Streit vom Zaun brechen. Auf einem Monitor sah sie, dass die Parkplätze von einer Kamera überwacht wurden. Ganz offensichtlich hatte ihr Auto auch hier oben zu Irritationen geführt. Es passte einfach nicht zum Auftritt einer Kommissarin der *Police nationale*, die zudem auch selber nicht ins Bild passte. Isabelle musste lächeln. Der alte Mustang unterstrich ihr unkonventionelles Auftreten und verlieh ihr eine unseriöse, leicht verruchte Aura. Das gefiel ihr. Schon deshalb hatte sie mit dem Kauf keinen Fehler gemacht. Sollten die Menschen sie nur falsch einschätzen … Falsch? Ihr Lächeln verstärkte sich. Unseriös war sie nicht, in keiner Sekunde ihres Lebens, aber ein wenig *verrucht* – nun, da könnte sogar was dran sein.
Eine Tür öffnete sich, und Alphonse Pascal eilte auf sie zu. Sie erkannte ihn sofort, er sah genauso geschniegelt aus wie auf dem Foto im Internet.
»Madame le Commissaire, ich freue mich, Sie kennenzulernen …«
Mit dieser Begrüßung, dachte Isabelle, hatte er das Kunststück fertiggebracht, gleich im ersten Satz die Unwahrheit zu sagen.
»Schön, dass Sie für mich Zeit haben«, gab sie zur Antwort.
»Ist doch selbstverständlich. Würden Sie mir bitte in unser Besprechungszimmer folgen.«

Er stolzierte vorneweg wie ein eitler Pfau – nur konnte er mit seinen Federn kein Rad schlagen.

Das Besprechungszimmer war alles andere als ein *Zimmer*, sondern ein überaus repräsentativer und gestylter Raum, mit moderner Kunst an den Wänden und einem riesigen Konferenztisch. Bei der Polizei in Paris gab es nichts Vergleichbares. In dieser Hinsicht hatte sich Pascal nach seinem Rauswurf also deutlich gesteigert.

Um sie zu beeindrucken, hatte er noch einen Showeffekt vorbereitet. Mit einer Fernsteuerung wurden die gerade noch transparenten Fensterscheiben matt und undurchsichtig.

»Um uns vor neugierigen Blicken zu schützen«, erklärte er. »Die neueste Technik …«

»Kenne ich von Toiletten«, sagte sie gelangweilt. »Da gibt's das schon lange.«

Wie selbstverständlich setzte sie sich in den Sessel am Kopfende des Tisches. Eine kleine, gemeine Provokation, denn ganz sicher war das sein Platz.

Ihm war anzusehen, dass er protestieren wollte. Aber er unterdrückte den Reflex.

»Madame Bonnet«, sagte er, »was führt Sie zu mir? Ihr Besuch wurde mir ja von höchster Stelle angekündigt. Der gute alte Balancourt …« Pascal lachte, aber nicht wirklich locker, eher gequält. »Das hat mich ehrlich gesagt überrascht. Wenn ich recht informiert bin, leiten Sie ein kleines Kommissariat irgendwo im Hinterland des Département Var. Den Namen des Ortes habe ich schon wieder vergessen …«

»Fragolin, ein entzückender kleiner Ort, sollten Sie mal besuchen.«

»Fragolin, richtig, bitte entschuldigen Sie. Aber meine Zeit lässt es nicht zu, die unbekannten Schönheiten der Provence zu erkunden.«

Sie dachte, dass er zum Auftakt ihres Gesprächs einen Fehler nach dem anderen machte. Was hatte Balancourt gesagt? Pascal sei inkompetent und »aufgeblasen«. Dann wurde es höchste Zeit, etwas Luft abzulassen.

»Mein lieber Pascal, es ist nicht alles so im Leben, wie es scheint«, sagte sie, jetzt selber betont herablassend. »So gibt es bei der *Police nationale* Zuständigkeiten, von denen eine kleine Detektei im Süden der Republik nichts mitbekommt. Nehmen Sie zur Kenntnis, dass ich autorisiert bin, Sie zu fragen, warum Sie die Polizei angelogen haben und strafbare Handlungen verschleiern.«

Pascals falsches Lächeln fror ein. Um seine Augen zuckte es. Wie es schien, hatte er schwache Nerven.

Weil aber gerade die Rezeptionistin mit einem Tablett Wasser und Kaffee hereinkam, hatte er Gelegenheit, seine Fassung zurückzugewinnen.

»Das sind unglaubliche Anschuldigungen«, sagte er, als sie wieder alleine waren. »Die nehmen Sie sofort zurück!«

Vor ihrem Termin hatte sie noch überlegt, ob sie Pascal mit Samthandschuhen anfassen und einen Kuschelkurs fahren sollte. Speziell eitle Männer, die sich für unwiderstehlich hielten, waren dafür empfänglich. Oft bekam man so mehr aus ihnen heraus, als sie eigentlich preiszugeben gewillt waren. Aber Pascal hatte die Konfrontation provoziert.

»Ich denke nicht daran, etwas zurückzunehmen. Ihr Angestellter Martinez ist in den *Carrières de Lumières* erstochen worden …«

»Ach so, darauf wollen Sie hinaus.«

Jetzt spielte er den Überraschten. Als ob er es nicht geahnt hätte.

»Sie haben behauptet, er sei privat dort gewesen. Das war gelogen. In Wahrheit hatten Sie ein ganzes Team vor Ort.«

Er machte eine fahrige Handbewegung. »Unsinn. Außer Martinez, der in seiner Freizeit machen kann, was er will, war von uns niemand da.«
Isabelle beugte sich nach vorne und blickte ihm in die Augen. »Sie wären ein schlechter Pokerspieler«, stellte sie fest. »Sie blinzeln, wenn Sie die Unwahrheit sagen. Jetzt legen Sie schon die Karten auf den Tisch, oder ich erhöhe den Einsatz.«
»Äh, verstehe ich nicht. Wie wollen Sie den Einsatz erhöhen?«
»Ich nehme Sie in Untersuchungshaft. Das geht ganz schnell. Ein Anruf bei Balancourt …«
Pascal schlug auf den Tisch. »Balancourt, immer wieder Balancourt, ich kann seinen Namen nicht mehr hören.«
»Müssen Sie auch nicht. Erzählen Sie mir nur, was im Steinbruch genau passiert ist. Das meiste weiß ich sowieso schon. Zum Beispiel, dass Ihre Leute die Lösegeldübergabe verbockt haben. Auch waren sie nicht in der Lage, das Fluchtfahrzeug einzuholen. Sehr professionell, mein Kompliment.«
Pascals Gesichtszüge entgleisten.
»Die Polizei sucht Martinez' Mörder«, fuhr sie fort, »tappt dabei völlig im Dunkeln, und Sie behaupten weiterhin, dass Martinez privat dort war. Das ist nicht lustig, das ist dreist.«
Pascal bekam sich wieder unter Kontrolle. »Selbst wenn ich zugeben würde, dass Sie mit Ihren Unterstellungen recht haben …«
»Ja, was dann?«
»… würde ich trotzdem jede weitere Aussage verweigern. Als Privatdetektei sichern wir unseren Auftraggebern volle Diskretion zu und schützen ihre Identität. Das ist unser gutes Recht.«
»Sofern Sie damit keine Straftat verschleiern.«
»Tun wir nicht. Im Gegenteil. Wir machen den Job, den die Polizei nicht hinbekommt.«

»So schauen Sie aus«, kam Isabelle spontan über die Lippen. Das war unsachlich und wenig zielführend. Aber sie konnte die Bemerkung nicht mehr zurücknehmen. Außerdem stimmte es ja. Pascal sah nicht so aus, als ob er in seinem Job besser wäre als Spezialisten der *Police nationale*.
»Jetzt werden Sie persönlich«, reagierte er trotzig.
Richtig, das wenigstens hatte er kapiert.
»Ich muss wissen, wofür das Lösegeld bezahlt wurde. Und ich brauche den Namen des Auftraggebers.«
»Ha, Sie wissen eben doch nicht alles.«
»Sonst wäre ich nicht hier.«
Pascal deutete zur Tür. »Ich habe einen Vorschlag. Sie gehen jetzt dort raus und lassen mich in Ruhe. Und richten Sie Balancourt einen schönen Gruß aus. Er kann mich mal am Arsch lecken.«
Sie zog eine Augenbraue nach oben. »Wirklich? Das soll ich ihm ausrichten?«
Pascal räusperte sich. Offenbar setzte gerade sein Verstand wieder ein.
»Nein, besser nicht. Ist mir nur so rausgerutscht.«
»Ich habe auch einen Vorschlag. Ich vergesse Ihre Bemerkung und gebe Ihnen vierundzwanzig Stunden. Dann sagen Sie mir, was ich wissen will. In der Zwischenzeit können Sie sich mit Ihrem Auftraggeber abstimmen.«
Pascal schüttelte den Kopf. »Da wird nichts draus werden.«
»Vierundzwanzig Stunden, überlegen Sie es sich. Sonst richte ich Ihre Grüße aus.«

Pascal verabschiedete sie an der Rezeption. Zufrieden stellte sie fest, dass sein Äußeres unter ihrem Gespräch gelitten hatte. Die Frisur saß nicht mehr korrekt, die Krawatte war verrutscht, und im Mundwinkel hatte sich Speichel angesammelt. Genau genommen sah er ziemlich fertig aus.

Die Treppe aus dem zweiten Stock lief sie alleine runter. Plötzlich wurde sie angesprochen. Aus einer Nische löste sich ein Schatten.
»Madame le Commandant …«
Commandant? Wie lange hatte sie das nicht mehr gehört?
»Ich bin's, Roger Sapin, Sie erinnern sich?«
Sapin? Natürlich erinnerte sie sich. Er war eine Zeit lang ihr Adjutant gewesen. Nach dem Antiterroreinsatz am Arc de Triomphe hatte er seinen Dienst quittiert.
»Sapin, wie könnte ich Sie vergessen? Wie geht es Ihnen?«
»Ganz gut. Im Vergleich zu früher schiebe ich hier eine ruhige Kugel.«
»Sagen Sie bloß, Sie arbeiten für Pascal?«
»Ja, schon eine ganze Weile.« Er dämpfte seine Stimme. »Madame, ich habe Sie bereits beim Reinkommen gesehen. Sind Sie wegen Martinez hier und der Entführung?«
Entführung? Zum ersten Mal sprach einer aus, was sie schon lange vermutete. Bei Lösegeld ging es meistens um Entführungen.
»Ja, bin ich. Aber ich kenne keine Hintergründe, und von Pascal erfahre ich nichts.«
»Madame, auf die Gefahr hin, dass ich gefeuert werde, aber Sie müssen wissen, was gespielt wird. Schließlich geht es um ein Menschenleben.«
Sie hörten im Parterre die Haustür.
»Heute um neunzehn Uhr vor der Notre-Dame de la Garde«, flüsterte er. Dann verdrückte er sich schnell in die Nische des Treppenhauses.

30

Notre-Dame de la Garde … warum hatte Sapin ausgerechnet diesen Treffpunkt vorgeschlagen? Die von einer goldenen Marienfigur gekrönte Kirche ist das Wahrzeichen Marseilles. Sie steht auf dem höchsten Hügel der Stadt und ist von überall zu sehen. Isabelle fiel eine einfache Erklärung ein: Kein Marseiller würde an einem normalen Arbeitstag zur Notre-Dame de la Garde pilgern. Dort gab es nur Touristen – und später am Abend verliebte Paare. Es war also davon auszugehen, dass sie unbeobachtet blieben. Weder Pascal noch einer seiner Mitarbeiter würde dort auftauchen. Außerdem hatte Sapin keine Zeit zum Nachdenken gehabt. Als spontaner Vorschlag war der Ort nicht schlecht gewählt. Aber warum rief er sie nicht einfach an? Weil Pascal die Telefone seiner Mitarbeiter überwachen ließ? Er könnte sie von einem anderen … Na egal, so war es jetzt entschieden. Und sie hatte allen Grund, zufrieden zu sein. Denn trotz ihrer Drohung, Pascal bei Balancourt anzuschwärzen, der ihm das Leben schwer machen könnte, auch wenn Pascal nicht mehr im Polizeidienst stand, würde er dichthalten. Davon ging sie aus. So gesehen, war Sapin ein Geschenk des Himmels. Der Madonna von Notre-Dame sei Dank …

Isabelle war unterwegs zum Bahnhof Saint-Charles. In wenigen Minuten würde Nicolas dort eintreffen. Sie hatte ihm die Nachricht aufs Handy geschickt, dass sie unten an der großen Treppe auf ihn warte, irgendwo an der Place des Marseillaises, zum Beispiel an der Ecke des Restaurants *Le Grand Escalier*. Sie werde nach ihm Ausschau halten und sich bemerkbar machen. Nein, an ihrem Polizeiwagen könne er sie nicht erkennen, der sei auf dem Weg nach Les Baux zusammengebrochen.

Sie freute sich darauf, ihn mit dem alten Mustang zu überraschen. Nicht nur das, sie freute sich überhaupt auf ihn. Was nicht selbstverständlich war, denn sie war keine Frau der starken Gefühle. Glaubte sie jedenfalls. Vielleicht täuschte sie sich aber auch.

Isabelle klopfte auf den Tankanzeiger. Ging es nach ihm, hatte sie seit dem Kauf keinen Liter verbraucht. Weil eher das Gegenteil richtig war, hatte sie wohl den ersten Defekt am Fahrzeug entdeckt. Keinen dramatischen, allerdings sollte sie bald mal tanken.

Sie sah Nicolas' schlaksige Gestalt die große Treppe herunterkommen. Er hatte wie üblich weiße Klamotten an. Und eine Ledertasche umhängen. Man könnte ihn tatsächlich für einen Künstler halten. Was er ja auch war. Aber in Südfrankreich liefen viele Männer herum, die von der Ferne aussahen wie Georges Moustaki in seinen besten Jahren. Die wenigsten gingen wirklich einer kreativen Tätigkeit nach. So gut singen wie der in Nizza verstorbene Moustaki konnte sowieso niemand. Und so erfolgreich Bilder verkaufen wie Nicolas alias CLAC wohl auch keiner.

Er ging direkt auf sie zu. Dabei schaute er ihren Mustang an, das konnte sie deutlich erkennen. Doch wer hinter dem Steuer saß, nahm er offenbar nicht wahr. Was wieder einmal bewies, dass selbst visuelle Männer wie Nicolas einen sehr eingeschränkten Blickwinkel hatten und auf primitive Reize reagierten. Dabei aber das Entscheidende übersahen.

Sie dachte, dass sich eine Gelegenheit bot, endlich die Hupe auszuprobieren. Wow, die funktionierte entschieden besser als die Benzinanzeige. Nicolas zuckte zusammen und sprang zur Seite. Isabelle lachte und winkte ihm zu.

Er brauchte einige Sekunden, bis er kapierte. Er sah sie ungläubig an, schüttelte den Kopf – musste dann aber auch lachen.
Sie forderte ihn auf, endlich einzusteigen. Sie könne hier nicht ewig stehen bleiben und den Verkehr aufhalten.

Zwanzig Minuten später saßen sie im alten Panier-Viertel auf der Straßenterrasse einer Brasserie. Dass sie in der Nähe einen Parkplatz gefunden hatte, grenzte an ein Wunder. Aber es gab Tage, da geschahen kleine Wunder – heute war so ein Tag. Angefangen hatte es am frühen Morgen mit der vortrefflichen Porträtmalerei von Paul in Aix-en-Provence. Dann vor Kurzem die überraschende Begegnung im Treppenhaus der *Agence de détectives privés ADP.* Sie hoffte, dass sich die Glückssträhne fortsetzte – zumindest bis heute Abend um neunzehn Uhr. Sie hatte schon erlebt, dass Informanten vor einem konspirativen Treffen plötzlich umgebracht wurden. Bei Sapin stand das nicht zu erwarten, er wusste auf sich aufzupassen. Und wer sollte ihm nach dem Leben trachten? Aber er könnte kalte Füße bekommen und ihr entscheidende Informationen vorenthalten. Doch sie bewahrte sich ihren Optimismus. Heute war ein Tag, wo sie sogar im verwinkelten Panier-Viertel einen Parkplatz fand. Und Nicolas de Sausquebord versprühte gute Laune.
Er hob sein Glas und stieß auf ihre »Macho-Schleuder« an. Es gebe wohl nur wenig Frauen, die sich für einen alten Mustang begeistern konnten – und sich trauten, mit ihm durch Marseille zu kurven. Mit *ihm?* Ach so, er meinte den Mustang. Wo war das Problem?
Sie bestellten beide *risotto aux crevettes et curry.* Und ein zweites Glas Rosé.

Am Nachmittag hatte Nicolas seinen Termin beim Steuerberater. Isabelle fuhr schon mal zum Hotel. Ihr Zimmer hatte einen kleinen Balkon, wo sie es sich in einem Korbsessel gemütlich machte und Apollinaire anrief. Sie berichtete ihm von ihrem Termin in der Detektei. Auch sagte sie ihm, dass Pascal keine Kooperationsbereitschaft habe erkennen lassen und sich auf das Recht der Informationsverweigerung berufe. Doch habe sie von unerwarteter Seite die Bestätigung erhalten, dass sie es mit einer Entführung zu tun hätten. Offenbar sei das Opfer noch nicht auf freiem Fuß, denn ihr Informant habe von einem bedrohten »Menschenleben« gesprochen. Alles Weitere hoffe sie heute Abend zu erfahren.

»Madame, ich gratuliere Ihnen.«

»Wozu?«

»Sowohl als auch, wenn Sie verstehen, was ich meine.«

Nein, Isabelle verstand nicht. Aber er würde ihr gleich auf die Sprünge helfen.

»Erstens zu den Informationen, die Sie erhalten haben und hoffentlich noch bekommen werden. Eine Entführung? Und Youssef und Samira sind die mutmaßlichen Entführer. Madame, mit Verlaub, wir haben in ein Wespennest gestochen.«

Nach Isabelles Meinung war die Redewendung unglücklich gewählt. Denn Wespen pflegten aggressiv zu reagieren und zum Angriff überzugehen. Genau das würde sie gerne vermeiden. Besser, Youssef und Samira bekamen möglichst lange nicht mit, dass sie ihnen auf den Fersen war.

»Apollinaire, was ist mit dem *Sowohl als auch,* also mit dem zweitens?«

»O ja, wozu ich Ihnen auch noch gratulieren möchte, ist Ihr neues Auto. Ich musste ja wegen des defekten Polizeiwagens mit der Werkstatt telefonieren, da habe ich es erfahren. Madame, ein amerikanischer Mustang, der vor meiner Geburt hergestellt wurde … *chapeau, chapeau.* Nicht sehr patriotisch, aber *chapeau.* Ich musste mich erst mal im Internet schlaumachen …«

»Mustangs sind wild lebende Pferde. Die gibt es auch in der Camargue …«

»Madame, Sie lenken ab, der Mustang ist ein uramerikanisches Auto, geradezu eine Legende. Ich hoffe, er wird Ihnen auf unseren engen Straßen nicht allzu viel Schwierigkeiten bereiten.«

Dass der Mustang nicht praktisch und unter rationalen Erwägungen eine Fehlentscheidung war, wusste sie selber. Also beschloss sie, darauf nicht einzugehen.

»Was passiert mit dem Citroën?«, fragte sie stattdessen.

»Wird mit einem Abschleppwagen abgeholt. In Toulon arbeitet die Polizei mit Vertragswerkstätten zusammen. Dort wird dann entschieden, ob der Citroën repariert oder verschrottet wird. Um ehrlich zu sein, gehe ich davon aus, dass wir ihn nie wiedersehen werden.«

»Schade, ich habe die verrostete Mühle irgendwie lieb gewonnen.«

»Madame, Sie entwickeln ein überraschendes Faible für altersschwache Fahrzeuge. Wenn Sie gestatten, würde ich gerne das Thema wechseln und meinen Ausführungen noch ein *drittens* anfügen.«

O Gott, seine Art, sich auszudrücken, wurde immer komplizierter.

»Nur zu.«

»Wie von Ihnen angeregt, behalte ich die Ermittlungen zum Tod des Mühlenbesitzers Frédéric Moreau im Auge. Die Gendarmerie geht weiterhin von einem Unfall aus. Die Ermittlungen sind so gut wie eingestellt. Ich tendiere allerdings zur Ansicht, dass jemand nachgeholfen hat …«

Sehr schön. Er hatte sich also ihren Verdacht zu eigen gemacht.

»Also habe ich, wie von Ihnen vorgeschlagen, die Fliesenfirma *carreau et céramique* genauer unter die Lupe genommen. Sie gehört der Familie Garnier. Geschäftsführer ist Louis Garnier. Sie haben ihn bestimmt schon oft in Jacques' Bistro gesehen, er isst da regelmäßig zu Mittag.«

»Mag sein, aber er wurde mir noch nicht vorgestellt.«

»Kein Verlust, Madame. Louis Garnier ist ein farbloser Typ und so langweilig wie ein toter Frosch.«

Ein gewagter, etwas unappetitlicher Vergleich.

»Ich habe herausgefunden, dass Garnier finanzielle Probleme hat. Das Fliesengeschäft läuft immer schlechter, und Fragolin ist ein denkbar schlechter Standort. Moreaus Auftrag war sein größter seit Langem. Umso schlimmer, dass Moreau sich mit ihm überworfen hat. Er hat die Qualität der gelieferten Fliesen als inakzeptabel bezeichnet und gefordert, dass Garnier die ›Schrottware‹ wieder abholt sowie die Anzahlung rückerstattet. Das weiß ich aus zuverlässiger Quelle …«

»Von wem?«

»Von meiner Freundin Shayana. Die putzt einmal in der Woche Garniers Büroräume, da hat sie den Streit mitbekommen.«

Okay, zuverlässiger ging es kaum.

»Ich würde mal die These postulieren, dass Garnier sich nicht in der Lage gesehen hat, das Geld zurückzuerstatten. Im Gegenteil war er auf die Restzahlung angewiesen. Woraus sich ein denkbares Szenario ergibt: Garnier könnte abends Moreau auf der Baustelle aufgesucht haben, um mit ihm noch mal darüber zu reden. Er hat ihn auf dem Gerüst angetroffen, ist zu ihm rauf, es ist zu einem heftigen Streit gekommen … mit dem unglücklichen Ausgang, dass Moreau das Gleichgewicht verloren hat.«

»Ja, so könnte es sich zugetragen haben.«

»Oder Garnier hat ihn vorsätzlich umgebracht, weil er wusste, dass Moreau nicht klein beigeben würde. Was im Ergebnis aber auf das Gleiche herauskommt. Sturz vom Gerüst in die Tiefe, unsanfte Landung, Genick gebrochen.«

»Ja, wäre ebenso denkbar … Aber auch, dass Garnier überhaupt nichts mit Moreaus Tod zu tun hat.«

»Das wäre schade, ausgesprochen schade.«

»Warum, mögen Sie ihn nicht?«

»Nun ja …« Apollinaire räusperte sich verlegen. »Garnier hat Shayana mal unter den Rock gefasst. Und ein anderes Mal …« Er sprach nicht weiter.

»Warum hat Shayana nicht gekündigt?«

»Sie sagt, ihr sei im Leben schon Schlimmeres passiert. Außerdem hat sie ihm ihren Putzlappen um die Ohren gehauen.«

Isabelle gefiel die Vorstellung. Wenn nur alle Frauen so resolut reagieren würden.

»Versuchen Sie bitte dennoch, objektiv zu bleiben …«

»Bis zum Beweis des Gegenteils gilt die Unschuldsvermutung, ich weiß.«

»Wir sollten wissen, ob er zur Tatzeit ein Alibi hat.«

»Ich kann ihn ja fragen.«

»Mit welcher Begründung?«

»Ich kann behaupten, dass er beschuldigt wird, am besagten Abend ein Kaninchen überfahren zu haben.«

Isabelle lachte. »Na ja, vielleicht fällt Ihnen noch was Besseres ein. Aber sein Alibi überprüfen, ja, das sollten wir. Doch ohne Moreau zu erwähnen. Sonst steigt uns die Gendarmerie auf die Füße.«

»Uns auf die Füße? Das geht gar nicht, wenn, dann umgekehrt.«

31

Nicolas hatte in einem Restaurant an der Corniche Président Kennedy einen Tisch reserviert. Das passte gut, denn von der kilometerlangen Uferpromenade konnte man zum Hügel mit der Basilika Notre-Dame de la Garde abzweigen, wo Isabelle um neunzehn Uhr mit Roger Sapin verabredet war. Sie sagte Nicolas, dass sie noch einen wichtigen Termin habe, den sie unbedingt alleine wahrnehmen müsse. Er ließ sich bereitwillig an einem Café absetzen, von dessen Terrasse man einen herrlichen Blick auf die vorgelagerten Frioul-Inseln hatte, zu denen das Château d'If zählte. Berühmt geworden ist die ehemalige Gefängnisinsel durch den Roman von Alexandre Dumas *Der Graf von Monte Christo.*

Isabelle folgte den Schildern, die hinauf zur Wallfahrtskirche führten. Aufgrund ihrer exponierten Lage war *La bonne mère,* wie sie von den Einheimischen genannt wurde, schon von Weitem zu sehen. Sie stellte den Mustang auf einem Parkplatz zwischen Reisebussen ab. Durch ein schmiedeeisernes Tor führten Stufen hinauf zur Kirche. Gleich rechts gab es eine Aussichtsterrasse, von der man einen atemberaubenden Blick auf die Stadt hatte.

»Wir können auch hier reden«, wurde sie von hinten angesprochen. Sie erkannte Sapins Stimme und drehte sich um.

»Schön, dass Sie gekommen sind«, begrüßte sie ihn, sah aber gleich wieder weg.

»Ich habe die Lage gecheckt, wir sind unbeobachtet. Trotzdem möchte ich mich kurzfassen.«

»Okay, schießen Sie los.«

»Sie wissen, was im Steinbruch vorgefallen ist?«

»Nicht genau. Nur, dass eine Lösegeldübergabe nicht nach Plan verlaufen ist. Dass dabei Ihr Kollege Martinez erstochen wurde. Dass sein Mörder fliehen konnte, in einem Peugeot, der von einer jungen Frau gesteuert wurde. Die beiden wurden von einem schwarzen Mercedes verfolgt, der auf die *Agence de détectives privés ADP* zugelassen ist. Der Peugeot ist von der Straße abgekommen, was Ihre Kollegen nicht bemerkt haben, weshalb sie vorbeigefahren sind.«

»Leider saß ich am Steuer des Mercedes. Das hätte mir nicht passieren dürfen.«

»Dann waren Sie es auch, der sich mit einem Kollegen kurz vor Mitternacht im *Centre hospitalier d'Arles* nach der verletzt eingelieferten Frau erkundigt und ihre Krankenakte eingesehen hat?«

»Madame Bonnet, Sie wissen ganz schön viel. Ja, ich war einer von den beiden.«

Sie sahen sich nicht an, während sie mit gedämpfter Stimme sprachen. Wenn Besucher zu nahe kamen, machten sie eine Pause. Oder veränderten ihren Standort.

»Ich weiß sogar noch einiges mehr«, sagte Isabelle. »Aber wir wollten uns kurzfassen. Wer ist entführt worden, und wer ist Pascals Auftraggeber? Das weiß ich nämlich nicht.«

Sapin zögerte. »Wie gesagt, das kann mich meinen Job kosten.«

»Von mir erfährt keiner Ihren Namen …«

»Ich weiß. Also, unser Auftraggeber heißt Mahmud al-Mawardi, ein reicher Araber mit französischer Staatsangehörigkeit, der abwechselnd in Paris und in seinem Ferienhaus in Lourmarin lebt. Dort hält er sich momentan auf. Seine Ehefrau heißt Kalila. Zusammen haben sie eine zwölfjährige Tochter namens Leyla. Die ist vor gut zwei Wochen entführt worden. Al-Mawardi vertraut der Polizei nicht, deshalb hat er sich an Pascal gewandt. Keine

Ahnung, wie er auf ihn kam. Für die Lösegeldübergabe hat Pascal die *Carrières de Lumières* ausgewählt. Ich glaube nicht, dass das ein guter Einfall war. Wir waren mit einem Team vor Ort. Die Sprechfunkverbindung hat nicht richtig geklappt, weil der Steinbruch die Funkwellen zum Teil abschirmt. Handys haben auch keinen Empfang, was von Pascal aber als Vorteil angesehen wurde. Jedenfalls ist dann alles schiefgelaufen. Martinez hatte schon den Rucksack übergeben. Da ist offenbar per Zufall ein kleines Mädchen näher gekommen. Martinez hat gedacht, das wäre die entführte Leyla. Also wollte er das Lösegeld zurückhaben … So hat sich das jedenfalls im Sprechfunk angehört.«

»Eigenmächtige Initiativen sind bei solchen Einsätzen keine Option«, stellte Isabelle fest. »Was zählt, ist der Plan.«

»Richtig, so haben wir das bei Ihnen gelernt, aber Martinez war nie in Ihrer Truppe. Er hat es gut gemeint … und mit dem Leben dafür bezahlt.«

»Was ist mit Leyla? Wurde sie nach Zahlung des Lösegelds freigelassen?«

»Nein, deshalb spreche ich ja mit Ihnen. Die Entführer haben sich nicht mehr gemeldet. Entweder ist Leyla schon tot, oder sie könnte es bald sein. Wir haben keine Spur. Wir können nichts tun, nur warten und hoffen, dass sich die Entführer noch mal melden.«

»War im Rucksack ein Peilsender?«

»Natürlich, aber die Entführer haben ihn entdeckt und bei ihrer Flucht im Peugeot aus dem Fenster geworfen. Sind wohl keine Amateure.«

Youssef, dachte Isabelle, war vielleicht schon ein Amateur, aber leider ein begabter.

»Wie hoch war das Lösegeld?«

»Weiß ich nicht. Nur dass al-Mawardi keine Probleme hatte, es innerhalb von vierundzwanzig Stunden bereitzustellen.«

Das konnte zweierlei bedeuten. Entweder war al-Mawardi wirklich reich. Oder Youssef hatte zu wenig gefordert. Oder beides zugleich.

»Was ist mit den Videoaufzeichnungen? Am Ausgang musste der Entführer durch eine Boutique. Da ist eine Kamera installiert. Mit dem Rucksack war er doch sicher zu identifizieren?«

»Nein, da ist keiner mit Rucksack rausgekommen, das haben wir überprüft. Außerdem hatten wir vor dem Ausgang zwei unserer Leute platziert, die nach dem Rucksack Ausschau gehalten haben. Ohne Erfolg. Offenbar, so haben wir das später rekonstruiert, ist er zuvor in den Hof gelaufen und hat dort den Rucksack über das Absperrgitter geworfen. Da gibt es keine Videoüberwachung. Draußen hat seine Komplizin den Rucksack aufgefangen. Dann ist er seelenruhig durch den Ausgang spaziert und zu ihr in den Peugeot gestiegen, der mit laufendem Motor auf ihn gewartet hat. Einer unserer Mitarbeiter hat ihn dabei beobachtet, aber sich zunächst nichts dabei gedacht. Als die Frau aber mit durchdrehenden Reifen losfuhr, ist er stutzig geworden. Kurz darauf haben wir die Verfolgung aufgenommen.«

»Gibt's noch was, das ich wissen müsste?«

»Nein, ist leider alles. Ich mache mir Sorgen um das Mädchen. Meine Tochter ist fast genauso alt.«

Sapin hatte eine Tochter? Das wusste sie nicht. Erklärte aber seine Anteilnahme. Und das Risiko, das er einging.

»War richtig, dass Sie mit mir gesprochen haben. Falls Ihr Boss was spitzbekommt und Sie rauswirft, melden Sie sich bei mir. Ich besorge Ihnen einen neuen Job.«

»Danke. Wird aber hoffentlich nicht eintreten. Was meinen Sie, gibt's eine Chance, die Kleine lebend zu finden?«

»Sie wissen doch, es gibt immer eine Chance.« Sie lächelte. »Und selbst wenn es keine gibt, muss man sie nutzen.«

Sie trennten sich, ohne sich groß zu verabschieden. Sapin verschwand hinter einer Reisegruppe. Isabelle ging vor zum Geländer und tat so, als ob sie den Ausblick genießen würde. Dabei war ihr Blick nach innen und auf das soeben geführte Gespräch gerichtet. Sie hatte mehr erfahren, als sie sich erhofft hatte. Und sie hatte allen Grund, sich Sorgen zu machen – um ein zwölfjähriges Mädchen namens Leyla. Entführt von Youssef und seiner Schwester Samira, die ihr trotz Zahlung eines Lösegelds nicht die Freiheit zurückgegeben hatten. Im Gegenteil hatte Youssef den Kontakt zu den Eltern komplett abgebrochen. Das war nicht gut, gar nicht gut. Isabelle dachte an ihre letzten Worte im Gespräch mit Sapin. Es gebe immer eine Chance, hatte sie gesagt. Das stimmte zwar, aber manches Mal war die Chance kleiner, als man sich vorstellen konnte. Winzig klein, geradezu aussichtslos klein. Denn sie musste sich eingestehen, dass sie zwar ein Bild von Youssef und Samira vor Augen hatte. Bei Samira ganz konkret, bei Youssef eher abstrakt. Doch half ihr das nicht weiter. Ihr fiel keine Möglichkeit ein, daraus einen Nutzen zu ziehen. Sie hatte in den letzten Tagen viel in Erfahrung gebracht, vor allem in den letzten Minuten, aber nichts, was sie in die Lage versetzen würde, ein Mädchen mit dem schönen Namen Leyla zu finden und aus ihrer Lage zu befreien. Zudem tat sie sich schwer, die Entführung einzuordnen. Zwei junge Araber entführten die Tochter eines arabischen Geschäftsmanns. Wäre die Tat politisch motiviert, würde es sich wohl eher um die Tochter eines reichen Franzosen ohne Immigrationshintergrund handeln, einem aus der elitären Oberschicht, mit konservativer und womöglich islamophober Gesinnung. Aber nein, Mahmud al-Mawardi und seine Frau Kalila stammten aus dem arabischen Raum wie sie selbst. Ging es also nur um Geld? Aber warum hatten sie Leyla dann nicht freigelassen? Weil al-

Mawardi zwar nicht die Polizei, aber private Sicherheitsleute eingeschaltet hatte? Und weil diese die Situation eskalieren ließen?

Isabelle wurde von hinten angerempelt. Eine Gruppe Jugendlicher drängelte sich nach vorne, wo sie die besten Fotos und Selfies machen konnten. Mit dem Häusermeer von Marseille zu ihren Füßen. Und über sich die vergoldete Madonna der Basilika Notre-Dame de la Garde.

Wenig später hielt sie am Café, wo Nicolas auf sie gewartet hatte. Er gestand, dass er schon zwei Gläser Wein getrunken habe. Ihn habe der Blick auf Château d'If deprimiert. Zwar sei der Graf von Monte Christo eine erfundene Geschichte, aber über Jahrhunderte seien im Château d'If Menschen weggesperrt worden und dort elend zugrunde gegangen.

Isabelle konnte nicht anders, sie musste unwillkürlich an Leyla denken. Auch sie war wahrscheinlich »weggesperrt« worden. Hoffentlich lebte sie noch.

»Wie war dein Termin?«, fragte Nicolas. »Alles zu deiner Zufriedenheit?«

»Sagen wir so, ich habe erfahren, was ich wissen wollte. So gesehen, müsste ich zufrieden sein. Aber leider gefällt mir nicht, was ich gehört habe.«

»Tut mir leid. Bist du immer noch an Monique dran?«, fragte er.

Wie kam er auf Monique? Ach ja, dass sie in Wahrheit Samira hieß, konnte er nicht wissen. Wie er eigentlich überhaupt nichts wusste, nur dass sie vor zwei Tagen von Apollinaire einen Anruf bekommen hatte, gerade als er am Strand eingeschlafen war, woraufhin sie ziemlich überstürzt zu einem Krankenhaus nach Arles aufgebrochen war.

»Stimmt, nur dass es längst nicht mehr allein um Monique geht, die übrigens in Wahrheit anders heißt, sondern um eine wirk-

lich üble Geschichte, bei der es schon einen Toten gegeben hat und aktuell ein kleines Mädchen in Lebensgefahr schwebt.«
Nicolas warf ihr einen ernsten Blick zu. »Das hört sich nicht gut an. Passiert es in deinem Job häufiger, dass es um Menschenleben geht?«
Was war das für eine Frage? Schließlich arbeitete sie als Kommissarin bei der *Police nationale* und nicht als Streifenpolizistin.
»Leider ja, aber früher hatte ich eine andere Tätigkeit, da war es viel schlimmer.«
»Rouven hat das mal angedeutet. Ist das der Grund, warum du dich nach Fragolin zurückgezogen hast?«
»Jeder hat seine Gründe, du doch sicher auch«, wich sie der Frage aus.
»Natürlich, aber meine sind harmlos. Ich habe nichts, vor dem ich weglaufe ...«
»Ich auch nicht, mein lieber Nicolas. Weglaufen war für mich nie eine Option. Aber ehrlich gesagt würde ich jetzt gerne das Thema wechseln. Wir sollten den Abend genießen. Morgen muss ich mich wieder um meinen Fall kümmern.«
»Den Abend genießen? Das ist ein wunderbarer Vorschlag. Könnte von mir sein. Bis zum Lokal ist es nicht weit. Es ist berühmt für seine Bouillabaisse. Es soll auf der Welt keine bessere geben.«

32

Am nächsten Morgen lag sie noch im Bett, als sie sich an Nicolas' Worte erinnerte. Isabelle, die grundsätzlich allen Superlativen misstraute, weil sie in ihrer Absolutheit fast immer falsch waren, musste zugeben, dass die Bouillabaisse vielleicht nicht die beste auf der Welt, aber zumindest die beste war, die sie bisher gegessen hatte. Zuvor hatte ihnen der Koch persönlich die verschiedenen Fische gezeigt, die später in die Suppe kamen. Sechs waren es an der Zahl, vier waren für eine Bouillabaisse das Minimum. Er hatte einige Geheimnisse der Zubereitung preisgegeben, wohl um sie auf den Genuss einzustimmen. Und er hatte erwähnt, wie wichtig es sei, die Brühe bei niedriger Hitze köcheln zu lassen, woher ja der Name Bouillabaisse herrühre, von *bouille-abaisse.* Obwohl sich der Name von selbst erklärte, hatte sie noch nie überlegt, worauf er sich bezog. Natürlich gab es zur Suppe Röstbrot mit Rouille. Also alles, wie man das sonst auch kannte, aber irgendwie besser.

Auch jenseits der Kulinarik hatte der Abend alle Erwartungen erfüllt. Sogar übertroffen. Nicolas hatte sich einmal mehr als höchst angenehmer Mensch erwiesen. Isabelle sah leise lächelnd zur Seite, wo Nicolas noch schlief. Sie mochte sein verhaltenes Wesen und auch seine Eigenart, minutenlang jede Unterhaltung einzustellen. Daran hatte sie sich erst gewöhnen müssen, mittlerweile aber fand sie es wohltuend, zwischendurch einfach nicht zu reden. In Fragolin hatte sie ihn mal auf diese Schweigephasen angesprochen. Seine Begründung war bemerkenswert. Für seine künstlerische Arbeit sei er darauf angewiesen, mit of-

fenen Sinnen durchs Leben zu gehen. Zu sehen, zu spüren, zu hören, zu riechen. Kontinuierliches Reden sei dabei eine Störquelle, wie ein Grundrauschen, das alles andere überlagere. Schon als Kind habe man bei ihm eine Form der Synästhesie festgestellt, bei der sich vielfältige Sinneseindrücke in Farben ausdrückten. So könne er zum Beispiel Töne »sehen«. Aber auch Berührungen und Gerüche würden bei ihm visuelle Reize auslösen. Das sei einerseits irritierend, andererseits ganz großartig für einen Künstler, der wie er mit kräftigen, ausdrucksvollen Farben arbeite. Er mache nichts anderes, als zu malen, was er hörte, was er tastete und roch. Und dafür brauche er immer wieder Augenblicke der Konzentration, um die Sinneseindrücke im Kopf abzuspeichern. Für Außenstehende möge das so wirken, als ob er geistesabwesend wäre, dabei sei das Gegenteil richtig.
Isabelle würde es interessieren, ob er auch Farben sah, wenn sie sich berührten. Und wenn ja, welche. Aber so gut kannten sie sich noch nicht, dass sie eine solch intime Frage stellen würde. Sie dachte an die letzte Nacht ... Doch, sie kannten sich definitiv schon gut genug.

Eine Stunde später hatten sie gefrühstückt. Nicolas musste noch einmal kurz zu seinem Steuerberater, bevor er gegen Mittag mit dem Zug zurückfuhr. Was freilich nur bis Hyères möglich war, denn nach Fragolin ins *arrière-pays* führten keine Gleise. Vom *Gare de Hyères* gestaltete sich die Weiterfahrt mit Bussen eigentlich kompliziert. Aber Nicolas gestand mit einem Lächeln, dass er dort abgeholt werde. Und zwar von Clodine, die sich aufgedrängt habe. Wohl wissend, mit wem er sich in Marseille getroffen habe. Aber sie habe sich nicht abhalten lassen. Er verdeckte grinsend seine Augen mit der Hand. Isabelle habe hoffentlich nichts dagegen.

Isabelle musste lachen. Clodine, Clodine … wer sie zur Freundin hatte, brauchte keine Feinde. Zwar würde sie ihr nie einen Mann ausspannen … Aber sie würde testen, ob sie dazu prinzipiell in der Lage wäre. Nur so, als Spiel. Clodine war eine notorische Verführerin. Sie probierte es bei fast jedem. Dumm nur, dass sie bei Isabelles Männern grundsätzlich nicht landen konnte. Isabelle wusste, woran das lag, aber Clodine würde es nie herausfinden.

»Ist doch gut«, sagte Isabelle. »Aber pass auf, sie ist eine lausige Autofahrerin.«

»Ich weiß, sie hat mich auch hingebracht. Das nächste Mal nehme ich mir ein Taxi.« Er sah Isabelle schmunzelnd an. »Oder du fährst mich. Außerdem hast du das schönere Auto.«

»Macht aber keinen Sinn. Wie soll ich dich fahren, wenn du auf dem Weg zu mir bist?«

Ob er diesen Spaß am frühen Vormittag verstand? Egal, bevor sie aufbrachen, musste sie ein dringendes Telefonat führen. Und zwar alleine. Sie ging hinaus auf den Balkon und schloss hinter sich die Tür. Die Nummer hatte sie bereits rausgesucht und abgespeichert.

Nach kurzem Läuten hob jemand ab. Eine Frau, die sich aber nicht mit Namen meldete.

»Hier ist die kommunale Müllabfuhr von Lourmarin«, sagte Isabelle mit leiernder Stimme. »Bin ich da richtig bei al-Mawardi?«

In der Leitung knackte es. Hörte jemand mit? Wahrscheinlich hatte der unsägliche Alphonse Pascal die Leitung verwanzt.

»*Mais oui,* das ist das Haus Mawardi. Was wünschen Sie?«

»Wir führen aktuell eine Umfrage zur Kundenzufriedenheit durch. Ist der Hausherr heute anwesend? Dann würde später ein Mitarbeiter vorbeikommen und ihm einige Fragen stellen. Wäre das in Ordnung?«

»Wo denken Sie hin?«, reagierte die Frauenstimme empört. »Der Patron ist zwar im Haus, aber er wird ganz sicher keine Fragen der Müllabfuhr beantworten. Wahrscheinlich weiß er gar nicht, dass es eine gibt. Also tun Sie mir einen Gefallen und lassen uns in Ruhe.«

»Aber den Müll dürfen wir weiterhin abholen«, rutschte es Isabelle heraus. *»Merci, et au revoir.«*

War das gerade die Haushälterin oder die Madame? Na egal, Isabelle hatte erfahren, was sie wissen wollte. Mahmud al-Mawardi war zu Hause. Sie würde hinfahren und ihm einen Besuch abstatten. Und zwar unverzüglich.

Sie setzte Nicolas bei seinem Steuerberater ab und verabschiedete sich mit einem Kuss. »Du hast's schon gut«, stellte sie fest. »Wirst von attraktiven Frauen in der Gegend herumkutschiert. Wie machst du das bloß?«

Er grinste. »Sag du's mir!«

»Ich hab keine Ahnung.«

Von Marseille nach Lourmarin waren es je nach Route knapp neunzig Kilometer. Sie reiste gerade ganz schön viel herum. Eigentlich mehr, als ihr lieb war, aber am Steuer ihres Mustangs machte es sogar Spaß. Er brummte gemütlich vor sich hin. Das Verdeck hatte sie geöffnet. Wenn sie einen Laster überholte, wurden ihr von oben bewundernde Blicke zugeworfen. Ein Fahrer hupte sogar. Sie winkte ihm zu. So einfach konnte das Leben sein und so unbeschwert. Doch leider sah es unter der Oberfläche oft ganz anders aus.

Sie nahm ihr *portable* und rief Apollinaire an. Sobald sie Zeit hatte, würde sie sich eine Freisprechanlage einbauen lassen.

»Bonjour, mon Sous-Brigadier«, begrüßte sie ihn. Und weil sie gut aufgelegt war, stellte sie die unwichtigste Frage der Welt: »Wie geht es Ihrem Kaktus?«

»Unserem *Pilosocereus chrysostele* geht es ganz ausgezeichnet. Er ahnt ja nichts von den Gemeinheiten, die seinen Artgenossen zugefügt werden. Ausgegraben und ins Ausland verschoben, womöglich bis ins ferne Korea. Wenn er das wüsste, würde er, würde er …«

Offenbar fiel ihm kein Vergleich ein.

»Was würde er?«

»Ähm, nun, er würde aussehen wie immer. Aber unter seinem stacheligen Äußeren, also in seinem tiefsten Inneren, wäre er maßlos deprimiert, das ganz sicher. Vor allem hat man die Übeltäter immer noch nicht erwischt.«

»Aber wie Sie schon sagten, er bekommt von alldem nichts mit.«

»Ja, gottlob. Wenn Sie gestatten, würde ich gerne das Thema wechseln.«

Es wurde höchste Zeit, sie hatte schon fast bereut, ihn auf den Kaktus angesprochen zu haben.

»Louis Garnier, Sie wissen schon, der Keramikmensch, der einen Zwist mit Moreau hatte. Also besagter Garnier hat für die Tatzeit kein Alibi. Das hat er mir gegenüber zugegeben. Er hat sich auch keine Lüge ausgedacht, weil ich ihn nur eines Bagatellvergehens verdächtigt habe.«

»Aber nicht, dass er das Kaninchen überfahren hat, oder?«

»Doch, ganz genau. Ich fand die Idee witzig. Ich habe behauptet, es liege eine Anzeige des Besitzers vor. Garnier hat gesagt, er sei zur Tatzeit alleine in seiner Werkstatt gewesen, dafür gebe es keine Zeugen. Aber er habe ganz sicher kein Tier überfahren. Auch wenn der Kaninchenbesitzer ein ähnliches Auto wie seines gesehen haben will, das sei Unfug.«

»Haben Sie gesagt, auf welcher Straße es passiert sein soll?«

»Madame, da war ich besonders hinterlistig. Die Straße habe ich nämlich erst erwähnt, als das Gespräch eigentlich schon beendet war. Während der Verabschiedung habe ich *en passant* die Straße genannt, die im Weiteren zu Moreaus Mühle führt. Daraufhin ist er blass geworden.«

»Sehr schön. Und jetzt?«

»Muss ich mir noch überlegen. Ich könnte ihm eine Falle stellen und Kaninchenhaare unter seine Stoßstange kleben ... Aber die Fälschung von Beweismitteln kommt natürlich nicht infrage. Schade, dass Sie nicht hier sind. Einem von Ihnen geführten Kreuzverhör würde er nicht standhalten, da bin ich mir sicher, die Nerven hätte er nicht.«

Es überraschte Isabelle, dass Apollinaire eine so hohe Meinung von ihrer Verhörtechnik hatte. Nun ja, er hatte schon einigen »Befragungen« beigewohnt. Das letzte Mal hatte sie im Kommissariat die Pistole gezogen und auf einen Mann geschossen, der mit der Wahrheit nicht herausrücken wollte. Natürlich hatte sie vorbeigezielt. Ein Loch in der Wand zeugte von dieser kontrollierten Entgleisung. Der Widerstand war anschließend gebrochen. Aber das war ein besonderer Fall gewesen, ganz so weit ging sie sonst nicht.

»Okay, dann behalten Sie ihn im Auge und versuchen, weitere Informationen zu sammeln. Zum Beispiel würde mich interessieren, ob Garnier in seinem Auto ein modernes Navi hat. Am besten mit Typenbezeichnung. Auch würde ich gerne wissen, in welcher Funkzelle sein Handy zur Tatzeit eingeloggt war ...«

»Modernes Navi, Typenbezeichnung, Handy, Funkzelle«, wiederholte er.

»Hat die Gendarmerie eigentlich Moreaus Handy sichergestellt und ausgewertet?«

»Das habe ich schon gecheckt. Sie haben sein Handy seiner Lebensgefährtin ausgehändigt. Ich glaube nicht, dass die Gendarmerie es zuvor ausgewertet hat. Warum auch? Bei einem Unfall fehlt dafür die Veranlassung.«

»Stimmt. Aber wir beide gehen ja davon aus, dass es kein Unfall war …«

»Madame, ich habe Sie selbstverständlich schon verstanden. Ich bitte also Moreaus Lebensgefährtin, mir sein Handy für einige Stunden zu überlassen. Vielleicht kennt sie auch den Zugangscode. Wenn nicht, knacke ich ihn auch so. Dann checke ich seine letzten Telefonate. Wäre schön, wenn Garniers Nummer darunter wäre.«

»Ja, noch besser wäre eine Sprachnachricht.«

»Madame, das Leben ist kein Wunschkonzert.«

Wenn das jemand wusste, dann sie selbst.

»Wünschen darf man sich alles«, erwiderte sie. »Wie auch immer. Sobald ich wieder in Fragolin bin, knöpfe ich mir diesen Garnier vor. Wird aber noch dauern. Ich bin gerade unterwegs nach Lourmarin.«

»Lourmarin? Madame, machen Sie gerade eine Sightseeingtour durch die Provence?«

Apollinaire hatte recht. Fast kam es ihr selber so vor.

Die nächsten Kilometer verbrachte sie damit, ihn auf den neuesten Stand zu bringen. Sie schilderte Apollinaire ihren Besuch bei Alphonse Pascal, der ein unsympathischer Kerl sei und verschlossen wie eine Auster. Sie erzählte ihm von Roger Sapin und was sie von ihm bei ihrem anschließenden konspirativen Treffen erfahren habe. Also von der Entführung der zwölfjährigen Leyla und von ihren Eltern Mahmud al-Mawardi und seiner Frau Kalila. Dass Mawardi ein Ferienhaus in Lourmarin besitze, wo er sich gerade aufhalte, weshalb sie dorthin unterwegs sei. Offenbar sei er wohlhabend, aber wie sehr, das wisse sie nicht. Auch nicht, womit der Mann sein Geld verdiene. Im Internet habe sie nichts über ihn gefunden. Deshalb bat sie Apollinaire, etwas zu recherchieren. Das konnte er gut. Fast so gut, wie sich tote Kaninchen auszudenken.

Eine Brücke überquerte den Fluss Durance, der die Grenze vom Département Bouches-du-Rhône zum Département Vaucluse markierte. Lächelnd stellte sie fest, dass sie sich immer weiter von ihrem eigentlichen Zuständigkeitsbereich entfernte. Ihr Glück, dass dieser nicht genau definiert war. Ihr Handy klingelte. Nicolas oder schon wieder Apollinaire? Oder zur Abwechslung mal Rouven, von dem sie schon länger nichts mehr gehört hatte? Weder der eine noch der andere. Auf dem Display sah sie, wer dran war.

»*Bonjour,* Maurice«, begrüßte sie Balancourt. »Ich habe deinen Anruf schon erwartet.«

Das war ein wenig geflunkert. Aber eigentlich hätte sie ihn erwarten müssen.

»Na, wie war's bei Pascal, der alten Schnarchnase?«

Ob sie ihm verraten sollte, was Pascal gesagt hatte? Nämlich dass ihn Balancourt am Arsch lecken könne? Nein, erstens wäre niemandem damit gedient, und zweitens hatte Pascal noch die theoretische Chance, innerhalb der gesetzten Frist die entscheidenden Informationen herauszurücken. Was er aber nicht tun würde, davon ging sie aus.

»Ist mir nicht sympathisch«, stellte sie fest. »Und gesagt hat er auch nichts. Er beruft sich auf das Recht eines Privatdetektivs, seinen Mandanten zu schützen und dessen Identität nicht preiszugeben.«

»*Mon Dieu,* da bewegt er sich aber auf ganz dünnem Eis. Es gibt Mittel und Wege ...«

»Brauchen wir nicht«, unterbrach sie ihn. »Roger Sapin arbeitet für seine *Agence de détectives privés.*«

»Sapin, Sapin ... War der nicht früher in deiner Mannschaft?«

Sie bewunderte Balancourt für sein exzeptionelles Gedächtnis. Vieles mochte bei ihm im Alter schlechter werden, wahrscheinlich auch sein Golf-Handicap, aber im Kopf war er so fit wie eh und je.

»Maurice, du bist gut …«
»Weiß ich, musst du mir nicht bestätigen.«
»Sapin hat mich heimlich kontaktiert, und wir haben uns später getroffen. Er hat mir alles erzählt. Um es kurz zu machen: Ein gewisser Mahmud al-Mawardi, von dem ich nichts weiß, außer dass er offenbar wohlhabend ist, hat mit seiner Frau Kalila eine zwölfjährige Tochter namens Leyla. Diese wurde offenbar von Youssef und Samira entführt. Weil die Entführer ihm eingeschärft hatten, die Polizei rauszuhalten, hat Mawardi Pascal mit seiner ADP eingeschaltet. Bei der Lösegeldübergabe in den *Carrières de Lumières* kam es dann zum tödlichen Zwischenfall. Das Mädchen wurde nicht freigelassen und befindet sich immer noch in den Händen der Kidnapper …«
»Oder sie ist längst tot.«
Damit hatte er nüchtern ausgesprochen, woran sie immer wieder denken musste. Aber an Leylas Tod zu glauben war keine Option.
»Den Rest der Geschichte kennst du. Jetzt bin ich unterwegs nach Lourmarin, wo Mawardi ein Ferienhaus besitzt.«
»Mahmud al-Mawardi? Den Namen habe ich schon mal gehört. Ich werde Jacqueline bitten, etwas über ihn herauszubekommen.«
»Apollinaire ist auch schon dran.«
»Sehr gut. Sobald wir was wissen, gebe ich dir Bescheid.«
»Danke. Wie geht's deiner Panzerabwehrrakete?«, wechselte sie das Thema.
»Ist nicht *meine,* dann wäre sie jetzt nicht weg. Sie stammt aus französischen Militärbeständen, so viel ist klar. Offenbar ist bereits ein Käufer im Spiel. Du kannst dir vorstellen, wie sehr uns das beunruhigt. Eine Panzerabwehrrakete auf französischem Boden, womöglich in Händen von Terroristen. Ich muss dir nicht erzählen …«

»Nein, musst du nicht.«
»Schade, dass du gerade beschäftigt bist, sonst würde ich dich mit ins Team holen.«
Fast war sie froh, dass sie keine Zeit hatte. Sie war gerade dabei, das Leben einer Zwölfjährigen zu retten. Balancourt musste in seinem Team ohne sie auskommen. Nicht nur heute, auch in Zukunft.

33

Lourmarin stand im Ruf, eines der schönsten Dörfer in der Provence zu sein. Irgendwo hatte Isabelle gelesen, dass Lourmarin sogar zu den *plus beaux villages de France* zählte. Da ging es ihr wie mit der Bouillabaisse: Solch schwärmerischen Aussagen misstraute sie grundsätzlich. Sie näherte sich dem Ort über die Route de Cadenet. Zumindest war Lourmarin schön gelegen, das ließ sich zweifelsfrei feststellen. Was erklärte, warum sich wohlhabende Menschen wie al-Mawardi hier ein Feriendomizil zulegten. Sie musste an Apollinaires Worte denken. Nein, sie machte gerade keine Sightseeingtour durch die Provence. Weshalb es auch egal war, ob es ihr hier gefiel oder nicht. Jetzt ging es einzig darum, al-Mawardi zu treffen, um mit ihm über seine Tochter zu sprechen. Sie ließ sich vom Navi in ihrem Smartphone ans Ziel lotsen. Der Weg führte sie an einem Château vorbei, das als Attraktion wahrscheinlich in jedem Reiseführer stand. Leise lächelnd stellte sie fest, dass sie mit dem alten Mustang entschieden langsamer fuhr als gewöhnlich. Sie genoss es, im Cruising-Tempo dahinzugleiten. Der großvolumige Motor brummelte gemütlich vor sich hin. Dank Automatik musste sie weder kuppeln noch schalten. Bei Vollgas würde der Mustang seine unbändige Kraft entfalten und die Hinterräder qualmend durchdrehen. Etwas zu können und das Gegenteil zu tun, das war der ultimative Genuss.

Das Navi führte sie um die Altstadt herum. Nach einem *rond-point* und einem weiteren Kilometer erreichte sie ihr Ziel. Sie hielt vor einem schmiedeeisernen Flügeltor und stellte den Motor ab. Isabelle sah, dass eine Überwachungskamera auf sie gerichtet war. Hinter dem Tor erspähte sie eine riesige Rasenfläche und dahinter ein herrschaftliches Haus. War sie hier richtig? Wenn ja, dann war Mawardi wirklich kein armer Mann. Ein Namensschild suchte sie vergebens. Aber es gab einen Klingelknopf und eine Gegensprechanlage.

Sie läutete – und übte sich in Geduld. Sie bemerkte, wie sich die Kamera bewegte. Offenbar wurde sie jetzt genauer in Augenschein genommen. Dass sie nicht der angekündigte Besuch der örtlichen Müllabfuhr war, dürfte klar sein. Mehr aber auch nicht.

Schließlich ertönte eine Stimme aus dem Lautsprecher. »Wer sind Sie? Was wollen Sie?«

Der Empfang hätte freundlicher sein können. Doch hatte sie mit dieser abweisenden Begrüßung gerechnet.

»Mein Name ist Isabelle Bonnet, ich komme von der *Police nationale* und würde gerne mit Monsieur al-Mawardi sprechen. Persönlich und unter vier Augen.«

Bis zur Antwort verging fast eine Minute.

»In welcher Angelegenheit?«

»Sagen Sie ihm, dass es um seine Tochter Leyla geht.«

Wieder dauerte es. Schließlich öffneten sich die Torflügel. Das war auch eine Antwort – und zwar die erhoffte. Isabelle stieg ins Auto und fuhr aufs Anwesen. Es ging eine lange, gekieste Auffahrt hinauf zur Villa, die mit jedem Meter des Näherkommens immer pompöser wurde.

Vor dem Eingang erwartete sie ein kräftiger Mann, der schon allein durch seine Kleidung und Körpersprache als Hausherr zu erkennen war.

Die Villa wäre aufgrund ihrer frei stehenden Lage mit einem Fernglas gut zu observieren, dachte Isabelle. Insofern war ihr

Mustang die perfekteste Tarnung, die man sich vorstellen konnte. Der Wagen war so auffällig, dass ihn keine Polizistin fahren würde, die unerkannt bleiben wollte.

Sie stieg aus und ging auf Mawardi zu, der ihr sichtlich verwirrt entgegensah. Weder ihr Auto noch sie selbst entsprachen wohl seinem Bild von einer Kommissarin der *Police nationale.*

Einer spontanen Eingebung folgend, umarmte sie ihn. »Jetzt tun Sie so, als ob wir alte Freunde wären«, sagte sie. »Falls wir beobachtet werden.«

Mawardi erwiderte ihre Umarmung. Etwas steif, aber aus der Ferne wohl einigermaßen glaubwürdig.

»Ich darf Sie bitten, mir ins Haus zu folgen«, sagte er.

Sie hakte sich bei Mawardi unter. »Wir wollen doch so tun, als ob wir alte Bekannte wären.«

Kaum hatte sich die schwere Holztür hinter ihnen geschlossen, ging Isabelle auf Distanz. Sie zeigte Mawardi ihren Polizeiausweis, den er genau studierte.

»Ich bin hier, um mit Ihnen über die Entführung Ihrer Tochter Leyla zu reden. Haben Sie nach der Lösegeldübergabe in den *Carrières de Lumières* von ihr ein Lebenszeichen erhalten?«

Oft kam man schneller ans Ziel, wenn man auf lange Erklärungen verzichtete. Außerdem mochte sie es nicht, um den heißen Brei herumzureden.

»Woher wissen Sie, also, ich verstehe nicht …«, stammelte Mawardi.

»Sie hätten gleich mit der Polizei reden sollen, nicht mit Alphonse Pascal von der ADP. Monsieur Mawardi, ich möchte Ihnen helfen, Leyla wiederzufinden.«

Von hinten kam eine Stimme. »Das wäre unser sehnlichster Wunsch.«

Isabelle drehte sich um.

»Ich bin Leylas Mutter.«
»Kalila? Ich freue mich, Sie kennenzulernen.«
Isabelle gab ihr die Hand, wobei sie diese länger festhielt als nötig. Sie sah ihr in die Augen. »Geben Sie die Hoffnung nicht auf. Sie werden sehen, alles wird gut.«
Warum hatte sie das gerade gesagt? Wie konnte sie das in Aussicht stellen? Was, wenn nicht alles gut ausging? Wenn Leyla vielleicht schon tot war?
»Hoffentlich haben Sie recht«, sagte Kalila leise. »Lange halte ich diese Ungewissheit nicht mehr aus.«
»Monsieur Mawardi, Madame, können wir uns bitte irgendwo hinsetzen und uns unterhalten. Wenn ich Ihnen helfen soll, müssen Sie mir alles erzählen.«
»Die Entführer haben gesagt, wir dürften nicht mit der Polizei sprechen.«
»Das sagen Entführer immer, ist doch klar. Trotzdem zeigt die Statistik, dass die Chancen sehr viel besser sind, wenn die Polizei eingeschaltet wird.« Isabelle kannte keine Statistik, die das besagte. Aber sie wollte die beiden beruhigen. »Außerdem ist es nicht klüger«, fuhr sie fort, »eine private Detektei hinzuzuziehen. Das mögen Entführer genauso wenig. Wie sind Sie übrigens auf Pascal und die ADP gekommen?«
»Ich habe hochrangige Freunde«, antwortete Mawardi. »Einer hat mir die *Agence de détectives privés* in Marseille empfohlen. Sein Konzern arbeite schon seit Jahren mit der ADP zusammen und habe nur gute Erfahrungen gemacht.«
»Wirtschaftsspionage ist was anderes als eine Kindesentführung«, rutschte ihr heraus. »Aber Sie haben sich so entschieden, lässt sich nicht mehr ändern. Jetzt sollten Sie mir alles erzählen, was Sie wissen.«
Mawardi nahm seine Frau zur Seite und flüsterte mit ihr. Vermutlich beratschlagten sie sich. Isabelle gefiel das. Offenbar

entschied Mawardi nicht alles selbst, er bezog seine Frau mit ein.
»Einverstanden. Am besten gehen wir in den Salon, dort können wir ungestört reden. Aber vorher möchte ich gerne abklären, ob Sie wirklich von der Polizei sind. Ich hoffe, Sie haben für diese Vorsichtsmaßnahme Verständnis. Ehrlich gesagt sehen Sie nicht aus wie eine Kommissarin. Ihr Auto passt auch nicht. Kann ich bitte noch mal Ihren Ausweis haben? Ich würde gerne jemanden in Paris anrufen und Ihre Identität überprüfen. Einverstanden?«
»Natürlich.« Sie reichte ihm ihren Polizeiausweis. »Verraten Sie mir, wen Sie anrufen wollen?«
»Einen Staatssekretär im Innenministerium.«
»Sagen Sie ihm, er solle sich bei Maurice Balancourt nach mir erkundigen. Er wird wissen, wer das ist.«
»Balancourt? Gut, ich sag's ihm. Wenn Sie bitte schon mal mit meiner Frau in den Salon gehen und dort auf mich warten. Wird nicht lange dauern. Und noch mal, bitte entschuldigen Sie mein Misstrauen.«
Isabelle lächelte. »Kein Problem.«
Mawardi war ausnehmend höflich. Auch das gefiel ihr.

Es dauerte länger als gedacht. In der Zwischenzeit tranken sie *thé à la menthe*, grünen Minztee. Und sie unterhielten sich, allerdings ohne über die Entführung zu sprechen. Isabelle hatte keine Kinder, aber sie konnte sich vorstellen, welchen Seelenqualen Kalila ausgesetzt war. Leyla war ihr einziges Kind. Sie zeigte Isabelle ein Foto. Das Mädchen sah süß aus. Wie wahrscheinlich fast alle Mädchen mit zwölf Jahren. Da waren sie noch unschuldig. Zicken wurden sie erst später. Oder konnten schon zwölfjährige Mädchen zickig sein? O ja, ganz sicher sogar. Selbst wenn sie so lieb lächelten wie Leyla auf ihrem Foto. Mit Kalilas Erlaubnis machte sie ein Foto von Leylas Bild.

Mawardi kam zurück. Er reichte ihr den Ausweis.

»Madame Bonnet, Sie hätten mir gleich sagen können, dass Sie sehr viel mehr sind als eine normale Kommissarin. Ich bin wirklich froh, dass uns eine Frau mit Ihrer professionellen Erfahrung zur Seite stehen wird. Ehrlich gesagt sind Sie unsere letzte Hoffnung. Von Pascal hören wir seit Tagen immer das Gleiche: Er arbeite mit seinem Team rund um die Uhr daran, die Entführer zu finden und unsere Tochter zu retten. Aber wenn ich nachfrage, kommt nichts als heiße Luft. Ich glaube, er hat keine einzige Spur.«

Nun hatte Mawardi zu hohe Erwartungen, dachte Isabelle. Sie war zwar eine Frau mit *professioneller Erfahrung*, aber sie hatte diese auf anderen Gebieten. So konnte sie Terroristen jagen und Attentate verhindern. Doch mit Entführungen hatte sie es noch nie zu tun gehabt – was sie jetzt besser für sich behielt.

»Ich habe Pascal gestern besucht«, sagte sie stattdessen. »Ich fürchte, Sie haben recht. Eine Spur scheint er aktuell nicht zu haben. Er wartet darauf, dass sich die Entführer wieder melden.«

»Ja, für diesen Fall haben seine Leute unsere Telefone präpariert. Alle Anrufe werden automatisch aufgezeichnet …«

Isabelle erinnerte sich an das Knacken bei ihrem Telefonat.

»… und ins Büro der ADP weitergeleitet. Falls einer der Entführer dran ist, würde sofort eine Rückverfolgung in die Wege geleitet. Ich solle versuchen, das Gespräch in die Länge zu ziehen, dann könne der Standort des Anrufers ermittelt werden.«

»Wir schleichen ständig ums Telefon herum«, sagte Kalila, »und hoffen darauf, dass sich die Entführer wieder melden. Aber die rühren sich einfach nicht mehr.«

Isabelle konnte sich die Enttäuschung vorstellen, wenn stattdessen die örtliche Müllabfuhr wegen einer Kundenbefragung anrief.

Mawardi ließ sich in einen schweren Sessel fallen und wischte sich mit einem Taschentuch über die schweißnasse Stirn. Nicht nur seine Frau, auch er schien mit den Nerven am Ende.
»Hätte nicht gedacht«, sagte er, »dass Pascal die Polizei hinzuzieht. Er selbst hat uns eingeschärft, die *flics* aus dem Spiel zu lassen.«
»Er hat die Polizei nicht hinzugezogen, ganz im Gegenteil, er war über mein Auftauchen alles andere als erfreut.«
»Aber er hat Ihnen meinen Namen genannt.«
»Nein, hat er nicht. Pascal hat keine Ahnung, dass ich von Ihnen weiß, und erst recht nicht, dass ich jetzt bei Ihnen bin.«
Mawardi sah sie grübelnd an. »Wenn nicht von ihm, woher wissen Sie dann …? Und überhaupt …?«
»Ich habe meine Quellen.« Isabelle nahm ihr Smartphone. »Ich zeige Ihnen jetzt Fotos einer jungen Frau. Ich will von Ihnen wissen, ob Sie die Person kennen.«
Mawardi und Kalila schauten sich die Fotos an. Sie nahmen sich Zeit, unterhielten sich kurz auf Arabisch, kamen dann aber zu einem übereinstimmenden Ergebnis.
»Nein, kennen wir nicht. Obwohl uns ihr Gesicht im ersten Moment irgendwie bekannt vorkam. Wer soll das sein?«
»Sie ist eine der beiden Entführer Ihrer Tochter …«
»Wie bitte?« Kalila riss ihrem Mann das Handy aus der Hand. »Diese Schlampe hat meine kleine Leyla entführt? Warum hat sie das getan?«
»Lösegeld, mein Schatz, es ging ums Lösegeld.«
»Das Lösegeld hat sie doch jetzt, warum lässt sie Leyla nicht frei?«
Damit hatte Kalila die entscheidende Frage gestellt, dachte Isabelle. Eine Frage, auf die sie keine Antwort hatte. Außer dass Balancourt recht haben könnte: Leyla war tot. Und Tote konnte man nicht mehr freilassen. Aber sie weigerte sich, daran zu

glauben. Und erst recht würde sie diese Möglichkeit nicht aussprechen.

»Die Frau ist nicht die treibende Kraft«, erklärte Isabelle. »Hauptakteur ist ihr Bruder. Sie hilft ihm nur dabei.«

»Woher wissen Sie das alles?«, fragte Mawardi.

»Ist eine lange Geschichte. Entscheidend ist, dass ich es weiß. Ich habe auch die Fingerabdrücke der Frau, ebenso die ihres Bruders. Sind leider nirgends registriert. Und ich kenne die Vornamen der beiden: Samira und Youssef. Aber leider nur die Vornamen. Von Youssef habe ich kein Foto, aber mein Mitarbeiter könnte ihn identifizieren, er ist ihm einmal begegnet.«

Dass ihn Youssef dabei mit einem schweren Aktenlocher zu Boden gestreckt hatte, gehörte auch zur »langen Geschichte« – und tat hier nichts zur Sache.

Kalila murmelte immer wieder die Namen: »Samira und Youssef, Samira und Youssef …«

Mawardi schüttelte verständnislos den Kopf. »Verstehe ich nicht, das sind doch offenbar Glaubensbrüder von uns. Warum sollten sie gerade von uns die Tochter entführen und Lösegeld erpressen?«

Genau diese Frage bereitete auch Isabelle Kopfzerbrechen. Eine politisch motivierte Tat passte nicht ins Bild. Was war aber dann der Beweggrund, ausgerechnet die Tochter von al-Mawardi zu entführen?

»Kennen Sie die beiden vielleicht doch?«, fragte Isabelle. »Häufig stammen Entführer aus dem engeren oder weiteren persönlichen Umfeld.«

»Nein, wir kennen sie ganz sicher nicht. Und ihre Namen sind leider Allerweltsnamen.«

Das hatte schon Apollinaire festgestellt. Die Vornamen brachten sie keinen Schritt weiter. Sie ließen sich nicht einmal einem Herkunftsland zuordnen.

»Ich habe einige Fragen an Sie. Mich würde erstens interessieren, wie die Entführung abgelaufen ist. Was wissen Sie darüber? Zweitens, wie und wann haben die Entführer mit Ihnen Kontakt aufgenommen …«

»Die Entführer? Also Youssef und Samira …«

»Richtig, sofern es keine weiteren Komplizen gibt, wovon ich nicht ausgehe. Und drittens, wie hoch war die Lösegeldforderung?«

Kalila sah ihren Mann fragend an. »Soll ich beginnen?«

»Ja, fang du an. Am besten mit Albert Camus.«

Albert Camus? Jetzt war es an Isabelle, verständnislos zu gucken. Was könnte Camus, der schon lange tot war, mit Leylas Entführung zu tun haben?

»Leyla hat in der Schule gerade Albert Camus durchgenommen, sein Leben, sein Werk und so weiter. Camus hatte ja ein Haus in Lourmarin. Nach seinem Unfalltod wurde er auf dem hiesigen Friedhof begraben. Am Tag ihrer Entführung hat Leyla an einem Besuch seines Grabes teilgenommen …«

»An einem Besuch teilgenommen?«

»Ja, Sie müssen wissen, in Lourmarin gibt es eine private Ferieninitiative für Kinder. Die unternehmen gemeinsam Ausflüge, picknicken im Wald, machen aber auch in Kultur, deshalb das Grab von Albert Camus.«

Isabelle fand, dass Kalila etwas weit ausholte. Andererseits wollte sie ihren Redefluss nicht unterbrechen.

»Madame Blanchet, das ist die Leiterin der Ferieninitiative, hat mit den Kindern das Grab besucht und ihnen dort die tragische Geschichte seines Todes erzählt. Danach sind die Kinder auf dem Friedhof herumgelaufen. Erst später, auf dem Heimweg, hat Madame Blanchet Leylas Fehlen bemerkt. Sie sind alle zusammen zurück auf den Friedhof und haben sie gesucht. Aber Leyla blieb unauffindbar. Eine naheliegende Möglichkeit war, dass Leyla selbstständig nach Hause gelaufen ist. Also hat Madame Blanchet versucht, mich auf meinem Handy zu erreichen. Leider hatte ich es auf stumm geschaltet und den Anruf nicht gehört …«

»Um es kurz zu machen«, wurde sie von ihrem Mann unterbrochen, »eine halbe Stunde später habe ich auf dem Festnetz in unserem Haus einen Anruf entgegengenommen. Ein Mann, also wahrscheinlich dieser Youssef, hat mir gesagt, dass sie Leyla in ihren Händen hätten. Keine Polizei. Er würde sich wieder melden und eine Lösegeldforderung stellen. Wenn wir kooperieren, würde Leyla nichts geschehen. Und nochmals: keine Polizei! Kein Aufsehen!«

»Wir haben Madame Blanchet angelogen«, ergänzte Kalila, »und ihr gesagt, dass Leyla zu Hause sei. Sie habe Kopfschmerzen und würde am weiteren Ferienprogramm vorläufig nicht teilnehmen.«

»Leyla ist also auf dem Friedhof verschwunden?«, fasste Isabelle zusammen.

»Ja, wir können es uns auch nicht erklären. Wie konnte sie von dort entführt werden?«

Eine halbe Stunde später hatte Isabelle Antworten auf weitere Fragen. So wusste sie jetzt, wie hoch das Lösegeld war. Angesichts des offensichtlichen Wohlstands von Mawardi eine erstaunlich moderate Summe. Auch wusste sie, dass Youssef für die Übergabe ursprünglich einen anderen Ort vorgeschlagen hatte, nämlich eine alte Brücke, die zwischen Mérindol und Mallemort über die Durance führte. Aber Pascal und sein Team hatten auf dem Steinbruch von *Carrières de Lumières* bestanden. Aus »strategisch-taktischen« Gründen. Mawardi hatte Youssef zu dieser Programmänderung überredet. Und ihm gesagt, dass in seinem Auftrag ein Freund den Rucksack mit dem

Lösegeld übergebe. Den Rest der Geschichte kannte sie. Vor allem wusste sie, was danach alles schiefgegangen war. Doch eines wusste sie am Ende ihres Gespräches nicht: wie sie nämlich die Hoffnung begründen sollte, die sie bei den Eltern geweckt hatte. Denn ehrlicherweise müsste sie eingestehen, dass auch sie nicht den Schimmer einer Idee hatte, wie man Youssef und Samira auf die Spur kommen und Leyla finden und befreien könnte. Da war sie im Moment nicht gescheiter als Alphonse Pascal mit seiner ADP. Kein schönes Gefühl. Geradezu frustrierend. Und doch rang sie sich zum Abschied ein zuversichtliches Lächeln ab. Sie nahm Kalila kurz in die Arme. Von Frau zu Frau. Und Mahmud al-Mawardi schenkte sie einen festen Händedruck. So etwas schaffte Vertrauen.

34

Albert Camus, der drei Jahre zuvor den Literaturnobelpreis erhalten hatte, starb 1960 als Beifahrer bei einem Autounfall auf der Fahrt von Lourmarin, wo er ein Haus besaß, nach Paris. Tragischerweise hatte er das bereits gelöste Zugticket in der Tasche, aber er hatte sich vom Neffen seines Verlegers überreden lassen, im Auto mitzufahren. Camus, der sich in seinem literarischen Werk immer wieder auch mit dem Tod auseinandergesetzt hat, den er als »unausweichliche Fatalität« bezeichnete, liegt auf dem Dorffriedhof von Lourmarin begraben. Seine letzte Ruhestätte ist eine Pilgerstätte, gleichwohl überaus schlicht und bescheiden. Ein flacher Grabstein mit einem Lavendelbusch. Oft liegen Blumen von Verehrern am Grab. C'est tout, das ist alles. So wenig und doch so viel.

Weil es am Eingang des Friedhofs ein Hinweisschild gab, fand Isabelle gleich hin. Jetzt stand sie vor dem Stein mit der Aufschrift »Albert Camus 1913–1960«. Hier hatte also auch die kleine Leyla al-Mawardi gestanden, zusammen mit den anderen Kindern ihrer Feriengruppe. Sie hatte sich wohl angehört, was Madame Blanchet über den großen Philosophen und Schriftsteller erzählte. Zum Beispiel, dass Albert Camus in Algerien das Licht der Welt erblickt hatte, dass er ein herausragender Vertreter des Existenzialismus war und in seinem literarischen Werk Romane wie *L'Étranger* und *La Peste* besondere Erwähnung verdienten … Isabelle stellte sich vor, wie die Kinder unruhig wurden, weil sie weder etwas mit dem Begriff Existenzialismus anfangen konnten noch seine Romane gelesen hatten. Weshalb sie nach Beendigung des Vortrags sofort losrannten. Über den Friedhof, kreuz und quer, ohne Respekt vor den Toten. Warum auch? Die Verstorbenen bekamen davon nichts mehr mit. Und im unwahrscheinlichen Fall, dass doch, würden sie sich über die fröhliche Abwechslung, über das Gelächter und ausgelassene Treiben freuen.

Isabelle wandte sich von Camus ab, um nach wenigen Metern am Grab des Schriftstellers Henri Bosco vorbeizukommen. Wie es schien, bezeichnete sich Lourmarin zu Recht als »Dorf der Schriftsteller«. Bis in unsere Zeit, denn auch der Wahl-Franzose Peter Mayle hatte die letzten Jahre seines Lebens in Lourmarin verbracht, war aber woanders begraben. Sie lief weiter über den Friedhof und war mit ihren Gedanken nicht mehr bei Camus, sondern im Hier und Jetzt. Beziehungsweise, um genau zu sein, im Jetzt vor zwei Wochen. Wo war Leyla herumgelaufen? Wie konnte sie von hier unbemerkt verschwinden?

Isabelle stellte fest, dass es nicht nur den offiziellen Eingang gab, durch den sie gekommen war, vielmehr hatten die Friedhofsmauern auf der hinteren Seite eine große Lücke. Kein Tor war eingehängt, ein Kiesweg führte hinaus, und man gelangte an ein Feld mit Weinreben. Zumindest ihre zweite Frage war hiermit beantwortet. Während sich das Treiben auf den oberen Teil des Friedhofs konzentrierte, konnte Leyla von hier unbemerkt verschwinden. Aber wieso sollte sie das tun? Mit Gewalt konnte man sie von hier kaum wegschleppen, das war zu auffällig. Oder vielleicht doch? Etwa, wenn direkt am hinteren Ausgang ein Fahrzeug wartete, in das man sie hereinzerrte. Aber Leyla war nicht alleine, sie war ja in einer Gruppe unterwegs. Also … also musste es eine andere Möglichkeit geben.

Isabelle schloss die Augen. Nur so als Hypothese, vielleicht kannte Samira die kleine Leyla von irgendwoher, aus Paris, aus der Nachbarschaft, aus der Schule ... egal. Sie könnte Leyla zusammen mit ihrem Bruder verfolgt und auf eine günstige Gelegenheit gewartet haben. Auf dem Friedhof bot sich die Chance. Sie lief Leyla über den Weg. Hallo, meine Liebe, was für ein Zufall ... ich freue mich so sehr. Dann hat sie Leyla nach hinten gelotst, wo Youssef im Auto auf sie gewartet hat. Dann ging alles ganz schnell ... Ja, so könnte es gewesen sein. Das Szenario schien plausibel. Deswegen musste es nicht stimmen, aber gut möglich, dass es sich so zugetragen hat. So oder so ähnlich.

Normalerweise würde sie jetzt mit Madame Blanchet sprechen, sich von ihr den Friedhofsbesuch schildern lassen und fragen, ob Leyla von einer Frau angesprochen wurde. Auch würde sie die anderen Kinder befragen – aber all das verbot sich, weil ja offiziell nichts passiert war. Leyla hatte Kopfweh und war nach Hause gegangen. Also keine Madame Blanchet ...

Am frühen Nachmittag klingelte Isabelle an ihrem Haus. Madame Blanchet, die ihr öffnete, war dick, hatte rosa Wangen und ein freundliches Lächeln. Isabelle zeigte ihr den Polizeiausweis, beruhigte sie aber gleich, indem sie sagte, sie habe nur einige Routinefragen bezüglich einer jungen Frau, die verdächtigt würde, Kinder unsittlich zu belästigen. Es könne sein, dass sich diese Frau vor etwa zwei Wochen auf dem Friedhof von Lourmarin herumgetrieben habe. Damals sei sie doch mit einer Kindergruppe dort gewesen und habe die Frau womöglich gesehen.

Madame Blanchet riss entsetzt die Augen auf. »*Mon Dieu*, eine Kinderschänderin? In Lourmarin? In welcher Welt leben wir?«

»Keine Kinderschänderin. So schlimm ist es nicht. Die junge Frau belästigt die Kinder nur und sagt schmutzige Dinge, wenn Sie verstehen, was ich meine.«

Isabelle hoffte, dass Madame Blanchets Fantasie ausreichte, sich Ähnliches auszumalen. Tatsächlich wusste Isabelle selber nicht, wie derartige »unsittliche Belästigungen« aussehen könnten, die nicht so schlimm wären.

»Madame Blanchet, können Sie sich erinnern, ob Sie auf dem Friedhof eine Frau gesehen haben. Sie ist Ende zwanzig und macht auf den ersten Blick einen harmlosen Eindruck.«

»Eine junge Frau? Sie meinen diese Kinderschänderin? Lassen Sie mich nachdenken. *Mais oui,* Sie haben recht, da war eine Frau. Sie müssen wissen, dass sonst kaum Besucher auf dem *cimetière* waren, deshalb ist sie mir aufgefallen. Später hat sie sogar …« Madame Blanchet atmete plötzlich schwer. »… später hat sie sogar … *Oh mon Dieu,* mit einem meiner Kinder gesprochen … wie schrecklich.«

»Madame, kein Grund, sich aufzuregen«, sagte Isabelle. »Ist ja nichts passiert. Wie gut haben Sie die Frau gesehen? Würden Sie sie auf einem Foto wiedererkennen?«

»Wiedererkennen? Nein, sie war zu weit entfernt. Außerdem habe ich bei Erwachsenen ein miserables Personengedächtnis, aber meine Kinder kann ich alle auseinanderhalten. Für sie schlägt mein Herz.«

Isabelle entschied, dass es somit keinen Sinn machte, Madame Blanchet Samiras Fotos zu zeigen.

»Können Sie sich zufällig erinnern, mit welchem Kind die Frau gesprochen hat?«

»Natürlich, ich sagte doch, die mir anvertrauten Kinder habe ich immer im Blick.«

Was nicht ganz stimmte, dachte Isabelle. Sonst wäre Leyla jetzt nicht verschwunden.

»Könnten Sie mir bitte den Namen verraten, nur für mein Protokoll.«

»Das war die kleine Leyla al-Mawardi. Ein entzückendes Mädchen. Leider hatte sie an diesem Tag Kopfweh und ist früher nach Hause. Seitdem fehlt sie in unserer Gruppe. Aber ihre Mutter sagt, es ginge ihr schon besser. Hoffentlich ist sie bald wieder bei uns.«

»Madame Blanchet, ich danke Ihnen für Ihre Auskunft«, verabschiedete sich Isabelle. »Wie gesagt, ist nur fürs Protokoll. Sie müssen sich keine Sorgen machen. Die verdächtige Person ist nicht mehr in Lourmarin, zuletzt wurde sie in Aix gesehen. Für Ihre Kinder geht von ihr keine Gefahr aus.«

»*Dieu merci,* ich hätte sonst keine ruhige Minute mehr.«

35

In der Altstadt von Lourmarin bildet die kleine Place de l'Ormeau das heimliche Zentrum, wo sich die Einheimischen, die Besitzer einer *maison de vacances* und die Touristen fast zwangsweise über den Weg laufen. Wer sich kennt, begrüßt sich und bleibt für ein Schwätzchen stehen. Oder setzt sich gleich an ein Tischchen vor ein Café.

Isabelle saß an der Hausmauer der Bar *Apéro La Fontaine* und beobachtete das entspannte Treiben. Ein Ehepaar blieb stehen, um die efeubewachsene Fassade des gegenüberliegenden Weinladens *Fontenille* zu fotografieren. Ein alter Herr mit einer Zeitung unter dem Arm …

Doch Isabelles Aufmerksamkeit war nicht wirklich auf das Geschehen vor ihren Augen gerichtet. Vielmehr konzentrierten sich ihre Gedanken auf die al-Mawardis, auf die hübsche Leyla, von der sie auf ihrem Handy ein Foto hatte, auf den Friedhof mit dem Grab Albert Camus' und auf Madame Blanchet, die, ohne es zu merken, den Beginn einer Entführung beobachtet hatte. Und jetzt? Jetzt war sie zwar viel klüger als heute Morgen – doch erneut ohne einen Durchbruch erzielt zu haben. Wieder beschlich sie wie schon so häufig bei diesem Fall ein Gefühl der Frustration. Sie kam voran … und trat gleichzeitig auf der Stelle. Das war sie nicht gewohnt. Und wie es schien, konnte sie damit nicht umgehen. Warum sonst hatte sie erneut ein flaues Gefühl im Magen? Ob dagegen das *Tiramisu aux fraises* half, das sie gerade löffelte? Süßspeisen sollten ja Glückshormone freisetzen. Die könnte sie jetzt brauchen. Noch besser aber wäre eine zündende Idee.

Isabelle ahnte, was ihr Hauptproblem war. Sie war jemand, die es hasste, zur Passivität verdammt zu sein. Ihrem Naturell folgend, packte sie Probleme gerne an den Hörnern – nur war kein Stier da, dem sie sich entgegenstellen konnte.
Vor wenigen Minuten hatte sie einen Anruf von Jacqueline erhalten, die ihr beste Grüße von Balancourt übermittelte und ihr berichtete, was sie über Mahmud al-Mawardi herausgefunden hatten. Der Mann war in Wirtschaftskreisen kein Unbekannter. Er war Inhaber einer von ihm gegründeten Firma, die sehr erfolgreich mit landwirtschaftlichen Maschinen handelte. Vor allem dominierte er die Geschäfte zwischen Frankreich und den nordafrikanischen Ländern des Maghreb, von Marokko über Algerien bis Tunesien. Überall dort war er hervorragend vernetzt. Wo immer große landwirtschaftliche Geräte wie Traktoren oder Erntemaschinen benötigt wurden, hatte er seine Finger im Spiel. Mahmud al-Mawardi schien eine weiße Weste zu haben. Er stammte aus einem Ort am Rande der Sahara und war in jungen Jahren nach Frankreich gekommen. Mit viel Fleiß habe er sich nach oben gearbeitet. Politisch halte er sich aus allem heraus, vor allem beziehe er nie Stellung, wenn es in den Ländern seiner Handelspartner zu terroristischen oder militärischen Zwischenfällen gekommen sei.
Isabelle kratzte die Reste des Tiramisu vom Teller – und dachte, dass Mahmud al-Mawardis Biografie nicht weiterhalf. Höchstens insofern, dass er keine Zielscheibe für arabische Terroristen bot. Diese theoretische Möglichkeit war also mehr als unwahrscheinlich. Abgesehen davon widersprach die Verhaltensweise von Samira und Youssef dem Muster politisch motivierter oder fanatisierter Täter. Auf diesem Gebiet hatte sie Erfahrung, da traute sie sich eine Einschätzung zu. Ergo ging sie weiterhin davon aus, dass es sich schlicht und einfach um eine Lösegelderpressung handelte. Warum hatte Youssef ausgerechnet al-Ma-

wardi ausgesucht? Die einfachste Erklärung wäre: Seine Schwester Samira kannte Leyla. Und sie wusste, dass der Vater des Mädchens vermögend war. Blieb die Frage, woher Samira das Mädchen kannte. Und zwar so gut, dass sie Leyla auf dem Friedhof ansprechen und zum Mitkommen überreden konnte. Die Eltern haben Samira auf den Fotos nicht erkannt. Also mussten sich Samira und Leyla aus einem Bereich kennen, zu dem die Eltern keinen Zugang hatten.

Isabelle überlegte, ob es sich lohnte, dieser Spur nachzugehen. Wahrscheinlich erforderte es Recherchen am Hauptwohnort der al-Mawardis, also in Paris. Das war umständlich und zeitaufwendig. Und eines hatten sie gerade am wenigsten, nämlich Zeit.

Ihre Gedanken kehrten zur Frage zurück, warum Youssef und Samira ihr Opfer nach Zahlung des Lösegelds nicht freigelassen hatten. Wieder hallten die Worte Balancourts in ihren Ohren: »Oder sie ist längst tot!« Leider gab es einen stichhaltigen Grund, der dafürsprach. Sie konnte ihn noch so oft verdrängen, aber er war unübersehbar. Falls die Hypothese stimmte, dass Samira und Leyla sich kannten, konnten sie das Mädchen nicht freilassen. Das war ein Grundprinzip jeder Entführung: Das Opfer darf nicht wissen, wie die Entführer aussehen. Erst recht darf es ihre Identität nicht kennen. Deshalb ist es kein Klischee, wenn die Entführer in Kriminalfilmen immer Strumpfmasken tragen. Nehmen sie diese ab, kommt das meistens einem Todesurteil gleich. So ist das im Film – und leider auch in der Realität. Samira hat das womöglich nicht bedacht, aber Youssef ganz gewiss. Einen Hoffnungsschimmer freilich gab es. Isabelle hatte von Samira, die sie damals noch Monique genannt hatten, einen verschüchterten und friedfertigen, vielleicht etwas naiven Eindruck gewonnen. Ihre Verwirrung war auf den vorausgegangenen Unfall zurückzuführen, aber ihr sanftes Wesen sollte dadurch nicht verändert worden sein. Isabelle konnte sich nicht vorstellen, dass Samira einer Tötung Leylas zugestimmt hatte. Leider konnte sie sich umgekehrt sehr wohl vorstellen, dass Youssef seine Schwester überrumpelt und vor vollendete Tatsachen gestellt hat.

Isabelle versuchte, diese negativen Gedanken auszublenden. Sie zahlte und stand auf. Nachdenklich schlenderte sie durch Lourmarin. Vor einem Geschäft mit bunten Panamahüten blieb sie stehen. Sollte sie sich einen kaufen? Immerhin war sie jetzt Cabrio-Fahrerin. Ebenso schnell wie entschieden verwarf sie den Gedanken. Man fuhr kein offenes Cabrio, um sich ein »Verdeck« aus Stroh auf den Kopf zu setzen. Das war widersinnig – oder was für alte Männer mit Haarausfall und Angst vor Hitzschlag.

Ihr Handy klingelte. Apollinaire war dran. Weil er ihr gleich mehrere Infos auf einmal vermitteln wollte, waren die ersten Sätze so konfus, dass er sie in einem zweiten Anlauf entwirren musste. Nein, nicht der tote Frédéric Moreau handle mit landwirtschaftlichen Großmaschinen, korrigierte er sich, sondern dieser Mahmud al-Mawardi. Auch habe der tatverdächtige Keramiklieferant Louis Garnier nichts mit Mawardis Ehefrau Kalila zu tun, auch wenn sich das gerade so angehört habe. Also der Reihe nach: Er habe, ihrem Wunsch folgend, die Person al-Mawardi durchleuchtet. Der Mann sei durch den Handel mit Landmaschinen richtig reich geworden. Seine Hauptabnehmer säßen in den ehemaligen französischen Kolonien Nordafrikas, natürlich nur dort, wo Landwirtschaft betrieben wurde, also nicht in den Wüstengebieten, die aufgrund des ariden Klimas …

Isabelle unterbrach ihn und sagte, dass sich seine Informationen mit jenen decken würden, die sie bereits aus Paris erhalten habe. Sie dankte ihm für seine Recherchen. Apollinaire war wie ein

Kind, er musste regelmäßig gelobt werden. Das machte ihn glücklich und motivierte ihn.
Im Gegenzug berichtete sie ihm, was sie selbst seit ihrem letzten Telefonat getan und in Erfahrung gebracht hatte. Das war nicht wenig. Sie fing mit den al-Mawardis an, schilderte dann den Friedhof mit dem Grab Camus' und kam schließlich zur Kinderbetreuerin Madame Blanchet – und ihrer Beobachtung, dass Leyla auf dem Friedhof mit einer jungen Frau gesprochen habe, sehr wahrscheinlich also mit Samira.
Apollinaire war von der Fülle der Informationen so erschlagen, dass er vergaß, von seinen Fortschritten im Fall des toten Frédéric Moreau und des tatverdächtigen Louis Garnier zu berichten. Isabelle erinnerte ihn auch nicht daran, denn sie wollte sich gerade wirklich nur mit der Entführung des Mädchens Leyla beschäftigen. Garnier lief ihnen nicht weg. Er führte in Fragolin seine Fliesenfirma und freute sich womöglich, dass er den Widerling Moreau so zu Tode befördert hatte, dass es wie ein Unfall aussah. Sollte er sich ruhig noch etwas freuen. Sobald sie in Fragolin zurück war, würde sie ihm die Freude austreiben. Sofern sie mit ihrem Verdacht recht hatte.
Jetzt aber zählte einzig Leyla. Isabelle beteiligte Apollinaire an ihren Überlegungen zur entscheidenden Frage: Wo könnten Youssef und Samira das Mädchen versteckt halten? Bei ihrer Flucht von Les Baux hatten sie sich nach Südosten orientiert. Setzte man diese Linie in Gedanken fort, kamen unendlich viele Orte infrage. Laut Mahmud al-Mawardi kam der Anruf der Entführer nur eine halbe Stunde nach Leylas Verschwinden. Waren sie zu diesem Zeitpunkt bereits bei ihrem Versteck angelangt? Dann könnte man einen Kreis um Lourmarin ziehen, der irgendwo im Süden von der Linie aus Les Baux getroffen wurde. Zog man noch die alte Durance-Brücke in Betracht, die ursprünglich von den Entführern als Übergabeort vorgesehen

war, grenzte sich die Region weiter ein – blieb aber dennoch so vage und spekulativ, dass man nicht ernsthaft mit einer gezielten Suche beginnen konnte.
Apollinaire brachte einen Einwand, der auf der Hand lag. Vielleicht hätten die Entführer nur deshalb bereits nach einer halben Stunde angerufen, weil sie verhindern wollten, dass Leylas Eltern die Polizei verständigten. Daraus könne man also nicht zwingend ableiten, dass sie schon ihr Versteck erreicht hatten. Möglich sei das schon, schlussfolgerte er, aber Leyla könne sich auch viel weiter weg befinden. Verschollen in den unendlichen Weiten der Provence …
Leider hatte Apollinaire recht. Die Weiten der Provence waren zwar nicht unendlich, aber allein das Département Vaucluse umfasste über dreitausend Quadratkilometer.

Während Isabelle durch die Gassen Lourmarins schlenderte und überlegte, wie sie weiter vorgehen könnte, erreichte sie erneut ein Anruf. Er kam insofern überraschend, als sie nicht wirklich mit ihm gerechnet hatte. Sie hatte Alphonse Pascal vierundzwanzig Stunden Bedenkzeit gegeben. Die hatte er bereits überzogen.
Pascal entschuldigte sich zunächst dafür, dass er gestern etwas emotional reagiert habe. Was er wohl meinte? Vor allem wohl seine abfälligen Äußerungen über Maurice Balancourt? Jetzt hatte Pascal also doch Muffensausen bekommen. Darum machte er plötzlich auf nett. Das konnte er sich sparen. Außer er rückte mit der Wahrheit heraus. Aber das würde er nicht tun. Außerdem kannte Isabelle diese längst. Prompt reagierte Pascal wie erwartet. Er bat sie um Verständnis, dass er keine weiteren Auskünfte geben könne. Wenn es allein nach ihm gehe, würde er sie selbstverständlich umfassend informieren … Schleimer, Lügner! Er habe aber noch einmal mit seinem Auftraggeber

Rücksprache gehalten. Der habe ihm strikt untersagt, die vereinbarte Geheimhaltung zu brechen … noch einmal Lügner! Isabelle überlegte, ob sie Pascal aus der Fassung bringen sollte, indem sie ihm Grüße von Mahmud al-Mawardi ausrichtete. Aber das wäre kindisch. Und würde ihre Arbeit im Weiteren erschweren. Besser hielt sie still und ließ Pascal im Glauben, sie habe keine Ahnung. Sollte er im Fall der entführten Leyla irgendwelche Fortschritte machen, was sie sehr bezweifelte, würde sie es sowieso erfahren. Sicher nicht von ihm, aber von seinem Mitarbeiter Roger Sapin, der versprochen hatte, sie im Geheimen auf dem Laufenden zu halten. Oder von Mawardi. Auch der hatte ihre Handynummer. Auf Pascal war sie nicht angewiesen. Er konnte ihr gestohlen bleiben.

36

Die Nacht hatte Isabelle in einem charmanten *Chambres d'hôtes* verbracht, das mitten in Lourmarin gelegen war, sodass sie am Morgen an der ihr schon bekannten Place de l'Ormeau frühstücken konnte. Diesmal saß sie an einem Tischchen vor dem *Café Gaby*. Wieder beobachtete sie die vorbeilaufenden Menschen. Natürlich würde keine Samira auftauchen. Erst recht nicht mit der kleinen Leyla an der Hand. Auf Youssef brauchte sie auch nicht zu hoffen. Zudem wusste sie nicht mal, wie er aussah. Apollinaire hatte sich an einer Phantomzeichnung versucht. Leider war er vieles, aber weder ein begabter Zeichner noch jemand, der das Aussehen eines Menschen beschreiben konnte. Bei ihm sahen alle aus wie Mangas. Er las zu viel japanische Comics.

Isabelle hatte noch nicht entschieden, was sie am heutigen Tag machen wollte. Es gab keine heiße Spur, der sie folgen könnte. Nicht einmal eine kalte. Und hier in Lourmarin schon gleich gar nicht. Also bot sich an, zurück nach Fragolin zu fahren. Schon deshalb, weil sie frische Unterwäsche brauchte. Schließlich hatte sie nur mit einer einzigen Übernachtung in Arles gerechnet und auf die Schnelle entsprechend wenig in die Tasche gestopft. Zwei Gründe sprachen allerdings dagegen. Zunächst hätte sie kein gutes Gefühl, ihre Ermittlungen vor Ort einfach abzubrechen und quasi heimzufahren. Weil sie nicht weiterwusste? Wie könnte sie das Leylas Eltern erklären, die so viel Hoffnung in sie setzten? Außerdem kam ausgerechnet heute Rouven nach Fragolin, um sich mit Nicolas zu treffen. Nach der Abnahme des von Rouven bestellten Bildes würden sie zusammen mittagessen – an dem sie, ihrer Einladung folgend, teilnehmen könnte. Pikanterweise hatten beide sie eingeladen, sowohl Rouven als auch Nicolas. Mit beiden hatte sie eine Beziehung. Mit Rouven schon länger und mit Nicolas … seit wie vielen Tagen eigentlich? Na ja, jedenfalls noch nicht so lange. Isabelle musste lächeln. Da hatte sie in ihrem Leben wieder einmal einen interessanten Männer-Cocktail gemixt. Ganz unabsichtlich und ohne Rezept. Das waren die besten Cocktails. Man wusste nie genau, was einen erwartete. Fragte sich nur, ob es eine gute Idee war, mit beiden zugleich zum Essen zu gehen. Sie hatte das schon einmal gemacht, aber damals war sie mit Nicolas noch nicht intim gewesen. Natürlich war sie nicht feige. Eigentlich könnte es sogar lustig werden. Aber sie war nicht in der Stimmung. Und ganz grundsätzlich stellte sich die Frage, ob man zum Beispiel einen Tequila Sunrise und eine Piña Colada gleichzeitig trinken sollte. Also nicht gleichzeitig … aber irgendwie doch. Und wer von beiden war der Tequila Sunrise? Und wer die Piña Colada? Wieder musste sie lächeln. Sie hätte sogar eine Antwort …

Gott sei Dank hielt sie bei ihren Abschweifungen nicht die Augen geschlossen. Sonst wäre ihr Leylas Mutter entgangen, die mit einer Einkaufstasche über die Place de l'Ormeau lief. Isabelle sprang auf und begrüßte sie.

Kalila al-Mawardi freute sich über die Begegnung und setzte sich spontan an ihren Tisch. Isabelle musste gar nicht fragen, schon schüttelte Kalila den Kopf. Nein, sagte sie, noch immer nichts, kein Anruf. Und flüsternd fügte sie hinzu: kein Lebenszeichen, keine neue Forderung.

Dann bestellte sie einen *jus d'orange*, einen frisch ausgepressten Orangensaft.

»Madame Mawardi, ich gehe davon aus, dass Samira, also die junge Frau von den Fotos, dass diese Samira Ihre Tochter von irgendwoher gekannt hat. Wahrscheinlich nicht von hier, dann würden Sie sie wohl auch schon mal gesehen haben. Wo könnte Samira Ihrer Tochter in Paris begegnet sein? In der Schule, im Sportverein? Haben Sie eine Idee?«

Kalila überlegte. »Leyla besucht eine Privatschule. Aber die Frau auf dem Foto sah nicht aus wie eine Lehrerin.«

»Glaube ich zwar auch nicht, aber da kann man sich täuschen.«

»Leyla nimmt Klavierunterricht bei einem alten Herrn. Dort kann es also auch nicht sein. Ach ja, und einmal die Woche Ballett. Aber können Sie sich vorstellen, dass die Frau Ballettunterricht gibt?«

Nein, das konnte sich Isabelle nicht vorstellen. Doch in einer Ballettschule mochte es weitere Jobs geben, zum Beispiel in der Umkleide.

»Vielleicht hat eine ihrer Freundinnen ein Kindermädchen?«, kam Isabelle ein anderer Gedanke.

»Ganz sicher sogar, ihre Freundinnen kommen alle aus gutem Haus, schon durch die Privatschule. Wir freuen uns, dass einige alteingesessene Pariser Familien darunter sind. Ist ja nicht selbstverständlich, Sie verstehen … Oft gibt es Vorbehalte gegenüber Menschen unserer Herkunft.«

Privatschule, Klavier, Ballett, Kindermädchen … Isabelle dachte, dass Leyla ein privilegiertes Leben führte. Und dass es fast zu viele Möglichkeiten gab, woher sie Samira kennen könnte.

»Ich verspreche mir zwar nicht viel davon, aber könnten Sie mir bitte aufschreiben, wo Ihre Tochter zur Schule geht und wo sie Ballett- und Klavierunterricht nimmt. Außerdem die Familiennamen ihrer besten Freundinnen, die sie auch mal zu Hause besucht.«

»Natürlich, das mache ich gerne.«

Isabelle bat die Bedienung des Cafés um Zettel und Stift. Kalila trank ihren Orangensaft. Dann schrieb sie die Kontaktadressen auf.

Sie sah Isabelle besorgt an. »Aber Sie sagen bitte niemandem, dass Leyla …« Sie wischte sich eine Träne aus dem Augenwinkel.
Isabelle nahm beruhigend ihre Hand. »Nein, natürlich nicht. Wir lassen ihren Namen völlig raus, wir fragen einfach nach Samira. Polizeiroutine, ohne Angabe von Gründen.«
»Ich hoffe, ich hoffe so sehr …« Kalila nahm ihre Einkaufstasche und verabschiedete sich. »Entschuldigen Sie. Mir ist das gerade alles zu viel.«
»Verlieren Sie nicht die Hoffnung! Und grüßen Sie Ihren Mann.«
Isabelle sah Leylas Mutter hinterher. Spätestens jetzt traf sie die Entscheidung, nicht zurück nach Fragolin zu fahren. Sie hätte das jämmerliche Gefühl, die Mawardis im Stich zu lassen. Was bei Licht besehen nicht stimmte, denn hier konnte sie gerade auch nichts tun. Nur frische Unterwäsche kaufen und das Zimmer im *Chambres d'hôtes* verlängern.
Isabelle zahlte und lief Richtung Château. Kurz hinter der *Fontaine aux trois masques* fand sie eine Bank, wo sie sich hinsetzte. Beim anstehenden Telefonat konnte sie keine Mithörer brauchen.
»Bonjour, Apollinaire, tout va bien?«
»Oui, oui, comme toujours.«
»Sie könnten für mich einige Recherchen durchführen. Ich gehe davon aus, dass Samira die kleine Leyla gekannt hat. Wahrscheinlich aus Paris, wo die Mawardis ja eigentlich leben, wenn sie sich nicht wie gerade in ihrem Ferienhaus aufhalten. Leylas Mutter hat mir ihre Privatschule aufgeschrieben, die Adressen ihres Klavierlehrers und ihrer Ballettschule. Und einige Familien, wo Leyla mit den Töchtern befreundet war und dort häufiger zu Besuch war …«
»Samira hat eine Tochter …?« Apollinaire räusperte sich. »*Pardon,* Madame, da war gerade eine Störung in der Leitung. Sie

meinen, dass Samira bei einer Familie gearbeitet haben könnte. Zum Beispiel als, als …«

»Zum Beispiel als Kindermädchen.«

»Ganz genau, wollte ich auch gerade vorschlagen. Mir ist nur das Wort nicht eingefallen.«

»Ich habe den Zettel mit den Namen und Adressen fotografiert und gerade per E-Mail an Sie rausgeschickt.«

»*Un moment, oui, oui,* ist schon da. Und ich soll jetzt alle durchtelefonieren und fragen, ob dort eine Samira beschäftigt ist, auf die unsere Beschreibung passt?«

Ab und zu brauchte Apollinaire etwas länger, aber dann hatte er es erfasst.

»Natürlich wollen Sie, dass ich nichts von einer Entführung erwähne«, ergänzte er.

»Natürlich.«

»Und dass ich Sie sofort informiere, falls wir einen Treffer landen.«

»So ist es.«

»Bleiben Sie noch in Lourmarin?«

»Mindestens bis morgen. Dann sehen wir weiter.«

»Madame, ich mache mich sofort an die Arbeit.«

»Viel Erfolg. Und nicht enttäuscht sein, wenn nichts dabei herauskommt.«

»Madame, wer nichts erwartet, kann nicht enttäuscht werden. Ich halte es da mit Laotse, von dem die Lebensweisheit stammt, dass …«

»Apollinaire, bitte verschonen Sie mich mit Laotse. Fangen Sie einfach an!«

»Anfangen? *Naturellement, bien sûr, tout de suite.*«

37

Isabelle telefonierte mit Rouven. Der war gerade nach Fragolin unterwegs. Eine Freisprechanlage hatte er nicht, genauso wenig wie sie in ihrem Mustang. Nur saß er hinten, und sein alter Bentley wurde von einem Chauffeur gesteuert. Sie selbst saß grundsätzlich lieber vorne, und zwar am Steuer. Nicht nur beim Autofahren. Rouven war bester Dinge. Auch wenn er bedauerte, beim Mittagessen auf ihre Gesellschaft verzichten zu müssen. Sie versprach, dass sie sich in den nächsten Tagen in Saint-Tropez treffen könnten. Ein kühnes Versprechen, denn viel sprach nicht dafür, dass sie Zeit hatte. Oder noch schlimmer: Sie hatte Zeit – weil Leyla tot war und alles vorbei.

Tequila Sunrise oder Piña Colada? Damit kein Cocktail zu kurz kam, rief sie auch bei Nicolas an. Seine Stimme klang tatsächlich etwas angespannt. Nicht wegen ihr, das war Isabelle klar, sondern weil gleich Rouven kommen würde, um seine Auftragsarbeit in Augenschein zu nehmen. Rouven Mardrinac, der berühmte Kunstsammler, der als einer der wenigen von CLACs wahrer Identität wusste. Im Unterschied zu einer Auktion, wo ihn ja niemand kannte, musste er sich jetzt zu seiner Arbeit bekennen, konnte er sich nicht hinter seiner Anonymität verstecken. Rouven war ein Mann der klaren Worte. Er war zwar immer höflich, sagte aber, was er meinte. Im Zweifelsfall auch, dass ihm das Bild nicht gefiel. Isabelle drückte Nicolas die Daumen. Wie alle Künstler war er sensibel. Hoffentlich konnte er mit Kritik umgehen. Oder noch besser: Rouven war von seinem neuen CLAC begeistert – und orderte beim anschließen-

den Mittagessen seinen Lieblingschampagner: Dom Pérignon. Aus einem bevorzugten Jahrgang. Das wünschte sie … allen beiden.
Isabelle brachte ihre Einkaufstüte mit Unterwäsche und Polos aufs Zimmer. Sie machte die Fensterläden auf und legte sich aufs Bett. Eigentlich wollte sie nachdenken, aber daraus wurde nichts. Apollinaire rief an. Seine Stimme überschlug sich. Er verhaspelte sich so hoffnungslos, dass sie diesmal noch weniger verstand als sonst.
»Madame, Sie müssen entschuldigen, aber die Ereignisse sind …«
»Ereignisse?«
»Nun, genau genommen hat sich nichts ereignet, aber wir haben einen multiplen Erkenntnisgewinn. Wo soll ich anfangen? Ach so, bitte sagen Sie nichts, ich kenne Ihre Antwort. Am Anfang soll ich anfangen. Also, unsere Samira ist Kindermädchen bei einer Familie Rousseau im 16. Arrondissement. Nicht nur der Name, sondern auch ihre Beschreibung passt. Und sie hat einen Bruder namens Youssef …«
Apollinaire musste Luft holen. Isabelle verstand seine Aufregung. Sie selbst hatte nicht damit gerechnet, dass sie bei ihrer Suche wirklich Erfolg haben könnten. Erst recht nicht so schnell.
»Den Bruder haben sie aber nie kennengelernt. Da wollte ich auch nicht weiter nachfragen, wegen der Diskretion. Aber Samira hatte einige Male seinen Namen erwähnt. Sie hat vor drei Wochen ihren großen Sommerurlaub angetreten. Ihr voller Name ist Samira Arkoubi. Die Familie Rousseau ist sehr zufrieden mit ihr. Ihre Tochter und Samira verstehen sich blendend. Ob Samira etwas passiert sei, wollten die Rousseaus wissen. Was ich verneint habe, wir suchen sie nur als unbedeutende Zeugin eines unbedeutenden Zwischenfalls.«

Zweimal *unbedeutend* war vielleicht etwas viel. Aber egal. Unwillkürlich war Isabelle aufgesprungen und stand am Fenster.
»Wo wohnt Samira?«, fragte sie.
»Sie hat ein Zimmer bei den Rousseaus unter dem Dach. An ihren freien Tagen teilt sie sich eine kleine Wohnung mit einer Freundin im Quartier de la Gare. Die genaue Adresse habe ich.«
Isabelle dachte, dass dies, um mit Apollinaires Worten zu sprechen, tatsächlich ein »multipler Erkenntnisgewinn« war. Und doch nagte sofort wieder der Zweifel an ihr. Nicht, was die Fakten betraf, die schienen unstrittig, sondern hinsichtlich ihrer Verwertbarkeit. Okay, jetzt kannte sie die vollen Namen: Samira und Youssef Arkoubi. Aber sie konnte die beiden nicht zur Fahndung ausschreiben. Nicht, solange sie Leyla in ihrer Gewalt hatten. In Paris hielten sie sich ganz bestimmt nicht auf. Wo also waren sie dann? Isabelle zwang sich, positiv zu denken. Mit etwas Glück ließ sich herausfinden, wo Youssef Arkoubi lebte. Und vielleicht gab es in Samiras Wohnung Hinweise … Hinweise auf was auch immer.
»Apollinaire, ich gratuliere. Wir müssen jetzt trotzdem vorsichtig vorgehen, wir dürfen Leylas Leben nicht gefährden. Bitte versuchen Sie, etwas über Youssef Arkoubi herauszufinden. Parallel werde ich Jacqueline in Paris auf ihn ansetzen. Und ich werde Jacqueline bitten, einen Kollegen in Samiras Wohnung zu schicken und dort nach Hinweisen zu suchen. Vielleicht kann uns auch ihre Freundin, mit der sie zusammenlebt, etwas sagen? Womöglich hat ihr Samira von einem Ferienhaus erzählt, das sie zusammen mit ihrem Bruder in der Nähe von Lourmarin gemietet hat?«
»Madame, das wäre zu einfach. Ich glaube nicht mehr an den Weihnachtsmann.«
»Ich schon, mein lieber Apollinaire, ich schon«, erwiderte sie.

»Stimmt nicht, Sie glauben an gar nichts, so gut kenne ich Sie.« Da hatte er recht. Im Zweifel glaubte sie nur an sich selbst.
»Aber hoffen darf man.«
»Madame, ich stimme Ihnen zu, wir haben ein positives Momentum, folglich bin ich optimistisch.«
»Na bitte, dann hört Ihr Weihnachtsmann halt auf den Namen *positives Momentum.*«

Minuten später hatte sie Jacqueline in der Leitung. Maurice Balancourt habe einen freien Tag, sagte Jacqueline. Das mache nichts, antwortete Isabelle, mit Maurice wolle sie gar nicht sprechen. In wenigen Sätzen erklärte sie ihrer Freundin die Situation. Und dass sie alle Informationen über Youssef Arkoubi und seine Schwester Samira brauche.
»Darauf setze ich Albert an«, sagte Jacqueline. »Der macht das gut. Was Samiras Wohnung betrifft, da fahre ich gleich selber hin.«
»Du kannst doch nicht einfach Balancourts Vorzimmer im Stich lassen.«
Jacqueline lachte. »Doch, heute kann ich es. Er ist eh nicht da. Und Anrufer abwimmeln kann auch mein Anrufbeantworter.«
Isabelle wusste, dass Jacqueline fast nie zu Außeneinsätzen mitgenommen wurde. Dabei hasste sie es, immer nur hinter dem Schreibtisch zu sitzen.
»Okay, aber nimm einen Kollegen mit …«
»Wozu? Um das Zimmer eines Kindermädchens durchzuwühlen und mit ihrer Freundin zu sprechen? Da wäre ein Kollege nur im Weg. Isabelle, du hörst von mir. Ich bin schon fast auf dem Weg. *Au revoir, chérie.* Pass auf dich auf.«
»Du auch«, sagte Isabelle, aber da hatte Jacqueline bereits aufgelegt.

38

Die nächste Zeit verbrachte sie damit, mit ihrem Tablet-Computer im Internet zu recherchieren. Aber sie brachte nichts heraus. Vor allem fand sie keinen Youssef Arkoubi, der in Frankreich lebte. Blieb die Hoffnung, dass sich Apollinaire und dieser Albert in Paris geschickter anstellten. Sie beschloss, etwas spazieren zu fahren. Kreuz und quer in einem Umkreis von einer halben Stunde. Natürlich erwartete sie nicht, dabei das Versteck zu entdecken, in dem Leyla gefangen gehalten wurde. Genau genommen erwartete sie gar nichts, nur frische Luft und Ablenkung.
Im Norden führte eine kurvige Straße durch die Montagne du Luberon nach Bonnieux und Lacoste. Ihr Mustang röhrte gemütlich vor sich hin. Im Radio lief ein Sender mit französischen Chansons. Vielleicht nicht besonders cool, aber sie hatte Lust darauf. Gerade sang Georges Brassens *Les copains d'abord.* Sie musste lächeln, als sie daran dachte, dass der Vorbesitzer des Autos bei dieser Musik einen Tobsuchtsanfall bekommen würde. Er liebte Hardrock und Countrymusic. Nicht nur, dass sie ihn hinter Gitter gebracht hatte und seinen geliebten Mustang fuhr, jetzt hörte sie auch noch die falsche Musik. Sie sah auf die Uhr. Die halbe Stunde war vorbei. Dass es abseits der Straße genügend Verstecke geben würde, war klar. Nach ihnen ohne Anhaltspunkt zu suchen, wäre schwachsinnig. In Lacoste, wo der berühmte Marquis de Sade gelebt hatte, drehte sie um. Nicht ohne erneut an den Vorbesitzer ihres Mustangs zu denken. Auch Serge Blanc-Guerin hatte sadistische Neigungen gehabt. Gleichzeitig war er das Gegenteil eines Marquis, nämlich ausgespro-

chen unkultiviert, zudem widerlich und abstoßend. Deshalb war es nur konsequent gewesen, ihn mit Handschellen ans Bett zu fesseln. Das hätte ihm vielleicht noch gefallen. Aber nicht, was danach kam. Jetzt saß er im Gefängnis. Der Marquis dagegen … Nun ja, der hatte auch viel Zeit seines Lebens hinter Gittern verbracht. Nach allem, was sie von ihm wusste, hätte sie auch auf seine Bekanntschaft keinen Wert gelegt. Obwohl sie in manchen Dingen sehr aufgeschlossen war. Aber schon die Geschlechterrollen waren in der Welt des Marquis de Sade falsch verteilt. Wenn überhaupt, dann bestimmte sie, wo es langging …

Zurück fuhr sie erneut über Lourmarin, dort bog sie nach Cucuron ab. Im Radio schmachtete gerade Jacques Brel *Ne me quitte pas.* Schön war es hier. Viel zu schön, um an eine Entführung zu denken.

Ihr Handy klingelte. Apollinaire war dran. Er wollte ihr nur einen Zwischenbescheid geben. Er habe die primären Quellen durchgecheckt. Ohne Erfolg. Ein Youssef Arkoubi sei nirgends registriert. Einmal mehr verfluchte er das französische Melderecht. Aber er bleibe dran. Jetzt knöpfe er sich die Stromversorger vor und die Wasserwerke. Irgendwo müsse Youssef doch erfasst sein. Nicht zwingend, dachte Isabelle. Vielleicht lebte er im Unterschied zu seiner Schwester gar nicht in Frankreich. Auch das war eine Möglichkeit.

Sie unterbrach das Gespräch, weil ein Anruf von Balancourt hereinkam.

»Hallo, Maurice«, begrüßte sie ihn. »Ich dachte, du hast heute deinen freien Tag.«

»Das dachte ich auch. Isabelle, warum hast du Jacqueline zu einem Außeneinsatz geschickt?«

So schnell kam er sonst nie auf den Punkt. Ihr schwante nichts Gutes.

»Habe ich nicht«, stellte sie richtig. »Das war ihre eigene Entscheidung. Ich wollte, dass sie einen Kollegen hinschickt. Warum? Ist was passiert?«
»Das kann man wohl sagen. Sie ist angeschossen worden und auf dem Weg ins Krankenhaus. Man hat mich sofort benachrichtigt.«
Isabelle schluckte. Jacqueline und angeschossen …
»Mein Gott, ist sie schwer verletzt?«
»Nein, nur ein Streifschuss am Oberschenkel. Was hatte sie in dieser Wohnung zu suchen?«
Isabelle setzte ihn in kurzen Worten ins Bild.
»Verstanden. Du hast nichts falsch gemacht. Sobald Jacqueline wieder gesund und im Büro ist, wasche ich ihr den Kopf. Ich brauche sie lebendig in meinem Vorzimmer und nicht tot im Quartier de la Gare.«
»Was ist mit dem Schützen?«
»Den hat sie in Samiras Zimmer überrascht. Ihre Freundin hatte ihr zuvor aufgemacht. Jacqueline hat sich als Polizistin ausgewiesen. Das hat er wohl mitbekommen und in Panik reagiert. Laut Freundin war er Samiras Bruder, also dieser Youssef. Jetzt ist er über alle Berge.«
Merde, merde … Nun wusste er, dass sie hinter ihm und seiner Schwester her waren. Dümmer hätte es nicht laufen können. Aber dass er sich in Paris aufhalten könnte, auf diese Idee war sie nicht gekommen. Was hatte er dort zu suchen? Ohne seine Schwester. Weil diese in der Zwischenzeit auf Leyla aufpasste? An einem anderen Ort? Hier ganz in der Nähe?
»Bitte richte Jacqueline meine liebsten Grüße aus. Sag ihr, dass es mir unendlich leidtut. Und dass ich dieses Schwein erwische.«
»Wir haben Youssef zur Fahndung ausgeschrieben …«
Isabelle erschrak. »Zur Fahndung ausgeschrieben? Bitte mach das sofort wieder rückgängig. Wir dürfen Leylas Leben nicht gefährden.«

Balancourt zögerte. »Wenn du möchtest. Aber wie willst du ihn dann kriegen?«

»Weiß ich nicht, aber ich kriege ihn, kannst dich drauf verlassen.«

»Okay, lass dir nicht zu viel Zeit damit. Übrigens, von Albert soll ich dir ausrichten, dass er zu Youssef Arkoubi nichts finden kann. Aber er bleibt dran.«

Das hatte sie gerade schon mal gehört. Von Apollinaire.

»Maurice, könntest du bitte einen Beamten abstellen, der Samiras Mitbewohnerin befragt und ihr Zimmer nach Hinweisen durchsucht, die uns weiterhelfen könnten.«

»Ist doch schon längst im Gange. Wenn eine Polizistin angeschossen wird, ziehen wir alle Register. Ich halte dich auf dem Laufenden.«

»Und noch eine Bitte ...«

»Noch eine? Aber danach ist Schluss!«

»Sorge dafür, dass die Presse nicht mehr erfährt als unbedingt nötig. Also keine Namen und keine Andeutungen hinsichtlich möglicher Hintergründe.«

»Wird nicht einfach. Aber ich werde meine Pressereferentin entsprechend instruieren.«

»Chantal Lefèvre?«

»Genau, du kennst sie ja gut. Wenn ich ihr sage, dass der Maulkorb von dir kommt, wird sie es akzeptieren.«

Auch sonst würde sie es, dachte Isabelle. Anweisungen von Balancourt wurden grundsätzlich nicht infrage gestellt.

»Danke, Maurice. *Salut!* Bin froh, dass es Jacqueline nicht schlimmer erwischt hat.«

»Ich auch. Aber der Zwischenfall hat mir meine Golfrunde versaut. Ich lag zwei Schläge unter meinem Handicap. Hätte ein schöner Tag werden können.«

39

Isabelle dachte an ihr gegebenes Versprechen, dass sie Youssef auch ohne Fahndung kriegen würde. Wie hatte sie das behaupten können? Noch immer fehlte ihr jeglicher Anhaltspunkt. Ihre Zuversicht gründete sich allein darauf, dass sie bisher noch jeden bekommen hatte, hinter dem sie her war. Aber das war kein logisches Argument. Sie überlegte, dass bei diesem Fall manches anders war als gewohnt. So erfolgte ihr Arbeitsprozess in umgekehrter Richtung. Die meiste Zeit hatte sie damit verbracht, eine Spur von der Gegenwart in die Vergangenheit zu verfolgen. Stunde für Stunde, Tag für Tag, immer weiter zurück. Angefangen von Apollinaires erster Begegnung mit Samira auf der Landstraße von Fragolin, dann über Arles und den *Carrières de Lumières* bis hierher nach Lourmarin. Und jetzt? Jetzt war sie plötzlich wieder in der Gegenwart angekommen – die sich mit einem Schuss auf ihre Freundin Jacqueline zurückmeldete. Das war ein heftiger Zeitenwechsel. Was kam nach der Gegenwart? Die Zukunft! Was würde sie bringen? Natürlich Ungewissheit, das lag im Wesen der Zukunft. Aber auch die Möglichkeit, sie aktiv zu gestalten. Das lag ihr mehr im Blut, als passiv in der Vergangenheit herumzustochern. Am liebsten würde sie sich in den TGV setzen und nach Paris fahren. Um die Ermittlungen in Samiras Wohnung selber durchzuführen, um mit deren Freundin zu sprechen – und um Jacqueline im Krankenhaus zu besuchen. Aber nötig war es nicht, denn Balancourt würde seine besten Leute darauf ansetzen. Und mit Jacqueline könnte sie später telefonieren.

Ihr fiel ein, dass sie ein Gespräch mit Apollinaire unterbrochen hatte, um Balancourts Anruf entgegenzunehmen. Sie rief ihn zurück. Auch wollte sie ihm sagen, was gerade passiert war.

»Madame, Sie kommen mir zuvor«, meldete er sich. »Ich bin so aufgeregt, damit hätte ich nicht gerechnet …«

Apollinaire musste Luft holen. Womit hatte er nicht gerechnet? Dass Youssef auf Jacqueline schießen würde? Aber konnte er das schon wissen? Und warum klang seine Stimme eher fröhlich als betroffen?

»Sie erinnern sich an das Foto, das ich von Samira ins Internet gestellt hatte? Verbunden mit der Bitte, sich zu melden, wenn jemand die Person kennt?«

»Natürlich. So ist ja Youssef auf uns aufmerksam geworden.«

»Ganz genau. Madame, ich muss gestehen, ich habe vergessen, das Bild vom Netz zu nehmen. Das erweist sich jetzt als Glücksfall. Denn es hat sich *justement* eine gewisse Charlotte gemeldet, die sagt, dass sie die unbekannte Frau regelmäßig sehe. Sie kenne zwar ihren Namen nicht, aber sie komme immer wieder bei ihr vorbei. Das ist doch großartig, oder?«

»Wo kommt sie vorbei?«

»In ihrer *Épicerie,* um einige Flaschen Wasser zu kaufen und Baguettes.«

Apollinaire machte es mal wieder spannend.

»Und wo, bitte, befindet sich dieses Lebensmittelgeschäft?«

»Habe ich das nicht erwähnt? Tut mir leid. An einer Durchgangsstraße in Pertuis. Ist nicht weit von Ihnen.«

»Ich weiß.«

Dabei könnte es sich um eine Verwechslung handeln, dachte Isabelle. Weil aber ein Ort in unmittelbarer Nähe genannt wurde, stieg die Chance auf einen Treffer. Frankreich war unendlich groß, aber ausgerechnet Pertuis im Département Vaucluse, von

Lourmarin wahrscheinlich nicht weiter weg als eine halbe Stunde. Das passte so gut, dass Apollinaires Aufregung zu verstehen war.

Sie ließ sich von ihm die genaue Adresse geben. Isabelle beschloss, sofort hinzufahren.

Bevor sie auflegte, berichtete sie ihm noch, was in Paris passiert war.

Apollinaire war entsetzt. »*Mon Dieu,* dass dieser Youssef mich mit einem Aktenlocher niederschlägt, kann man ja vielleicht noch akzeptieren ...«

Konnte man das? Apollinaire war sehr großzügig.

»... aber auf Jacqueline zu schießen ist ein Akt roher Gewalt. Dieser Youssef ist ja gemeingefährlich. Wir sollten ihn so schnell wie möglich aus dem Verkehr ziehen.«

Das sah Isabelle nicht anders. Doch dachte sie dabei nicht nur an Youssef, sondern auch an die kleine Leyla, die es zu retten galt. Erst Leyla, dann Youssef. Und vorher oder danach Samira. Die Reihenfolge war egal.

40

Nach Pertuis war es wirklich nicht weit. Auf der Fahrt dachte Isabelle darüber nach, wie wahrscheinlich es war, dass es sich bei der Kundin tatsächlich um Samira handelte. Eine müßige Überlegung, denn gleich war sie da und würde hoffentlich Genaueres erfahren.

Sie parkte in unmittelbarer Nähe und betrat die *Épicerie.* Kunden waren keine im Laden, nur eine Verkäuferin mit blauer Schürze, die gerade Tomaten in einen Karton sortierte.

»*Bonjour,* sind Sie zufällig Charlotte?«, fragte Isabelle.

»*Oui, c'est moi.* Was kann ich für Sie tun? Die Tomaten sind ganz frisch …«

Isabelle zeigte ihren Polizeiausweis.

»Ich bin wegen des Fotos im Internet hier. Sous-Brigadier Eustache hat ja bereits mit Ihnen telefoniert. Ich war zufällig in der Nähe und dachte, ich schau mal bei Ihnen vorbei.«

Charlotte runzelte die Stirn. »Warum interessiert sich die Polizei für die Frau? Hat sie was ausgefressen?«

Isabelle versuchte, die Situation mit einem Lachen zu entkrampfen.

»Vielleicht, aber nichts Schlimmes.« Sie zeigte Charlotte auf ihrem Smartphone die Fotos von Samira. »Aber erst mal müssen wir wissen, ob sie das überhaupt ist. Erkennen Sie Ihre Kundin auf diesen Fotos wieder?«

»Moment.« Charlotte ging zur Kasse und holte sich eine Brille. »Doch, das ist sie, ohne Zweifel.« Sie deutete an die Stirn. »Dort hat sie eine Verletzung. So wie auf den Fotos.«

Damit, dachte Isabelle, war wohl wirklich jeder Zweifel ausgeräumt. Sie hatten Samiras Spur wiedergefunden. *Dieu merci!*
»Wann war die junge Frau das letzte Mal in Ihrem Laden?«
»Vor zwei Tagen. Am Nachmittag. Das weiß ich genau, weil ich nur noch drei Baguettes hatte, die hat sie alle genommen.«
»Kommt sie immer zu dieser Tageszeit?«
Charlotte dachte nach. »Nein, häufiger am späten Vormittag. Aber sie hat keine feste Zeit.«
»Und wie oft kommt sie?«
»Unregelmäßig, etwa alle zwei, drei Tage.«
»Seit wann?«
»Zum ersten Mal hat sie bei mir vor etwa zwei Wochen eingekauft. Immer das Gleiche. Einige Flaschen Vittel und Baguettes. Ab und zu nimmt sie auch frisches Obst mit.«
Isabelle sah Charlotte nachdenklich an.
»Wie sind Sie eigentlich auf das Foto der Frau im Internet gestoßen?«
Charlotte schob die Brille in die Haare und kratzte sich fast verlegen an der Backe.
»Über die Mittagszeit mache ich den Laden zwar zu, aber meistens bleibe ich hier. Da ist mir langweilig, und so surfe ich zum Zeitvertreib im Internet herum. Da stößt man auf die unglaublichsten Dinge, das ist spannender als jeder Krimi im Fernsehen. Na ja, und heute Mittag bin ich auf das Bild dieser Frau gestoßen. Stimmt es, dass sie ihr Gedächtnis verloren hat und ihre Identität sucht?«
Richtig, das hatte Apollinaire dazugeschrieben. Isabelle nickte. »Das war zumindest so. Vielleicht hat sie ihre Erinnerung mittlerweile wiedererlangt. Das weiß ich nicht.«
»Ich sag ja, spannender als jeder Krimi.«
»Jetzt habe ich eine Bitte«, sagte Isabelle. »Wenn die Frau wiederkommt, lassen Sie sich bitte nichts anmerken und bedienen

sie so wie immer. Das ist ganz wichtig. Entweder ich oder einer meiner Kollegen werden draußen Bereitschaft schieben. Sobald sie wieder aus dem Laden kommt, werden wir sie …«

»Verhaften und in Handschellen abführen?«

Isabelle lachte. »Nein, da muss ich Sie enttäuschen. Wir werden uns nicht bemerkbar machen, aber ihr heimlich hinterherfahren. Uns interessiert, wo sie hinwill.«

»Na ja, wahrscheinlich nach Hause.«

»Kann sein. Lassen wir uns überraschen.«

»Ach so, ich verstehe. Wenn die Frau ihr Gedächtnis verloren hat, weiß sie vielleicht gar nicht, wo ihr Zuhause ist. Das wäre wirklich tragisch.«

Isabelle zuckte mit den Schultern. »Wie gesagt, lassen wir uns überraschen.« Sie gab Charlotte ihre Visitenkarte. »Hier ist meine Telefonnummer. Sie können mich jederzeit anrufen, nur nicht, wenn die Frau im Laden ist. Sie darf keinen Verdacht schöpfen.«

»Natürlich, ich hab's kapiert, alles wie im Krimi.«

Wie im Krimi? Isabelle dachte, dass es sich genau genommen tatsächlich um einen Krimi handelte. Nur dass sich die Geschichte kein Autor ausgedacht hatte, sondern das Leben. Weshalb auch der Ausgang noch nicht feststand.

Der Laden hatte noch drei Stunden geöffnet. Die erste Schicht würde sie wohl oder übel selber übernehmen müssen. Sie parkte ihren Wagen schräg gegenüber im Schatten einer Platane. Bei einem Mustang kam Samira bestimmt nicht auf die Idee, dass sie drinsitzen und auf sie warten könnte. Außerdem hatte sie das Verdeck geschlossen.

Als Nächstes rief sie Apollinaire an. Als er von ihr erfuhr, dass Charlotte Samira eindeutig identifiziert hatte, jubelte er. Womit zudem bewiesen wäre, stellte er fest, dass es gelegentlich gut sei, etwas zu vergessen. Im konkreten Fall, Samiras Bild aus dem Netz zu nehmen.

Ohne auf den möglichen, aber seltenen Nutzwert der Vergesslichkeit einzugehen, eröffnete sie ihm, dass sie ihn morgen früh hier in Pertuis brauche. Sie müssten Charlottes Feinkostgeschäft während der Öffnungszeiten beständig im Auge behalten. Bei dem Job wollte sie sich mit ihm abwechseln. Er würde Samira genauso schnell erkennen wie sie selbst.

Noch mehr als Jacqueline war Apollinaire ganz versessen auf Außeneinsätze. Lange genug hatte er in einem Archiv dahinvegetiert. Er hatte also viel Nachholbedarf. Freilich neigte er in Stresssituationen zu unüberlegten Handlungen. Doch im konkreten Fall schien das Risiko überschaubar. Die Aufgabenstellung war ebenso klar wie einfach: Observierung eines Lebensmittelgeschäfts, Identifizierung einer ihm bekannten Zielperson, mit umgehender Benachrichtigung seiner Vorgesetzten und unauffälliger Verfolgung bis zu ihrem Eintreffen. Nun gut, die Unauffälligkeit war ihm nicht in die Wiege gelegt. Dazu war er erstens zu hoch aufgeschossen und zweitens in seinem Verhalten oft so tollpatschig wie der sprichwörtliche Elefant im Porzellanladen. Aber Samira im Auto hinterherzufahren, ohne dass sie es bemerkte, sollte ihm gelingen.

Sie vereinbarten, dass er Isabelles privaten Renault nahm, nicht seinen 2CV. Samira würde sich das Kennzeichen wohl nicht gemerkt haben. Ansonsten gab es kaum ein unauffälligeres Auto.

Charlottes *Épicerie* öffnete morgen früh um acht Uhr. Bis dahin, so sagte sie ihm, müsse er da sein. Sie selbst übernachtete in Lourmarin und löse ihn mittags ab. Vielleicht komme sie aber auch schon früher. Falls Samira auftauche, solle er sie sofort anrufen. Sie sei in spätestens zwanzig Minuten bei ihm.

»Madame, Sie können sich auf mich verlassen«, beteuerte er. »Ich werde pünktlich da sein und den Laden wie der Riese Argus mit hundert Augen beobachten.«

Also mit Argusaugen? Vom Riesen Argus hatte Isabelle noch nie etwas gehört. Aber wenn er hundert Augen hatte, sollte ihm nichts entgehen.

»Bis zum Geschäftsschluss heute Abend bleibe ich auf Position«, sagte sie. »Falls Samira auftauchen sollte, sage ich Ihnen Bescheid. Dann müssen Sie natürlich nicht kommen.«

»Das wäre aber schade.«

»Warum schade? Das wäre großartig.«

»Natürlich, Madame, selbstredend, also selbstredend wäre das großartig«, stolperte er sich durch seine Antwort, »aber irgendwie auch schade ...«

Ihr war klar, wie er das meinte. Er freute sich auf die anstehende Observation. Ob er wusste, wie langweilig das war? Er würde es noch früh genug merken.

Im Unterschied zu Apollinaire hatte Isabelle schon unzählige Male stunden- oder sogar tagelang Beobachtungsposten geschoben. Zum Beispiel bei Regen bäuchlings auf einem Hausdach liegend oder getarnt unter Büschen mit klammen Füßen. So bequem wie in ihrem Mustang hatte sie es selten gehabt. Sie stellte fest, dass Charlottes Laden gut eingeführt war. Manche Kunden kamen mit dem Fahrrad, andere zu Fuß oder mit dem Auto. Samira war nicht unter ihnen.

Isabelle rief im Pariser Krankenhaus an, wo Jacqueline eingeliefert wurde. Sie hatte Glück und erwischte sie im Krankenzimmer. Die Schussverletzung am Oberschenkel war bereits versorgt. Ihr ging es den Umständen entsprechend gut. Behauptete sie wenigstens. Und sie entschuldigte sich tausendmal bei Isabelle für ihre Ungeschicklichkeit. Aber sie habe nun wirklich nicht damit rechnen können, dass sich Youssef in Samiras Zimmer aufhalten könnte und beim Wort Polizei in Panik geraten würde.

Nein, dachte Isabelle, damit konnte sie wirklich nicht rechnen. Auch sie selbst hatte diese Möglichkeit nicht in Betracht gezogen, sonst hätte sie Jacqueline nie und nimmer alleine dorthin gehen lassen.

Isabelle wünschte ihr gute Besserung und schickte ihr *mille bisous* durchs Telefon.

Als Nächstes sprach sie mit dem leitenden Beamten, der die Untersuchungen am Tatort leitete und Samiras Mitbewohnerin bereits ausführlich befragt hatte. Von ihr habe er leider keine weiterführenden Informationen erhalten. Youssef habe schon früher gelegentlich bei Samira übernachtet. Deshalb habe sie sich nichts dabei gedacht, als er gestern Abend plötzlich aufgetaucht sei. Sie hätten kaum miteinander geredet. Er habe auf sie einen erschöpften Eindruck gemacht.

Im Zimmer, so der Beamte, habe man nur persönliche Dinge von Samira gefunden. Aber nichts von Youssef – nur seine Fingerabdrücke. Nach dem Schuss auf Jacqueline sei er sofort getürmt. Passanten hätten ihn auf der Straße davonrennen sehen. Dann habe sich seine Spur verloren. Ach so, sie hätten noch eine Schachtel mit Fotos gefunden. Darunter auch einige, auf denen Samiras Mitbewohnerin Youssef erkannt habe. Die Bilder wären gut für die Fahndung geeignet gewesen, aber sie sei ja aus unerklärlichen Gründen gestoppt worden.

Isabelle ging darauf nicht ein. Stattdessen bat sie ihn, ein Foto von Youssef auf ihr Handy zu schicken. Das war's dann. Ganz schön spärlich, die Ausbeute. Sie hatte das unbestimmte Gefühl, dass sie selber in Samiras Zimmer oder im Gespräch mit ihrer Mitbewohnerin mehr herausbekommen hätte. Schon deshalb, weil sie eher wusste, worauf sie achten musste. Aber sie konnte ja nicht an zwei Orten zugleich sein. Hier in Pertuis war ihre Anwesenheit gerade entschieden wichtiger.

Die Zeit verging nur langsam. Das war bei Observationen immer so. Als ob jemand die Zeiger der Uhr verzögern würde. Dennoch ließ sie den Laden keine Sekunde aus den Augen. Es dauerte bis kurz vor zwanzig Uhr. Dann sah sie Charlotte, wie sie die ausgestellten Kisten mit Obst und Gemüse hineinräumte. Zwischendurch blickte sie sich verstohlen um. Offenbar hielt sie nach ihr Ausschau. Dass Isabelle in dem alten amerikanischen Cabrio unter der Platane sitzen könnte, kam ihr offenbar nicht in den Sinn.

Sie beobachtete, wie Charlotte die eisernen Fensterläden herunterließ und schließlich mit einem Moped davonfuhr. Erst dann ließ Isabelle den Motor an und machte sich auf den »Heimweg« – nach Lourmarin. Sie hoffte, dass sie in dem *Chambres d'hôtes* nur noch diese eine Nacht verbringen würde. Das hoffte sie für sich … und für die kleine Leyla, die sie mit Samiras Hilfe zu finden ersehnte.

41

Am nächsten Morgen war Isabelle schon früh wach. So früh, dass sie zur Ladenöffnung leicht hätte in Pertuis sein können. Aber womöglich stand ein langer Tag des Wartens bevor. Ein ewig langer Tag, an dem die Zeit einfach nicht vergehen wollte – und die Hoffnung auf Samiras Erscheinen auf eine harte Probe gestellt wurde. Da war es gut, sich mit Apollinaire abzuwechseln. Gerade eben hatte er ihr eine Nachricht geschickt, dass er pünktlich eintreffe. Er habe auch ein mobiles Blaulicht dabei, das sie mit einem Kabel am Zigarettenanzünder anschließen könne. Das Blaulicht habe einen Magneten, mit dem sie es auf das Fahrzeugdach ihres Mustangs stellen könne.

Apollinaire schaffte es immer wieder, ihr schon am frühen Morgen ein Lächeln zu entlocken. Das mit dem Blaulicht war ein guter Vorschlag. Könnte tatsächlich sein, dass sie es mal brauchte. Auch die Idee mit dem Zigarettenanzünder könnte funktionieren, denn bei ihrem alten Wagen gab es noch einen. Aber wie sollte ein Magnet auf ihrem Stoffverdeck halten? Dass sie ein Cabrio fuhr, wusste Apollinaire, war ihm aber offenbar gerade entfallen.

Isabelle nahm wie schon gestern im *Café Gaby* an der Place de l'Ormeau ihr kleines Frühstück ein: Croissant, *café au lait* und ein Glas *jus d'orange.* Auf ihrem Tablet-Computer las sie die aktuellen Nachrichten. Sie stellte sich die Frage, ob sie den al-Mawardis später einen Zwischenbescheid geben sollte. Es gäbe ja einiges zu berichten. Aber sie wollte keine falschen Hoffnungen wecken. Also beschloss sie, den heutigen Tag noch abzuwarten.

Auf ihrem Handy kam ein Anruf rein. Von Rouven. Schon so früh wach? Ging's ihm nicht gut?
Wie sich herausstellte, ging es ihm prächtig. Nicolas habe sich selbst übertroffen, teilte er ihr mit. Das bestellte Kunstwerk sei ein superber CLAC der Extraklasse. Sie hätten beim gestrigen Mittagessen mit einem Dom Pérignon darauf angestoßen.
Isabelle schmunzelte. Die Wahl seines Lieblingschampagners war der Beweis, dass er wirklich zufrieden war. Das freute sie – auch für Nicolas und seine sensible Künstlerseele.
Leider habe sie gefehlt, fuhr Rouven fort, ihre Gesellschaft hätte dem Tag die Krone aufgesetzt ...
Jetzt übertrieb er aber schamlos. Sollte sie widersprechen? Doch wozu? Ein Kompliment am frühen Morgen war ja ganz nett. Auch wenn sie wusste, dass man es nicht ernst nehmen sollte. Was kein Problem war, denn sie glaubte Männern sowieso nicht alles.
Er sagte, dass er gerade unterwegs nach Amsterdam sei, aber am Abend sei er wieder zurück. Dem baldigen Treffen in Saint-Tropez stehe also nichts entgegen.
Sie könne noch nichts versprechen, erwiderte sie. Es hänge alles von der Entwicklung ihres aktuellen Falls ab. Aber sie hoffe das Beste – und das war in vielerlei Hinsicht nichts als die reine Wahrheit.
Als Nächstes schickte sie Nicolas eine kurze Textnachricht: »Gratuliere. Rouven gefällt dein Bild. Hoffentlich bezahlt er auch?«
Zu ihrer Überraschung kam umgehend eine Antwort.
»Warum? Ist er pleite?«
Rouven und pleite? Da meldete eher die Bank von England Konkurs an.
»War ein Witz. Warum bist du schon wach?«
»Muss darüber nachdenken, dass du mir fehlst«, kam als Antwort.

Oje. Das war erstens keine hinreichende Begründung, warum er nicht mehr schlief. Und zweitens reichte es jetzt mit dem morgendlichen Süßholzraspeln. Auf nüchternen Magen vertrug sie das nicht. Schon gleich nicht von zwei Männern direkt hintereinander.

»Nachdenken bringt nichts«, schrieb sie. »*Bonne journée, chéri.*«

Sie legte das Handy zur Seite und bestellte eine zweite Tasse Kaffee – diesmal extrastark und ohne Milch.

Zwei Stunden später hatte sie im *Chambre d'hôtes* bezahlt. Falls sie noch eine Nacht anhängen musste, würde sie sich in Pertuis ein Zimmer suchen. Sie verließ Lourmarin über die Route de Cucuron. Auf der Fahrt rief sie Apollinaire an.

»*Bonjour*, Madame«, meldete er sich im Flüsterton. »Ich bin auf dem Posten und habe alles im Blick. Bislang keine verdächtige Bewegung. Will meinen, keine Samira in Sicht.«

»Warum sprechen Sie so leise? Kann Sie jemand hören?«

»Nein, natürlich nicht. Ich sitze im Auto und habe alle Fenster geschlossen. Ist also eine reine Vorsichtsmaßnahme. Im Handbuch für Polizeianwärter steht im Kapitel Personenbeschattung und Observation, dass jedes Aufsehen zu vermeiden sei. Dazu gehöre ein unauffälliges Äußeres ebenso wie eine gedämpfte Sprache.«

Isabelle lächelte. Da hatte er sich doch wirklich mit dem Handbuch auf seinen Einsatz vorbereitet. Das war rührend. Und besorgniserregend zugleich. Denn Apollinaire war kein Polizeianwärter mehr, sondern stand seit vielen Jahren im Rang eines Sous-Brigadier. Er sollte wissen, worauf es ankam. Bestimmt nicht darauf, in einem geschlossenen Auto zu flüstern.

»Ich bin schon unterwegs«, sagte sie. »Ich muss noch tanken, dann bin ich bei Ihnen.«

»Keine Eile. Ich habe alles im Griff.«

Ihr fiel ein, dass sie gestern noch einen Wunsch geäußert hatte.

»Haben Sie an meine Dienstwaffe gedacht?«
»Selbstverständlich, Madame. Liegt im Handschuhfach.«
Isabelle war nach Arles aufgebrochen, ohne ihre Pistole mitzunehmen. Wie fast immer war diese im Kommissariat weggesperrt. Auch jetzt glaubte sie nicht, dass sie eine Waffe benötigen würde. Aber nach dem gestrigen Zwischenfall in Paris konnte sie nicht mehr sicher davon ausgehen.
»Okay, Apollinaire. Halten Sie die Augen offen. Ach ja, und noch was. Aktivieren Sie auf Ihrem Handy die GPS-Koordinaten, sodass ich auf meinem immer sehen kann, wo Sie sich gerade aufhalten.«
»Madame, ist schon längst erfolgt. So machen wir das doch immer bei unseren Einsätzen.«
»Steht aber nicht im Handbuch für Polizeianwärter.«
»Nein, ist ja was für Profis.«

Isabelle ließ sich beim Tanken Zeit. Sicherheitshalber kontrollierte sie auch den Ölstand und den Reifendruck. Alles perfekt. An der Kasse bestätigte sich, dass der Mustang rekordverdächtig war – beim Spritverbrauch. Vielleicht war der Kauf doch keine so gute Idee gewesen? Aber andere Frauen investierten viel Geld in Kosmetik, was sie sich verkneifen konnte, und sie kauften sich ständig neue Handtaschen. Sie hatte nur eine, und die nahm sie nie her. Also konnte sie die gesparten Ausgaben mit dem Sprit verrechnen. Da kam sie wahrscheinlich noch billiger weg. Außerdem fiel ihr ein, dass sie sich im aktuellen Fall auf Dienstfahrt befand. Der Sprit ging also zu Lasten der *Police nationale*. Die Kostenstelle würde sich wundern.
Gerade als sie von der Tankstelle zurück auf die Landstraße fuhr, klingelte ihr Handy. Apollinaire war dran. Atemlos.
»Madame, Madame … sie ist da … gerade reingegangen … Samira … ohne jeden Zweifel …«

Unwillkürlich drückte Isabelle aufs Gas.
»Ist doch großartig. Jetzt bleiben Sie ganz ruhig. Ist sie mit dem Auto gekommen?«
»Ja, mit einem kleinen Suzuki. Sie parkt keine fünfzig Meter von mir entfernt.«
Jetzt ärgerte sich Isabelle, dass sie beim Tanken so getrödelt hatte. Vor ihr ein Lastwagen. Sie setzte zum Überholen an. Autos kamen entgegen. Sie gab dem Mustang die Sporen, der Motor heulte auf – schon war sie vorbei. Wow, das hatte was. Aber gerade war nicht der richtige Augenblick, sich darüber zu freuen. Es gab entschieden Wichtigeres. Hoffentlich behielt Apollinaire die Nerven.
»Madame … jetzt kommt sie wieder raus … Baguettes unter dem Arm und zwei Tüten … sie läuft zu ihrem Auto …«
»Abwarten, nichts unternehmen!«
»Samira fährt los, das heißt … sie wendet mit dem Auto und entfernt sich in die entgegengesetzte Richtung. Gleich sehe ich sie nicht mehr … ich … ich nehme die Verfolgung auf …«
»Okay, aber halten Sie maximalen Abstand!«
»Gar nicht so leicht … sie fährt ziemlich langsam …«
»Dann fahren Sie genauso langsam!«
»Jetzt hupt mich von hinten so ein *cornichon* an, weil ich nicht schneller fahre …«
»Lassen Sie ihn vorbei!«
Isabelle sah auf der Straßenkarte ihres Smartphones, wo sich Apollinaire gerade befand. Der Punkt bewegte sich tatsächlich nur langsam vorwärts. Vielleicht war Samira nach ihrem Unfall verstört und fuhr deshalb nicht schneller? Ihr sollte es recht sein.
»Was ist jetzt los? Samira beschleunigt …«
Zu früh gefreut.
»… aber kein Problem, ich bin dran …«

Im Handy knatterte es. Dann brach die Verbindung zusammen. Isabelle verfluchte die Funklöcher im französischen Telekommunikationsnetz. Sie traten immer dann auf, wenn man sie partout nicht brauchen konnte.
Minuten später kam sie an Charlottes *Épicerie* vorbei. Immer noch keine Verbindung zu Apollinaire. Gott sei Dank wusste sie, welche Straße Samira genommen hatte.
Jetzt verschwand auch noch der Punkt auf dem Display, der Apollinaires Standort anzeigen sollte. *Merde, merde …*
Sie wählte seine Nummer. *Actuellement pas disponible …*
Sie kam an einer Abzweigung vorbei. Falls sie hier abgebogen waren, würde sie es nicht wissen. Also blieb sie auf der Hauptstraße. Der Mustang röhrte, die Platanen flogen vorbei. Alle Autos, die vor ihr waren, ließen sich im Handstreich überholen. Nach ihrem Gefühl kam sie viel zu schnell voran. Eigentlich müsste sie die beiden schon eingeholt haben.
Endlich. Zwar immer noch keine Telefonverbindung, doch der Punkt war wieder da. Aber wo? *Oh non …* Er befand sich hinter ihr und abseits der Hauptstraße.
Isabelle machte eine Vollbremsung, schlug das Lenkrad ein, gab wieder Vollgas und schleuderte den Wagen um hundertachtzig Grad in die entgegengesetzte Fahrtrichtung. Das war eine ihrer leichtesten Übungen. Im Fahrertraining ihrer Spezialeinheit hatte sie früher ihren Ehrgeiz darangesetzt, die Männer in allen Disziplinen zu schlagen. Meist war es ihr gelungen.
Noch dreihundertfünfzig Meter, jetzt ging es rechts ab in eine schmale Straße. Apollinaires Punkt bewegte sich nicht mehr. Am Telefon kam immer noch keine Verbindung zustande. Je mehr sich Isabelle dem Punkt näherte, desto langsamer fuhr sie. Sie pirschte sich förmlich heran. Nur das Blubbern des Achtzylinders könnte sie verraten. Wieder eine Abzweigung. Diesmal in eine Straße, der man ansah, dass sie kaum befahren wurde.

Der Asphalt war an vielen Stellen aufgebrochen. Gras wucherte hervor.
Vor ihr tauchte ein verfallenes Fabrikgebäude auf. Und Apollinaires Renault, den sie gut kannte, schließlich gehörte er eigentlich ihr. Isabelle machte den Motor aus und rollte im Leerlauf, bis der Wagen von selbst zum Stehen kam. Mit zwei Rädern in einer angrenzenden Wiese.
Isabelle stieg aus und lief geduckt zum Renault. Dass Apollinaire nicht mehr drinsaß, hatte sie schon aus der Entfernung gesehen. Aber sie wollte sich aus dem Handschuhfach ihre Pistole holen. Leider war ihr Assistent so gewissenhaft, dass er selbst in dieser Einöde das Fahrzeug abgesperrt hatte.
Weiter vorne entdeckte sie einen kleinen Suzuki. Offenbar Samiras Auto. Folglich hatte Apollinaire sie nicht aus den Augen verloren. Das war die gute Nachricht. Die schlechte war, dass der Suzuki Gesellschaft hatte. Daneben stand ein schweres Motorrad. Am Lenkrad hing ein Helm. Der Motor war noch heiß.
Isabelle lief zu einer offen stehenden Tür und schlich in eine Halle mit einem trüben, teilweise zerbrochenen Glasdach. Kein Mensch zu sehen – nur eine Ratte, die vor ihr in einer Pfütze saß und sie seelenruhig anstarrte. Eine Kulisse wie in einem schlechten Film. Nur dass so was auch in der Realität vorkam.
Sie schob sich an einer Mauer entlang. Plötzlich hörte sie Geräusche und Stimmen. Sie kamen aus einem Treppenhaus, das nach unten führte.
Eigentlich könnte sie sich jetzt verstecken und abwarten, bis jemand auftauchte. Weil sie sich aber um Apollinaire Sorgen machte, beschloss sie, den Stimmen zu folgen. Nach unten … leise … Stufe um Stufe …
Die Stimmen wurden lauter. Offenbar wurde heftig gestritten. Ein Mann und eine Frau. Sie verstand nicht, worum es ging, weil sie Arabisch sprachen.

Dann unverkennbar Apollinaire: »Youssef, es hat keinen Sinn, wenn Sie mich erschießen …«

Wie konnte er annehmen, dass sich jemand mit dem Argument der Sinnlosigkeit von einem Schuss abhalten ließ?

»Halt's Maul!«, kam prompt die brüske Erwiderung.

Isabelle hatte das Ende der Treppe erreicht. Sie spähte vorsichtig um eine Ecke – und bekam bestätigt, was sie befürchtet hatte. Die Situation war ausgesprochen unvorteilhaft. Vor allem für Apollinaire, der auf dem Boden lag und von Youssef, der ihr den Rücken zukehrte, offenbar mit der Pistole bedroht wurde. Samira konnte sie nicht sehen, anscheinend befand sie sich hinter einer weiteren Ecke.

Vor Isabelle lagen Glasscherben auf dem Boden. Das war Pech, denn so konnte sie sich nicht unbemerkt von hinten an Youssef anschleichen, um ihn kampfunfähig zu machen. Das konnte sie noch besser, als ein Auto mit rauchenden Reifen auf der Stelle zu wenden. Aber nicht mit Glasscherben auf dem Boden, die sie verraten würden.

Isabelle überlegte nicht lange. »Youssef Arkoubi«, sagte sie mit scharfer Stimme. »Ich ziele genau auf Ihren Kopf. Lassen Sie die Waffe fallen, und heben Sie die Hände.«

Das war ein heftiger Bluff. Zum Zielen hatte sie nur ihren Zeigefinger.

Youssef erstarrte.

»Waffe fallen lassen, sofort!«, wiederholte sie. Dabei machte sie einen Schritt vorwärts. Unter ihren Sohlen knirschte das Glas. Mit jeder Sekunde, die sich Youssef nicht bewegte, ahnte Isabelle, dass er ihrem Befehl nicht folgen würde. Aber noch war der Abstand zu groß, als dass sie ihn von hinten attackieren könnte. Warum nur hatte Apollinaire den Renault abgesperrt? Eine Pistole wäre jetzt entschieden besser als der nackte Zeigefinger.

Youssef konnte nicht wissen, dass sie nicht fähig war, auf ihn zu schießen. Aber selbst mit einer Waffe in der Hand könnte sie ja Skrupel haben. War er verrückt genug, es darauf ankommen zu lassen?

Ja, er war verrückt genug. Sekundenbruchteile bevor er herumwirbelte, hechtete sie hinter einen umgefallenen Stahlspint. Sie rollte sich ab – und hörte zwei Schüsse. Beide Kugeln schlugen direkt über ihrem Kopf ein. Das war gut. Denn folglich zielte er nicht mehr auf Apollinaire.

»Draußen wartet eine Spezialeinheit«, rief Isabelle. »Ergeben Sie sich!«

Der Versuch war ebenso lächerlich wie zum Scheitern verurteilt. Wie sollte Youssef an eine Spezialeinheit glauben, wenn sie gerade wie ein aufgescheuchtes Kaninchen hinter einem Stahlschrank Schutz suchte?

Als Antwort feuerte er zwei weitere Schüsse auf sie ab. Sie hatte zuvor seinen Pistolentyp nicht erkennen können, sonst wüsste sie, wie viel Schuss er noch im Magazin hatte.

Isabelle veränderte ihre Position. Regel Nummer eins: Sei nie dort, wo dich dein Gegner vermutet. Sie robbte hinter einen Haufen von Gerümpel. Von dort konnte sie Apollinaire sehen – und er sie auch. Jetzt müsste er nur noch seine Pistole aus dem Holster ziehen und ihr zuwerfen – und der Spuk hätte rasch ein Ende.

Doch offenbar hatte ihn eine Art Schockstarre überwältigt. Er rührte sich nicht. Nur seine Augen rollten hin und her.

Sie hörte Samira kreischen. Und Youssef, der sie zusammenschiss. Man musste kein Arabisch können, um so viel zu verstehen.

Dann hörte sie, wie sich die beiden entfernten. Isabelle peilte durch einen Spalt und sah Youssef und Samira im Treppenhaus nach oben verschwinden. Dabei zog er seine Schwester hinter sich her. *Yallah, yallah …*

Sobald sie außer Sicht waren, sprang Isabelle auf und eilte zu Apollinaire. Der gewann offenbar wieder Kontrolle über seinen Körper. Immerhin bewegte er sich. Verletzt schien er nicht. Nur mit den Nerven am Ende.
Isabelle stellte fest, dass sein Holster leer war.
»Wo ist Ihre Waffe?«
»Hat er mir aus der Hand geschlagen. Muss irgendwo dahinten sein.« Er deutete mit dem Kopf in Richtung einiger Kabelrollen, die wild übereinanderlagen.
Okay, das mit seiner Pistole konnte sie vergessen. Aber die Verfolgung würde sie trotzdem aufnehmen. Youssef durfte nicht glauben, dass er so davonkam.
»Apollinaire, den Autoschlüssel, schnell. Ich brauche meine Waffe aus dem Handschuhfach.«
»Den Autoschlüssel«, wiederholte er mit belegter Zunge. »Natürlich. Aber wollen Sie nicht vorher nach Leyla sehen?«
»Nach Leyla?«
»Sie ist dahinten in der Kammer. Ich glaube, es geht ihr gut.«

42

Zwanzig Minuten später saß Isabelle vor der Fabrikhalle auf einer niedrigen Rampe. Neben sich die zwölfjährige Leyla, die aus einer Flasche Wasser trank und blinzelte. Sie musste sich erst wieder an das Licht im Freien gewöhnen. Apollinaire lehnte derweil an einer Mauer und machte einen mitgenommenen Eindruck. Dabei war ihm nichts wirklich Schlimmes widerfahren. Die größte Verletzung hatte wohl sein Ego erlitten. Er hatte Isabelle geschildert, wie er von Youssef überrascht wurde und wie dieser ihm die Pistole aus der Hand geschlagen hatte. Apollinaire konnte sich immer noch nicht erklären, wie es zu dieser beklagenswerten Verkettung der Umstände hatte kommen können. Dabei habe er im Normalfall überaus schnelle Reflexe … Was Isabelle bislang noch nicht aufgefallen war.

Sie hatte einen Arm um Leylas Schultern gelegt – und war schlicht und einfach glücklich, obwohl Youssef und Samira auf dem Motorrad entkommen waren. Das spielte keine Rolle. Die Fahndung nach ihnen lief. Isabelle hatte sich bei ihrer Ankunft das Kennzeichen seiner Maschine gemerkt und den Kollegen durchgegeben. Außerdem hatten die beiden nur einen Helm, sollten also leicht zu erkennen sein.

Auch den wichtigsten Anruf überhaupt hatte sie bereits erledigt. Sie hatte bei Leylas Eltern angerufen und ihnen gesagt, dass ihre Tochter frei sei und wohlbehalten. Dann hatte sie Leyla das Handy gereicht. Vor Freude hatte Leyla weinen müssen – nicht nur sie, auch ihre Eltern.

Noch eine kurze Pause, dann würde sie Leyla nach Lourmarin bringen. Dort wurde sie sehnsüchtig erwartet. Vorher aber wollte sie von ihr noch geschildert bekommen, wie die Entführung genau abgelaufen und wie es ihr im Verlies ergangen war.
Leyla war erstaunlich gefasst und erzählte Isabelle mit wenigen Unterbrechungen den Hergang. Angefangen mit dem Friedhof, wo Samira sie angesprochen hatte. Über den Moment, wo Youssef sie in einen kleinen Lieferwagen gezerrt hatte. Bis hin zu ihren einsamen Tagen und Nächten in einem vergitterten Lagerraum im Untergeschoss der aufgelassenen Fabrik. Es habe keine Möglichkeit gegeben, von dort zu entkommen. Sie habe es versucht und sich mehrere Fingernägel dabei abgebrochen. Auch ihre Schreie um Hilfe seien unerwidert geblieben. Sie habe geheult und gezittert – und irgendwann sei sie nur noch dagelegen und habe jede Hoffnung verloren. Dabei habe sie nie verstanden, warum ausgerechnet Samira sie in diese Falle gelockt habe. Jene Samira, die als Kindermädchen im Elternhaus einer ihrer Freundinnen gearbeitet habe und immer überaus nett und freundlich gewesen sei.
Leyla sah Isabelle mit großen Augen an. Wie könne das möglich sein?
Dann gab sie selber die Antwort: Samira sei ihrem Bruder Youssef offenbar hörig, der habe im Befehlston mit ihr geredet und keinen Widerspruch geduldet. Leyla sagte, dass sie alles ausgesprochen gut verstanden habe. Das Arabisch der beiden sei ihr vertraut gewesen, sie hätten einen ähnlichen Dialekt wie ihre Eltern gesprochen. Jedenfalls habe er seiner Schwester verboten, sie mit Essen und Trinken zu versorgen. Aber Samira sei eben doch ein guter Mensch, sie habe es trotzdem getan. Sonst wäre sie nicht mehr am Leben.
Leyla schluchzte. Isabelle strich ihr beruhigend über den Kopf. »Alles gut, meine kleine, tapfere Maus.«

Leyla kam bei ihrer Schilderung zum heutigen Tag. Sie erzählte, wie Samira ihr Baguette, Wasser und Obst vorbeigebracht und unter dem Gitter durchgeschoben habe. Einen Schlüssel zum Vorhängeschloss habe sie nicht gehabt. Vielleicht … ja, vielleicht hätte sie sie sonst sogar freigelassen … Aber wohl eher nicht, dazu habe Samira zu viel Angst vor ihrem Bruder gehabt. Isabelle wunderte sich, wie besonnen Leyla dies alles erzählte. Dabei war sie gerade erst zwölf Jahre alt und hatte ein Schreckenserlebnis hinter sich, das sie ein Leben lang begleiten würde.

Dann sei plötzlich der Mann da drüben aufgetaucht … Mit dem Kopf deutete Leyla in Richtung Apollinaire. Samira sei völlig überrumpelt gewesen und habe zu fliehen versucht …

»Das habe ich natürlich verhindert«, mischte sich Apollinaire ein. »Schließlich ist sie eine Straftäterin und muss der Verhaftung zugeführt werden.«

Apollinaire hatte von ihr die klare Anweisung erhalten, bis zu ihrem Eintreffen nichts zu unternehmen, dachte Isabelle. Er hätte Samira also gar nicht in den Keller folgen dürfen. Aber Isabelle dachte auch, dass es jetzt wenig Sinn machte, ihn für sein eigenmächtiges Handeln zu rügen.

»Haben Sie, um Samira aufzuhalten, Ihre Pistole gezogen?«, fragte Isabelle.

»*Exactement*, um meinen Worten Nachdruck zu verleihen.«

»Und dann?«

Apollinaire schüttelte den Kopf. Als ob er immer noch nicht glauben könnte, was anschließend passiert war.

»Dann hörte ich, wie sich von hinten jemand näherte. Ich habe mich geistesgegenwärtig umgedreht. Es war Youssef … schon wieder dieser Youssef. In Fragolin hat er mich mit dem Aktenlocher niedergeschlagen, diesmal wollte ich es besser machen …« Apollinaire legte sein Gesicht in Kummerfalten.

»Aber er hat mich übertölpelt. Ohne Vorwarnung hat er mir meine Pistole aus der Hand geschlagen. Im Handgemenge bin ich zu Boden gegangen. Dann hatte er plötzlich selber eine Waffe in der Hand. Das war unfair …«

Isabelle konnte nicht anders, sie musste lächeln.

»Youssef und Samira haben laut miteinander gestritten«, sagte Leyla. Isabelle nickte. »Das habe ich bis oben gehört. Hast du verstanden, worum es ging?«

»Nur Bruchstücke«, antwortete Apollinaire an ihrer Stelle. »Die beiden haben ja Arabisch gesprochen. Aber Youssef hat Samira zusammengeschissen, weil sie Leyla ohne seine Erlaubnis mit Essen und Trinken versorgt hat. Das war eindeutig.«

»Stimmt, das hat er«, bestätigte Leyla. »Und Samira hat zurückgeschrien, dass er ein fanatischer Idiot sei und kein Herz habe. Er mache alles nur für diesen blöden Milan.«

Isabelle sah sie verständnislos an. »Milan? Wen hat er damit gemeint?«

»Keine Ahnung. Jedenfalls hat Youssef geschrien, sie solle endlich die Klappe halten. Na ja, und dann sind Sie aufgetaucht«, sagte Leyla zu Isabelle. »Ich konnte Sie zwar nicht sehen, aber hören. *Waffe fallen lassen und Hände hoch!* So ähnlich, oder?«

»Ja, aber leider hat er nicht getan, was ich wollte.«

Apollinaire nickte. »Madame, ich sag es doch, dieser Youssef ist unberechenbar. Er hat sogar Sie überrascht.«

»Nicht wirklich, mein lieber Apollinaire, sonst hätte ich jetzt ein Loch im Kopf.«

»Da haben Sie nun auch wieder recht.«

»Können wir jetzt fahren?«, fragte Leyla mit leiser Stimme. »Ich will heim zu meinen Eltern.«

Isabelle stand auf und hob Leyla von der Rampe.

»Natürlich, es wird höchste Zeit.«

43

Als Isabelle mit Leyla am Grundstück der Mawardis ankam, stand diesmal das große Tor weit offen. Isabelle fuhr über die gekieste Auffahrt. Oben warteten bereits die Eltern. Leyla winkte. Kalila Mawardi schlug die Hände vors Gesicht, dann rannte sie ihnen entgegen …

Weil Mahmud al-Mawardi darauf bestand, saß Isabelle wenig später im Salon. Vorher hatte er sie immer wieder heftig umarmt. Bei ihrem ersten Besuch hatten sie grünen Minztee getrunken. Diesmal gab es Champagner. Widerstand zwecklos. Kalila war mit ihrer Tochter im Obergeschoss verschwunden. Sie müsse dringend ein Bad nehmen und die Haare waschen. Dann werde es ihr schon viel besser gehen.

Mawardi prostete Isabelle zu und sagte, dass er der glücklichste Mann der Welt sei und ihr unendlich dankbar. Isabelle war das unangenehm. Damit es nicht zu gefühlsselig wurde, lenkte sie das Gespräch auf die nüchternen Fakten. Sie informierte ihn, dass die Fahndung nach den Entführern voll im Gange sei. Auch berichtete sie, dass Youssef in Paris eine Kollegin angeschossen habe. Der Mann reagiere unter Druck offenbar sehr aggressiv. Dass er auch auf sie einige Schüsse abgegeben hatte, verschwieg sie. Mawardi musste nicht wissen, dass die Befreiung seiner Tochter auch hätte anders ausgehen können.

Er fragte, ob sie über die Entführer mittlerweile mehr wisse als nur ihre Vornamen.

Es gab keinen Grund, ihm ihren Familiennamen zu verschweigen. Ganz im Gegenteil. Samira und Youssef Arkoubi hießen sie mit vollem Namen, sagte sie.
Er legte die Stirn in Falten. »Arkoubi, Arkoubi …«
»Kommt Ihnen der Name bekannt vor?«
»Samira und Youssef Arkoubi«, murmelte er. »Nein, ich denke nicht.«
»Laut Ihrer Tochter haben die beiden Ihren Dialekt gesprochen.«
Er sah sie überrascht an. »Wirklich? Unseren Dialekt? Ich weiß nicht, ob Leyla das heraushören kann. Sie ist in Frankreich aufgewachsen. Ihre Muttersprache ist Französisch. Arabisch sprechen wir nur zu Hause.«
»Gerade deshalb«, erwiderte Isabelle.
»Arkoubi, Arkoubi …«, wiederholte er. Und nach einigem Nachdenken: »Der Dialekt und der Name? Kann schon sein, dass die aus Dschimalla kommen.«
»Dschimalla? Ist das Ihr Heimatort?«
»Ja, da kommen wir ursprünglich her«, antwortete er zögernd. »Aber das würde ja überhaupt keinen Sinn machen. Wir entführen uns doch nicht gegenseitig unsere Kinder. Nein, nein … erst recht nicht nach den schrecklichen Ereignissen.«
»Welche schrecklichen Ereignisse?«
Mawardi kniff die Augen zusammen. »Nein, das ist ausgeschlossen. Die kommen ganz sicher nicht aus Dschimalla.«
Isabelle hatte den Eindruck, dass er intensiv über diese Möglichkeit nachdachte und deshalb ihre Frage gar nicht zu ihm durchgedrungen war.
»Welche schrecklichen Ereignisse?«, wiederholte sie deshalb.
Durch Mawardi ging ein Ruck. Sein Blick, der gerade noch ins Leere gerichtet war, konzentrierte sich wieder auf sie.
»Ach so, das haben Sie vielleicht nicht mitbekommen. Vor einigen Monaten hat es einen Angriff der französischen Luftwaffe

auf Dschimalla gegeben. Das heißt, natürlich nicht auf den Ort, sondern gezielt auf ein Versteck einer islamistischen Terrororganisation. Leider hat es dabei viele zivile Opfer gegeben …«
Isabelle erinnerte sich sehr wohl daran. Die Medien hatten ausführlich davon berichtet. Sie hatte nur den Namen des Orts nicht im Gedächtnis behalten. Der Luftangriff im Rahmen einer internationalen Aktion gegen diesen IS-Ableger war militärisch ein totaler Fehlschlag gewesen und humanitär eine einzige Katastrophe.
»Sind auch von Ihnen Verwandte gestorben?«, fragte sie.
Mawardi schüttelte den Kopf. »Nein, Gott sei Dank nicht. Ich habe schon vor Jahren meine ganze Familie nach Frankreich geholt.«
Da hatte er Glück gehabt, dachte Isabelle. Sein Leben in Paris und Lourmarin dürfte sich dramatisch von den Lebensumständen in seiner Heimat unterscheiden. Und Luftangriffen war er hier auch nicht ausgesetzt. Aber vor einem Kriminellen wie Youssef war man nirgends sicher. Ob er nun aus Dschimalla stammte oder von woanders herkam. Weil Mawardi viel Geld hatte, war er zur Zielscheibe für eine Lösegelderpressung geworden. So einfach war das.
»Ob die Polizei das Lösegeld wiederbekommt, kann ich Ihnen nicht versprechen«, sagte sie. »Ist ja nicht einmal sicher, dass Youssef und Samira gefunden werden.«
Mawardi winkte ab. »Natürlich hätte ich mein Geld gerne wieder. Aber wenn es weg ist, kann man auch nichts machen. Das Leben meiner Tochter ist unbezahlbar.«
Isabelle kam plötzlich in den Sinn, was Samira ihrem Bruder vorgehalten hatte.
»Kennen Sie einen Milan?«, fragte sie.
»Milan? Das ist ein slawischer Name, oder? Nein, woher sollte ich einen Milan kennen?«

»Weiß ich auch nicht. Samira hat diesen Namen im Streit mit ihrem Bruder erwähnt.«

»Vielleicht ist das Youssefs Auftraggeber?«

Isabelle musste zugeben, dass dieser Gedanke nicht abwegig war. Aber sie glaubte nicht, dass Youssef einen Auftraggeber hatte.

»Nach meinem Gefühl arbeitet er auf eigene Rechnung«, antwortete sie. »Er ist ein typischer Einzeltäter.«

»Vielleicht, aber was ist mit Samira?«

Guter Einwand.

»Samira ist seine Komplizin wider Willen. Sie gehorcht ihrem älteren Bruder.«

Mawardi nickte. »Ja, das ist in arabischen Familien leider immer noch die Regel.«

»Bei Ihnen nicht mehr?«

»Nein, ich fühle mich durch und durch als Franzose«, stellte er klar. »Als Franzose muslimischen Glaubens. Ich habe in Frankreich studiert und vertrete die Ideale einer freien, toleranten Gesellschaft, in der sich jeder selbst verwirklichen kann. Auch jede Frau. Ein älterer Bruder sollte seine Schwester lieben, aber ihr nicht sagen, was sie zu tun hat.«

Isabelle sah Mawardi erstaunt an. Mit einem solchen Bekenntnis hatte sie nicht gerechnet. Auch wäre es nicht nötig gewesen. Sie hatte ihre Frage nur so gestellt, ohne Hintergedanken. Aber die Antwort gefiel ihr trotzdem.

44

Apollinaire war schon vorausgefahren. Zuvor hatte er noch veranlasst, dass Samiras kleiner Suzuki von Kollegen aus Toulon abgeholt und kriminaltechnisch untersucht wurde. Dass er gestohlen war, hatte schon eine erste Überprüfung ergeben. Wieder einmal hatte Youssef sein Talent unter Beweis gestellt, Autos zu knacken.

Jetzt machte sich auch Isabelle auf den Weg nach Fragolin. Fast verspürte sie Heimweh – und das bereits nach nur wenigen Tagen Abwesenheit. Erstaunlich. Sah ganz so aus, als ob sie in Fragolin wirklich Wurzeln geschlagen hätte. Maurice Balancourt, der sie unbedingt nach Paris holen wollte, würde sich darüber nicht freuen. Aber sie selbst umso mehr.

Landstraße oder Autobahn? Nach den turbulenten letzten Stunden zog sie es vor, mit offenem Verdeck übers Land zu cruisen. Sie hatte keinen Termin, es war egal, wie lange sie brauchte. Um Apollinaire und seinen geliebten Konfuzius zu zitieren: Der Weg ist das Ziel! Das stimmte leider nur selten, schon gleich nicht in ihrem Job. Polizeiarbeit war kein Selbstzweck, sondern hatte immer das konkrete Ziel der Aufklärung. Doch nach einem abgeschlossenen Fall durfte man sich treiben lassen, die provenzalische Luft genießen und die unvergleichliche Landschaft. Olivenbäume zogen vorbei, Felder mit Weinreben und Lavendel, sanfte Hügel mit Zypressen, Pinienwälder … Auch der Duft, der ihr in die Nase stieg, wechselte fortwährend, behielt aber immer jene besondere Note, die sie so nur aus der Provence kannte.

Hatte sie gerade festgestellt, dass ihr aktueller Fall abgeschlossen war? Nun, das stimmte nicht ganz. Samira und Youssef befanden sich noch auf freiem Fuß. Aber die Fahndung lief. Sie selbst hatte damit nichts zu tun. Leyla war frei und bei ihren Eltern – das allein zählte. Über kurz oder lang würde man Youssef verhaften. Er hatte eine Polizistin angeschossen. Nicht irgendeine, sondern Maurice Balancourts persönliche Assistentin, die formal zwar »nur« sein Vorzimmer hütete, aber eine reguläre Ausbildung bei der *Police nationale* absolviert hatte. Es war seiner besonderen Überzeugungskraft zu verdanken, dass sie freiwillig auf den aktiven Dienst verzichtete.

Weil Isabelle gerade schon an ihn dachte, konnte sie ihn auch anrufen und auf den neuesten Stand bringen.

Im Vorzimmer meldete sich Jacquelines Krankenvertretung, die aber wusste, wer sie war, und sie deshalb gleich durchstellte.

»*Hallo, chérie,* schön, von dir zu hören«, wurde sie von Maurice begrüßt. »Du kommst mir zuvor.«

»Ich wollte dich informieren …«

»Musst du nicht, ich weiß schon alles.«

»Da bin ich aber froh«, sagte sie lachend.

»Kannst mir aber trotzdem eine Zusammenfassung geben. Geht es der kleinen Leyla gut?«

Auch das war typisch. Mit solchen Fragen suggerierte er, dass er wirklich auf dem Laufenden war.

»Ja, nach meinem Eindruck geht es ihr relativ gut. Ist ein tapferes Mädchen.«

»Das freut mich. Wer hätte gedacht, dass hinter dem Toten im Steinbruch eine Entführung stecken könnte …«

Weil er eine kurze Pause machte, offenbar, um an seiner obligatorischen Zigarre zu ziehen, konnte sie sich eine Zwischenbemerkung nicht verkneifen.

»Ich schon, ich habe mir das sehr wohl gedacht.«

»Nun ja, du ganz sicher, ich wahrscheinlich auch. Aber deine chronisch überforderten Kollegen hatten wieder mal Tomaten auf den Augen.«

»Du tust ihnen unrecht.«

»Glaube ich nicht, aber egal. Übrigens soll ich dir Grüße von Jacqueline ausrichten. Sie kann das Krankenhaus schon morgen wieder verlassen.«

»Super, das freut mich.«

»So, jetzt deine Zusammenfassung. Schieß los!«

Isabelle gab ihm den gewünschten Bericht in Stichworten, so wie er es mochte. Unwichtige Details nervten ihn. Apollinaire mit seinem Hang zur Weitschweifigkeit könnte er keine halbe Minute zuhören.

Als sie fertig war, musste er husten. Maurice und seine Zigarren. Sie machte sich wirklich Sorgen. Aber sie hatte es aufgegeben, ihn davon abbringen zu wollen. Sie bekam die immer gleichen Gegenargumente zu hören. Meist begann er mit Churchill, der nicht trotz, sondern gerade wegen seiner Zigarren über neunzig Jahre alt geworden sei.

»Apollinaire solltest du mal in die Fortbildung schicken«, sagte er schließlich.

Wie kam er darauf? Sie hatte Maurice verschwiegen, dass Youssef ihm die Waffe aus der Hand geschlagen hatte. Sie beschloss, seine Bemerkung zu ignorieren. Stattdessen wechselte sie das Thema.

»Was macht eure Suche nach dieser Panzerabwehrrakete? Habt ihr sie gefunden?«

Falsche Frage. Er quittierte sie mit heftigem Räuspern.

»Du kannst einem die beste Laune verderben. Nein, das verdammte Ding bleibt verschwunden. Magst nicht doch nach Paris kommen und unser Team verstärken?«

Isabelle lachte. Er versuchte es immer wieder.

»Nein, keine Chance. Ihr bekommt das schon alleine hin, da bin ich ganz sicher.«

»Du hast leicht reden. Na ja, jetzt wünsche ich dir erst mal viel Spaß mit deinem Auto. Ein alter Mustang, ganz schön extravagant …«

Woher wusste er von ihrem Autokauf? Aber auch das war typisch. Am Schluss eines Gesprächs haute er gerne noch eine unerwartete Bemerkung raus. Ihre Reaktion war allerdings auch immer die gleiche: Sie ging nicht darauf ein.

»Vielen Dank. Und noch einen schönen Tag, mein lieber Maurice.«

»Au revoir, chérie. Et bonne route!«

Auf den letzten Kilometern vor Fragolin kam sie an der Abzweigung vorbei, die zur *vieux moulin* führte. Dort hatte sie sich mit Frédéric Moreau angelegt – jetzt war er tot. Mit den näheren Umständen seines Ablebens würde sie sich noch befassen. Aber gewiss nicht mehr heute. Jetzt musste sie erst mal ankommen, auch im übertragenen Sinne.

Kurz darauf folgte die Stelle, wo Samira Apollinaire vor seinen *deux chevaux* gelaufen war. Hier hatte alles angefangen. Scheinbar ganz harmlos. Mit einer jungen Frau, die sich an nichts erinnern konnte und der sie helfen wollten. Ob Samira ihr Gedächtnis mittlerweile wiedererlangt hatte? Ihr Verhalten beim Einkauf und in der alten Fabrik erlaubte keine Rückschlüsse.

Isabelle fuhr an der kleinen Kapelle vorbei. Die ersten Häuser. Der alte Alain saß im Schaukelstuhl vor seinem Korkgeschäft. Sie winkte ihm zu. Zwar winkte er zurück, aber nach seinem Gesichtsausdruck zu schließen, hatte er sie in diesem Auto nicht erkannt. Doch er freute sich über jeden, der ihn zur Kenntnis nahm. Weil es in Fragolin kaum möglich war, den Mustang zu verstecken, fuhr sie entschlossen vor das *Hôtel de ville* und park-

te dort, wo sonst der Polizeiwagen stand. Der Zufall wollte es, dass genau in diesem Augenblick Clodine aus dem Rathaus kam. Der Zufall? Eine andere Erklärung wäre, dass Clodine über übersinnliche Fähigkeiten verfügte und deshalb immer gerade dort auftauchte, wo es etwas Neues zu entdecken gab.
Sie riss die Augen auf. »Isa, mein Schatz, mit was für einem irren Schlitten bist du denn heute unterwegs?«
»Mein neuer Polizeiwagen.«
»Ist nicht dein Ernst?«
Isabelle lachte. »Hast recht, die *Police nationale* wird den Mustang als Dienstfahrzeug wohl nicht akzeptieren.« Sie zuckte mit den Schultern. »Dann fahre ich ihn halt privat.«
»*Tu es folle* …«
Konnte gut sein, dass sie wirklich verrückt war. Aber aus Clodines Mund klang das wie ein Kompliment.
Isabelle deutete auf das *Hôtel de ville.* »Was hattest du im Rathaus zu tun?«
Clodine winkte ab. »Meine *licence commerciale* verlängern. Reine Formsache, schon erledigt. Was ist, hast du morgen Zeit? Wollen wir mit deinem neuen ›Polizeiauto‹ zum Baden ans Meer fahren?«
Das war keine schlechte Idee. Aber lieber mit Nicolas als mit ihr.
»Besser noch nach Saint-Tropez«, korrigierte Clodine ihren Vorschlag. »Und dann fahren wir vor den Cafés auf und ab.«
Letzteres ganz bestimmt nicht, dachte Isabelle. Außerdem hätte sie in Saint-Tropez eine andere Verpflichtung. Sie musste lächeln. Nun ja, von einer *Verpflichtung* konnte man bei Rouven wohl kaum sprechen.
»Tut mir leid, Clodine, aber morgen habe ich noch zu tun. Doch wir holen das nach, bei nächster Gelegenheit …«
»Versprochen?«
»Ja, ganz sicher.«

Im Kommissariat angekommen, traf sie Apollinaire, wie er die voll beschriebenen Seiten vom Flipchart riss, zerknüllte und in den großen Papierkorb stopfte. Schade. Sie hatte ja den Plan gefasst, seine kryptischen Ausarbeitungen aufzubewahren und als grafische Originalarbeiten eines verkannten Genies irgendwann auszustellen. Na ja, dann das nächste Mal.

»Madame, ich bin überglücklich, dass wir die kleine Leyla befreien konnten. Ich weiß nicht, ob es Ihnen genauso geht, aber oft frage ich nach der Sinnhaftigkeit unserer Tätigkeit. Wir ziehen Täter zur Rechenschaft, können aber begangene Verbrechen nicht ungeschehen machen. Doch diesmal haben wir eine wirklich gute Tat vollbracht und ein unschuldiges Mädchen ihren Eltern zurückgegeben. Das erfüllt mein Polizistenherz mit Freude, wenn Sie verstehen …«

Er machte tatsächlich einen ergriffenen Eindruck.

»Ja, das ist ein schönes Gefühl«, pflichtete sie ihm bei.

»Das ist quasi die Umkehrung des Normalen«, führte er den Gedanken weiter. »Diesmal haben wir ein Verbrechen verhindert, dafür sind uns die Täter durch die Lappen gegangen.«

Isabelle überlegte, dass sie bei den Tätern seltsamerweise nicht im Plural dachte. Für sie gab es nur einen Täter: Youssef! Während Samira in gewisser Weise selbst ein Opfer war, nämlich ein Opfer brüderlicher Willkür.

»Wir haben keine Verbrechen verhindert«, stellte sie richtig. »Nur im Falle der kleinen Leyla einen guten Ausgang herbeigeführt. Aber ihre Entführung hat stattgefunden. Dieses Verbrechen lässt sich nicht ungeschehen machen. Leyla hat ein traumatisches Erlebnis hinter sich, von dem wir nur hoffen können, dass sie es gut verarbeitet. Außerdem haben wir mit Martinez einen tragischen Todesfall zu beklagen. Auch dieses Verbrechen hat stattgefunden. Mit Youssef Arkoubi kennen wir den Täter, aber erstens wissen wir von ihm nicht sehr viel mehr als seinen Namen …«

»Und zweitens hat er sich dem polizeilichen Zugriff entzogen«, fiel ihr Apollinaire ins Wort. »Und das war meine Schuld. Mea culpa.«

Isabelle sah ihn nachdenklich an. Was sollte sie auf dieses Eingeständnis sagen? Dass er recht hatte? Oder dass, auch wenn er alles richtig gemacht hätte, der Ausgang ungewiss gewesen wäre? Nicht unwahrscheinlich, dass dabei Blut geflossen wäre. So gesehen, sollten sie zufrieden sein.

»Es ist so, wie es ist«, sagte sie. »Youssef wird hoffentlich bald gefasst werden.«

»Und Samira?«

Sie nickte. »Ja, auch Samira. Dabei haben wir es wohl *ihr* zu verdanken, dass Leyla noch lebt.«

»Weil sie Leyla mit Essen und Trinken versorgt hat?«

»Ganz offensichtlich gegen den Willen ihres Bruders ...«

»Weshalb sie auch keinen Schlüssel zur Gitterbox hatte. Sie musste alles unten durchschieben.«

»Youssef hat Lunte gerochen und ist ihr heute zur alten Fabrik gefolgt.«

»Nicht gefolgt, er wusste ja, wo sie Leyla weggesperrt hatten.«

Isabelle lächelte. Apollinaire liebte es präzise.

»Korrekt. Stellt sich also die Frage, warum er Leyla dort hätte sterben lassen.«

»Weil er seine Schwester schützen wollte? Leyla kannte ja ihre Identität.«

»Indem er seine Schwester schützte, verwischte er zudem seine eigene Spur. Über Samira wäre die Polizei auch auf ihn gekommen.«

Apollinaire wackelte mit dem Kopf. Das tat er häufiger und war nicht weiter besorgniserregend.

»Also eine rationale Entscheidung«, schlussfolgerte er. »Jedenfalls aus Sicht eines Verbrechers.«

Eine rationale Entscheidung? Seine Interpretation war schlüssig, dachte sie. Und doch keimte in ihr ein anderer Verdacht. Nämlich dass Youssef nicht nur rational gehandelt hatte, sondern darüber hinaus auch emotional. Warum hatte Youssef ausgerechnet die Tochter der Mawardis entführt, die womöglich aus demselben Ort stammten wie er selbst. Aus dem einzigen Grund, weil seine Schwester Leyla kannte? Das war zu wenig. Hatte er womöglich ein Motiv, Mahmud al-Mawardi und seine Frau Kalila zu hassen? So sehr, dass er ihnen das Schlimmste zufügen wollte, was man Eltern antun konnte – ihnen ihre Tochter wegzunehmen und in einem Verlies verdursten zu lassen. War das denkbar? Und wie fanatisch musste man sein, um so etwas zu tun?

»Ich glaube, da steckt mehr dahinter«, sagte Isabelle leise. »Aber ich kann es nicht erklären.«

»Wahrscheinlich werden wir es nie erfahren.«

Der Gedanke missfiel ihr. Um einen Fall auch im Kopf wirklich abzuschließen, sollten keine Fragen offenbleiben.

»Madame, wann wollen wir uns mit dem toten Moreau und mit Louis Garnier befassen?«, wechselte er abrupt das Thema. »Ich habe einiges von Belang in Erfahrung gebracht.«

Moreau, Garnier ... So schnell konnte sie nicht umschalten. Das heißt, sie könnte schon, aber wozu?

»Apollinaire, Sie sind heute früh aufgestanden ...«

»*Mais oui*, so früh wie der sprichwörtliche Vogel.«

»Also war das ein langer Tag. Ich schlage vor, Sie machen Feierabend. Und morgen Vormittag sehen wir weiter.«

»Madame, das ist ein exzeptioneller Vorschlag. Ich wollte nur nicht, dass Sie denken, ich wäre erschöpft.«

45

Später am Abend saß Isabelle auf ihrer geliebten Dachterrasse. Zuvor hatte sie mit Nicolas bei Jacques zu Abend gegessen. *Omelettes de légumes, Gigot d'agneau ... Délicieux!* Der Koch hatte heute einen guten Tag. Um ehrlich zu sein, hatte er das nicht immer. Nicolas war für einen Abend wie diesen der perfekte Gesprächspartner. Es machte ihm nichts aus, wenn sie zwischendurch schwiegen. Er stellte keine Fragen. Also erzählte sie ihm nur das Nötigste. Immerhin wusste er jetzt, dass sie ein entführtes Mädchen befreit hatten. Umgekehrt hätte er womöglich nichts von seinem Treffen mit Rouven berichtet. Aber sie entlockte ihm, was sie schon wusste, nämlich dass Rouven von seiner Auftragsarbeit begeistert war.

Und jetzt? Jetzt saß sie auf ihrer Terrasse mit einem *Marc de Provence* im Glas – aber ohne Nicolas. Das hätte sie auch anders haben können. Aber sie wollte alleine sein. Und er verstand es.

Noch am Nachmittag hatte sie ihrem früheren Mitarbeiter Roger Sapin, der heute bei Pascals Detektivbüro in Marseille arbeitete, eine kurze Nachricht geschickt: »Alles gut. Leyla ist wieder bei ihren Eltern. *Mille mercis!*«

Erst jetzt kam die Antwort: »Madame, Sie sind die Größte. Gratuliere.«

Die Größte? Das war schamlos übertrieben. Wenn sie ehrlich war, hatten sie einfach Glück gehabt. Na ja, nicht nur, aber eben doch. Ohne Charlotte, die Samira in ihrem Lebensmittelgeschäft wiedererkannt hatte, wäre Leyla noch nicht frei. Aber

gefunden hätten sie die Kleine trotzdem, davon war sie überzeugt. Hätte nur etwas länger gedauert.
Isabelle ließ den Traubenbrand im Cognacschwenker kreisen und roch an ihm. Eigentlich musste man ihn gar nicht trinken, er war so schon ein Genuss. Ob der Alkohol auch über die Nase ins Blut ging?
Dschimalla, Dschimalla ... Immer wieder ging ihr der Name dieses Ortes durch den Kopf. Mahmud al-Mawardi hatte von den »schrecklichen Ereignissen« gesprochen, die sich dort zugetragen hatten. Ein Angriff der französischen Luftwaffe, der die Falschen getroffen hatte – nämlich unschuldige Zivilisten. Wie oft kam so etwas in den Krisen- und Kriegsgebieten dieser Welt vor? Vielleicht nicht täglich, aber oft, viel zu oft.
Isabelle zündete sich einen Zigarillo an, dann klappte sie ihren Laptop auf und gab Dschimalla ein. Sofort stieß sie auf ausführliche Berichte. Auch auf grauenvolle Bilder. Mawardi hatte recht. Was in diesem nordafrikanischen Ort passiert war, verdiente es, »schrecklich« genannt zu werden. Ganze Familien waren ausgelöscht worden, Kinder und Greise. Natürlich wurde in den Beiträgen auch die Schuldfrage diskutiert. Internationale Organisationen hatten das französische Militär an den Pranger gestellt. Aber so einfach war es wohl nicht. Offenbar hatten sich die terroristischen Kämpfer unter die Zivilbevölkerung gemischt. Das war eine perfide Taktik: unschuldige Menschen als Schutzschild. Dennoch war die Katastrophe unentschuldbar. Besser kein Angriff als ein fehlgeleiteter.
Isabelle glaubte, noch die Erleichterung in Mawardis Stimme zu hören. Gott sei Dank habe er seine Familie zuvor nach Frankreich geholt. Sie sei in Sicherheit gewesen.
Was aber war mit den anderen Familien? Stammten Youssef und Samira aus Dschimalla? Wenn ja, hatten sie dort Angehörige? Gehörten sie zu den Opfern?

Gedankenverloren tunkte sie das Mundstück ihres Zigarillos in den Traubenbrand. Was brachte es, sich dieses Szenario auszumalen? Falls Youssef und Samira tatsächlich aus Dschimalla stammten, sollten sie eine natürliche Solidarität mit allen anderen Bewohnern empfinden. Auch mit jenen, die nicht mehr dort lebten. So wie die Mawardis.

Immer mehr verstand sie Mawardis Verwunderung, dass ausgerechnet ein arabischstämmiges Geschwisterpaar, das zudem womöglich aus seiner Heimat stammte, Leyla entführt hatte. Er hatte dies nicht nachvollziehen können – und Isabelle konnte es auch nicht. Youssef und Samira verfolgten keine politischen Ziele, sie waren keine Terroristen, davon konnte man ausgehen. Was also hatte sie dann dazu bewogen?

Ihr fiel der Name Milan ein, den Leyla und Apollinaire aufgeschnappt hatten. Mawardi hatte recht, das war ein slawischer Name. Was sollte Youssef mit einem Milan zu tun haben? War er der Auftraggeber, der im Hintergrund die Fäden zog? Unwahrscheinlich, äußerst unwahrscheinlich. Youssef agierte wie ein überforderter Einzeltäter, nicht wie ein Befehlsempfänger.

Dschimalla, Dschimalla … Milan, Milan …

Isabelle merkte, dass sie mit ihren Überlegungen feststeckte. Heute Abend würde sie nicht weiterkommen. Nicht nur für Apollinaire, auch für sie selbst war es ein anstrengender Tag gewesen. Zeit eigentlich, um ins Bett zu gehen.

Nur noch den Zigarillo fertig rauchen und den *Marc de Provence* austrinken. Und zur Abwechslung an was Schönes denken. Zum Beispiel … Isabelle lächelte leise vor sich hin. O ja, ihr fiel einiges ein …

46

Endlich mal wieder konnte sie einen Tag mit ihrer üblichen Routine beginnen. Vor allem ihre Joggingstrecke durch den Wald zur *Chartreuse* hatte ihr gefehlt. Danach die eiskalte Dusche. Die alte Marie-Claire, die ihr über die Gasse hinweg aus dem offenen Fenster zuwinkte und *une bonne journée* wünschte. Der frische Kaffee aus der gläsernen Pressstempelkanne …
Entsprechend frisch und munter fühlte sie sich, als sie im Kommissariat eintraf. Mitten im Raum hatte Apollinaire sein geliebtes Flipchart aufgestellt. Mit einem neuen Deckblatt und der Überschrift: *Le mort de Frédéric Moreau.* Darunter hatte Apollinaire Stichwörter notiert. Manche in Versalien, andere in Kleinbuchstaben. Auch die Farben wechselten. Gleiches galt für die reichlich vorhandenen Pfeile. Dass alldem eine besondere Logik innewohnte, war ihr klar. Nur musste und wollte sie diese nicht verstehen.
Isabelle setzte sich auf ihren Schreibtisch, schlug die Beine übereinander und sah Apollinaire, der sich schon mit einem Lineal in Position gebracht hatte, erwartungsvoll an.
»Nun schießen Sie schon los!«, forderte sie ihn auf.

Eine knappe Stunde und diverse Gedankenkapriolen später wusste sie, was sich eigentlich in wenigen Sätzen zusammenfassen ließ. Erstens: Die Gendarmerie hatte den Fall tatsächlich abgeschlossen und Moreaus Tod ganz offiziell als Unfall klassifiziert. Zweitens: Louis Garnier von *carreau et céramique* hatte definitiv finanzielle Probleme. Drittens: Eine Annullierung von

Moreaus Auftrag hätte unausweichlich zu seinem Konkurs geführt. Viertens: Garnier leugnete, ein Kaninchen überfahren zu haben. Was ihm ja ernstlich niemand vorwarf. Fünftens: Apollinaire hatte sich von Moreaus Freundin sein Handy ausgeliehen. Die Auswertung hatte ergeben, dass er am Abend seines Todes mehrfach mit Garnier telefoniert hatte. Sechstens: Aber (leider) fand sich auf seinem Handy keine Sprachnachricht. Weil das Leben, wie Apollinaire schon früher festgestellt hatte, kein Wunschkonzert war. Siebtens, und jetzt wurde es wirklich interessant: Garniers Handy (!) war zur fraglichen Zeit in jener Funkzelle eingeloggt, in der Moreaus alte Mühle lag. Dies hatte Apollinaire über den Netzbetreiber ermittelt. Achtens: Garniers Auto verfügte über ein modernes Navi. Apollinaire hatte die Typenbezeichnung – und auch die Information, dass dieses per GPS kontinuierlich den Standort ermittelte und abspeicherte. Neuntens: Würde man es auslesen, könnte man einen weiteren Nachweis erbringen, dass Garnier Moreau bei seiner Mühle aufgesucht hat …

Fehlte nur ein Zehntens: Man könnte Garnier zwar in wesentlichen Punkten der Lüge überführen, aber ihm nicht beweisen, dass er Moreau vom Gerüst gestoßen hat. Das war der Haken dabei. Also brauchten sie ein Geständnis.

»Madame, wie wäre die weitere Vorgehensweise?«

Gute Frage. Isabelle gestand sich ein, dass sie nicht wirklich bei der Sache war. Immer wieder stolperten Youssef und Samira durch ihr Hirn. Und doch wollte sie auch Moreaus Tod aufgeklärt wissen. Schon deshalb, damit sie den Kopf wieder wirklich frei hatte.

»Was ist mit Moreaus Leiche? Hat man sie auf DNA-Spuren untersucht?«

»Ganz sicher nicht. Die Gendarmerie veranlasst so etwas nur bei dringendem Tatverdacht. Außerdem könnte es gut sein,

dass Capitaine Briand von DNA noch nie etwas gehört hat und es für eine bewusstseinserweiternde Droge hält.«
Ganz so weit würde sie nicht gehen, dachte Isabelle. Briand lebte nicht hinter dem Mond – und auch die Gendarmerie leistete oft gute Arbeit. Vielleicht nicht in Fragolin? Nein, sogar auch hier. Ebenso wie in Saint-Martin-de-Crau. Wie hieß doch gleich der *Maréchal* vom dortigen Gendarmerieposten? Étienne, richtig. Er hatte ihr einen *café crème* angeboten – und in kürzester Zeit die angeforderten Fingerabdrücke übermittelt. Mehr konnte man nicht erwarten.
»Madame, was halten Sie von der Idee?«
Von welcher Idee? Sie war wirklich nicht bei der Sache.
»Wenn Sie meinen«, antwortete sie ausweichend. »Warum nicht?«
»Okay, dann bestelle ich Louis Garnier aufs Kommissariat. Sagen wir, in einer Stunde?«
War das seine Idee gewesen? Sie hatte wirklich nicht zugehört.
»Eine Stunde? Ja, das passt.«

Sie telefonierte gerade mit Jacqueline, als es an der Tür klopfte. Apollinaire rief: *Entrez!* Gleichzeitig stand er auf und richtete seinen Krawattenknoten. Seine Uniformjacke hatte er schon zuvor angezogen. Nur hatte er wie immer vergessen, sich zu kämmen. Auf diese Weise schaffte er es, korrekt auszusehen und gleichzeitig derangiert. Von seinen Socken ganz zu schweigen. Heute war für rechts Pink angesagt und links Kanariengelb.
Isabelle verabschiedete sich von Jacqueline und wünschte ihr weiter alles Gute.
Garnier stand derweil schon mitten im Raum. Das Flipchart hatte Apollinaire zuvor weggestellt. Garnier sah verunsichert zwischen Apollinaire und Isabelle hin und her.
»Sagen Sie bloß, Sie haben mich wegen des überfahrenen Kaninchens hierher bestellt?«

Sie stand auf und gab ihm zur Begrüßung die Hand.
»Nicht ganz, Monsieur Garnier, nicht ganz.«
»Worum geht es dann?«
Sie deutete zur Besucherecke. »Bitte nehmen Sie doch Platz, dann erkläre ich es Ihnen.«
»Wollen Sie ein Glas Wasser?«, fragte Apollinaire.
»Nein, vielen Dank. Können wir es bitte kurz machen, ich hab nicht viel Zeit. Die Geschäfte, Sie verstehen.«
Isabelle sah ihn nachdenklich an. Sie hatte sich nicht überlegt, wie sie vorgehen sollte. Außerdem war ihr gerade eingefallen, was Apollinaire im Fall von Youssef und Samira recherchieren könnte. Das erschien ihr viel wichtiger, als diesen Louis Garnier in die Mangel zu nehmen. Er hatte völlig recht: Sie sollten es kurz machen. Ob er aber nach ihrem Gespräch noch viel Zeit für seine Geschäfte hatte, stellte sie infrage. Hoffentlich nicht.
Apollinaire stellte ein Aufnahmegerät auf den Tisch.
»Sind Sie einverstanden, dass wir unser Gespräch aufzeichnen?«
»Meinetwegen.«
»Monsieur Garnier, ich möchte mit Ihnen über Frédéric Moreau sprechen. Nun soll man ja über Tote nicht schlecht reden, aber ich habe diesen Moreau als selbstherrlichen und aufbrausenden Idioten erlebt.«
Garnier sah sie verunsichert an. Spätestens jetzt wusste er, dass es nicht um ein totes Kaninchen ging.
»Deshalb, mein lieber Garnier«, fuhr sie fort, »kann ich Sie gut verstehen. Sehr gut sogar.«
»Äh, wie meinen Sie das?«
»Jetzt möchte ich nur noch wissen, ob Sie vorsätzlich gehandelt haben oder im Affekt.«
Garnier bekam nervöse Zuckungen.
»Ich … ich kann Sie nicht verstehen …«

Isabelle beugte sich nach vorne und sah ihm in die Augen. Mit der Hand verdeckte sie das Mikrofon.
»Darf ich Ihnen einen Rat geben?«, sagte sie leise. »Stellen Sie es so dar, dass Moreau aggressiv geworden ist und Sie provoziert hat. Das erscheint mir absolut glaubwürdig. Das Strafmaß ist bei Totschlag im Affekt viel niedriger als bei Mord mit Vorsatz.«
Sein Gesicht war gerade noch leichenblass, jetzt lief es rot an. »Wie ... wie ... können Sie mir unterstellen ...?«, stammelte er.
»Aber natürlich will ich Sie nicht beeinflussen«, sagte sie. »Selbstverständlich können Sie auch zugeben, dass Sie geplant hatten, Moreau umzubringen, und mit dieser festen Absicht auf die Baustelle gefahren sind. Doch, doch, auch das würde ich verstehen.«
»Ich habe Moreau kein Haar gekrümmt«, schrie Garnier.
Isabelle nahm die Hand vom Mikrofon. »Stimmt, Sie haben nur seinen Genickbruch herbeigeführt.«
Er schnappte nach Luft. »Ich glaube, Sie ticken nicht richtig ...«
Oje, das hätte er nicht sagen dürfen. Warum machten so viele Menschen denselben Fehler und unterstellten ihr, dass sie verrückt sei? Das provozierte ihren entschiedenen Widerspruch. Und ging in der Regel für ihr Gegenüber übel aus.
»Wollen Sie mir also weismachen«, fragte Isabelle, »dass Sie am Abend seines Todes keinen Kontakt zu Moreau hatten? Weder telefonisch noch sonst wie?«
»Nein, natürlich nicht. Kein Kontakt, ganz sicher.«
»Sie waren folglich auch nicht auf der Baustelle?«
»Was sollte ich dort? Nein, ich war in der Firma und habe gearbeitet.«
Isabelle schüttelte in gespielter Verzweiflung den Kopf. »Mit Ihren Lügen machen Sie Ihre Lage noch viel schlimmer. Tun Sie sich doch den Gefallen und behaupten, es wäre zu einem Streit gekommen, oben auf dem Gerüst. Moreau hat sich so sehr auf-

geregt, dass er ohne Ihr Zutun das Gleichgewicht verloren hat. Vielleicht glaubt Ihnen das Gericht diese Version … Nein, wohl eher nicht. Es ist ja erwiesen, dass Sie Moreau berührt haben. Aber eine Auseinandersetzung mit Todesfolge, ja, damit könnten Sie durchkommen.«
Garnier fuhr mit der Hand durch die Luft. »Jetzt reicht's mir aber. Ihr Geschwätz muss ich mir nicht länger anhören.«
»Haben Sie gerade Geschwätz gesagt?«, mischte sich Apollinaire ein. »Das ist Beamtenbeleidigung. Zügeln Sie Ihre Zunge.«
Sie sah, wie bei Garnier die Adern am Hals anschwollen. Seine Augen konnten ihrem Blick nicht länger standhalten. Jetzt hatte sie ihn so weit. Das war wie beim Boxen. Erst musste man den Gegner ausrichten, dann verunsichern und die Lücken in seiner Deckung finden, um schließlich im richtigen Moment zuzuschlagen.
»Garnier, Sie kennen sich vielleicht mit Fliesen aus, aber kriminaltechnisch haben Sie keine Ahnung. Wir haben Moreaus Handy, darauf sind die Telefonate registriert, die Sie am Abend mit ihm geführt haben. Sie haben mich also angelogen …«
Er sah sie konsterniert an.
»Dann sind Sie auf die Baustelle gefahren. Dafür gibt es gleich zwei Beweise: die Signale Ihres Handys und Ihr Navi im Auto.«
»Ich schalte bei einer solchen Strecke doch nicht mein Navi ein«, protestierte er.
»Brauchen Sie nicht. Ihr Navi speichert automatisch per GPS jede Bewegung Ihres Fahrzeugs. Wir haben es ausgelesen.«
Jetzt traten auch an seinen Schläfen die Adern hervor.
»Sie können doch nicht einfach mein Navi …«, empörte er sich.
»Doch, können wir«, erklärte Apollinaire. »Sogar von außen, ohne Ihr Auto zu öffnen.«
Jetzt hatte er geblufft, aber das konnte Garnier nicht wissen. Dann konnte sie mit den ausgedachten Behauptungen ja gleich weitermachen.

»Die kriminaltechnische Untersuchung von Moreaus Leichnam hat DNA-Spuren sichergestellt. Sie stammen eindeutig von Ihnen. Ja, mein Lieber, Pech gehabt.«

Auf die naheliegende Frage, woher sie zum Vergleich seine DNA hatten, kam er nicht. Er war mit den Nerven fertig. Logisch denken konnte er schon länger nicht mehr.

»Was sollte ich für ein Motiv haben?«, fragte er. Jetzt nicht mehr aufbrausend, sondern schon ziemlich kleinlaut.

»Wir haben Ihre finanziellen Verhältnisse überprüft. Ohne Moreaus Auftrag wären Sie pleite. Sie wären nicht einmal in der Lage, ihm seine Anzahlung zurückzuzahlen. Aber ein toter Moreau kann keine Forderungen stellen. Reicht Ihnen das als Motiv? Dem Gericht reicht es ganz sicher.«

Garnier biss sich so fest auf die Unterlippe, dass sie blutete.

»Sie haben jetzt zwei Möglichkeiten. Sie gestehen, dass Moreau durch Ihr Einwirken zu Tode gekommen ist. Das ist eine neutrale Formulierung, den genauen Hergang können Sie später mit Ihrem Anwalt besprechen. Dann lasse ich Sie heimgehen, und Sie können Ihre Angelegenheiten regeln. Morgen melden Sie sich um elf Uhr bei der Gendarmerie.«

Garnier kniff die Augen zusammen. »Und die zweite Möglichkeit?«, fragte er mit zitternder Stimme.

»Sie verweigern das Geständnis. Damit verspielen Sie jede Chance, mit einer Bewährungsstrafe davonzukommen«, sagte Isabelle. »Apollinaire legt Ihnen Handschellen an, und Sie werden umgehend nach Toulon in die Haftanstalt verlegt. Wahrscheinlich in eine Gemeinschaftszelle mit Totschlägern und Zuhältern. Morgen bekommen Sie Besuch vom zuständigen Staatsanwalt. Ich kenne ihn, er kann sehr ekelhaft sein, wenn ich ihn darum bitte.«

Womöglich war sie über das Ziel hinausgeschossen, dachte Isabelle. Gleich würde sie es wissen.

»Eine dritte Möglichkeit gibt's nicht?«
»Sie können versuchen zu fliehen. Das kostet Sie dann noch mal fünf Jahre.«
Garnier deutete auf das Mikrofon. »Muss ich da reinsprechen?«
»Am besten laut und deutlich.«
»Mein Name ist Louis Garnier. Ich gebe hiermit zu ... an Frédéric Moreaus Sturz vom Baugerüst ... beteiligt gewesen zu sein.«
Fast tat er ihr leid. Er war kein Ekel wie Moreau. Nur etwas einfältig. Ach ja, und er hatte Apollinaires Freundin Shayana unter den Rock gefasst. Auch nicht gerade vorbildlich. Er hatte ihr Mitleid nicht verdient.
»Geht's etwas genauer?«
»Ähm, also, wir sind in Streit geraten wegen der Fliesen. Er ist auf mich losgegangen, oben, auf dem Gerüst. Er wollte mich am Kragen packen, da habe ich ihn weggestoßen. Ich konnte doch nicht ahnen ... dass er daraufhin das Gleichgewicht verliert.« Er sah sie verlegen an. »Reicht das?«, fragte er.
»Ja, das reicht. Der Form halber mache ich Sie darauf aufmerksam, dass Sie Fragolin nicht verlassen dürfen. Ich vertraue Ihnen. Und morgen um elf Uhr stellen Sie sich der Gendarmerie. Capitaine Briand wird Sie erwarten.«
Apollinaire schaltete das Aufnahmegerät aus.
»Und jetzt?«, fragte Garnier.
»Jetzt können Sie gehen.«

47

Es gab schwierige und weniger schwierige Fälle – und solche, die sich fast von selbst lösten. Letztere machten am wenigsten Spaß. Aber bei ihrer Arbeit ging es nicht darum, Spaß zu haben. Was zählte, war einzig das Ergebnis, also den Schuldigen zu überführen. Louis Garnier hatte sich spielend leicht zu einem Geständnis hinreißen lassen. Die Aufzeichnung hatte sie auf einem USB-Stick in der Tasche. Das dem Schuldeingeständnis vorangegangene Gespräch hatte Apollinaire wohlweislich nicht kopiert. Capitaine Briand, für den der Stick bestimmt war, musste schließlich nicht alles wissen. Vor allem nicht, wie sie Garnier mit dubiosen Behauptungen aufs Glatteis geführt hatte.

Isabelle war zu Fuß unterwegs zur Gendarmerie. Die Büros waren nicht weit entfernt. Natürlich nicht, denn in Fragolin gab es nichts, was weit entfernt war. Ihr ging durch den Kopf, dass Garnier bei seinem Geständnis einen Tathergang beschrieben hatte, der ihm vor Gericht beste Chancen auf ein mildes Urteil einräumte. Sogar ein Freispruch wäre möglich. Wenn es sich tatsächlich so zugetragen hatte, wie von ihm beschrieben, hatte er einen körperlichen Angriff von Moreau abgewehrt – ohne Vorsatz, ihn vom Gerüst zu stoßen. Oder war er mit dieser Version ihren »Empfehlungen« gefolgt? Auch das wäre möglich. Blieb ein Problem: Es gab keine Zeugen. Aber das Problem hatte nicht sie, sondern der Richter oder die Geschworenen.

Als sie das Gendarmeriegebäude betrat, erinnerte sie sich an ihren letzten Besuch. Er lag erst wenige Tage zurück. Damals war sie hier gewesen, um die Videoaufzeichnungen der Überwachungskameras zu kontrollieren. Auf ihnen hatte sie erstmals Youssef zu Gesicht bekommen. Zu Gesicht? Nicht wirklich, denn Youssef hatte eine Kapuze tief über den Kopf gezogen und sich von den Kameras weggedreht. Mittlerweile wusste sie, wie er aussah. Für die Fahndung hatte die Polizei sein Foto aus Samiras Wohnung.

Am Eingang traf sie Albertin, der sie zum Büro von Capitaine Briand begleitete. Sie hätte den Weg auch alleine gefunden, aber eine Kommissarin der *Police nationale* ließ man bei der Gendarmerie nur ungern aus den Augen.

»Na, was verschafft mir die Ehre?«, fragte der Capitaine anstelle einer Begrüßung. »Wieder auf der Suche nach Videoaufnahmen?«

»Nein, ich will Ihnen nur diesen USB-Stick überreichen und ankündigen, dass sich morgen um elf Uhr Louis Garnier bei Ihnen melden wird.«

»Garnier, der Fliesenmensch? Warum sollte sich Louis bei mir melden?«

»Um sich zu stellen. Sie können den Staatsanwalt verständigen und Garnier in Untersuchungshaft nehmen.«

Briand runzelte die Stirn. »Warum sollte ich das tun? Was hat der arme Kerl angestellt? Hat er etwa nachts in den Brunnen gepinkelt? Oder bei Jacques die Zeche geprellt? Dafür brauchen wir keinen Staatsanwalt, solche Verstöße regeln wir auf dem kleinen Dienstweg.«

»Haben Sie eigentlich die Akte Moreau schon geschlossen?«

»Wie kommen Sie jetzt auf Moreau? Was hat Garnier mit Moreau zu tun?«

»Sie gehen von einem Unfall aus, richtig?«

»Äh, natürlich … Es gibt keinen Anhaltspunkt …« Er sah sie fragend an. »Oder etwa doch?«

»Garnier gibt zu, mit Moreau auf dem Gerüst gestanden zu haben. Es gab einen Streit, dabei ist es zu einem Handgemenge gekommen … Den Rest können Sie sich denken. Auf dem Stick finden Sie seine Aussage.«

»Teufel auch, Garnier. Wer hätte das gedacht?«

Das war nicht als Frage gemeint, sonst hätte sie eine Antwort gewusst.

»Von Apollinaire bekommen Sie ein kurzes Protokoll mit den wesentlichen Fakten zur Beweisführung«, sagte sie stattdessen. »Ansonsten können Sie uns gerne aus dem Spiel lassen. Die Untersuchung von Moreaus Tod fällt ja in Ihren Bereich.«

»Aus dem Spiel lassen …«, wiederholte Briand etwas einfältig.

Isabelle lächelte. »Betrachten Sie das als kleine Amtshilfe und Dankeschön dafür, dass Sie mir den Videoraum überlassen haben.«

»Den Videoraum … ach so, natürlich. Immer gerne.« Er zupfte sich am Ohrläppchen. »Was machen wir, wenn Garnier morgen früh nicht erscheint?«

»Dann suchen Sie ihn!«

»Sollten wir ihn nicht besser gleich …?«

»Nein, ich habe ihm bis morgen Zeit gegeben. Ich denke, man kann ihm vertrauen.«

»So gutgläubig? Madame, Sie erstaunen mich immer wieder.«

Isabelle war alles andere als gutgläubig, nur glaubte sie, eine gute Menschenkenntnis zu haben.

Zurück im Kommissariat, unterhielt sie sich noch eine Weile mit Apollinaire. Nicht über Louis Garnier, sondern über Youssef und Samira. Sie erzählte ihm von Mahmud al-Mawardi, dessen Familie aus Dschimalla stammte, aber heute in Frankreich lebte.

»Dschimalla? Doch nicht jenes Dschimalla, wo es bei einem Luftangriff so viele zivile Opfer gegeben hat?«

Es erstaunte Isabelle, dass er den Namen sofort mit diesem tragischen Zwischenfall in Verbindung brachte.
»Doch, genau. Mawardi hält es für möglich, dass auch Youssef und Samira aus Dschimalla kommen. Leyla meint, dass sie denselben Dialekt wie ihre Eltern gesprochen hätten. Aber Mawardi kann sich an keine Arkoubis in seinem Heimatort erinnern.«
»Meinen Sie, dass sich Youssef und Samira nach Dschimalla absetzen könnten?«
An diese Möglichkeit hatte sie noch nicht gedacht. Dann wären sie wohl weg.
»Glaube ich nicht. Mich interessiert was anderes: Könnten Sie mal herausfinden, ob unter den Opfern des Luftangriffs auch welche mit dem Nachnamen Arkoubi waren?«
Apollinaire wiegte den Kopf hin und her. »Ich weiß nicht, ob die Namen je veröffentlicht wurden. Ursprünglich sollte ja alles vertuscht werden.«
»Versuchen Sie es. Irgendwo sind die Namen der Opfer bestimmt registriert, davon bin ich überzeugt.«
Isabelle wusste, dass ihn schwierige Recherchen im Internet reizten. Vielleicht musste er dabei irgendwelche Firewalls durchbrechen, dann wäre er wirklich glücklich.
Prompt begann er zu grinsen. »Ich probiere es. Nur eine kleine Frage: Warum interessiert es Sie, ob Mitglieder der Familie Arkoubi betroffen waren?«
Darauf wusste sie keine Antwort. Warum interessierte es sie? Weil sie eine blühende Fantasie hatte?
»Kann ich Ihnen nicht sagen. Aber Sie kennen ja meine Wissbegier.«
Sie sah auf die Uhr. »Jetzt muss ich weg. Ich hab eine Verabredung in Saint-Tropez.«
Apollinaire schmunzelte. »Darf ich raten?«
Isabelle lachte. »Nein, das dürfen Sie nicht.«

48

Auf der Fahrt hinunter an die Küste war Isabelle ausgesprochen guter Stimmung. Es war schön, wieder daheim zu sein. Zum Daheim gehörte nach ihrem Gefühl nicht nur Fragolin, sondern auch das nahe gelegene Meer. Bei aller Liebe: Fragolin alleine wäre ihr zu abgeschieden. Sie genoss ebenso das Leben am Wasser. Dieses Wechselspiel war der wahre Luxus. Es war ihre Entscheidung, ob sie fernab des großen Touristentrubels im Hinterland blieb oder mit den Füßen im Sand an ihrem versteckten Lieblingsstrand saß oder sich in Saint-Tropez unter die Schönen und Reichen mischte, die nicht alle schön und reich waren. Auch hier lag der Reiz in der Abwechslung. Heute also war Saint-Tropez angesagt, aber nur aus einem einzigen Grund: Rouven Mardrinac hatte sich wieder gemeldet. Sie mochte ihm nicht erneut absagen und hatte seine Einladung zum Mittagessen angenommen.

Er wollte in einer Bar an der Place des Lices auf sie warten. Und er hatte ihr aufgetragen, dort mit ihrer neu erworbenen »Nuttenschleuder« vorzufahren. Woher wusste er ...? Ach so, Nicolas hatte gepetzt. Nun war »Nuttenschleuder« wirklich sehr despektierlich, geradezu eine Beleidigung, aber sie kannte Rouven gut genug, um zu wissen, dass das aus seinem Mund sogar eine Form der Anerkennung war. Er liebte alle Formen der Extravaganz. Ein alter Mustang zählte offenbar dazu.

Isabelle erreichte Saint-Tropez mit der üblichen Verspätung. Die chronisch verstopfte Zufahrt blieb ein ewiges Ärgernis.

Sie umkurvte die Place des Lices, wo bereits um diese Tageszeit Boule gespielt wurde, und bog langsam in den Boulevard Vasserot. Die ersten Männer drehten sich nach ihr um. Wobei nicht klar war, ob die Blicke ihr galten oder der »Nuttenschleuder« mit den roten Sitzen und den breiten Reifen.
Sie entdeckte Rouven an seinem üblichen Tisch in der ersten Reihe. Obwohl sie den Verkehr behinderte, blieb sie direkt vor ihm stehen. Rouven hatte sie natürlich schon gesehen und stand lachend auf. Aus dem Weinkühler zog er eine Flasche Champagner. Mit ihr und zwei Gläsern in der Hand stieg er in den Mustang. Zahlen musste er nicht, er war Stammgast mit unbegrenztem Kreditrahmen.
Isabelle freute sich zwar, ihn zu sehen, die Situation aber war ihr peinlich. Sie hasste jede Form neureicher Zurschaustellung. Rouven dagegen war das egal. Erstens war er nicht neureich, sondern schon mit dem sprichwörtlichen goldenen Löffel im Mund auf die Welt gekommen. Zweitens scherte er sich einen Dreck um die Meinung anderer Menschen. Und drittens mochte er Parvenüs selber nicht.
Um den neugierigen Blicken am Straßenrand zu entgehen, fuhr sie gleich los.
»Wir müssen doch auf dein Yankee-Pony anstoßen«, sagte er und reichte ihr ein Glas Champagner. »Ich wünsche dir allzeit viel Spaß damit und dass es dich nie abwirft. *Cheerio!*«
Sie freute sich, dass er sich freute.
An der nächsten Kreuzung stand ein Flic. Ob sie jetzt angehalten wurden, weil sie im Auto Alkohol tranken und Rouven nicht angegurtet war? Doch weit gefehlt: Der Polizist grinste, tat so, als ob er salutieren würde – und wünschte Monsieur Mardrinac *beaucoup de plaisir* und noch einen schönen Tag.
Ähnliches war ihr mit Rouven schon oft passiert. Er genoss die

unglaublichsten Privilegien. Bevorzugungen, die man sich mit Geld alleine nicht kaufen konnte.

»Wo geht's hin?«, fragte sie.

»Fahr Richtung Flughafen!«

Isabelle ahnte Schreckliches. Von wegen Hubschrauber oder Privatjet. »Bitte mach keinen Scheiß.«

Rouven schüttelte feixend den Kopf. »Was du schon wieder denkst? Ich hab auf dem Weg dorthin in der *Auberge de la Môle* einen Tisch reserviert. Dort kannst du gut parken, und die *foie gras* ist ganz hervorragend.«

Isabelle war erleichtert. Die Auberge war früher mal eine Tankstellenkneipe und entsprechend unprätentiös. Gleichwohl galt sie seit vielen Jahren als Geheimtipp. Mit der besonderen Note, dass man ins Lokal nur durch die Küche gelangen konnte. Bei schönem Wetter wie heute saß man aber draußen an der Straße.

Zwei Stunden später saßen sie noch immer beim Mittagessen. Isabelle war in Rouvens Gesellschaft so entspannt, dass sie keine Sekunde mehr an die Ereignisse der vergangenen Tage dachte. Er fragte auch nicht danach, stattdessen erzählte er von Tel Aviv, wohin sie ihn unbedingt mal begleiten müsse. Er schwärmte von dem Bild, das Nicolas in seinem Auftrag erstellt hatte und den Betrachter auf geradezu magische Weise in seinen Bann zog. Ihm jedenfalls gehe es so. Jetzt müsse er nur noch entscheiden, welchem Kunstmuseum er es als Leihgabe anbieten sollte. Er habe Nicolas einige Vorschläge gemacht. Ausnahmsweise räume er einem Künstler bei dieser Entscheidung ein Mitspracherecht ein.

Diskret vermied er es, sie auf ihre Beziehung zu Nicolas anzusprechen. Was vermutlich daran lag, dass er sowieso davon ausging, dass sie was mit ihm hatte. Ähnlich wie früher mit Thierry. Das störte ihn nicht. Behauptete er jedenfalls. Und nach seinem Verhalten zu urteilen, stimmte es sogar. Genauso wenig, wie es sie störte, wenn ihr Clodine in der *Paris-Match* oder in einem anderen Magazin Fotos von einem gesellschaftlichen Event zeigte, wo Rouven mit einer Frau zu sehen war. Es durfte sie nicht stören, denn sie hatte sich dagegen entschieden, ein Glamour-Leben an seiner Seite zu führen. Er hatte es ihr angeboten – und sie hatte abgelehnt. Zwischendurch mal für einige Tage oder wenige Wochen, ja, das ging, aber nicht für immer.

Zum Dessert hatten sie *Crème brûlée* bestellt. Sie wurde in einer Terrine serviert, die aussah, als ob sie aus Omas Geschirrschrank stammen würde.

Ihr Handy klingelte, und weil sie sah, dass Apollinaire dran war, nahm sie den Anruf entgegen. Die Realität hatte sie wieder.

»Madame, ich will Sie nicht stören …«

Er wusste, dass er genau das tat. Weshalb es wichtig sein musste.

»Hat man Youssef und Samira geschnappt?«, fragte sie.

»Leider nein, aber es gibt Anhaltspunkte, dass sie sich im Großraum Marseille aufhalten. Dazu passt, dass man in Samiras Suzuki ein Parkticket aus Marseille gefunden hat …«

Wer löste für ein gestohlenes Auto ein Parkticket? Youssef ganz bestimmt nicht, aber zu Samira passte es.

»Ich rufe Sie aber aus einem anderen Grund an.« Er räusperte sich verlegen. »Nun ja, es hätte vielleicht auch Zeit gehabt …«

»Zu spät, jetzt sagen Sie schon!«

»Ich habe eine Liste mit den zivilen Opfern von Dschimalla gefunden. Sie wird zwar unter Verschluss gehalten, aber natürlich sind die Namen erfasst worden. Madame, Sie werden es nicht glauben …«

»Doch, werde ich.«

»Unter den Opfern befinden sich gleich elf Tote mit dem Nachnamen Arkoubi. Offenbar ist bei dem Angriff die ganze Familie ausgelöscht worden. Großeltern, Vater und Mutter, zwei Brüder, Kinder, Enkelkinder ... Keine Familie hat es so getroffen wie die Arkoubis. Aus den Unterlagen geht hervor, dass nur ein Verwandter am Leben geblieben ist, weil er gerade unterwegs war: Youssef Arkoubi. Seine Schwester Samira wird allerdings nirgends erwähnt, wahrscheinlich, weil sie in Frankreich aufgewachsen ist, vielleicht bei Adoptiveltern, aber das ist nur eine Vermutung.«

Isabelle, die nicht zartbesaitet war, spürte, wie sie eine Gänsehaut bekam. Youssefs Familie, alle ums Leben gekommen ...

»Was für eine Tragödie.«

»Ja, Madame, eine unvorstellbare Tragödie.«

»Befinden sich auf der Liste auch Opfer mit dem Namen al-Mawardi?«

»Nein, der Name taucht nirgends auf.«

Das deckte sich mit dem, was Mahmud al-Mawardi gesagt hatte. Er hatte seine ganze Familie schon vor Jahren nach Frankreich geholt. Offenbar hatte er keinen Kontakt mehr zu seinem Heimatort, sonst hätte er vom Schicksal der Arkoubis gewusst, zumindest hätte er ihren Namen gekannt.

»Apollinaire, danke, dass Sie mich gleich angerufen haben.«

»Leider lässt sich kein Zusammenhang mit Youssefs aktuellem Amoklauf herstellen.«

Amoklauf? Auf diesen Begriff war Isabelle bislang noch nicht gekommen. So falsch war er nicht, aber auch nicht wirklich zutreffend.

»Es scheint so«, sagte sie. »Kein Zusammenhang ...«

»Oder vielleicht doch?«

»Ja, vielleicht doch.«

49

Apollinaires Anruf führte dazu, dass sich das Programm für den Nachmittag änderte. Ein Programm, von dem sie nicht wusste, wie es hätte aussehen sollen. Aber gewiss nicht so, dass sie Rouven in Saint-Tropez absetzte, um zurück nach Fragolin zu fahren. Er trug es mit Fassung, auch wenn er keinen Hehl daraus machte, dass er enttäuscht war. Doch sie hatte ihm angedeutet, was sie von Apollinaire erfahren hatte. Und sie hatte gesagt, dass sie nachdenken müsse. Ganz dringend. Das verstand er. Behauptete er jedenfalls.

Auf dem Weg nach Fragolin gingen ihr viele Gedanken durch den Kopf. Sie malte sich die Tragödie von Dschimalla aus. Sie versuchte, sich in Youssef hineinzuversetzen. Und in seine Schwester. Sie konnte nachvollziehen, wie er Mawardi beneidete, dessen Familie kein Haar gekrümmt wurde, weil er so reich war, sie nach Frankreich holen zu können. Aber war das ein Grund, seine Tochter zu entführen? Und diese im Versteck verdursten und verhungern zu lassen? Nein, das war nicht schlüssig. Selbst dann nicht, wenn Youssef durch den Schicksalsschlag den Verstand verloren hatte und Rachegelüste hegte. Nach allem, was sie wusste, trug Mawardi keine Schuld. Also ging es Youssef doch nur ums Geld? Dann würde es keinen Zusammenhang mit der Tragödie von Dschimalla geben …

Ihr fiel wieder dieser Milan ein, den Samira im Streit mit ihrem Bruder erwähnt hatte. Wer, verdammt noch mal, war das? Youssefs Auftraggeber? Daran glaubte sie nicht, sie blieb bei ihrem Eindruck, dass Youssef wie ein Einzeltäter agierte. Also ein Komplize?

Warum war dieser aber bislang kein einziges Mal in Erscheinung getreten? Also kein Komplize. Vielleicht ein Freund, der Youssef anstachelte? Wie wahrscheinlich war es, dass ein Youssef aus dem arabischen Dschimalla mit einem Milan befreundet war?
Milan, Milan … Womöglich hatte sich Leyla verhört. Aber auch Apollinaire hatte diesen Namen aufgeschnappt. Milan, Milan … Plötzlich traf es Isabelle wie der Blitz. MILAN! Ihr stockte fast der Atem.
An der nächsten Möglichkeit fuhr sie rechts ran und stieg aus. Verlor sie gerade selber den Verstand, oder war das möglich? MILAN … Sie lief vor und zurück – ihre Gedanken überschlugen sich. Auch fiel ihr plötzlich eine scheinbare Nebensächlichkeit aus dem Protokoll der Gendarmerie in Saint-Martin-de-Crau ein. Auf dem Rücksitz des verunglückten Peugeot habe eine zerfledderte Zeitschrift gelegen. Das Foto hatte sie auf ihrem Handy. Sie schaute es sich an. Richtig, es handelte sich um eine Zeitschrift über Kriegswaffen.
Isabelle zögerte nicht lange und rief in Paris bei Balancourt an. »Maurice, was gibt's Neues bei der Panzerabwehrrakete?«, überfiel sie ihn ohne jegliche Begrüßung.
»Isabelle, du bist es? Leider gibt's nichts Neues. Wir wissen nur, dass sie einen Käufer gefunden hat und verschwunden ist. Warum fragst du?«
»Handelt es sich zufällig um eine Panzerabwehrrakete des Modells MILAN?« MILAN war ein Akronym und stand für *Missile d'Infanterie léger antichar.*
»Ja, genau«, bestätigte Balancourt. »Das Modell verfügt über eine moderne Lenkelektronik, über eine Wärmebildkamera und einen Gefechtskopf, der sogar dicken Panzerstahl durchschlägt. Einmal abgeschossen, ist der Flugkörper nicht mehr aufzuhalten.«
»Und er trifft ein bewegliches Ziel über eine Distanz bis zu drei Kilometern«, ergänzte Isabelle. »Ich weiß, ich kenne das Sys-

tem. Ich habe sogar selber schon mal im Rahmen einer Übung eine MILAN abgefeuert.«

»Isabelle, spann mich nicht auf die Folter …«

»Vielleicht spinne ich, aber ich halte es für möglich, dass unser Youssef Arkoubi die MILAN gekauft hat.«

»Wie bitte? Youssef? Das musst du mir erklären.«

Sie erzählte ihm, wie sie darauf kam. Ohne ihm sagen zu können, was Youssef mit der Panzerabwehrrakete zu tun beabsichtigte. Jedenfalls nicht auf Tauben schießen. So viel war klar. Aber auch nicht auf Panzer.

Sie hörte, wie Balancourt mit den Fingern auf den Tisch klopfte. Das tat er häufig beim Nachdenken.

»Ist bisschen weit hergeholt, findest du nicht?«

»Ja, ist es«, gab sie zu. »Aber ich würde der Sache gerne auf den Grund gehen.«

»Wie willst du das anstellen?«

»Woher wisst ihr von der ganzen Geschichte? Habt ihr einen Informanten?«

»Ja, haben wir. Aber der kennt auch keine Details.«

»Aber euch ist bekannt, wer die MILAN verkauft hat?«

»Ja, aber erst seit Kurzem. Vorausgesetzt, unser Informant hat keinen Scheiß erzählt. Ist ein Waffenhändler, der von Marseille aus operiert. Wir haben ihn schon seit Jahren unter Beobachtung, konnten ihm aber noch nie etwas nachweisen. Ist ein aalglatter Typ, aalglatt und brutal. Unser letzter Belastungszeuge wurde tot aus dem *Vieux Port* gefischt.«

»Ihr kommt also nicht an ihn ran?«

»Irgendwann sicher, aber gerade nicht. Außerdem hat er gute Anwälte, wir können ihn nicht mal zum Verhör vorladen. Aber ehrlich gesagt ist mir der Typ ziemlich egal. Ich will die MILAN aus dem Verkehr ziehen.«

»Verstehe ich nicht. Der Waffenhändler könnte euch doch sagen, an wen er sie verkauft hat. Dann hättet ihr die MILAN schnell wieder.«

Balancourt zögerte. »Hast ja recht«, gab er schließlich zu. »Aber wir leben in einem Rechtsstaat und können die Wahrheit nicht aus ihm rausprügeln.«

»*Ihr* könnt es nicht, aber *ich* kann es!«, rutschte ihr heraus.

»Bist du verrückt? Du bist eine Kommissarin der *Police nationale* …«

»Dann schmeiß mich raus! Am besten gleich.«

»Isabelle, hast du was getrunken?«

»Vorher verrätst du mir noch den Namen des Waffenhändlers.«

»Maxime Delatourier.«

»Wunderbar. Jetzt brauche ich nur noch seine Adresse … und dann …«

»Kommt nicht infrage.«

»Willst du die MILAN zurück?«

»Das schon, aber was ist, wenn dein Youssef nichts damit zu tun hat?«

»Ist doch egal, dann bekomme ich von ihm einen anderen Namen …«

»Isabelle, Isabelle …«

»Jetzt mach schon!«

»Du meinst es ernst?«

»Bitterernst.«

»Okay, du bist gefeuert, auf der Stelle. Deine fristlose Kündigung geht in wenigen Minuten per Fax an dein Kommissariat in Fragolin.«

»*Merci,* Maurice.«

»Und du bist doch verrückt …«

»Weißt du doch.«

»Ich habe kein gutes Gefühl …«

»Mach dir keine Gedanken. *Salut,* Maurice. Alles wird gut.«

50

Zurück in Fragolin, ging sie auf direktem Weg ins Kommissariat. Hoffentlich hatte Apollinaire das Fax mit ihrer Kündigung noch nicht entdeckt. Zu spät, er hatte …

»Madame, Madame, Sie müssen sofort in Paris anrufen und das richtigstellen.«

»Was soll ich richtigstellen?«

Er wedelte mit dem Fax durch die Luft. »Hier steht, dass Sie fristlos gekündigt wurden.«

»Na und, so was kann passieren.«

»Das heißt, das heißt …«, stotterte er.

»Dass Sie Ihren Job behalten, also kein Grund zur Sorge.«

Er fuhr sich durch die Haare. »Kommt nicht infrage, dann kündige ich auch. Und zwar sofort.«

Isabelle fand seine Reaktion rührend, hatte aber gerade andere Sorgen. Erst jetzt nämlich wurde ihr richtig klar, was sie gemacht hatte. Sie hatte sich außerhalb des Gesetzes gestellt, um diesen Waffenhändler Delatourier in die Mangel zu nehmen. Natürlich hatte sie nicht vor, ihm Gewalt anzutun. Aber sie hatte die Option – als psychisch angeschlagene Privatperson, nicht als Kommissarin.

»Stecken Sie meine Kündigung in den Reißwolf«, sagte sie. »Ich nehme sie nicht zur Kenntnis.«

»Aber bitte schauen Sie doch«, japste er. »Die Kündigung kommt aus Balancourts Büro. Und ich dachte immer, er wäre Ihr bester Freund.«

»Das ist er auch. Und wird es bleiben.«

»Aber wieso das alles, können Sie mir das bitte erklären?«
»Nein, kann ich nicht. Aber Sie können für mich einige Recherchen durchführen. Auf freiwilliger Basis. Offiziell habe ich Ihnen nichts mehr zu sagen.«
»Madame, ich folge Ihnen bis in den Tod.«
Apollinaire hatte einen Sinn für übertriebene Melodramatik.
»Bitte nicht.«
Dann erzählte sie ihm, was sie wissen wollte. Mit etwas Fantasie konnte er sich jetzt einiges zusammenreimen.

Isabelle ging nach Hause, um von dort einige Telefonate zu führen, bei denen sie ungestört sein wollte. Bevor sie anfing, erhielt sie schon einen Anruf von Apollinaire. Der hatte den ersten Punkt seiner Recherchen bereits erledigt. Er könne ihr sagen, in welchem Marseiller Restaurant Maxime Delatourier morgen Mittag einen Tisch reserviert habe. Für zwei Personen. Isabelle hatte keine Ahnung, wie Apollinaire das so schnell herausbekommen hatte. Manchmal war er eben doch ein Genie.
Isabelle setzte sich auf die Dachterrasse und rief ihren früheren Mitarbeiter Roger Sapin an, der jetzt für Pascals ADP tätig war – und sich aufgrund ihres Gesprächs für morgen einen Tag Urlaub nahm. Von ihm erfuhr sie, dass noch jemand aus ihrem alten Team verfügbar war. Titin Seko war gerade bei ihm zu Besuch. Eigentlich lebte er in Paris, wo er als Rausschmeißer in einer Disco arbeitete. Das war weit unter seinem Niveau und seinem Ausbildungsstand. Aber körperlich war er eine Idealbesetzung. Seko kam aus dem Kongo, er war zwei Meter groß – und fast so breit. Sie ließ sich mit ihm verbinden. Seko war sofort Feuer und Flamme. Zeit habe er sowieso, immerhin sei er im Urlaub. Und es fehle ihm an Abwechslung.
Isabelle lehnte sich zurück und dachte, dass sich ihre Chancen gerade deutlich verbessert hatten. Dann nahm sie ihr Notebook

und tat das, was Apollinaire viel besser konnte: Sie führte einige Recherchen durch.
Später lief sie wieder ins Kommissariat, um sich mit Apollinaire zu besprechen. Dem war mittlerweile klar geworden, was gespielt wurde. Jedenfalls in groben Zügen. Nur verstand er nicht, was das alles mit Youssef zu tun haben könnte.
Isabelle ging davon aus, dass er auch das noch herausbekommen würde.

51

Am Morgen des nächsten Tages saß Isabelle schon früh in ihrem Auto. Sie war unterwegs nach Marseille. Trotz seines Drängens hatte sie Apollinaire strikt verboten, sie zu begleiten. Er solle in Fragolin die Stellung halten – und um elf Uhr kontrollieren, ob sich Louis Garnier vereinbarungsgemäß bei der Gendarmerie meldete. Zwar interessierte sie das gerade am allerwenigsten, aber so hatte er zumindest eine Aufgabe. In Marseille konnte sie ihn wirklich nicht brauchen. Ganz im Gegenteil. Ihr Vorhaben war schon ohne ihn heikel genug. Außerdem musste die *Police nationale* aus dem Spiel bleiben.
Während der Fahrt telefonierte sie mit Nicolas, der sich wunderte, dass sie erneut nach Marseille fuhr. Aber sie versprach, abends wieder zurück zu sein. Dann könnten sie sich bei Jacques zum Abendessen treffen. Ein mutiger Vorschlag, denn natürlich könnte sie verhindert sein. Auf die eine oder andere Weise.

Isabelle hatte ein spezielles Outfit für Einsätze wie diesen. Da trug sie vorzugsweise schwarze Lederklamotten. Die Haare nach hinten gegelt. Und mit dem schweren Totenkopfring am Mittelfinger.
Alternativ hätte sie sich auch als smarte Geschäftstussi verkleiden können, entweder feminin mit Kostüm und kurzem Rock oder androgyn bis lesbisch im Anzug mit Krawatte. Jede Kostümierung hatte ihre spezielle Wirkung. Vor allem auf Männer. Die Kunst bestand darin, sie so auszuwählen, dass sie zur Taktik passte.

Sie hatte das Lokal gegoogelt, in dem Maxime Delatourier Mittag essen wollte. Es befand sich zwar nicht in der besten Gegend, war aber offenbar berühmt für seine Steaks – und nicht billig. Isabelle blieb beim schwarzen Leder.

Schon seit einer Stunde observierten sie das Lokal. Mit Roger Sapin und Titin Seko war sie über einen Knopf im Ohr und einem winzigen Mikro verbunden. Vorher hatte sie den beiden erneut klargemacht, dass dies kein Einsatz der *Police nationale* war, weder offiziell noch undercover. Sie seien auf sich alleine gestellt und müssten im Zweifelsfall dafür geradestehen, wenn etwas schieflaufe. Seko und Sapin hatten kein Problem damit. Sie freuten sich auf etwas Action. So wie früher.

Isabelle dagegen hoffte, dass sie ohne *Action* ans Ziel kommen würden. Während des Wartens überlegte sie, ob ein gut besuchtes Steakhouse wirklich der richtige Ort für ihr Vorhaben war. Es gab ebenso Argumente, die dafür- wie dagegensprachen. Wissen würde sie es erst hinterher.

Theoretisch gab es noch eine weitere Option: nämlich alles abzublasen und auf eine andere, bessere Gelegenheit zu warten. Bislang aber gab es keinen Grund dafür.

Am wenigsten gefiel ihr, dass sie keinen Plan hatte. Sie würde improvisieren müssen. Entsprechend hatten auch Sapin und Seko von ihr keine konkreten Anweisungen erhalten. Sie waren nur einige Szenarien durchgegangen und setzten ansonsten darauf, dass sie mal ein eingespieltes Team waren – allerdings in wesentlich größerer Besetzung.

Fast pünktlich tauchte ein schwerer Geländewagen der Marke Hummer auf. Martialischer ging es kaum. Delatourier liebte offenbar den großen Auftritt. Der Wagen blieb vor dem Lokal stehen – und blockierte damit die ganze Straße. Erst stieg der Fahrer aus. Er checkte die Umgebung. Dann klopfte er aufs Dach. Zwei weitere Männer stiegen aus und sahen sich um.

Offensichtlich Bodyguards. Entweder hatte Delatourier begründete Angst um sein Leben – oder er hatte zu viele Hollywoodfilme gesehen. Schließlich tauchte er hinter dem Hummer selber auf. Es war unschwer zu erkennen, dass er der Boss war. Sowohl die Körpersprache deutete darauf hin wie auch der gelbe Anzug. Er half einer jungen Frau mit langen blonden Haaren aus dem Auto. Okay, jetzt wusste Isabelle, mit wem er Mittag essen würde. Sie sah nicht wie ein Geschäftspartner aus.

Isabelle beobachtete, wie ein Leibwächter ins Lokal vorausging. Delatourier und die Blondine folgten. Der Chauffeur stieg in den Hummer und fuhr weg. Jetzt ging auch der zweite Leibwächter ins Lokal. Mit einem Leibwächter hatte sie gerechnet, aber nicht mit zwei. Das machte es nicht einfacher.

Vierzig Minuten später bekam Isabelle, die immer noch draußen wartete, Nachricht von Sapin, der sich ebenso wie Seko irgendwo im Gebäude befand. Die Blondine sei unterwegs zur Toilette. Seko gab grünes Licht. Hoffentlich täuschte er sich nicht.

Isabelle überquerte die Straße und betrat das Lokal. Sapin hatte exakt beschrieben, an welchem Tisch Delatourier saß. Der Platz vor ihm war frei. Sie blieb kurz stehen und checkte die Lage. Dann steuerte sie direkt auf Delatourier zu.

»*Bonjour,* Monsieur. Ich darf mich setzen? *Merci.*«

Bevor er reagieren konnte, hatte sie bereits den Platz seiner blonden Begleitung eingenommen.

Delatourier sah sie konsterniert an. »Sie haben sich wohl im Tisch geirrt? Bitte stehen Sie sofort auf und gehen Sie.«

»Ganz bestimmt nicht. Monsieur Delatourier, ich möchte mich mit Ihnen unterhalten.«

Delatourier sah zum Gang, der zur Toilette führte. Vor Kurzem stand da noch einer seiner beiden Leibwächter. Den wollte er wohl herbeiwinken, damit er diese verrückte Frau an seinem Tisch verscheuchte.

Isabelle ergötzte sich an seinem Gesichtsausdruck, als er anstelle seines Leibwächters einen hünenhaften Schwarzen mit glatt rasiertem Schädel und dunkler Sonnenbrille sah. Titin Seko verzog keine Miene.

Delatourier hielt nach seinem zweiten Bodyguard Ausschau. Vor wenigen Minuten hatte er noch hinter der Bar gestanden, jetzt war er weg.

Delatourier richtete seinen Blick wieder auf Isabelle. Er machte gerade keinen wirklich souveränen Eindruck.

»Warum sollte ich mich mit Ihnen unterhalten? Was wollen Sie machen, wenn ich jetzt aufstehe und das Lokal verlasse?«

»Das können Sie gerne versuchen«, antwortete Isabelle mit leiser Stimme, »aber dann verlassen Sie das Lokal mit den Füßen voraus.«

Er runzelte die Stirn. Offenbar zweifelte er an ihren Worten. Wenn es zutraf, dass er ein gefährlicher Waffenhändler war, woran sie keine Sekunde zweifelte, war er es nicht gewohnt, dass man so mit ihm sprach. »Sie bluffen …«

Tatsächlich konnte er dies glauben. Von Isabelle schien keine Gefahr auszugehen. Sie hatte beide Hände auf dem Tisch.

»Bitte werfen Sie einen Blick auf Ihre Serviette«, forderte sie ihn auf.

Die Serviette hatte er in seinen Hemdkragen gestopft. Offenbar hatte er Angst, sich zu bekleckern. Er sah zögernd nach unten – und erbleichte.

Genau in der Höhe seines Herzens war ein roter Punkt zu sehen. Er folgte dem Laserstrahl. Er kam von der Galerie im ersten Stock, die mittags nicht für Gäste geöffnet war.

Was er für das Laservisier eines modernen Präzisionsgewehres halten musste, war in Wahrheit ein harmloser Laserpointer, den Sapin auf dem Herweg gekauft hatte.
Isabelle gab ein Zeichen. Der Laserstrahl verlosch. Andere Gäste hatten ihn nicht bemerkt. Wie überhaupt bislang alles ohne Aufsehen abgelaufen war. Zu sehr waren die Gäste mit ihren Steaks beschäftigt, mit ihren Tischgesprächen und mit dem Wein.
Isabelle stoppte einen Kellner, der gerade vorbeikam. Sie reichte ihm das Glas mit dem roten Lippenstift am Rand.
»Könnten Sie mir bitte ein frisches Glas bringen.«
»Selbstverständlich, Madame.«
Dass hier gerade noch eine blutjunge Blondine gesessen hatte, schien ihm zu entgehen. Oder er war so diskret, dass er darüber hinwegsah.
»Wo ist Madeleine?«, fragte Delatourier.
Madeleine? So also hieß seine Begleitung.
»Die Dame wird noch eine Weile auf der Toilette bleiben«, antwortete Isabelle. »Ich glaube, ihr ist schlecht.«
Der Ober brachte das frische Weinglas und goss aus Delatouriers Flasche ein.
»Ein Pomerol, gute Wahl.«
Delatourier sah sie entgeistert an.
»Wer sind Sie? Und was wollen Sie?«
»Wer ich bin, werde ich Ihnen nicht sagen. Was ich will, ist ganz einfach: Sie haben eine Panzerabwehrrakete vom Typ MILAN verkauft. Ich will wissen, an wen?«
Er wischte sich mit der Serviette fahrig den Mund. Dabei sah er hinauf zur Galerie. Für den Bruchteil einer Sekunde flammte wieder der Laserstrahl auf.
Delatourier zitterte.
»Wer, wer … sind Sie?«

»*Ich* stelle hier die Fragen.« Sie beugte sich nach vorne, dabei öffnete sich ein wenig ihre Jacke. Im Schulterholster steckte ihre Waffe. Delatourier war Profi. Er sollte erkennen, dass dieses Modell keine normale Pistole war, sondern zur Ausrüstung von Spezialeinheiten zählte.

»Sind Sie vom Geheimdienst?«

Isabelle lächelte kalt. »Wenn, dann nicht vom französischen. Vielleicht bin ich aber von Ihrer Konkurrenz im Waffengeschäft? Auch diese Möglichkeit sollten Sie in Betracht ziehen.«

»Von Roblenko …«, murmelte er.

So, jetzt kannte sie auch den Namen seines wichtigsten Rivalen. Dummerweise interessierte sie sich nicht für ihn.

»Delatourier, Sie haben jetzt noch exakt eine Minute. Nennen Sie mir den Namen des MILAN-Käufers, oder Sie sind tot.«

»Ich kenne seine Identität nicht. Er hat einen Decknamen verwendet.«

Sollte sie das glauben? Möglich war es.

»Das Geschäft ist über das Darknet abgewickelt worden«, fuhr er fort. »Dort hat er sich Dschima genannt.«

Dschima – wie Youssefs Heimatort Dschimalla, nur abgekürzt. Das konnte kein Zufall sein. Youssef, Youssef … Jetzt bin ich dir auf den Fersen.

»Wir haben die MILAN am Frachthafen in einem Lieferwagen übergeben. Den gab es gratis dazu.«

In einem Lieferwagen? Da passte eine MILAN locker rein. Auch auf die Ladefläche eines Pick-ups konnte man die Panzerabwehrrakete montieren, was natürlich keine Option war. Jedenfalls nicht hier in Frankreich. In Bürgerkriegsregionen dagegen schon. Dort fuhren Aufständische mit ihr ins Gefecht.

»Waren Sie bei der Übergabe dabei?«

»Ja, ausnahmsweise.«

»Haben Sie den Käufer gesehen?«

Er nickte. »Ja, habe ich.«
Wieder warf er einen Blick zum Gang, der zu den Toiletten führte. Dort stand wie ein Monument Titin Seko. Von seinen Leibwächtern weiterhin kein Lebenszeichen.
Isabelle zeigte Delatourier auf ihrem Handy ein Foto.
»Ist er das?«
»Nein, noch nie gesehen.«
Das war ein Test. Auf dem Foto war Apollinaire. Test bestanden.
»Was ist mit dem hier?«
Es genügte ein kurzer Blick. »Ja, das ist der Käufer. Ein Araber. Das Geld hatte er in einem Rucksack.«
»Wie viel?«
Delatourier nannte eine Summe, die zum Lösegeld passte.
»Hatten Sie den Eindruck, er braucht die MILAN für sich selbst? Oder ist er ein Wiederverkäufer?«
»Woher soll ich das wissen?«
»Die Minute ist um«, stellte Isabelle fest. »Sie haben mir die Identität des Käufers vorenthalten. Ich glaube, Sie haben es verdient, erschossen zu werden.«
Diesmal traf ihn der rote Laserstrahl direkt ins Auge.
Er hob die Hände. »Halt, halt, ich werde Ihnen alles sagen.«
An den Nachbartischen drehten sich die ersten Gäste um.
Isabelle nahm einen Schluck vom Pomerol.
»Nicht so laut. Aber beeilen Sie sich.«
»Ich kann Ihnen das Kennzeichen des Lieferwagens nennen«, sagte er.
Das war schon mal ein Anfang, dachte Isabelle. Leider wechselte Youssef fast manisch die Nummernschilder seiner Autos. Isabelle ließ sich das Kennzeichen dennoch geben. Auch eine Beschreibung des Lieferwagens. Modell, Farbe et cetera.
»Andere Frage: Wer hat Ihnen die MILAN eigentlich verkauft?«

Sie fragte das nur, weil Balancourt sich dafür interessieren dürfte. Ihr war das reichlich egal.
»Warum wollen Sie das wissen? In unseren Streitkräften gibt es viele korrupte und traumatisierte Soldaten. Wie in jeder Armee. Mir werden fast täglich Waffen angeboten.« Er lachte gequält. »Letzte Woche sogar ein U-Boot, aber der Mann war verrückt.«
»Okay, lassen wir das. Zurück zum Verbleib unserer MILAN. Ich brauche einen Hinweis, wie ich sie finden kann. Die Rakete und diesen Araber. Sobald Sie mir das gesagt haben, ziehe ich mich zurück. Und Sie können mit Madeleine in aller Ruhe ein Dessert bestellen.«
»Sind Sie vom Mossad?«, fragte er unvermittelt.
Vom israelischen Geheimdienst? Aus professioneller Sicht war das ein Kompliment.
»Erwarten Sie ernsthaft eine Antwort? Beantworten Sie mir lieber meine Frage: Wie finde ich die MILAN?«
Er machte den Eindruck, als ob er ernsthaft nachdenken würde. Auf seiner Stirn stand der Schweiß.
»Wenn sie aktiviert wird«, fiel ihm ein, »sendet sie ein GPS-Signal mit ihren Koordinaten. Die MILAN ist so konfiguriert, aus welchen Gründen auch immer. Die französische Armee hat oft seltsame Einfälle.«
»Weiß das der Käufer?«
Er zuckte mit den Schultern. »Wahrscheinlich nicht, jedenfalls habe ich keine Veranlassung gesehen, es ihm zu sagen.«
»Wie kann ich das Signal empfangen?«
Delatourier zog sein Handy aus der Jackentasche. Ganz vorsichtig und mit Blick auf die Galerie. Er wollte sichergehen, dass es zu keinem Missverständnis kam.
»Hier, das sind die Empfangsdaten.«
Isabelle machte ein Foto vom Display. Dann nahm sie einen kleinen Schluck vom Pomerol und stand auf.

»Der Wein hat Kork, ist Ihnen das nicht aufgefallen?«
»Wenn Sie mir noch einmal begegnen, bringe ich Sie um«, flüsterte er.
Wurde er jetzt frech? Bekam er plötzlich Oberwasser, weil alles glimpflich ausgegangen war?
Sie beugte sich zu ihm hinunter. Er roch unangenehm.
»Davon würde ich abraten«, zischte sie. »Meine Truppe würde Sie bis ans Ende der Welt jagen und dort den Eisbären zum Fraß vorwerfen.« Wie kam sie gerade auf Eisbären? Weil diese am Ende der Welt lebten? Aber das Bild gefiel ihr. Maxime Delatourier in seinem gelben Anzug auf einer Eisscholle, umringt von Eisbären ... »Sie bewegen sich nicht von der Stelle!«, schärfte sie ihm ein. »Und Ihr Handy lassen Sie brav im Sakko stecken! Dreißig Minuten, dann können Sie tun und lassen, was Sie wollen. Aber keine Sekunde früher. Unter den Gästen im Lokal befinden sich zwei weitere Leute von mir. Die werden Sie im Auge behalten.«
»Was ist mit Madeleine?«
Typisch, das Schicksal seiner Leibwächter lag ihm weniger am Herzen.
»Ich denke, sie kommt bald von der Toilette zurück. Soviel ich weiß, geht es ihr besser.« Sie lächelte. »Und reklamieren Sie den Wein. Er hat wirklich Kork. *Bonne journée ...*«

52

Sie gingen, wie sie gekommen waren – getrennt. Den Anfang machte Isabelle. Beim Verlassen des Lokals sah sie keine Notwendigkeit, sich umzudrehen. Noch stand Titin Seko auf seinem Posten und deckte ihren Rückzug. Sie überquerte seelenruhig die Straße und verschwand in einer Seitengasse. Vermutlich hatte Sapin die Galerie bereits verlassen, durch eine Tür nach hinten. Delatourier würde nicht sehen, dass der Mann die ganze Zeit kein Gewehr mit Laservisier bei sich hatte. Titin Seko würde nach hinten durch den Ausgang neben der Toilette verschwinden. Fragte sich nur, was mit den beiden Leibwächtern passiert war. Und wie es Seko geschafft hatte, auf seinem Posten zu stehen und gleichzeitig zu verhindern, dass Madeleine von der Toilette zurückkam. Auf seine Erklärung war sie gespannt.
Sie hatten verabredet, dass sie sich nach ihrem Einsatz am anderen Ende von Marseille in einer kleinen Pizzeria trafen. Auf dem Weg dorthin dachte sie darüber nach, was die Aktion gebracht hatte. Das Wichtigste: Ihr vager Verdacht, dass Youssef hinter dem Kauf der Panzerabwehrrakete MILAN stecken könnte, hatte sich bestätigt. So gesehen, hatte sie einen Volltreffer gelandet. Leider fehlte ihr jeglicher Hinweis, was er mit der Waffe vorhatte. Sie wusste, mit welchem Lieferwagen die MILAN abtransportiert wurde. Sie würde eine Fahndung veranlassen – obwohl schon jetzt klar war, dass sie ergebnislos verlaufen würde. Dazu war Youssef zu raffiniert. Was noch? Die Information, dass bei Aktivierung der Waffe ein GPS-Signal ausgesendet wurde? Aber was brachte das? Das war im Zweifelsfall zu spät. Von der Aktivierung

bis zum Abfeuern brauchte es nur wenige Minuten. Keine Zeit also zu intervenieren. Wo auch immer. Vielleicht verfügte Youssef sogar über die Fachkenntnis, die GPS-Funktion zu deaktivieren? Das war unwahrscheinlich, vermutlich wusste er gar nicht, dass es so was gab. Sie selbst hätte auch nicht damit gerechnet.

Isabelle resümierte, dass die neuen Erkenntnisse die unorthodoxe Form der Befragung gerechtfertigt hatten. Dabei war alles sehr unspektakulär verlaufen. Von wegen, dass man die Informationen aus Delatourier »rausprügeln« müsse. Weit gefehlt. Es hatte eine nette kleine Einschüchterung genügt. So diskret, dass sie in einem Steakhouse inmitten anderer Gäste erfolgen konnte, die davon nichts mitbekommen hatten. Zugegeben, das »Verhör« war nicht ganz im Rahmen der Legalität erfolgt. Doch war es nicht so schlimm abgelaufen, dass sie dafür ihre Kündigung hätte provozieren müssen. Da war sie definitiv über das Ziel hinausgeschossen. Merkwürdigerweise war Balancourt darauf eingestiegen und hatte nicht versucht, sie davon abzuhalten und damit vor sich selbst zu schützen. Darüber würde sie noch nachdenken müssen.

Isabelle kam als Erste bei der Pizzeria an. Auf der Terrasse waren viele Tische unbesetzt, sodass sie einen Platz wählen konnte, wo sie ungestört waren. Wenige Minuten später tauchte Sapin auf. Er grinste über beide Ohren. Offenbar hatte ihm der Einsatz gefallen. Er setzte sich zu ihr und bestellte *une bière pression*. Auf ein Fassbier hatte sie auch gerade Lust. Sie schloss sich an. Jedenfalls würde das Bier keinen Kork haben wie Delatouriers Pomerol.

Titin Sekos Ankunft verzögerte sich. In der Zwischenzeit schilderte Sapin, wie er einen der beiden Leibwächter aus dem Verkehr gezogen hatte, und zwar jenen, der hinter der Bar gestanden und von dort das Lokal im Auge hatte. Sapin habe auf der mittags für Gäste geschlossenen Galerie die Aufmerksamkeit des Leibwächters geweckt – mit Absicht, um ihn hochzulocken. Prompt sei er die Stufen raufgekommen. Na ja, dann habe es nur noch einen dumpfen Rums gegeben, als er auf dem Dielenboden aufgeschlagen sei. Aber das Geräusch habe im überfüllten Lokal niemand mitbekommen. Ernsthaft verletzt sei der Leibwächter dabei nicht geworden. Wahrscheinlich sei er mittlerweile wieder bei Besinnung und kühle seinen Kopf mit Eiswürfeln.

Und der zweite Leibwächter?

Den habe Titin Seko ruhiggestellt, aber das könne er gleich selber erzählen. Da komme er ja.

Isabelle warf einen Blick zum Parkplatz. Stimmt, da kam er. Aber nicht allein, sondern in Begleitung einer jungen, dürren Frau, die ihm kaum an die Brust reichte. Dürr? Genau genommen war sie klapperdürr, sie hatte pinkfarbene Haare, ein Piercing in der Nase und war angezogen wie ein Punk.

»*Madame Commandant,* darf ich vorstellen: Das ist Zenia, meine Freundin.«

Es kam selten vor, dass Isabelle so verblüfft wurde, dass ihr die Worte fehlten. Seko war das gerade gelungen. Dieses ausgemergelte Wesen war seine Freundin? Das war so absurd, dass sie es kaum glauben konnte. Sie vermochte sich nicht vorzustellen, wie die beiden … Nein, besser, sie stellte es sich nicht vor. Aber Zenia schien ein fröhliches Wesen zu haben, jedenfalls lachte sie über das ganze Gesicht. In ihrem Schneidezahn blinkte ein Brillant – oder war das ein Glassplitter?

»*Commandant?* Das gefällt mir. Muss ich salutieren oder was?«

Abgesehen davon, dass diese Anrede Isabelle an eine längst vergangene Zeit erinnerte, fragte sie sich, warum Seko diesen Kobold zu einem Treffen mitbrachte, das vertraulich war.

»Ich weiß, was Sie denken«, sagte er. »Aber meine kleine Zenia war Teil unserer Operation.«

Isabelle verstand zwar nicht, aber gab Zenia die Hand. »Ich bin die Isabelle. Und salutiert hat bei mir schon lange keiner mehr.«

»Auch ein Bier?«, fragte Sapin.

»Na klar«, brummte Seko, »aber nicht aus diesem Zahnputzbecher. Ich hätte gerne einen Krug.«
»Und ich lieber eine Cola mit Wodka«, sagte Zenia.
Sapin stand auf. »Ich kümmere mich darum.«
Isabelle warf Seko einen fragenden Blick zu.
»Ach so, ja. Ich habe eigenmächtig gehandelt. Mir ist im Steakhouse schnell klar geworden, dass wir personell unterbesetzt sind. Nachdem das keine Aktion war, wo Sie offiziell Verstärkung anfordern konnten, habe ich Zenia angerufen, von der ich wusste, dass sie ganz in der Nähe war.«
»Ja, war ich, *mon petit.* Was für ein megamäßiger Zufall.«
Mon petit als Kosenamen für einen Hünen wie Titin Seko war witzig, das musste Isabelle zugeben.
»Zenia war in wenigen Minuten da, ich habe sie durch den Hintereingang reingelassen.«
»Er hat mir aber nicht gesagt, dass ich als Toilettenfrau arbeiten soll. Sonst wäre ich …«
»Sonst wärst du was?«
Zenia lachte. »… trotzdem gekommen. Ist doch klar. Aber ich hätte mir vorher Gummihandschuhe angezogen.«
Isabelle dämmerte, wozu Seko seine Freundin gebraucht hatte. Und obwohl sie Alleingänge hasste, zudem hätte Seko sie ja über Sprechfunk informieren können, war es die richtige Entscheidung gewesen. Jetzt verstand sie, wie Seko so seelenruhig auf seinem Posten verharren konnte.
»Zenia hat auf den Leibwächter aufgepasst, den ich in die Damentoilette verfrachtet habe«, erklärte er. »Obwohl es da nicht viel aufzupassen gab, bei ihm waren vorübergehend die Lichter ausgeknipst.«
»Stimmt nicht. Er ist wieder zu Bewusstsein gekommen.«
Seko schaute sie überrascht an. »Wirklich? Wie konnte das passieren? War ich wieder mal zu zartfühlend?«

»Bevor er schreien konnte, habe ich ihm die Klobürste in den Mund gestopft.«

»Gott, wie unhygienisch …«

»Er hat sich auch prompt übergeben. Ekelhaft. Spätestens da hätte ich Gummihandschuhe gebraucht.«

»Aber mit der Tussi hattest du keine Schwierigkeiten?«

»Die Schlampe, die du mir vorbeigebracht hast? Nö, die war ganz lieb. Wir haben uns über Schamlippen-Piercing unterhalten.«

Isabelle schüttelte amüsiert den Kopf und reichte ihr die Hand. »Willkommen im Team.«

»*Je suis ravie,* aber das nächste Mal will ich mehr Action.«

Ein nächstes Mal würde es nicht geben, dachte Isabelle. Fast schade.

»Haben Sie rausbekommen, was Sie wissen wollten?«, fragte Sapin, der mittlerweile mit den Getränken zurück war.

»Sagen wir so, Ihr Laserpointer hat ihn ganz schön ins Schwitzen gebracht. Ich glaube, er hat mir alles gesagt, was er wusste. Jetzt muss ich schauen, inwieweit es mir weiterhilft.«

Sapin, der ja von Leylas Entführung wusste, auch vom glücklichen Ausgang, konnte sich einiges zusammenreimen. Aber nicht alles, denn wie ein schmieriger Waffenhändler sie auf die Spur von Leylas Entführer bringen könnte, dürfte ihm nicht einleuchten. Isabelle hielt es für besser, ihn nicht ins Vertrauen zu ziehen. Vor allem war ihr selber nicht alles klar.

Sie bestellten Pizza und eine weitere Runde Bier und eine Cola mit Wodka.

Isabelle holte zwei vorbereitete Briefumschläge aus der Tasche. »Hier habe ich euer Honorar …« Sie warf Zenia einen entschuldigenden Blick zu. »Leider wusste ich nicht, dass Sie mit von der Partie sind …«

»Musst mich nicht siezen. Kannst Zenia zu mir sagen.« Zenia

schlug Seko gegen den Oberarm. »*Mon petit* wird mir was abgeben, habe ich recht?«
»Sehr gerne, natürlich.«
Sie drohte ihm mit der Faust. »Sonst verprügle ich dich.«
Isabelle musste lachen. Wenn man sie so sah, konnte man es fast glauben. Ein Sandfloh verprügelt einen Elefanten …

Eine halbe Stunde später verabschiedeten sie sich voneinander. Isabelle nahm alle in die Arme. Auch Zenia. Die Kleine hatte Spaß gemacht. Außerdem hatte Seko mit seiner Einschätzung richtiggelegen: Sie hatten Verstärkung gebraucht. Und Zenia hatte den Job perfekt erledigt. Bis auf die Klobürste … Doch warum nicht?
»Passt auf euch auf«, sagte Isabelle den dreien zum Abschied. »Wäre nicht gut, wenn ihr Delatourier oder einem seiner Leibwächter über den Weg lauft.«
»Mich hat er nicht gesehen«, sagte Sapin. »Und dem Leibwächter habe ich gleich eine auf die Nuss gegeben.«
»Was ist mit Ihnen?«, fragte sie Titin Seko. »Er würde Sie im Nebel auf hundert Meter Entfernung erkennen.«
»Aber nicht auf tausend Kilometer. Ich fahre morgen zurück nach Paris. Und meine verrückte Zenia kommt mit. Damit sind wir aus der Schusslinie. Wenn hier jemand gefährlich lebt, sind Sie das, *mon Commandant*.«
Isabelle lachte. »Das bin ich gewohnt.«
Gleichzeitig dachte sie, dass das nicht stimmte, nicht mehr stimmte. Früher, ja, da war sie es gewohnt, Gefahren ausgesetzt zu sein. Entsprechend vorsichtig verhielt sie sich. Aber heute lebte sie in Fragolin – völlig unbesorgt. Das konnte und sollte so auch bleiben. Ein Delatourier würde sich nie nach Fragolin verirren. Nur in Marseille, da hatte Seko recht, da sollte sie in Zukunft auf sich achtgeben. Aber da war sie nicht so häufig.

53

Isabelle saß im Auto und verließ Marseille Richtung Toulon, als sie Balancourt anrief. Diesmal konnte er nicht behaupten, dass er schon alles wusste.

»Maurice, hier spricht deine frühere Mitarbeiterin Isabelle«, meldete sie sich. »Interessiert es dich trotzdem, was ich in Erfahrung gebracht habe?«

»Ich muss dich korrigieren«, antwortete er. »Du stehst noch immer in unseren Diensten.«

Was sollte das jetzt?

»Du hast mir doch meine Entlassung ins Kommissariat geschickt?«

»Auf deinen Wunsch, ich weiß. Musst aber nicht glauben, dass ich alles tue, was du dir so vorstellst. Hast du dir die Kündigung genauer angeschaut?«

Hatte sie? Apollinaire hatte mit dem Fax in der Luft herumgefuchtelt. Er hatte es gelesen, das sollte genügen.

»Nein, warum sollte ich?«

»Weil dir dann aufgefallen wäre, dass etwas Entscheidendes fehlt, nämlich meine Unterschrift. Bei der Kündigung handelt es sich um ein Versehen von Jacquelines Krankheitsvertretung in meinem Vorzimmer. Die unerfahrene Mitarbeiterin hat da etwas gründlich missverstanden. In deinem Kommissariat liegt ein neues Fax im Gerät. Sie entschuldigt sich für diesen unverzeihlichen Fehler. Ich schließe mich dem an.« Er lachte. »Hast ja wohl nicht wirklich geglaubt, dass ich meine beste Ermittlerin so einfach gehen lasse?«

Isabelle schluckte. Doch, das hatte sie geglaubt. Und es hatte ihr einen kleinen Stich gegeben. Offenbar hatte sie im aktuellen Fall ihren kühlen Kopf verloren. Und den Sinn für die Realität. Dieser Zustand passte nicht zu ihr, so schätzte sie sich nicht ein. Wie es aussah, brauchte sie eine Auszeit. Wieder einmal.
»Hat es dir die Rede verschlagen?«, hakte er nach.
»Nein … ja … ein kleines bisschen. Ich bin froh, dass alles nur ein Versehen … ein Missverständnis war …«
»War doch klar. Ich stehe immer hinter dir, das weißt du doch. Selbst wenn du mal neben der Spur bist. Außerdem ist ja nichts passiert. Du hast Delatourier kein Haar gekrümmt. Ganz so, wie ich es erwartet habe.«
Woher wusste er? Balancourt zog wieder mal seine Lieblingsnummer durch.
»Hast du mich überwachen lassen?«, fragte sie.
»Dich nicht, aber Delatourier. Übrigens hatte Apollinaire den Tipp vom Steakhouse von uns. Ich habe Fotos von Delatourier, wie er nach eurem Treffen unversehrt aus dem Steakhouse kommt. Dagegen machen seine beiden Leibwächter einen ziemlich mitgenommenen Eindruck. Nur seine Freundin lacht. Auf dem nächsten Foto ist zu sehen, wie er ihr eine Ohrfeige verpasst. Schien etwas gereizt, der gute Delatourier.«
»Kann ich mir vorstellen. Aber seine Freundin kann nun wirklich nichts dafür.«
»Es erwischt immer die Schwächsten. Also, was hat er ausgeplaudert?«
Isabelle bog auf einen Parkplatz und stellte den Motor ab. Dann schilderte sie, wie ihr Gespräch abgelaufen war. Auch erwähnte sie, dass sie dabei Unterstützung von zwei früheren Mitarbeitern bekommen hatte.
»Von Sapin und Seko, ich weiß.«
Er konnte es nicht lassen. Aber Zenia war ihm durchgeschlüpft.

Sie berichtete, dass sich ihr Verdacht bestätigt habe und Youssef Arkoubi zweifelsfrei der Käufer der MILAN sei. Bezahlt habe er die Panzerabwehrrakete aus dem Lösegeld. Isabelle gab Balancourt die Beschreibung des Lieferwagens durch. Er sagte, dass er ihn sofort zur Fahndung ausschreiben werde. Als Nächstes sprach sie die GPS-Funktion der MILAN an. Zu ihrer Überraschung hatte er davon keine Kenntnis. Dabei stammte die Rakete aus französischen Militärbeständen. Was zwei Schlüsse zuließ: Entweder stimmte die Information nicht, aber warum sollte sich Delatourier so etwas ausdenken. Oder die Kooperation zwischen der *Armée française* und der *Police nationale* war noch schlechter als befürchtet. Isabelle schickte Balancourt das Handyfoto von den Empfangsdaten. Er würde einem Mitarbeiter die Anweisung geben, rund um die Uhr auf ein mögliches GPS-Signal zu achten.
Umgekehrt hatte auch er neue Informationen. Seine Leute hätten Youssef Arkoubis Vergangenheit ausgeforscht. Wie es schien, hielt er sich noch nicht lange in Frankreich auf. Im Gegensatz zu seiner Schwester Samira, die hier zwar nicht geboren, aber in Paris bei Pflegeeltern aufgewachsen war. Darüber hinaus hätten die Recherchen bestätigt, dass Youssefs und Samiras Familie durch den tragischen Luftschlag von Dschimalla komplett ausgelöscht wurde. Das wusste sie bereits von Apollinaire. Neu war dagegen, dass Youssef in seiner Heimat einige Jahre Militärdienst geleistet hatte. Wobei zu seiner Ausbildung wohl auch der Umgang mit der MILAN gehört hatte. Letzteres war ebenso beunruhigend wie glaubhaft, denn die in französisch-deutscher Kooperation entwickelte MILAN war weltweit verbreitet und kam in vielen Ländern und Kriegsgebieten zum Einsatz. Nicht zuletzt deshalb, weil man mit ihr auf alles Mögliche schießen konnte, nicht nur auf Panzer. Selbst Hubschrauber waren vor ihr nicht sicher.

»Stellt sich die entscheidende Frage, was Youssef Arkoubi mit der MILAN vorhat«, sagte Balancourt nachdenklich. »Will er sie vielleicht in seine Heimat schmuggeln und sich dort in die Kämpfe gegen die Aufständischen einmischen?«
»Ist nicht sehr wahrscheinlich.«
»Nein, ist es nicht. Alternativ könnte er versuchen, diesen al-Mawardi mit seinem Auto in die Luft zu jagen. Aus welchen Beweggründen auch immer.«
»Könnte er einfacher haben und vor allem billiger«, wandte Isabelle ein.
Balancourt versuchte sich an einem Scherz: »Immerhin hätte Mawardi in diesem Fall seine Ermordung durch Zahlung des Lösegelds aus eigener Tasche finanziert. Das wäre eine witzige Pointe.«
Er hatte sich seinen schwarzen Humor bewahrt. Aber das Szenario war ebenso absurd wie unlogisch.
Isabelle überlegte, ob es verfrüht war, Balancourt mit ihrer eigenen Theorie vertraut zu machen. Zu früh? Womöglich war es bald zu spät. Also gab es nichts zu überlegen.
»Weißt du, wo sich unser Präsident gerade aufhält?«, fragte sie unvermittelt.
»Welcher Präsident?«, gab Balancourt irritiert zurück.
»Unser Staatspräsident«, präzisierte Isabelle.
»Willst du damit andeuten …?«
»Wo ist er?«
»Steht doch in jeder Zeitung …«
Ihr fiel auf, dass sie schon länger keinen *Var-Matin* mehr gelesen hatte. Es wurde wirklich Zeit, dass in ihren Tagesablauf wieder Normalität einkehrte.
»Ist er im Fort de Brégançon?«
»Ja, gestern eingetroffen. Um dort seine Sommerferien zu verbringen. Warum? Glaubst du etwa …?«

Isabelle zögerte nur kurz. »Sagen wir so, ich halte es für möglich.«

»Mon Dieu.«

Sie erzählte Balancourt vom zerknitterten Besucherticket, das sie in Samiras Hosentasche gefunden hatte. Und dass der Verdacht nahelag, dass sie ihren Bruder Youssef beim Auskundschaften des Forts begleitet hatte.

»Leuchtet mir aber trotzdem nicht ein«, entgegnete Balancourt. »Warum sollte Youssef Arkoubi ein Attentat auf unseren Präsidenten planen? Nach allem, was wir wissen, gehört er keiner terroristischen Vereinigung an. Er ist ein Krimineller, kein fanatischer Gotteskrieger.«

»Maurice, bitte versetze dich in einen jungen Mann, der durch einen fehlgeleiteten Angriff der französischen Luftwaffe seine gesamte Familie verloren hat. Eltern, Großeltern, Brüder, vielleicht sogar seine Ehefrau oder Geliebte … Was geht in so einem Mann vor? Er ist geschockt, verzweifelt – und sinnt auf Rache. Aber wen könnte er zur Rechenschaft ziehen? Der Luftangriff hatte Terroristen gegolten, aber die konnten nichts dafür, dass er sein Ziel verfehlt hat. Wer hat den Luftangriff zu verantworten? Der Oberbefehlshaber der französischen Streitkräfte. Laut Verfassung ist das der Präsident der Republik. Hätte er den Befehl zum Angriff nicht gegeben, würde Youssefs Familie noch leben. Wenn man dieser Logik folgt, ist er der Schuldige. Ihn zu töten, wäre die Ultima Ratio der Blutrache.«

Sie hörte, wie Balancourts Finger auf den Tisch trommelten. Er brauchte etwas Zeit, um sich mit ihrem Gedankengang auseinanderzusetzen.

»Wäre schon ein bisschen wahnsinnig, findest du nicht?«, sagte er schließlich.

»Natürlich wäre es das. Aber nach dem Tod seiner Familie ist Youssef alles zuzutrauen. Er fühlt sich dem alttestamentarischen Grundsatz verpflichtet: Leben um Leben, Auge um Auge. Ich glaube, so ähnlich steht es auch im Koran.«

»Und deshalb will er eine Panzerabwehrrakete auf unseren Präsidenten abschießen? Ich kann's nicht glauben.«

»Ich schon.«

»Du hattest immer ein Gespür für Gefahren«, räumte er nach einer Pause ein. »Außerdem ist die Entscheidung ganz einfach: Wenn es Verdachtsmomente für ein Attentat gibt, müssen wir reagieren.«

Isabelle sah auf die Uhr.

»Um fünf könnte ich dort sein.«

»Wo?«

»Im Fort de Brégançon. Wie heißt der Sicherheitschef?«

»Capitaine Garcia. Du kennst ihn aus Paris.«

»Garcia? Ja, ich erinnere mich. Sag ihm, dass ich unterwegs bin, um ihn zu treffen. Er soll am Parkplatz vor dem Strand auf mich warten, in Zivil.«

»Mach ich. Ich gebe ihm deine Handynummer. Wenn du recht hast ...«

»Was dann?«

»Ach, nichts. Pass auf dich auf. *Bonne chance.*«

54

Isabelle fuhr schnell. Nicht übertrieben, aber doch so, dass sie die zulässige Höchstgeschwindigkeit sehr häufig überschritt. Zwischen Windschutzscheibe und Armaturenbrett des Mustangs hatte sie das Blaulicht festgeklemmt, das Apollinaire aus Fragolin mitgebracht hatte. Vor dem Beifahrersitz, damit es nicht blendete. Bei Bedarf schaltete sie es ein. Sirene hatte sie keine.

Isabelle hatte genug Routine, schnell zu fahren und gleichzeitig mit Apollinaire zu telefonieren. Wie sich herausstellte, hatte er gerade das Entschuldigungsschreiben aus Paris gelesen. Er sei *extrêmement heureux,* dass sich ihre Kündigung als Missverständnis herausgestellt habe. Er habe sich das sowieso keine Sekunde vorstellen können. *Absolument pas!* Ohne Pause ging er zur Tagesordnung über und informierte sie, dass sich Louis Garnier wie vereinbart der Gendarmerie gestellt habe.

Isabelle brauchte einen Moment, bis sie sich erinnerte, wer Garnier überhaupt war. Ach so, der geständige Fliesenmensch, der mit Moreau aneinandergeraten war. Er hatte sich also an sein Versprechen gehalten. Gut so, aber sie hatte es nicht anders erwartet.

Der Fall Moreau schien ihr gerade unendlich weit weg. Ihre Gedanken kreisten unablässig um Youssef, um die Panzerabwehrrakete MILAN, um das Fort de Brégançon, um den französischen Staatspräsidenten – und um die Frage, ob sie wirklich über ein gutes Gespür verfügte. War es vorstellbar, dass Youssef so etwas Größenwahnsinniges wie ein Attentat auf den Präsi-

denten plante? Oder war der Gedanke absurd, weil ein solches Attentat völlig unverhältnismäßig war? Aber was war schon unverhältnismäßig angesichts eines Luftangriffs, bei dem eine komplette Familie ausgelöscht wurde?
Apollinaire riss sie aus ihren Gedanken, indem er nach Delatourier fragte. Wie denn ihr Treffen abgelaufen sei, wollte er wissen. Und ob Youssef tatsächlich der Käufer der MILAN sei. Sie hatte gerade keinen Sinn für eine ausführliche Antwort. Er musste sich hinsichtlich des Ablaufs mit einem *très bien, sans problèmes* zufriedengeben. Und ja, Youssef sei der Käufer. Sie deutete an, dass sie auf dem Rückweg nach Fragolin beim Fort de Brégançon stoppen werde, um sich mit dem dortigen Sicherheitschef zu treffen. Eine Erklärung gab sie nicht. Apollinaire solle bitte vorläufig im Kommissariat erreichbar bleiben, falls sie ihn noch brauche. Sie melde sich später erneut.
Toulon hatte sie schon hinter sich, als sie Nicolas anrief. Es tue ihr leid, aber es könne sein, dass es mit dem für heute geplanten Abendessen nicht klappe. Sie habe in Kürze einen wichtigen Termin und wisse nicht, wie lange er dauere. *Termin,* dachte Isabelle, war eine nette Untertreibung, falls sie mit ihrem Verdacht recht hatte. Wie auch immer, sie versprach, sich später zu melden, falls sie es doch schaffen sollte. Nicolas reagierte wie stets völlig entspannt. Fast schon geistesabwesend. Vielleicht stand er gerade auf der Leiter und arbeitete an einem neuen Monumentalgemälde? Inspiriert von der klassischen Musik, die sie im Hintergrund zu hören glaubte. Musik, die bei ihm Farben assoziierte, weil er ein Synästhetiker war. Aber auch sonst hatte er ungewöhnliche Eigenschaften. Einige kannte sie bereits.
Kurz hinter Hyères, zum Fort de Brégançon war es nicht mehr weit, kontaktierte sie Rouven. Mit einem Schmunzeln auf den Lippen. Zwei Männer gleichzeitig bei Laune zu halten, war eine

Herausforderung … der sie sich aber gerne stellte. Isabelle versprach, in den nächsten Tagen ganz sicher Zeit für ihn zu haben. So oder so sei ihr aktueller Fall dann vorbei. Rouven meinte, er stelle den Champagner schon mal kalt. Als ob bei ihm der Dom Pérignon nicht sowieso immer kalt gestellt wäre. Vielleicht gab es ja wirklich einen Grund, mit ihm anzustoßen? Wenn alles gut ausgegangen war. Und auch sonst …

55

Die Straße, die bei Bormes-les-Mimosas hinunter zum Cap de Brégançon führte, kannte sie bereits, sie war sie erst vor Kurzem in Nicolas' altem Jaguar gefahren. Auf dem Beifahrersitz. Jetzt saß sie am Steuer eines nicht ganz so alten, aber schon ziemlich angejahrten Ford Mustang. Ein Vergleich verbot sich, sowohl hinsichtlich des Pflegezustands als auch unter Kostenaspekten.

Erst kurz vor dem Parkplatz am Strand ging sie vom Gas und fuhr langsam weiter. Es war ihr wichtig, kein Aufsehen zu erregen. Das Blaulicht hatte sie schon unter dem Sitz verstaut. Mit Capitaine Garcia hatte sie vor wenigen Minuten telefoniert. Er wusste, mit welchem Auto sie kam. Er stand bereits am Straßenrand und wies ihr einen Parkplatz im Halteverbot unter einer Pinie zu.

Capitaine Raymond Garcia hatte Bermudas an und ein Polohemd. Er sah aus wie ein ganz normaler Tourist – mit der Figur eines Ringkämpfers.

»Isabelle, schön, Sie wiederzusehen«, begrüßte er sie. »Ich wusste gar nicht, dass Sie noch im Dienst sind. Seit dieser Geschichte am Arc de Triomphe ...«

Sie winkte ab. »Längst vorbei. Aber ja, ich arbeite immer noch für Balancourt, offiziell nur als einfache Polizistin mit einem Kommissariat in Fragolin.«

Garcia lächelte. »Offiziell? Ich verstehe.«

»Raymond, wissen Sie, warum ich hier bin?«

»Nur andeutungsweise. Sie halten es für möglich, dass auf den Präsidenten ein Attentat geplant ist?«

»Das könnte sein. Und zwar mit einer Panzerabwehrrakete vom Typ MILAN.«
Garcia zog die Augenbrauen nach oben. Aus Verwunderung oder weil er das für unmöglich hielt?
»Eine MILAN? Ganz schön schweres Geschütz. Kann ich aber ausschließen. Wir haben die Sicherheitszone rund ums Fort unter Kontrolle. Hier gibt's keine MILAN.«
Isabelle ging darauf nicht ein. »Ist der Präsident im Fort?«
Garcia sah auf die Uhr. »Ja, noch eine halbe Stunde, dann fährt er zu einem Empfang in ein nahe gelegenes Château. Der Weg ist gesichert. Keine Chance.«
Keine Chance? Für wen? Für Youssef?
Während sie leise miteinander sprachen, liefen sie hinunter an den Strand. Die eingezäunte Zufahrt zum Fort befand sich weiter links und wurde scharf bewacht.
»Wer weiß von dem Empfang?«, fragte sie. »Und dass der Präsident dafür das Fort verlässt.«
»Kam in den Nachrichten und stand in der Zeitung. Kann also jeder wissen. Aber wie gesagt, ist alles safe.«
Isabelle sah sich am Strand um. Er war voller Badegäste. Im Hintergrund das mächtige Fort. Davor ankerten kleinere Jachten und Motorboote. Ein Idyll.
»Unsere Einheit sichert das Fort zu Wasser, zu Luft und zu Land. Wir haben Taucher im Einsatz und eine Drohne.«
»Halt das volle Programm«, sagte Isabelle. Sie kannte es von früher. Bis ins Detail. Aber auch die Probleme, die sich regelmäßig ergaben, wenn man das zivile Leben im direkten Umfeld nicht stören wollte, wenn also alle Sicherheitsmaßnahmen möglichst unauffällig erfolgen sollten.
»Mit einer MILAN würde ein Attentäter vermutlich auf die Präsidentenlimousine schießen«, sagte Garcia. »Dafür bräuchte er Sichtkontakt. Ich wüsste nicht, wie das hier gehen sollte.«

Isabelle deutete auf die ankernden Boote. »Was ist mit den Schiffen? Sind wahrscheinlich alle kontrolliert worden, richtig?«
»Natürlich. Wer hier ankert, bekommt sofort Besuch von meinen Leuten. Die Boote sind alle clean.«
Isabelle sah wieder am Strand entlang … dann fiel ihr Blick erneut auf die ankernden Schiffe. Die kleineren konnte man vergessen. Aber es gab auch größere mit Kajüte.
Grundsätzlich war eine MILAN so ausgelegt, dass man sie auch von Booten abfeuern konnte. Ihre Aufbauhöhe betrug kaum eineinhalb Meter. Das Waffensystem war also nicht größer als ein Kind.
Isabelle kniff die Augen zusammen. Irgendwas gefiel ihr nicht bei den Booten. Aber was?
Sie machte Garcia auf eine blaue Motorjacht aufmerksam. Sie gehörte einer Kategorie an, wie man sie in den nahe gelegenen Marinas für Tages- oder Wochentrips chartern konnte. Eine Besatzung brauchte man nicht, man konnte sie alleine steuern.
»Was ist mit der?«, fragte sie.
»Warum gerade die?«, antwortete er mit einer Gegenfrage.
»Fällt Ihnen nichts auf?«
Garcia deckte mit der Hand die Augen gegen die Sonne ab.
»Nein … beziehungsweise … doch … Sie haben recht … muss aber nichts bedeuten …«
Jetzt hatte er es also auch bemerkt. Alle Boote schwojten um ihren Buganker parallel zueinander mit der Nase gegen den Wind. So war das normal. Aber die blaue Jacht fiel aus der Reihe. Sie lag quer zu den anderen. Was nur möglich war, weil bei ihr neben dem Buganker auch am Heck ein Anker ausgebracht war. Deshalb zeigte der Bug nicht zum offenen Meer, wo der Wind gerade herkam. Und demzufolge wies das Heck auch nicht wie bei allen anderen zum Strand – sondern exakt zur Straße, die über einen schmalen Damm hinauf zum Fort führte.

»Das Schiff ist sauber«, sagte Garcia, »wir haben es kontrolliert.« Mit einem kleinen Sprechfunkgerät nahm er Kontakt zu seiner Mannschaft auf. Ein kurzes Gespräch, dann wusste er Bescheid. »Alles in Ordnung. Ein verliebtes junges Paar hat das Boot gechartert, sind auf Hochzeitsreise.«

Ein junges Paar? Auch Youssef und Samira waren ein junges Paar, aber weder verliebt noch auf Hochzeitsreise.

»Lassen Sie mich raten, bei den beiden handelt es sich um Araber, richtig?«

Wieder musste Garcia kurz nachfragen.

Er blickte sie erstaunt an. »Ja, woher wissen Sie …?«

Isabelle sah, wie über den Damm eine schwarze Limousine hinauf zum Fort fuhr. Wahrscheinlich, um den Präsidenten abzuholen.

»Geben Sie Anweisung, dass der Präsident das Fort keinesfalls verlassen darf. So lange, bis wir Entwarnung geben.«

Garcia nickte und gab den Befehl. Kurz und knapp. Er war der Sicherheitschef, er musste keine Erklärungen geben.

»Und jetzt?«, fragte er.

Isabelle erklärte ihm, dass vor Kurzem ein Araber namens Youssef Arkoubi auf dem Schwarzmarkt eine MILAN erworben habe. Er sei in Begleitung seiner Schwester.

»So eine Scheiße. Wie können meine Jungs bei der Kontrolle eine MILAN übersehen? Nein, das gibt's nicht.«

»Ist auseinandergenommen nicht so groß, passt vielleicht in den Maschinenraum.«

»Ich glaub's immer noch nicht. Aber wir werden es gleich wissen. Mein Einsatzkommando soll die Jacht stürmen …«

Er führte schon sein Sprechfunkgerät an den Mund, da fiel ihm Isabelle in den Arm. Sie deutete auf die vielen Badegäste am Strand und im Wasser.

»Wollen wir hier eine große Show abziehen? Mit unkalkulierbaren Risiken für die ganzen Menschen hier.«

»Ähm, ist vielleicht keine so gute Idee. Aber ich glaube sowieso, dass das ein falscher Alarm ist. Auf der Jacht kuscheln unschuldige Honeymooner. Sie werden sehen.«
»In diesem Fall hätten wir uns blamiert. Spricht also auch gegen eine groß angelegte Aktion«, sagte sie.
»Ihr Vorschlag?«
»Sind Sie bewaffnet?«
»Nein, aber ich kann mir schnell eine Waffe vom Posten am Tor geben lassen.«
»Und ich hole meine Pistole aus dem Auto. Dann leihen wir uns ein unverdächtiges Schlauchboot und paddeln hinüber. Ganz gemütlich, wie harmlose Urlauber.«
Er sah sie zweifelnd an. »Diese Vorgehensweise widerspricht jeder Dienstanweisung.«
Sie lachte. »Genau deshalb sollten wir es so machen.«
Jetzt musste auch er lächeln. »Madame *le Commandant*, Sie haben sich nicht verändert. Immer gut für eine Kamikazeaktion.«
»Ist nicht Kamikaze. Nennen wir es ein kalkuliertes Risiko.«

Keine zehn Minuten später saßen sie in einem gelben Gummiboot. Ein Ehepaar mit zwei Kindern hatte es ihnen bereitwillig für einen kurzen Ausflug zur Verfügung gestellt. Sie mussten nicht einmal ihre Polizeiausweise zeigen. Garcia hatte eine kurzläufige Schnellfeuerwaffe in ein Badehandtuch gewickelt. Isabelles Pistole steckte in einem Gürtelholster unter ihrer Bluse.
Garcia perfektionierte die Tarnung, indem er sein Polo auszog und mit bloßem Oberkörper ruderte. Schusssichere Westen wären wohl besser gewesen, überlegte Isabelle. Aber dann hätten sie gleich das Sonderkommando losschicken können.
Etwa auf halber Strecke zur blauen Motorjacht vibrierte ihr Handy. Sie hatte es schon auf stumm geschaltet. Balancourt war dran.

»Isabelle, schlechte Nachricht. Die MILAN wurde soeben aktiviert. Wir haben das GPS-Signal empfangen. Die Panzerabwehrrakete befindet sich in unmittelbarer Nähe des Fort de Brégançon.«

Das war, dachte Isabelle, keine schlechte Nachricht. Nach der ihr eigenen Logik sogar ganz im Gegenteil. Endlich passte mal alles zusammen. Jetzt mussten sie nur noch Youssefs Boot entern und ihn aus dem Verkehr ziehen.

»Lokalisierung bestätigt«, antwortete Isabelle. »Stehe mit Garcia unmittelbar vor Zugriff. Ende.«

Unwillkürlich war sie in den Tonfall aus ihrer aktiven Zeit verfallen. »Was ist los?«, fragte Garcia.

»Die MILAN wurde soeben aktiviert.«

»Merde …«

»Macht nichts, dann ist Youssef abgelenkt. Vermutlich hockt er direkt hinter der MILAN und visiert den Damm an. In Erwartung, dass gleich die Limousine mit dem Präsidenten auftaucht.«

»Da kann er lange warten«, zischte Garcia.

Isabelle überlegte, dass die MILAN wahrscheinlich in der Kajüte aufgebaut war …

»Wir müssen die Jacht über den Bug oder von der Seite entern, dann sieht er uns nicht. Mit etwas Glück ist auch Samira am Heck des Schiffes beschäftigt.«

»Ich habe heute noch keine Turnübungen gemacht.«

Stimmt, die Bordwand war ziemlich hoch, aber sie würden es schaffen.

Garcia hörte auf zu rudern. Leise trieb das gelbe Gummiboot unter der Ankerkette gegen den Bug. Schon schwang er sich nach oben. Ganz so schnell würde es bei ihr nicht gehen, geturnt hatte sie schon lange nicht mehr. Sie gab ihm seine Waffe. Garcia hatte eine gute Idee: Er reichte ihr die Hand und zog sie hoch.

Sie verständigten sich mit Handzeichen. Dann schlichen sie auf verschiedenen Seiten der Kajüte nach hinten. Isabelle spähte vorsichtig durch ein Kajütfenster. Fast hätte sie gejubelt – denn da saß er: Youssef, in Gefechtsposition hinter der Panzerabwehrrakete. An der Kabinentür am Heck konnte sie schemenhaft Samira erkennen. Also alles wie von ihr erwartet. Fragte sich nur, wie sie dem Spuk ein Ende bereiten konnten. Isabelle zog sich wieder Richtung Bug zurück. Dort fand sie eine unverschlossene Luke. Sie hob sie leise hoch. Auf der anderen Seite des Schiffes tauchte Garcia auf. Flüsternd verständigten sie sich. Dann glitt Isabelle durch die Luke in die Kajüte. Garcia würde nicht durchpassen. Er sollte sich von außen heranpirschen und bereithalten.

Isabelle stieg über Matratzen in der Koje, schlich an der Bordtoilette vorbei und an der Pantry, wo sie fast an ein Tablett mit Gläsern und einer angebrochenen Flasche Wein gestoßen wäre. Hatten sich die beiden Mut angetrunken? Auf dem Navigationstisch lag eine Maschinenpistole. Hinter einem Aufgang kauernd, sah sie Youssefs Rücken. Durch ein Bullauge bekam sie Blickkontakt mit Garcia. Sie ging davon aus, dass Samira immer noch an der Tür zum Cockpit stand, wahrscheinlich, um sie auf Youssefs Kommando komplett aufschieben zu können. Sicher wissen konnte sie das nicht, aber das Risiko musste sie eingehen.

Isabelle versuchte, sich zu erinnern, wie und wo man eine MILAN ein- und ausschaltete. Wie man einen Menschen »ausschalten« konnte, wusste sie dagegen sehr gut. Die entsprechenden Techniken gehörten in ihrer früheren Einheit zum regelmäßigen Training.

Sie atmete einige Male tief durch, gab Garcia durchs Bullauge ein Zeichen, richtete sich langsam auf – und schnellte nach vorne. Sie registrierte, dass sie dabei von Samira gesehen wurde, die ihr genau das Gesicht zuwandte. Aber Isabelles Blick war voll auf Youssef und die MILAN konzentriert. Alles musste schnell gehen, schneller als schnell. Sie griff von hinten an ihm vorbei und deaktivierte die Panzerabwehrrakete. Bevor Youssef reagieren konnte, setzte sie bereits mit beiden Händen einen Griff an seinem Hals an, der beide Venen blockierte, sodass kein Blut mehr aus dem Kopf zurück zum Herzen fließen konnte. Dieser Würgegriff war ein ziemlich unfreundlicher Akt – und führte in wenigen Sekunden zur Ohnmacht. Youssef versuchte, sich zu wehren, aber Isabelle gab ihm keine Chance. Sieben, acht, neun ... Sein Kopf sank zur Seite, sein Körper schlaffte weg. Samira starrte sie mit vor Schrecken geweiteten Augen an. Hinter ihr erschien Garcia. Er schob die Kabinentür auf und umklammerte sie mit einem Arm. Samira unternahm keinen Versuch, sich zu verteidigen. Mit der anderen Hand warf er Isabelle eine Leine zu, die er an Deck gefunden hatte. Isabelle löste den Griff an Youssefs Hals. Er würde sehr schnell wieder zu Bewusstsein kommen. Aber nicht so schnell, wie sie ihm die Hände auf den Rücken drehen und fesseln konnte. Garcia ließ Samira los, weil von ihr ganz offensichtlich keine Gefahr ausging, und half Isabelle, Youssef auch die Füße zu verschnüren.

Dann hielt Garcia ihr grinsend die geballte Faust entgegen. Isabelle schmunzelte und erwiderte seinen Gruß, indem sie mit ihrer Faust dagegen stieß.

»Na, fast wie in alten Zeiten, oder?«, sagte Garcia, mit dem sie zwar niemals direkt zusammengearbeitet hatte, der aber sehr genau wusste, was sie früher getan hatte.

»Wenn es nur immer so einfach gewesen wäre«, antwortete sie. Isabelle sah, dass sich Samira davonschleichen wollte. Was wollte sie tun? Über Bord springen?

»Arrête!«

Sie erstarrte. Garcia ging zu ihr hin und fesselte auch ihr die Hände.

»Tun Sie ihr nicht weh!«, sagte Isabelle.
Seltsamerweise war ihr das wichtig. Samira war kein schlechter Mensch, davon war sie überzeugt. In gewisser Weise war sie selber ein Opfer. Sogar ein besonders tragisches, denn nach ihrer Familie hatte sie gerade auch ihren Bruder verloren, der sie für seinen Rachefeldzug eingespannt hatte. Jetzt war sie ganz alleine. Sie tat Isabelle leid.
Weil Youssef wieder zur Besinnung kam, sich am Boden wand und zu schreien begann, stopfte ihm Garcia einen Putzlappen in den Mund. Unwillkürlich dachte Isabelle an Zenia und an ihre Klobürste. Dagegen war der Putzlappen fast schon hygienisch.
Garcia nahm sein Sprechfunkgerät und verständigte seine Leute. Aber sie sollten kein Aufheben machen. Die Situation sei unter Kontrolle, und kein Außenstehender müsse etwas mitbekommen. Gleichzeitig gab er grünes Licht, dass der Präsident mit dem Auto zu seinem Empfang fahren dürfe. Er würde sich kaum verspäten.
Isabelle sah aufs Wasser, wo ein gelbes Gummiboot über die Bucht trieb. Sie hatten es nicht festgemacht. Jemand solle es an die Leine nehmen und den Besitzern zurückbringen. Mit einem schönen Gruß und bestem Dank. Das junge Elternpaar und ihre beiden Kinder würden nie erfahren, dass ihr Boot geholfen hatte, ein Attentat auf den Präsidenten zu verhindern.
Isabelle nahm ihr Handy und rief Balancourt an.
»Maurice, es ist vorbei. Wir haben die MILAN, außerdem Youssef und Samira. *Mission accomplie!*«
»*Mon Dieu,* ich hätte es nicht für möglich gehalten.«
Isabelle lächelte. »Habe ich also mein Gespür doch nicht ganz verloren.«
»*Chérie,* mir scheint, du hast überhaupt nichts verloren. Deshalb brichst du jetzt deine Zelte in Fragolin ab und kommst zurück …«

»Maurice, bitte nicht schon wieder«, unterbrach sie ihn. »Erstens ist das der falsche Augenblick, und zweitens weißt du genau, dass ich das nicht tun werde. Außerdem kommt ihr ganz gut alleine zurecht.«

»Eben nicht, eben nicht …«

56

Um jegliches Aufsehen zu vermeiden, schafften Garcias Leute weder die MILAN noch die Gefangenen in der Bucht vom Schiff. Stattdessen lichteten sie die Anker und fuhren ganz gemächlich an den anderen Booten vorbei hinaus aufs Meer, mit dem Ziel, alle Aktionen außer Sicht hinter dem Cap de Brégançon durchzuführen. Isabelle blieb noch an Bord. Sie wollte die Gelegenheit nutzen und mit Samira reden. Youssef zu verhören, machte keinen Sinn. Er randalierte und schlug trotz Handschellen um sich. Das aber war nicht mehr ihr Problem. Isabelle saß mit Samira am Bug und fragte, ob sie sich an die Tage in Fragolin erinnern könne. Und wie es überhaupt um ihr Gedächtnis bestellt sei. Ob sie ihre Erinnerung zurückerlangt habe.

Samira hatte ihre Beine angezogen und mit den Armen umschlungen. Zwischendurch schluchzte sie. Sie war mit den Nerven am Ende. Das war ihr nicht zu verdenken. Aber sie bemühte sich, Isabelles Fragen zu beantworten. Natürlich könne sie sich an Fragolin erinnern, bestätigte sie, sogar an die nette Clodine mit dem hübschen Laden. Auch an das Frühstück in Isabelles Wohnung. Wenige Tage später sei ihr Gedächtnis zurückgekehrt. Sie könne sich an fast alles in ihrem Leben erinnern, leider auch an die weniger schönen Momente. Samira sah hinaus aufs Meer. Welche das waren, sagte sie nicht, aber sie gingen ihr wohl gerade durch den Kopf. Isabelle überlegte, dass Samira in Zukunft auch die letzten Tage, Stunden und Minuten zu den *weniger schönen Momenten* zählen würde. In Wahrheit waren das wohl die schlimmsten in ihrem Leben. Denn beim Luftangriff in Dschimalla war sie nicht dabei gewesen.

Eine Welle ließ das Boot schwanken. Samira hielt sich an der Reling fest. Wie es Leyla gehe, fragte sie plötzlich. Sie hoffe, dass die Kleine alles gut überstanden habe. Sie mache sich solche Vorwürfe, dass sie die Entführung nicht habe verhindern können.

Nicht verhindern? Samira hatte doch selbst bei der Entführung eine aktive Rolle gespielt, dachte Isabelle. Als Lockvogel auf dem Friedhof von Lourmarin. Und wahrscheinlich schon vorher, indem sie ihrem Bruder von den vermögenden Mawardis und ihrer Tochter erzählt hatte. Aber was brachte es, mit Samira darüber zu diskutieren? Fakt war, dass sie Leyla im Versteck mit Wasser und Lebensmittel versorgt und ihr auf diese Weise wohl das Leben gerettet hatte. Ganz offensichtlich gegen den Willen ihres Bruders.

»Leyla geht es relativ gut«, antwortete Isabelle. »Jedenfalls körperlich. Seelisch wohl weniger …«

Isabelle sprach nicht weiter. Eigentlich wollte sie sagen, dass Leyla in Zukunft große Probleme haben dürfte, zu Menschen Vertrauen zu fassen. Samira, die Leyla aus Paris als lieben Menschen kannte, hatte dieses Grundvertrauen erschüttert. Gleichzeitig aber hatte Samira auch ihr gutes Herz gezeigt. Wie konnte das ein Kind begreifen? Verstand man es doch als Erwachsener nicht wirklich.

»Samira, können Sie mir erklären, warum Ihr Bruder Leyla hätte sterben lassen? Weil das Mädchen Ihre Identität kannte?«

Samira sah Isabelle mit verheulten Augen an. »Das war nicht der Grund. Youssef wollte, dass ich mit ihm zurück nach Dschimalla gehe. Da hätte man mich nicht gefunden. Nein …« Sie machte eine Pause. »Nein, ursprünglich wollte er ihr nichts antun. Aber dann ist alles außer Kontrolle geraten. Youssef hat

Mawardi die Schuld dafür gegeben, dass er in dem Steinbruch einen Mann niederstechen musste.«

»Die Schuld? Wieso?«

»Weil Mawardi zwar nicht die Polizei, aber eine private Detektei eingeschaltet hat. Youssef hatte ihm das ausdrücklich verboten, wenn er seine Tochter lebend wiedersehen wolle. Dadurch erst kam es zu dieser Eskalation. Auch die Verfolgungsjagd mit dem Auto ... unser Unfall. Mit alldem ist Youssef nicht klargekommen, so war das von ihm nicht geplant gewesen. Er war wütend und ist völlig durchgedreht. Ich glaube, am Ende wusste er selber nicht mehr, was er tat.«

Isabelle war anderer Meinung. In ihren Augen wusste er sehr genau, was er tat. Aber durchgedreht, ja, das war er schon.

»Warum gerade Mawardi?«, fragte Isabelle. »Weil Ihr Bruder ihn beneidet hat? Um sein Geld? Und um seine Familie, die er nach Frankreich geholt hatte, wo sie sicher war?«

Samira nickte. »Ja, all das hat eine Rolle gespielt.«

Isabelle sah sie nachdenklich an.

»Wussten Sie, dass er mit dem Lösegeld eine Kriegswaffe kaufen wollte, um den französischen Präsidenten zu töten?«

»Das wusste ich natürlich nicht«, reagierte Samira erregt. »Ich hätte ihm diesen Wahnsinn ausgeredet ...«

»Warum sind Sie dann auf diesem Boot? Sie wussten doch genau, was er vorhat.«

»Aber erst seit gestern. Vorher hatte ich keine Ahnung.«

»Fakt ist: Sie haben ihm geholfen, ein Attentat auf den französischen Präsidenten auszuführen. Das verstehe ich nicht.«

Sie zuckte hilflos mit den Schultern. »Er ist mein älterer Bruder. Meine Familie ist tot, ich habe nur noch ihn. Nach unserer Tradition bestimmt jetzt er, was getan wird.«

Isabelle sah sie zweifelnd an. »Aber Sie sind doch in Frankreich aufgewachsen und völlig anders erzogen worden?«

»Stimmt, aber … Blut … Blut ist dicker als … Sie wissen schon.«
Was wollte sie damit sagen? Dass letztlich die Familie über allem stand? Weshalb tat sie sich schwer, das zu verstehen? Weil sie selber keine Familie hatte?
»Warum wollte Youssef den Präsidenten töten? Hat er im Auftrag gehandelt? Gehört er einer terroristischen Vereinigung an?«
Samira schüttelte energisch den Kopf. »Nein, das war ganz alleine seine fixe Idee. Er hat argumentiert, dass Frankreich für den Luftangriff verantwortlich sei, bei dem unsere Familie gestorben ist. Das stimmte ja auch. Das hätte nie passieren dürfen. Den Befehl dafür hat der Staatspräsident gegeben. Mein Bruder sah es als seine Pflicht an, ihn dafür zur Rechenschaft zu ziehen. Gemäß seiner Vorstellung, dass jede Tat gesühnt werden muss. Und zwar Gleiches mit Gleichem …«
Das war das Gesetz der Blutrache. Genauso hatte es sich Isabelle vorgestellt. Auge um Auge, Zahn um Zahn. Ein anderes Motiv war ihr nicht eingefallen. Eines musste man Youssef lassen: Er schreckte auch vor scheinbar Unmöglichem nicht zurück. Und … fast hätte er es sogar geschafft.
»Sehen Sie das auch so?«, fragte Isabelle. »Ich meine, dass Gleiches mit Gleichem vergolten werden muss?«
»Nein, natürlich nicht, aber ich kann nachvollziehen, was Youssef antreibt. Er glaubt, so handeln zu müssen. Ich teile seine Vorstellungen nicht, aber ich respektiere sie … bis zu einem bestimmten Grad.«
Samira drückte sich nicht nur intelligent aus, dachte Isabelle, sie war es wohl auch. Und doch hatte sie sich wie ein unmündiges Kind verhalten, das ihrem älteren Bruder blind gehorchte. Das war für Isabelle nicht nachvollziehbar. Aber musste sie es verstehen? Nicht wirklich, denn was zählte, war einzig, dass Schlimmeres verhindert werden konnte. Sozusagen im letzten Moment. Als Youssef gesehen hatte, dass eine schwarze Limousine

zum Fort hinauffuhr, offenbar, um den Präsidenten abzuholen, hatte er die MILAN scharf gemacht. Die Panzerung des Fahrzeugs hätte nichts geholfen. Und verfehlt hätte Youssef sein Ziel auch nicht, er musste nur das Fahrzeug im Visier behalten, dann steuerte der Lenkflugkörper mit einer Geschwindigkeit von hundertfünfzig Metern pro Sekunde automatisch ins Ziel.

»Ich bin froh, dass Sie gekommen sind«, sagte Samira leise. »Und verhindert haben, dass Youssef die Rakete abgefeuert hat. Mit dieser Schuld hätte ich nicht leben wollen.«

War sie wirklich froh? Immerhin würden sie und ihr Bruder dem Untersuchungsrichter vorgeführt und in Haft genommen werden. Youssef würde der Entführung angeklagt werden, der Tötung eines Mannes, des Erwerbs einer Kriegswaffe und des versuchten Attentats auf den französischen Staatspräsidenten. Er würde für viele Jahre hinter Gefängnismauern verschwinden. Samira dagegen durfte mit mildernden Umständen rechnen. Auch sollte sich strafmindernd auswirken, dass sie Leyla geholfen hatte. Mit etwas Glück und einem guten Verteidiger war sie bald wieder auf freiem Fuß. Isabelle nahm sich vor, sie dabei zu unterstützen.

»Wie haben Sie eigentlich die MILAN an Bord bekommen?«, fragte Isabelle. »Dabei muss Ihnen doch jemand geholfen haben?«

Samira zögerte mit der Antwort. Schließlich nickte sie. »Youssef hat einen alten Freund, dem er vertraut …«

Also doch. Aber Samira sprach nicht weiter.

»Wie ist sein Name?«

Sie schüttelte den Kopf. »Sag ich nicht.«

Isabelle war überzeugt, dass Samira den Namen noch preisgeben würde. Wenn nicht gleich, dann später beim Verhör durch ihre Kollegen. Das reichte. Den »alten Freund« finden sollten andere.

Mittlerweile hatte die Motorjacht das Cap de Brégançon umrundet. Dort warteten bereits ein Schnellboot der Marine und Zodiacs mit Spezialkräften. Ein Helikopter näherte sich. Der Aufwand schien Isabelle übertrieben. Schließlich war alles vorbei. Aber sie kannte das Prozedere, es wiederholte sich wie in einer Endlosschleife. Zu Lande und wie heute auf dem Wasser. Die Bilder glichen sich und erinnerten sie an früher. Aber auch daran, dass sie diesem Leben Adieu gesagt hatte. Sie freute sich auf das beschauliche Fragolin. Auf ihre kleine Dachwohnung, auf ein *p'tit rosé* bei Jacques, auf ihr Kommissariat im *Hôtel de ville,* auf Apollinaire und seinen Kaktus, auf die schnatternde Clodine und auf ... ja, auch auf Nicolas.

Isabelle stand auf und umarmte Samira. »Ich muss gehen. Halten Sie durch! *Bonne chance.*«

»Werden wir uns wiedersehen?«

»Ganz sicher, versprochen. *Au revoir.*«

Isabelle übergab Samira einem Polizisten. Sie verabschiedete sich von Raymond Garcia. Dann stieg sie in ein Zodiac-Schlauchboot und ließ sich zurück an den Strand fahren. Ihre Mission war beendet. Diesmal wirklich. Angefangen hatte alles in Fragolin mit einer jungen Frau, die sich an nichts erinnern konnte, nicht einmal an ihren Namen. Sie hatte ein zerknittertes Besucherticket für das Fort de Brégançon in der Hosentasche gehabt. Und hier am Fort de Brégançon hatte schließlich alles ein Ende gefunden. Der Kreis hatte sich geschlossen. Für Isabelle gab es nichts mehr zu tun.

57

Zurück in Fragolin, fuhr sie als Erstes zum Rathaus, wo Apollinaire auf sie wartete. Er hatte es abgelehnt, schon heimzugehen. Er wollte ihr persönlich gratulieren. Wozu? Dass sie ihre Arbeit gemacht hatten? Und zwar alle beide, jeder auf seine Art. Das war nun mal ihr Job.

In der Vorhalle des *Hôtel de ville* ging sie an der Galerie der früheren Bürgermeister vorbei, darunter ihr Vater – und blieb wie angewurzelt stehen. Rechts hing ein neues Porträt. Sie kannte es bereits von ihrem Besuch in Aix-en-Provence. Doch wirkte es hier noch eindringlicher als auf der Staffelei im Atelier des Malers. Jedenfalls empfand sie es so. Thierry blickte auf sie herab, ernst und amüsiert zugleich. Sie bekam eine Gänsehaut. Als ob er ihr etwas sagen wollte. Aber was?

Sie brauchte eine Weile, bis es ihr gelang, sich loszureißen und ihren Weg fortzusetzen.

Im Kommissariat wurde sie von Apollinaire empfangen, der sich wieder einmal in einem Zustand der totalen Auflösung befand. Dabei fehlte dafür jeder Anlass. Die Haare erinnerten an eine Bergwiese nach einem Gewittersturm. Der schief sitzende Krawattenknoten war eine gordische Eigenkreation, bei der sie sich unwillkürlich fragte, wie er ihn ohne Schere je wieder aufbringen wollte. Das Hemd hing ihm an der Seite aus der Hose. Seine Strümpfe konnte sie nicht sehen, aber sie hielten sicherlich eine weitere Pointe bereit. Kurzum: Apollinaire sah aus wie immer – sehr zu ihrer Freude, so mochte sie ihn.

Dass Youssef und Samira in Polizeigewahrsam waren, wusste er bereits von ihr. Er habe gerade die aktuellen Nachrichtenseiten der Medien gecheckt, sagte er. Nirgends wurde ein gescheitertes Attentat auf den Präsidenten gemeldet.
Isabelle lächelte. Das werde nach ihrer Erfahrung auch so bleiben, erklärte sie. Die Öffentlichkeit müsse nicht alles wissen. Es gebe keinen Grund, die Sensationslust mit Geschehnissen zu befriedigen, die glücklicherweise gar nicht stattgefunden hätten. Außerdem gelte es, keine Nachahmungstäter zu animieren.
Apollinaire pflichtete ihr nach kurzer Überlegung bei. Schon Konfuzius habe gesagt, dass …
Isabelle hielt sich lachend die Ohren zu. Auf ihrem Schreibtisch entdeckte sie einen Briefumschlag. Er war an sie privat adressiert. Fragolins einziger Austräger gab die seltene Post, die sie erhielt, der Einfachheit halber gleich hier ab. Ins Rathaus musste er sowieso.
Als Absender war ein Notar in Marseille vermerkt, von dem sie schon zweimal Post erhalten hatte. Das erste Mal hatte er sie zur Eröffnung von Thierrys Testament eingeladen. Das zweite Mal hatte er den Termin abgesagt und auf unbestimmte Zeit verschoben. Mit der Begründung, dass die Ermordung Thierrys durch seinen potenziellen Nachfolger im Bürgermeisteramt eine Neubewertung der Rechtslage erforderlich mache. So oder so ähnlich hatte er sich ausgedrückt.
Isabelle schlitzte den Umschlag auf. Hatte Thierry sie auf seinem Porträt deshalb so merkwürdig angeschaut? Weil er wusste, dass sie von ihm gleich eine Nachricht erhalten würde? Nicht direkt, aber auf Umwegen. Der Gedanke war natürlich Unsinn, aber fast könnte man es glauben. Denn der Notar teilte ihr in knappen Worten mit, dass nach abgeschlossener Überprüfung der Rechtslage für nächste Woche ein erneuter Termin für die Verlesung des Testaments seines wertgeschätzten Kolle-

gen Thierry Blès angesetzt sei. Da sie zu den Begünstigten zähle, solle sie sich bitte zur genannten Zeit in seiner Kanzlei einfinden.

Isabelle schluckte. Die Vorstellung, dass Thierry ihr etwas vererbt haben könnte, irritierte sie. Aus verschiedenen Gründen – an die sie jetzt nicht denken wollte …

»Madame, ich habe noch eine höchst erfreuliche Information«, riss Apollinaire sie aus ihren Gedanken. »Die Kaktusmafia ist aufgeflogen.«

Kaktusmafia? Es war nicht immer einfach, seinen Gedankensprüngen und Themenwechseln zu folgen.

»Sagen Sie bloß«, antwortete sie. Dabei sah sie unwillkürlich zu ihrem büroeigenen Kaktus auf dem Fensterbrett. Er war noch da. Stoisch wie immer. Die Ereignisse um ihn herum kümmerten ihn nicht.

»Sie erinnern sich an den Kakteendiebstahl in den botanischen Gärten der Domaine du Rayol?«

»Natürlich erinnere ich mich. Auf dem Weg dorthin ist Ihnen ja Samira vors Auto gelaufen.«

»In der Tat. Um mich kurzzufassen …«

»Ich bitte darum.«

»Die Kakteenbande ist der Gendarmerie bei einer routinemäßigen Verkehrskontrolle in die Fänge geraten. Ihr Lastwagen war voll beladen mit den wunderbarsten und seltensten …«

»Wie schön. Die Details können Sie mir morgen erzählen. Jetzt gehe ich nach Hause. Ich bin hundemüde.«

»*O pardon,* natürlich, das war heute ein anstrengender Tag.«

Da hatte er recht. Wie anstrengend, merkte sie erst jetzt. Aber es war auch ein guter Tag gewesen – nicht zuletzt für den Präsidenten der Republik.

Épilogue

Im weiteren Verlauf des Abends traf sich Isabelle mit Nicolas, um in Jacques' Bistro ein Glas Wein zu trinken und eine Kleinigkeit zu essen: Quiche au chèvre et miel. Ihre Müdigkeit hinderte sie nicht daran. Wohl aber, ihn anschließend zu seiner Bastide zu begleiten. Heute sehnte sie sich nach ihrem eigenen Bett. Nicolas fragte ihr keine Löcher in den Bauch. Es genügte ihm völlig zu wissen, dass ihr aktueller Fall nunmehr endgültig abgeschlossen war und ein glückliches Ende gefunden hatte.

Nicolas teilte ihr mit, dass er morgen nach London fliege, aber nur für eine Nacht, dann sei er wieder zurück. Machte er jetzt auf Rouven, der ständig irgendwo hinflog, um gleich wieder woanders zu sein? Er verriet ihr, was er in London zu tun beabsichtigte. Bei Sotheby's werde ein Bild von ihm zur Versteigerung aufgerufen. Ein früher CLAC. Nicolas lächelte verlegen. Er wolle sich anonym unter die Gäste mischen und der Versteigerung beiwohnen. Er habe noch nie erlebt, wie ein Bild von ihm unter den Hammer komme. Abends sei er mit einem Galeristen verabredet, der seine Identität kenne.

Seinen Vorschlag, ihn spontan zu begleiten, lehnte sie höflich ab. Sonst immer gerne, aber nicht gerade morgen. Sie wolle ausschlafen und danach einen möglichst langweiligen Tag in Fragolin verbringen. Danach sehne sie sich im Moment. Nicolas konnte sie verstehen.

Dass der nächste Tag dann doch nicht so langweilig wurde wie geplant, lag an Rouven. Der ließ sie zwar ausschlafen, bat sie dann aber, nach Saint-Tropez zu kommen. Er wolle sich verabschieden, denn er müsse dringend nach … Na ja, halt weit weg wie üblich. Für das Weltklima waren Rouvens Flugreisen eine einzige Katastrophe. Da half es nichts, dass er in Saint-Tropez schon mal mit dem Fahrrad fuhr.

Fast hatte Isabelle ein schlechtes Gewissen, dass sie Rouvens Einladung annahm – weil sie zuvor Nicolas einen Korb gegeben hatte. Tatsächlich erforderte es diplomatisches Geschick, mit zwei Männern gleichzeitig liiert zu sein. Mit einem Lächeln gestand sie sich ein, dass sie auf diesem Gebiet Erfahrung hatte.

Den Nachmittag verbrachte sie auf Rouvens Jacht, die in der Anse de Canebiers vor Anker lag. Einige Minuten war Rouven abgelenkt. Er führte hoch konzentriert ein geheimnisvolles Telefonat. Dabei nannte er Zahlen, aus denen sie nicht schlau wurde. Schließlich legte er grinsend auf. Er goss Champagner in zwei Gläser. Was gab es zu feiern?

Er habe soeben bei einer Auktion in London mitgesteigert, erklärte er, und den Zuschlag für ein fantastisches Frühwerk des Künstlers CLAC erhalten.

London, CLAC, Nicolas … Das Leben war voller seltsamer Überraschungen. Aber er habe doch schon einen CLAC, wandte sie ein. Rouven stieß mit ihr an. Jetzt habe er eben zwei!

Isabelle lächelte versonnen. Er hatte zwei fantastische CLACs – und sie zwei ungewöhnliche Männer. So hatte eben jeder seine Leidenschaften …

Die handelnden Personen im Roman sind frei erfunden. Jede Ähnlichkeit und Namensgleichheit mit lebenden (oder toten) Personen wäre rein zufällig und unbeabsichtigt.

Mord à la provençale – Madame le Commissaire ermittelt

Madame le Commissaire und der verschwundene Engländer

KRIMINALROMAN

Isabelle Bonnet, hochdekorierte Leiterin einer geheimen Spezialeinheit in Paris, wäre bei einem Sprengstoffattentat fast ums Leben gekommen. Um sich zu erholen, reist sie in ihren beschaulichen Geburtsort Fragolin im Hinterland der Côte d'Azur. Doch aus der ersehnten Ruhe wird nichts: In einer Villa wird eine halb nackte Frauenleiche gefunden, und der Hausherr, ein mysteriöser Engländer, ist spurlos verschwunden.
Isabelle Bonnet lässt sich überreden, den Fall zu übernehmen – was bei den Kollegen vor Ort nicht gerade Begeisterung auslöst …

Madame le Commissaire und die späte Rache

EIN PROVENCE-KRIMI

Der Duft von Lavendel, die Sonne und liebenswerte Nachbarn – kein Wunder, dass sich Kommissarin Isabelle Bonnet gegen die große Karriere in Paris entschieden hat und lieber im beschaulichen Dörfchen Fragolin geblieben ist. Doch hinter der Idylle lauert auch hier das Verbrechen. Beim Durchforsten alter Akten stößt Isabelles Assistent, der schrullige Apollinaire, auf einen nie aufgeklärten Mord. Sofort erwacht der Jagdeifer der Kommissarin – vor allem als sie bei ihren Untersuchungen über ein anderes Verbrechen stolpert. Bald entdeckt sie Gemeinsamkeiten zwischen den beiden Fällen, die alle übersehen haben …

Madame le Commissaire und der Tod des Polizeichefs

EIN PROVENCE-KRIMI

Das Sirren der Zikaden, der würzige Duft von Lavendel und hinter sanft geschwungenen Hügeln das azurblaue Meer. Das Dörfchen Fragolin im Hinterland der Côte d'Azur wäre der ideale Ort, um die Seele baumeln zu lassen – doch dazu fehlt Kommissarin Isabelle Bonnet mal wieder die Zeit. Der angebliche Selbstmord eines hohen Polizeibeamten, der Besuch eines exzentrischen Bekannten und ein Überfall auf ein Juweliergeschäft an der Croisette in Cannes halten Madame le Commissaire und ihren schrulligen Assistenten Apollinaire in Atem.

Madame le Commissaire und das geheimnisvolle Bild

EIN PROVENCE-KRIMI

Im Dörfchen Fragolin in der Provence herrscht Urlaubsstimmung, Kommissarin Isabelle Bonnet genießt das süße Nichtstun und das ein oder andere Glas Rosé zur lauen Abendstunde. Ein Besuch in einer Galerie, zu der sie den Kunstsammler Rouven Mardrinac begleitet, könnte das Sahnehäubchen auf der Aprikosen-Tarte sein. Doch Rouven brüskiert den Galeriebesitzer schon nach wenigen Minuten mit der Behauptung, der stolz zur Schau gestellte Matisse sei eine Fälschung. Ein eilig herbeigerufener Sachverständiger macht eine schockierende Entdeckung: Unter der Oberfläche des Bildes verbirgt sich ein verzweifelter Hilferuf – und schon befindet sich Madame le Commissaire in ihrem nächsten Fall …

Madame le Commissaire und die tote Nonne

EIN PROVENCE-KRIMI

Vom Rand einer steil abfallenden Klippe, wo man eigentlich unter hohen Aleppo-Kiefern wunderbar den Sonnenuntergang genießen könnte, bietet sich Isabelle Bonnet ein alles andere als idyllischer Anblick: Unten auf den Felsen liegt eine Leiche, unverkennbar in Ordenstracht gewandet.
Madame le Commissaire misstraut der ersten Schlussfolgerung ihrer Kollegen, die Nonne sei abgestürzt – und sie behält recht. Sie nimmt ihre Ermittlungen auf, die sie zu einem einsam, aber malerisch gelegenen Kloster im Massif des Maures führen. Bald hat sie mehr als einen Verdächtigen.
Doch wer würde schon so weit gehen, eine Nonne zu ermorden?

Madame le Commissaire und der tote Liebhaber

EIN PROVENCE-KRIMI

Untermalt vom Summen der Zikaden und Lavendelduft, gleiten die Tage in Fragolin in der Provence friedlich vorüber. Bis das Undenkbare geschieht und das Städtchen jäh aus dem sanften Sommerschlummer reißt: Eines Morgens findet man den Bürgermeister Thierry – tot, mit durchschnittener Kehle. Zwar waren er und Kommissarin Isabelle Bonnet schon länger kein Paar mehr, dennoch trifft sein Tod Isabelle zutiefst. Dabei werden gerade jetzt die Fähigkeiten von Madame le Commissaire gebraucht, denn am Tatort gibt es keine brauchbaren Spuren. Und wer sollte schon einen Grund gehabt haben, den beliebten Bürgermeister zu ermorden? Ihre Nachforschungen führen Isabelle zum Tatort nach Sanary-sur-Mer, jenem Küstenort, in dem in den Dreißiger- und Vierzigerjahren viele deutsche Künstler und Intellektuelle Zuflucht gefunden haben.